나쓰메 소세키 수상집

소품집+수필집

나쓰메 소세키 지음
박 현 석 옮김

玄 人

나쓰메 소세키 수상집

소품집+수필집

나쓰메 집안의 가문

목   차

1. 영일소품   _7

   새해 / 뱀 / 도둑 / 감 / 화로 / 하숙 / 과거의 향기 /
   고양이의 무덤 / 따뜻한 꿈 / 인상 / 인간 / 꿩 / 모나리자 /
   화재 / 안개 / 족자 / 기원절 / 돈구멍 / 행렬 / 옛날 / 목소리/
   돈 / 마음 / 변화 / 크레이그 선생

2. 생각나는 것들   _105

3. 유리문 안   _217

   나쓰메 소세키 연보

* 작품 속 단위의 환산
1치 ― 3.03㎝
1자 ― 30.3㎝
1간 ― 1.818m
1정 ― 109m

1되 ― 1.8ℓ
1말 ― 18ℓ

1첩 ― 다다미를 세는 단위로 1첩은 약 0.5평(1.65㎡)
1평 ― 3.3㎡

1센 ― 1엔의 100분의 1
1냥 ― 에도 시대의 화폐 단위. 관습적으로는 1엔을 말
      한다.

1각 - 15분

영일소품

永日小品

소세키근십4편(漱石近什四篇, 1910) 중,「영일소품」삽화

『영일소품』은 1909년 1월에 「새해」가 아사히 신문에 게재되었고, 1월 14일부터 3월 14일까지 오사카 아사히 신문에 24편이 게재되었다. 그 가운데 14편은 도쿄 아사히에도 게재되었다. 1910년 5월에 「몽십야」, 「만한 곳곳」, 「문조」와 함께 『소세키 근십 사편(漱石近什四篇)』에 수록되어 출판되었다.

일상 속에서 재제를 취한 것과 런던 유학 시절에서 재제를 취한 것 등 다양한 소품으로 이루어져 있다. 장편 「산시로」 이후에 「몽십야」처럼 짧은 글을 연작으로 써달라는 요청에 의해서 집필한 작품이다.

'소품'이란 소설이라고도 할 수 없고 수필이라고도 할 수 없는, 말하자면 소설과 수필의 중간쯤에 위치한 장르라고 할 수 있다. 소설처럼 형식에 구애받지도 않고 수필처럼 현실의 일에만 한정되어 있지도 않기에 오히려 자유로이 목소리를 낼 수 있다는 점에서 작가의 참모습을 엿볼 수 있다.

새　해

　떡국을 먹고 서재로 물러나 있자니, 잠시 후 서너 사람이 찾아왔다. 전부 젊은 남자들이었다. 그 가운데 한 명은 플록코트를 입고 있었다. 아직 몸에 익지 않은 탓인지 모직물에 대해서 묘하게 조심하는 듯한 경향이 있었다. 나머지 사람들은 모두 일본옷이고, 게다가 평상복이었기에 새해 기분이 전혀 나지 않았다. 그 사람들이 프록코트를 바라보며 이야……, 이야, 한마디씩 했다. 모두 놀랐다는 증거였다. 나도 가장 나중에 이야, 라고 했다.

　프록코트는 하얀 손수건을 꺼내 멀쩡한 얼굴을 닦았다. 그리고 도소[1]를 자꾸만 마셨다. 다른 무리들도 부지런히 상 위의 음식으로 젓가락을 가져갔다. 그러던 중 교시[2]가 인력거를 타고 왔다. 그는 검은 하오리[3]에 검은 몬쓰키[4]를 입어, 극히 틀에 박힌 구식 차림이었다. 당신은 검은 몬쓰키를 가지고 계신데, 역시 노[5]를 하시기에 필요하신 거겠지요, 라고 물었더니 교시

---

1) 屠蘇. 신년에 한해의 잡귀를 쫓고 장수를 기원하기 위해 마시는 약술.
2) 다카하마 교시(高浜虛子, 1874~1959). 가인, 소설가. 자신이 편집, 발행한 잡지 『호토토기스』에 나쓰메 소세키의 「나는 고양이로소이다」, 「도련님」 등을 게재했다.
3) 羽織. 겉에 입는 짧은 상의. 방한용이나 예장으로 입는다.
4) 紋付. 집안을 상징하는 문양을 넣은 일본 예복.

는, 네 그렇습니다, 라고 대답했다. 그리고 한번 부르지 않으시겠습니까? 라고 말을 꺼냈다. 나는 불러도 상관없다고 응했다.

그런 다음 둘이서 도보쿠6)라는 것을 불렀다. 상당히 오래 전에 배웠을 뿐, 복습이라는 걸 거의 하지 않았기에 곳곳이 아주 애매했다. 게다가 내가 듣기에도 불안한 목소리가 나왔다. 간신히 노래를 마치고 나자 듣고 있던 젊은이들이 입을 맞추기라도 한 듯 내게 노래를 못한다고 말했다. 그 가운데서도 프록코트는, 당신의 목소리는 비틀거리고 있다고 말했다. 그 무리들은 원래 노래의 노자도 알지 못하는 자들이었다. 그러니 교시와 나의 우열은 전혀 알지 못할 것이라 생각하고 있었다. 하지만 비평을 듣고 보니 문외한이라도 이치에 합당한 말이었기에 어쩔 수가 없었다. 모르는 소리 말라고 할 용기도 나지 않았다.

그리고 교시가 요즘 쓰즈미7)를 배우기 시작했다는 말을 꺼냈다. 노래의 노자도 모르는 무리들이 한번 쳐보십시오, 꼭 들려주셨으면 합니다, 라고 소망했다. 교시는 내게 그럼 당신이 노래해주십시오, 라고 의뢰했다. 이건 장단이 뭔지도 모르는 내게 난처한 일이기도 했으나, 한편으로는 참신한 흥미도 느껴졌다. 부르겠습니다, 라고 승낙했다. 교시는 인력거꾼을 달리게 해서 장구를 가져오게 했다. 장구가 오자 부엌에서 흙으로 만든 풍로를 가져오게 하더니 활활 타오르는 숯불 위에서 장구의 가죽을

---

5) 能. 일본의 가면 음악극.
6) 東北. 요곡 가운데 하나. 유장하고 아름다운 곡.
7) 鼓. 우리나라의 장구처럼 생긴 악기이나 크기는 훨씬 작다. 이하 장구로 번역하겠다.

말리기 시작했다. 모두가 놀라서 바라보았다. 나도 이 맹렬하게 말리는 법에는 놀랐다. 괜찮은 건가요, 라고 물었더니, 네 괜찮습니다, 라고 대답하며 손가락 끝으로 팽팽해진 가죽 위를 통 튕겼다. 조금 좋은 소리가 났다. 이젠 된 것 같습니다, 라며 풍로 위에서 내리고 장구의 줄을 조이기 시작했다. 몬쓰키를 입은 사내가 빨간 줄을 만지고 있는 모습이 어딘가 품위 있어 보였다. 이번에는 모두 감탄해서 바라보고 있었다.

교시는 마침내 하오리를 벗었다. 그리고 장구를 끌어안았다. 나는 잠깐 기다려달라고 청했다. 무엇보다 그가 어디쯤에서 장구를 칠지 짐작도 할 수 없었기에 잠깐 이야기를 나누고 싶었다. 교시는 여기서 목소리로 장단을 몇 번 맞추고, 여기서 장구를 어떻게 두드릴 테니 해보세요, 라고 정성껏 설명해주었다. 나로서는 도저히 알아들을 수가 없었다. 하지만 이해할 수 있을 때까지 연구하자면 두어 시간은 걸릴 터였다. 어쩔 수 없이 적당히 끄덕였다. 그리고 하고로모[8] 가운데 곡(曲)을 부르기 시작했다. 봄 안개 길게 뻗은, 이라고 반 줄 정도 오는 동안 아무래도 시작이 좋지 않았다고 후회하기 시작했다. 참으로 기운이 없었다. 하지만 도중에 갑자기 힘을 주기 시작하면 전체적인 균형이 무너지고 마니 머뭇머뭇 늘어진 채로 조금 밀고 나가자 교시가 갑자기 커다란 목소리로 장단을 맞추고 장구를 쿵 하고 한 번 쳤다.

---

8) 羽衣. 가면극인 노의 작품 가운데 하나. 하고로모는 천녀가 입고 하늘을 자유롭게 날아다닐 수 있다는 옷.

나는 교시가 이렇게 맹렬히 나올 줄은 꿈에도 생각지 못했다. 원래는 우아하고 유장(悠長)한 것이라고만 생각했던 장단 맞추는 소리가, 마치 진검승부에서의 기합처럼 내 고막을 움직였다. 내 노래는 이 장단 맞추는 소리에 두어 번 물결을 쳤다. 그것이 마침내 잠잠해지기 시작했을 때, 교시가 다시 옆에서 있는 힘껏 위협을 가했다. 내 목소리는 위협당할 때마다 비틀거렸다. 그리고 작아졌다. 얼마쯤 지나자 듣고 있던 사람들이 큭큭 웃기 시작했다. 나도 내심 한심해졌다. 그때 프록코트가 가장 먼저 와하하 웃음을 터뜨렸다. 나도 분위기에 휩쓸려 함께 웃음을 터뜨렸다.

그 다음부터 호된 비평을 들었다. 개중에서도 프록코트는 가장 짓궂었다. 교시는 미소를 지으며 하는 수 없이 자신의 장구에 자신의 노래를 맞추어 순조롭게 노래를 마쳤다. 잠시 후, 아직 찾아가봐야 할 곳이 있다며 인력거를 타고 돌아갔다. 이후에도 또 젊은이들에게 여러 가지로 놀림을 당했다. 아내까지 한패가 되어 남편을 깎아내린 끝에, 다카하마 씨가 장구를 치실 때 속옷의 소매가 얼핏얼핏 보였는데 아주 좋은 색이었다고 칭찬했다. 프록코트도 바로 동의했다. 나는 교시가 입은 속옷 소매의 색도, 속옷의 색이 하늘거리던 것도 결코 좋다고는 생각지 않았다.

뱀

일각대문을 열고 밖으로 나가니 커다란 말의 발자국 안에

빗물이 가득 고여 있었다. 흙을 밟으면 진흙 소리가 발바닥에 들러붙었다. 뒤꿈치를 들기가 가슴 아플 정도라 여겨졌다. 들통을 오른손에 들고 있었기에 다리를 들었다가 놓기가 불편했다. 아슬아슬하게 버텨야 할 때는 허리에서부터 위로 균형을 잡아야 했기 때문에 손에 들고 있는 것을 내던지고 싶어졌다. 결국은 들통의 밑바닥을 털썩 진흙 속에 엎어놓고 말았다. 하마터면 넘어질 뻔한 것을 들통의 손잡이에 몸을 걸치고 저쪽을 보았더니 작은아버지는 1간 정도 앞에 있었다. 도롱이를 입은 어깨 뒤에, 삼각형으로 펼쳐진 그물의 끝이 매달려 있었다. 그때 쓰고 있던 삿갓이 살짝 움직였다. 삿갓 안쪽에서 길이 엉망이군, 하고 말한 것처럼 들려왔다. 도롱이의 그림자는 곧 비에 젖었다.

돌다리 위에 서서 밑을 내려다보니 시커먼 물이 풀 사이로 밀려오고 있었다. 평소에는 복사뼈 위를 3치도 넘지 않는 바닥에 긴 물풀이 하늘하늘 움직여 보기만 해도 아름다운 물결이었는데 오늘은 바닥에서부터 탁했다. 밑에서부터 진흙을 뿜어 올리고, 위에서 비가 두드리고, 가운데를 소용돌이가 서로 엉기며 지났다. 한동안 이 소용돌이를 바라보고 있던 작은아버지가 입안에서,

"잡히겠어."라고 말했다.

두 사람은 다리를 건너 바로 왼쪽으로 꺾어졌다. 소용돌이는 푸른 논 속을 구불구불 뻗어나갔다. 어디까지 밀고 갈지 알 수 없는 물결의 뒤를 따라서 1정쯤 갔다. 그리고 널따란 논 사이에 오직 두 사람, 쓸쓸하게 섰다. 비만 보였다. 작은아버지는 삿갓

속에서 하늘을 올려다보았다. 하늘은 차 담는 통의 뚜껑처럼 어둡게 봉해져 있었다. 그 어딘가에서부터 빈틈없이 비가 떨어졌다. 서 있자니 쏴아 소리가 들려왔다. 이는 몸에 두르고 있는 삿갓과 도롱이에 부딪치는 소리였다. 그리고 사방의 논에 떨어지는 소리였다. 저편으로 보이는 귀왕(貴王)을 모신 신사의 숲에 부딪치는 소리도 멀리에서부터 섞여들고 있는 듯했다.

숲 위에는 검은 구름이 삼나무 꼭대기로 불려와 오묘하게 겹쳐져 있었다. 그것이 자신의 무게 때문에 늘어지듯 위에서부터 내려오고 있었다. 구름의 다리는 지금 삼나무의 머리에 엉겨붙었다. 조금 더 있으면 숲 속으로 내려올 듯했다.

문득 발아래를 보니 소용돌이는 끝도 없이 상류에서 밀려왔다. 귀왕 신사 뒤에 있는 연못의 물이 저 구름에게 습격당한 것이리라. 소용돌이의 모습이 갑자기 기세를 얻은 듯 보였다. 작은아버지는 이번에도 맴도는 소용돌이를 지켜보며,

"잡히겠어."라고 마치 무엇인가를 잡은 것처럼 말했다. 마침내 도롱이를 입은 채 물 속으로 내려갔다. 무시무시한 기세에 비해서 그렇게 깊지는 않았다. 서 있으면 무릎까지 잠길 정도였다. 작은아버지는 강 한가운데에 자리를 잡고 귀왕 신사를 정면으로 강 상류를 향해서 어깨에 짊어졌던 그물을 내렸다.

두 사람은 빗소리 속에 가만히 서서 정면으로 밀려오는 소용돌이의 모습을 바라보고 있었다. 물고기가 이 소용돌이 아래를, 귀왕 신사의 연못에서 흘러나와 지나는 것이리라. 잘하면 커다란 놈을 잡을 수 있겠다며 무시무시한 물의 색을 열심히 바라보

고 있었다. 물은 처음부터 탁해져 있었다. 위쪽의 움직임만으로는 어떤 것이 물속으로 흘러가고 있을지 전혀 알 수 없었다. 그래도 눈 하나 깜빡하지 않고 물속까지 잠긴 작은아버지의 손목이 움직이기를 기다렸다. 하지만 그게 좀처럼 움직이지 않았다.

빗발은 시간이 흐를수록 검게 변했다. 강의 색은 점점 묵직해졌다. 소용돌이의 무늬는 상류에서부터 격렬하게 맴돌며 왔다. 이때 거뭇한 물결이 날카롭게 눈앞을 지나가려던 속으로 얼핏 색이 다른 무늬가 보였다. 눈의 깜빡거림을 용납하지 않는 순간적인 빛을 받은 그 무늬에는 기다란 것이라는 느낌이 있었다. 이건 커다란 뱀장어야, 라고 생각했다.

순간 흐름을 거스르며 그물의 손잡이를 쥐고 있던 작은아버지의 오른쪽 손목이 도롱이 아래서 어깨 위까지 튕겨져 오르듯 움직였다. 뒤이어 기다란 것이 작은아버지의 손을 떠났다. 그것이 검은 비가 쏟아지는 가운데 묵직한 밧줄 같은 곡선을 그리며 맞은편 둑 위로 떨어졌다. 그러는가 싶더니 풀 속에서 대가리를 1자 가까이 불쑥 쳐들었다. 그렇게 쳐든 채 두 사람을 매섭게 보았다.

"두고 보자."

목소리는 틀림없이 작은아버지의 목소리였다. 동시에 대가리는 풀 속으로 사라졌다. 작은아버지는 창백한 얼굴로 뱀을 던진 곳을 보고 있었다.

"작은아버지, 지금, 두고 보자고 말한 건 작은아버지세요?"

작은아버지는 그제야 이쪽을 돌아보았다. 그리고 낮은 목소리로 누군지 잘 모르겠다고 대답했다. 지금도 작은아버지에게 이 이야기를 하면 그때마다 누군지 잘 모르겠다고 대답하고는 묘한 얼굴을 한다.

도 둑

자야겠다 싶어 건넌방으로 들어가니 고타쓰[9]의 냄새가 코를 찔렀다. 화장실에서 돌아오는 길에 불이 너무 센 것 같으니 조심해야겠다고 아내에게 주의를 주고 내 방으로 물러났다. 벌써 11시가 지나 있었다. 이부자리 속의 꿈은 평소와 다름없이 평안했다. 추운 데 비해서는 바람도 불지 않았고 경종의 소리도 귀에 거슬리지 않았다. 깊은 잠이 시간의 세계를 곯아떨어지게 만든 듯, 의식을 잃고 말았다.

그런데 여자의 울음소리가 들려 홀연 눈을 뜨고 말았다. 들어 보니 모요(もよ)라고 하는 하녀의 목소리였다. 이 하녀는 놀라서 당황하면 언제나 우는소리를 냈다. 얼마 전, 우리 아기를 목욕시킬 때, 아기가 뜨거운 김에 놀라 경련을 일으켰다며 5분쯤 우는소리를 냈다. 내가 이 하녀의 이상한 목소리를 들은 것은 그때가 처음이었다. 훌쩍이는 듯하며 무엇인가를 빠르게 말한

---

9) 炬燵. 숯불이나 전기 등의 열원을 앉은뱅이책상처럼 생긴 대의 아래에 넣고 그 대 위에 이불을 씌우는 난방장치.

다. 넋두리하는 듯한, 하소연하는 듯한, 사과를 하는 듯한, 연인의 죽음을 슬퍼하는 듯한……, 도저히 놀랐을 때 일반적으로 나오는 날카롭고 짧은 감탄사 같은 느낌은 아니었다.

나는 지금 말한 것 같은 그 이상한 목소리 때문에 잠에서 깼다. 목소리는 틀림없이 아내가 자고 있는 옆방에서 들려왔다. 동시에 장지문 틈으로 빨간 불이 흘러들어 어두운 서재를 슥 비췄다. 이제 막 뜬 눈꺼풀 안쪽에 이 빛이 닿자마자 나는 불이 난 것이라 지레짐작하고 자리에서 벌떡 일어났다. 그리고 두 방 사이의 장지문을 벌컥 열었다.

그때 나는 엎어진 고타쓰를 상상하고 있었다. 불에 탄 이불을 상상하고 있었다. 가득 찬 연기와 불타는 다다미10)를 상상하고 있었다. 그런데 열어보니 램프는 언제나처럼 밝혀져 있었다. 아내와 아이는 평소와 다름없이 누워 있었다. 고타쓰는 저녁에 있던 그 자리에 있었다. 모든 것이 잠자리에 들기 전에 보았던 것과 같았다. 평화로웠다. 따뜻했다. 단지 하녀만이 울고 있었다.

하녀는 아내의 이불자락을 짓누르듯 하며 빠르게 무슨 말인가를 했다. 아내는 잠에서 깨어 눈을 깜빡일 뿐, 특별히 일어날 기색도 보이지 않았다. 나는 무슨 일이 일어난 것인지 거의 판단할 수 없어서 문가에 우뚝 선 채 멍하니 방 안을 둘러보았다. 순간 하녀의 우는소리 가운데서 도둑이라는 두 글자가 나왔다. 그것이 내 귀에 들어오자마자 모든 것이 해결되었다는 듯 나는

---

10) 틀 속에 짚을 넣어 실내에 까는 바닥재.

곧 아내의 방을 성큼성큼 가로질러 건넌방으로 뛰어들며 뭐야, 라고 소리를 질렀다. 하지만 뛰어든 옆방은 새까만 어둠에 잠겨 있었다. 이어진 부엌의 덧문이 하나 열려서 아름다운 달빛이 방 문까지 쏟아지고 있었다. 나는 한밤중에 사람의 집 안쪽을 비추는 달빛을 보고 나도 모르게 춥다고 느꼈다. 맨발인 채 널마루로 나가 부엌의 설거지대까지 가보았으나 사방은 쥐 죽은 듯 고요했다. 밖을 내다보았지만 달뿐이었다. 나는 문에서 한 걸음도 밖으로 나갈 마음이 들지 않았다.

발걸음을 돌려 아내의 방으로 와서 도둑은 도망갔어, 안심해, 아무 것도 도둑맞지 않았어, 라고 말했다. 아내는 그제야 비로소 일어나 있었다. 아무 말도 없이 램프를 들고 어두운 방까지 가서 장롱 앞을 비췄다. 여닫이문이 떨어져 있었다. 서랍이 열린 채였다. 아내는 내 얼굴을 보고, 역시 도둑맞았어요, 라고 말했다. 나도 마침내 도둑이 훔친 뒤 달아난 것이라는 사실을 깨달았다. 왠지 갑자기 한심스러워졌다. 한쪽을 보니 울며 깨우러 왔던 하녀의 이불이 깔려 있었다. 그 머리맡에 장롱이 하나 더 있었다. 그 장롱 위에 일용품을 넣어두는 조그만 장이 놓여 있었다. 연말이기에 의사에게 줄 약값 등이 그 안에 들어 있다고 했다. 아내에게 살펴보라고 했더니 그쪽은 그대로라고 했다. 하녀가 울며 툇마루 쪽으로 뛰어나갔기에 도둑도 어쩔 수 없이 일을 하던 중에 달아난 것일지도 몰랐다.

그러는 사이에 다른 방에서 자고 있던 사람들도 모두 깨서 모여들었다. 그리고 저마다 여러 가지 말들을 했다. 조금 전에

소변을 보기 위해 일어났었는데, 라거나, 오늘 밤에는 잠이 오지 않아 2시 무렵까지는 깨어 있었는데, 라거나, 하나같이 안타까워하는 듯했다. 그 가운데 열 살이 된 장녀는 도둑이 부엌으로 들어온 것도, 도둑이 삐걱삐걱 툇마루를 걸었다는 사실도 전부 알고 있었다고 했다. 어머나 세상에, 하고 오후사(お房)는 놀랐다. 오후사는 열여덟 살로 장녀와 같은 방에서 자는 친척 아가씨였다. 나는 다시 잠자리로 들어가 누웠다.

다음 날은 이 소동 때문에 평소보다 조금 늦게 일어났다. 세수를 하고 아침을 먹고 있자니 부엌에서 하녀가 도둑의 발자국을 찾아냈네, 찾아내지 못했네, 소란을 떨고 있었다. 성가셨기에 서재로 돌아왔다. 돌아온 지 10분이나 지났을까 싶었을 때, 현관에서 사람 부르는 소리가 들렸다. 씩씩한 목소리였다. 부엌에는 들리지 않은 듯했기에 내가 손님을 맞으러 나갔더니 순사가 격자문 앞에 서 있었다. 도둑이 들었었다고요, 하며 웃고 있었다. 문단속은 잘 하셨었습니까, 라고 묻기에 아니, 아무래도 잘 하지 못했었던 듯하다고 대답했다. 그럼 어쩔 수가 없군요, 문단속을 제대로 하지 않으면 어디로든 들어옵니다, 덧문 하나하나에 못을 박아두지 않으면 안 됩니다, 라고 주의를 주었다. 나는 네네, 라고 대답을 해두었다. 이 순사를 만나고 난 뒤부터 나쁜 것은 도둑이 아니라 문단속을 제대로 하지 못한 주인인 것 같다는 생각이 들었다.

순사는 부엌으로 갔다. 거기서 아내를 붙들고 분실한 물건을 수첩에 적고 있었다. 공단으로 만든 마루오비11)가 하나라고요.

……마루오비라는 게 어떤 겁니까? 마루오비라고 써두면 알 수 있나요? 네, 그럼 공단으로 만든 마루오비 하나하고, 또…….

하녀가 히죽히죽 웃고 있었다. 그 순사는 마루오비도 하라아와세[12])도 전혀 알지 못했다. 매우 단순하고 재미있는 순사였다. 마침내 분실물 목록을 10점 정도 작성하고 그 아래에 가격을 기입하고 나서, 그럼 전부해서 150엔이 되는 군요, 라고 확인을 한 뒤 돌아갔다.

나는 이때 비로소 무엇을 도둑맞았는지 분명하게 알 수 있었다. 없어진 물건은 10점, 전부 허리띠였다. 어젯밤에 들어온 것은 허리띠 도둑이었다. 정월을 눈앞에 둔 아내가 묘한 얼굴을 했다. 아이들이 정초의 사흘 동안에도 설빔으로 갈아입을 수 없게 되었다는 것이었다. 어쩔 수 없는 일이었다.

정오가 지나서 형사가 왔다. 방으로 들어와 여러 가지를 살펴보았다. 통 위에 초라도 세워놓고 일을 하지 않았을까, 하며 부엌의 작은 통까지 조사했다. 어쨌든 차라도 좀 드시라고 해서 볕이 잘 드는 거실에 앉혀놓고 이야기를 나누었다.

도둑은 대체로 시타야(下谷), 아사쿠사(浅草) 부근에서 전차를 타고 와서 다음 날 아침이면 다시 전차로 돌아간다는 것이었다. 대부분은 잡지 못한다고 했다. 잡으면 형사가 손해를 보게 된다는 것이었다. 도둑을 전차에 태우면 전차 삯을 손해 보게 된다. 재판에 나가면 도시락 값을 손해 보게 된다. 기밀비(機密

---

11) 丸帯. 천의 폭을 두 겹으로 접어 만든 폭이 넓은 여성용 허리띠.
12) 腹合せ. 안팎이 다른 천으로 된 여성용 허리띠.

費)는 경시청에서 절반을 떼어간다는 것이었다. 나머지를 각 경찰에게 나누어준다는 것이었다. 우시고메(牛込)에는 형사가 겨우 서너 명밖에 없다는 것이었다. 경찰의 힘이라면 대부분의 일을 할 수 있는 법이라 믿고 있던 나는 아주 불안한 생각이 들었다. 이야기를 들려주는 형사도 불안한 듯한 얼굴을 하고 있었다.

우리 집 일을 봐주고 있는 목수를 불러 잠금장치를 고치려 했으나 공교롭게도 연말이라 일이 많아서 올 수 없다는 것이었다. 그러는 사이에 밤이 되었다. 별 수 없었기에 전처럼 해놓고 잠자리에 들었다. 모두 마음이 편치 않은 모양이었다. 나도 결코 좋은 기분은 아니었다. 도둑은 각자 알아서 막아야 하는 법이라고 경찰에게서 선고를 받은 것이나 매한가지였기 때문이었다.

그래도 바로 어제 그런 일이 있었으니 별 탈은 없겠지 하고, 마음 편히 먹고 잠자리에 들었다. 그던데 한밤중에 아내가 나를 또 깨웠다. 아까부터 부엌에서 달그락거리는 소리가 들린다, 신경에 거슬리니 나가서 보고 와달라는 것이었다. 아니나 다를까, 달그락거리는 소리가 들렸다. 아내는 벌써부터 도둑이 들어온 듯한 얼굴을 하고 있었다.

나는 이부자리에서 가만히 나왔다. 살금살금 아내의 방을 가로질러 건넌방과의 사이에 있는 장지문 옆까지 왔는데, 건넌방에서는 하녀가 코를 골고 있었다. 나는 가능한 한 조용히 장지문을 열었다. 그리고 방 안의 새카만 어둠 속에 혼자 서 있었다. 달그락달그락 소리가 들렸다. 분명히 부엌의 입구였다. 어두운 속을 그림자가 움직이듯 세 걸음 정도 소리가 나는 쪽으로 다가가니 벌써 방의 문이었다. 장지가 가로막고 있었다. 바깥은 바로 널마루를 깔아놓은 곳이었다. 나는 장지문으로 귀를 가져가 어둠 속에서 귀를 기울였다. 잠시 후 덜컥하는 소리가 났다. 잠시 사이를 두었다가 다시 덜컥하는 소리가 났다. 나는 이 이상한 소리를 약 네다섯 번 들었다. 그리고 이건 틀림없이 널마루가 깔린 곳 왼쪽에 있는 찬장 안에서 나는 소리라는 사실을 확인했다. 곧 평소의 발걸음과 평범한 태도가 되어 아내의 방으로 돌아왔다. 쥐가 무엇인가를 갉아먹고 있는 거야, 안심해, 라고 말하자 아내는 그런가요, 하고 고맙다는 듯 대답했다. 그 다음부터는 두 사람 모두 편안하게 잠을 잤다.

아침이 되어 다시 세수를 하고 거실로 가자 아내가 쥐가 쏠은 가다랑어포를 상 위에 올려놓고, 어젯밤 소리는 이거였어요, 라고 설명했다. 나는 아하, 그렇군, 하며 하룻밤 사이에 무참히도 당한 가다랑어포를 바라보았다. 그러자 아내는 당신이 나간 김에 쥐도 쫓고 가다랑어포도 잘 보관해주셨으면 좋았을 텐데, 하고 약간 불만스럽다는 듯 말했다. 나도 그럴 걸 그랬다고, 이때 처음으로 깨달았다.

감

기이(喜い) 짱13)이라는 아이가 있다. 매끄러운 피부와 초롱

한 눈을 가지고 있지만, 뺨의 색은 발육이 좋은 세상의 아이들처럼 맑지 못했다. 언뜻 보면 전체가 누렇게 뜬 것 같은 느낌이 들었다. 어머니가 너무나도 귀여워해서 밖으로 놀러 내보내지 않기 때문이라고 우리 집에 드나드는 미용사가 평한 적이 있었다. 어머니는 서양식 트레머리가 유행하는 요즘에도, 옛날식으로 나흘에 한 번씩은 꼬박꼬박 머리를 틀어올리는 여자로 자신의 아들을 기이 짱, 기이 짱 하며 언제까지고 짱을 붙여서 부르고 있다. 이 어머니 위에 또 목 부근에서 머리를 잘라 가지런히 늘어뜨린 할머니가 있는데, 그 할머니도 역시 기이 짱, 기이 짱하고 불렀다. 기이 짱, 거문고 연습을 하러 갈 시간이에요. 기이 짱 함부로 밖에 나가서 아무 아이들과 놀아서는 안 되요, 라고 말한다.

그렇기 때문에 기이 짱은 밖에 나가서 노는 적이 거의 없었다. 물론 동네는 그다지 훌륭하지 못했다. 앞에 소금으로 간을 한 과자를 만드는 집이 있었다. 그 옆에 기와장이가 있었다. 조금 앞으로 가면 나막신의 굽과 자물쇠를 수리하는 땜장이가 있었다. 그런데 기이 짱네 집은 은행의 임원이었다. 담 안에 소나무가 심겨 있었다. 겨울이 되면 정원사가 와서 마른 소나무 잎을 좁은 정원 전체에 깔아놓고 갔다.

기이 짱은 뾰족한 수가 없었기에 학교에서 돌아와 심심하면 뒤란으로 가서 놀았다. 뒤란은 어머니와 할머니가 바느질을 하는 곳이었다. 요시(よし)가 빨래를 하는 곳이었다. 저녁이 되면

---

13) ちゃん. 명사 뒤에 붙어 친근감을 더해주는 호칭.

머리에 수건을 동여맨 남자가 절구를 짊어지고 와서 떡을 찧는 곳이었다. 그리고 채소를 절이기 위해 소금을 뿌리고 통에 담는 곳이었다.

기이 짱은 거기로 가서 어머니와 할머니와 요시를 상대로 놀았다. 때로는 상대가 없는데도 혼자 가서 노는 적도 있었다. 그럴 때면 얕은 산울타리 틈으로 뒤편의 나가야[14]를 곧잘 엿보았다.

공동주택은 대여섯 동 있었다. 산울타리 아래가 서너 자의 벼랑을 이루고 있었기에 기이 짱이 바라보면 마침 위에서 내려다보기 편하게 되어 있었다. 기이 짱은 어린 마음에 이렇게 뒤편의 공동주택을 내려다보는 것이 유쾌했다. 조병창(造兵廠)에 다니는 다쓰(辰) 씨가 웃통을 벗어부치고 술을 마시고 있으면 술을 마시고 있어요, 라고 어머니에게 말했다. 목수인 겐보(源坊)가 도끼를 갈고 있으면 뭔가를 갈고 있어요, 라고 할머니에게 알렸다. 그 외에도 싸우고 있어요, 구운 감자를 먹고 있어요, 라는 등 내려다본 그대로를 보고했다. 그러면 요시가 커다란 소리로 웃었다. 어머니도, 할머니도 재미있다는 듯 웃었다. 기이 짱은 이렇게 해서 사람들을 웃게 하는 것이 무엇보다 자랑스러웠다.

기이 짱이 뒤편을 엿보고 있자면 가끔 겐보의 아들인 요키치(与吉)와 얼굴을 마주하는 경우가 있었다. 그리고 3번에 1번

---

14) 長屋. 한 동의 건물에 칸을 막아 여러 가구가 살 수 있게 한 일본 전통의 공동주택. 이하 공동주택.

정도는 이야기를 나누었다. 하지만 기이 짱과 요키치이기 때문에 얘기가 맞을 리 없었다. 언제나 싸움이 벌어지고 말았다. 요키치가 뭐야, 푸석푸석한 얼굴로, 라고 아래서 말하면 기이 짱은 위에서 이 코흘리개 꼬맹이, 가난뱅이가, 하며 업신여기듯 둥근 턱을 치켜들어 보였다. 한번은 요키치가 화나서 아래에서부터 빨래 말릴 때 쓰는 장대로 찔러댔기에 기이 짱은 놀라 집 안으로 달아나고 말았다. 그 다음에는 기이 짱이 털실로 예쁘게 테두리를 두른 고무공을 벼랑 아래로 떨어뜨린 것을 요키치가 주웠는데 좀처럼 돌려주지 않았다. 돌려줘, 던져줘, 응, 하고 열심히 재촉해보았으나 요키치는 공을 든 채 위를 올려다보고 으스대며 버티고 서 있었다. 사과해, 사과하면 돌려줄게, 라고 말했다. 기이 짱은 누가 사과할 줄 알고, 도둑놈, 이라고 말하고 바느질을 하고 있는 어머니 곁으로 가서 울음을 터뜨렸다. 어머니가 화가 나서 요시를 보내 찾아오게 했으나 요키치의 어머니는 그거 정말 딱하게 됐네요, 라고 말했을 뿐 공은 끝내 기이 짱의 손으로 돌아오지 않았다.

그로부터 3일 지나서, 기이 짱은 크고 빨간 감을 하나 들고 다시 뒤란으로 갔다. 그러자 평소처럼 요키치가 벼랑 아래로 다가왔다. 기이 짱이 산울타리 사이로 빨간 감을 내밀며 이거 줄까? 라고 말했다. 요키치는 아래에서 감을 노려보고 뭐야, 뭐야, 그런 거 필요 없어, 라며 자리에서 가만히 움직이지 않았다. 필요 없어? 필요 없으면 그만 둬, 기이 짱은 산울타리 사이에서 손을 뺐다. 그러자 요키치는 이번에도 뭐야, 뭐야, 맞고 싶어? 라며 벼랑 아래로 더 바싹 다가왔다. 그럼 먹고 싶어? 라며 기이 짱은 다시 감을 내밀었다. 누가 먹고 싶대? 그런 거, 하며 요키치는 눈을 커다랗게 뜨고 올려다보았다.

이런 승강이를 네댓 번 되풀이한 끝에 기이 짱은 그럼 줄게, 하며 손에 들고 있던 감을 철썩 벼랑 아래로 떨어뜨렸다. 요키치는 허겁지겁 흙이 묻은 감을 주워들었다. 그리고 줍자마자 덥석 옆구리를 베어 물었다.

그 순간 요키치의 콧구멍이 부르르 떨듯 움직였다. 두꺼운 입술이 오른쪽으로 일그러졌다. 그리고 베어 문 감 한 조각을 퉤 하고 뱉었다. 그러더니 커다란 증오를 눈동자 안에 모아 에잇, 떫어. 이런 걸, 하며 손에 들고 있던 감을 기이 짱을 향해 내던졌다. 감은 기이 짱의 머리를 지나 뒤란의 창고에 부딪쳤다. 기이 짱은 꼴좋다, 이 먹보야, 하고 말하며 달려서 집 안으로 들어갔다. 잠시 후, 기이 짱네 집에서 커다란 웃음소리가 들려왔다.

화   로

잠에서 깨어났더니 어젯밤에 끌어안고 잤던 회로(懷爐)가 배 위에서 차갑게 식어 있었다. 유리창을 통해서 방 바깥을 바라보니 묵직한 하늘이 폭 3자 정도의 납처럼 보였다. 위의 통증은 거의 가라앉은 듯했다. 힘껏 자리에서 일어나기는 했으나 예상보다도 추웠다. 창 아래에는 어제의 눈이 그대로 있었다.

　욕실은 얼음으로 반짝반짝 빛나고 있었다. 수도는 얼어붙어서 꼭지가 돌지 않았다. 간신히 온수마찰을 마치고 거실에서 홍차를 찻잔에 따르고 있자니 두 살 된 아들이 언제나처럼 울음을 터뜨렸다. 이 아이는 그저께도 하루 종일 울었다. 어제도 계속 울어댔다. 아내에게 무슨 일 있는 거냐고 물었더니, 무슨 일이 있는 게 아니다, 춥기 때문이라고 말했다. 하는 수 없었다. 그러고 보니 우는 소리가 칭얼대는 것일 뿐, 아프지도 괴롭지도 않은 듯했다. 하지만 울 정도이니 어딘가 불안한 곳이 있는 것이리라. 듣고 있자니 결국에는 내가 불안지기 시작했다. 때로는 밉살맞게 여겨지기도 했다. 커다란 소리로 야단을 치고 싶을 때도 있었지만, 워낙 야단을 치기에도 너무 어리다 싶어 그냥 참고 말았다. 그저께도, 어제도 그랬는데, 오늘도 또 하루 종일 그러는 걸까 싶자, 아침부터 심기가 불편했다. 위의 상태가 좋지 않아 요즘에는 아침밥을 먹지 않기로 했기에 홍차 찻잔을 들고 서재로 물러났다.

　화로에 손을 쬐며 몸을 조금 덥히고 있는데 아이는 저편에서 아직도 울고 있었다. 그러는 사이에 손바닥만은 연기가 날 정도로 뜨거워졌다. 하지만 등에서부터 어깨까지는 견딜 수 없이 추웠다. 특히 발끝은 차갑게 얼어서 아플 정도였다. 그랬기에 별 수 없이 가만히 있었다. 조금이라도 손을 움직이면 손이 다른 차가운 곳에 닿았다. 그러면 가시에라도 닿은 듯 신경을 자극했다. 목을 슥 돌리는 것조차 목덜미가 옷의 목깃에 차갑게 미끄러져 견딜 수 없다는 느낌이었다. 나는 사방에서 추위의 압박을 받아 10첩짜리 서재 한가운데에 웅크리고 있었다. 이 서재의 바닥에는 널마루가 깔려 있다. 의자를 써야 하지만, 융단을 깔고 다른 다다미방처럼 생각하며 앉아 있었다. 그런데 융단이 좁기 때문에 사방 모두 2자 정도는 매끈매끈한 널마루가 그대로 드러나 반짝이고 있었다. 꼼짝 않고 그 널마루를 바라보며 웅크리고 있는데 아이는 아직도 울고 있었다. 일을 할 용기가 도저히 나지 않았다.

그때 아내가 시계를 잠깐 빌려달라며 들어와서는 또 눈이 내리기 시작했다고 말했다. 보니 자잘한 것이 언제부턴가 내리고 있었다. 바람도 없는 흐릿한 하늘 중간에서부터 조용히, 서두르지 않고, 냉혹하게 내려왔다.

"이봐, 작년에 아이가 아파서 스토브를 피웠을 때, 석탄 값이 얼마나 들었지?"

"그때는 월말에 28엔을 줬어요."

나는 아내의 답을 듣고 가정용 스토브를 포기했다. 가정용 스토브는 뒤란의 창고에서 나뒹굴고 있었다.

"이봐, 애를 조금 더 조용히 시킬 수는 없어?"

아내는 어쩔 수 없다는 듯한 얼굴을 했다. 그리고 말했다.

"오마사(お正) 씨가 배가 아프다며 아주 힘들어하고 있는 것 같던데, 하야시(林) 씨라도 불러서 봐달라고 할까요?"

오마사 씨가 이삼일 전부터 누워 있다는 사실은 알고 있었으나 그 정도로 좋지 않으리라고는 생각지 못했다. 얼른 의사를 부르는 게 좋겠다고 내가 재촉하듯 주의를 주자 아내는 그렇게 하겠다고 대답한 뒤, 시계를 들고 나갔다. 문을 닫을 때, 이 방은 너무 추워, 라고 말했다.

아직 손이 곱아서 일을 할 마음이 들지 않았다. 사실을 말하자면 일은 산더미처럼 쌓여 있었다. 내 원고를 1회분 쓰지 않으면 안 되었다. 어떤 미지의 청년이 부탁한 단편소설을 두어 편 읽어두어야 할 의무가 있었다. 어떤 잡지에, 어떤 사람의 작품을 편지를 덧붙여서 소개하기로 약속되어 있었다. 지난 2, 3개월 동안에 읽어야 했지만 읽지 못한 책이 책상 옆에 높다랗게 쌓여 있었다. 지난 일주일 정도는 일을 해야겠다며 책상 앞에 앉으면 사람이 찾아왔다. 그리고 모두 무엇인가를 의뢰했다. 거기다 위가 아팠다. 그런 점에서 말하자면 오늘은 다행이었다. 하지만 아무리 생각해봐도 추운 게 무서워 화로에서 손을 뗄 수가 없었다.

그때 현관에 인력거를 댄 사람이 있었다. 하녀가 와서 나가사와(長沢) 씨가 오셨습니다, 라고 말했다. 나는 화로 옆에 웅크린 채 눈을 위로 치켜떠 들어오는 나가사와를 올려다보며 추워서 움직일 수가 없어, 라고 말했다. 나가사와는 품속에서 편지를 꺼내, 이번 15일은 음력 설이니 꼭 마련을 해달라는 내용의 편지를 읽었다. 변함없이 돈에 관한 얘기였다. 나가사와는 12시 넘어서 돌아갔다. 하지만 아직 추워서 견딜 수가 없었다. 차라리 공중목욕탕에라도 가서 기운을 차리고 오자며 수건을 들고 현관으로 나섰는데 실례합니다, 라고 사람을 부르는 요시다(吉

田)와 맞닥뜨렸다. 방으로 데리고 와서 여러 가지로 신상에 관한 이야기를 나누고 있자니 요시다가 질질 눈물을 흘리며 울기 시작했다. 그 사이에 안채에 의사가 와서 이래저래 부산스러웠다. 요시다가 간신히 돌아가자 아이가 또 울기 시작했다. 마침내 공중목욕탕으로 갔다.

목욕탕에서 나오자 비로소 몸이 따뜻해졌다. 시원한 기분으로 집에 와서 서재에 들어가니 램프가 밝혀져 있고 커튼이 쳐져 있었다. 화로에서는 새로 넣은 숯이 타고 있었다. 나는 방석 위에 떡하니 앉았다. 그러자 아내가 안채에서 춥죠, 하며 메밀차를 가져다주었다. 오마사 씨의 용태를 물으니 어쩌면 맹장염이 될지도 모르겠다네요, 라고 말했다. 나는 메밀차를 받아들고 혹시 안 좋은 것 같으면 입원을 시키는 게 좋을 거라고 대답했다. 아내는 그게 좋겠지요, 라며 거실로 물러났다.

아내가 나가고 나자 주위가 갑자기 조용해졌다. 참으로 눈 내리는 밤다웠다. 울던 아이는 다행히 잠든 모양이었다. 뜨거운 메밀차를 홀짝이며 밝은 램프 아래서 새로 넣은 숯이 탁탁 타는 소리에 귀를 기울이고 있자니 빨간 불기가 숯을 둘러싼 재 속에서 희미하게 흔들렸다. 때때로 푸르스름한 불꽃이 숯 사이에서 일었다. 나는 이 불의 색에서 비로소 하루의 따스함을 느꼈다. 그렇게 점점 흰색으로 변해가는 재의 표면을 5분쯤 바라보고 있었다.

하 숙

처음으로 하숙을 한 곳은 북쪽의 고지대였다. 빨간 기와의 아담한 2층 건물이 마음에 들었기에 비교적 비싼, 일주일에 2파운드라는 하숙비를 주고 집 안쪽의 방 한 칸을 빌렸다. 그때 집 앞쪽의 방을 점령하고 있던 K씨는 지금 스코틀랜드를 유람 중으로 당분간은 돌아오지 않을 거라고 안주인이 설명해주었다.

안주인이라는 사람은 눈이 옴폭하고 코가 옴팡지고 턱과 뺨이 뾰족해서 날카로운 얼굴을 한 여자로 언뜻 보면 나이를 짐작할 수 없을 정도로 여성을 초월해 있었다. 신경질적이고, 비뚤어졌고, 심술궂고, 눈치가 없고, 의심 많고, 온갖 약점이 온화한 눈과 코를 한껏 괴롭힌 결과 이런 뒤틀린 인상이 되어버린 게 아닐까 나는 생각했다.

안주인은 북국에 어울리지 않게 검은 머리와 검은 눈을 가지고 있었다. 그래도 언어는 평범한 영국 사람과 조금도 다르지 않았다. 이사를 한 첫 날, 아래층에서 차를 마시라고 하기에 내려가 보았더니 가족은 아무도 없었다. 나는 북쪽을 향한 작은 식당에 안주인과 단 둘이 마주 앉았다. 햇빛이 든 적이 없는 것처럼 어두컴컴한 방 안을 둘러보니 벽난로 위 장식장에 쓸쓸한 수선화가 꽂혀 있었다. 안주인은 내게 차와 토스트를 권하며 여러 가지 이야기를 했다. 그때 무슨 말 끝에 태어난 곳은 영국이 아니라 프랑스라는 사실을 밝혔다. 그리고 검은 눈을 움직여 뒤쪽 유리병에 꽂힌 수선화를 돌아보며, 영국은 흐리고 추워서 좋지 않다고 말했다. 저렇게 꽃도 아름답지 않다고 가르쳐준 것이리라.

나는 마음속으로 초라하게 핀 그 수선화의 모습과 이 여자의 말라비틀어진 뺨 속을 흐르고 있는 빛바랜 피를 비교해보고, 멀리 프랑스에서 꿀 만한 따뜻한 꿈을 상상해보았다. 안주인의 검은 머리카락과 검은 눈동자 속에는 몇 년 전인가의 옛날에 사라진 봄 향기의 덧없는 역사가 있는 것이리라. 당신은 프랑스어를 할 줄 아시나요? 라고 물었다. 아니요, 라고 대답하려는 혀끝을 가로막으며 두어 마디 연달아 부드러운 남쪽 지방의 말을 사용했다. 저렇게 뼈만 남은 목에서 어떻게 저런 소리가 나올까 싶을 정도로 아름다운 악센트였다.

그날 저녁의 만찬 때에는 머리가 벗겨지고 수염이 하얀 노인이 식탁에 앉았다. 이분이 저희 아버지세요, 라고 안주인이 소개를 해주었기에 비로소 주인은 나이 든 양반이라는 사실을 알게 되었다. 이 주인은 말투가 묘했다. 잠깐 듣기만 해도 결코 영국 사람은 아니었다. 아하, 부녀가 해협을 건너 런던에 자리를 잡은 거로구나, 하고 짐작했다. 그런데 노인이 자신은 독일 사람이라며 묻지도 않았는데 먼저 소개를 했다. 나는 짐작이 빗나갔기에 그렇습니까, 라고 말한 채 입을 다물었다.

방으로 돌아와 책을 읽는데 아래층의 부녀가 묘하게 신경에 거슬려 견딜 수가 없었다. 그 아버지는 뼈만 앙상한 딸과 비교해 보면 어디 한 군데 닮은 구석이 없었다. 부은 것처럼 살이 찐 얼굴 한가운데에 뭉툭하고 살이 많은 코가 누워 있고, 가느다란 눈이 2개 붙어 있었다. 남아프리카의 대통령 중에 크루거[15]라는 사람이 있었다. 그 사람을 쏙 빼닮았다. 세련되고 기분 좋게 이쪽의 눈동자에 비치는 얼굴은 아니었다. 게다가 딸에게 하는 말 속에는 온화함이 결여되어 있었다. 이가 빠져서 우물거리면서도 어딘지 모르게 거친 투로 말하는 것이 보였다. 딸도 아버지를 대할 때면 험상궂은 얼굴이 더 험상궂어지는 듯 보였다. 아무래도 평범한 부녀는 아니었다. ……나는 이렇게 생각하며 잤다.

이튿날 아침을 먹으러 내려가니 어젯밤의 부녀 외에도 가족 하나가 더 늘었다. 새로 식탁에 앉은 사람은 혈색이 좋고 사교성 있어 보이는 마흔 줄의 사내였다. 나는 식당 입구에서 이 사내의 얼굴을 보았을 때 비로소 생기 넘치는 인간사회에서 살고 있는 것 같다는 느낌이 들었다. my brother라고 안주인이 그 남자를 내게 소개했다. 역시 남편은 아니었던 것이다. 하지만 도저히 오누이라고는 받아들일 수 없을 만큼 생김새가 달랐다.

그날은 밖에서 점심을 먹고 3시 넘어서 돌아와 내 방에 들어갔는데 얼마 지나지 않아서 차를 마시러 오라고 부르러 왔다. 이날도 흐렸다. 어둑한 식당의 문을 열자 안주인이 혼자 다기를 준비해놓고 난로 옆에 앉아 있었다. 석탄을 때주었기에 얼마간 활기찬 느낌이 들었다. 이제 막 붙은 불꽃에 비친 안주인의 얼굴을 보니 살짝 달아오른 데다 분을 얇게 바르고 있었다. 나는

---

15) Kruger(1825~1904). 남아프리카의 정치가. 트란스발공화국의 대통령(1883~1900).

방의 입구에서 화장의 외로움이라는 것을 뼈저리게 깨달았다. 안주인은 내가 받은 인상을 꿰뚫어봤다는 듯한 눈빛을 했다. 내가 안주인으로부터 일가의 사정을 듣게 된 것은 이때였다.

안주인의 어머니는 25년 전에 한 프랑스 사람에게 시집가서 이 아가씨를 얻었다. 몇 년인가 함께 살다가 남편은 죽었다. 어머니는 딸의 손을 잡고 다시 독일인에게로 시집을 갔다. 그 독일인이 어젯밤의 노인이었다. 지금은 런던의 웨스트엔드에 양복점을 차려놓고 매일매일 그곳으로 출퇴근하고 있었다. 전처의 아들도 같은 가게에서 일하고 있으나 부자는 사이가 아주 좋지 않았다. 한 집에 살면서도 말을 하는 적이 없었다. 아들은 밤 늦게 돌아왔다. 현관에서 구두를 벗고 양말만 신은 채 아버지 몰래 복도를 지나 자신의 방으로 들어가서 자버린다. 어머니는 아주 오래 전에 돌아가셨다. 세상을 떠날 때 딸을 잘 부탁한다고 말하고 눈을 감았지만 어머니의 재산은 전부 아버지의 손으로 넘어가서 한 푼도 마음대로 쓸 수가 없었다. 어쩔 수 없었기에 이렇게 하숙을 쳐서 용돈벌이를 하고 있는 것이었다. 아그니스는······.

안주인은 여기서 더 말을 하지 않았다. 아그니스는 이 집에서 부리고 있는 열서너 살쯤 된 여자아이의 이름이었다. 나는 그 순간 오늘 아침에 본 아들의 얼굴과 아그니스 사이에 어딘가 닮은 점이 있다는 사실을 깨달았다. 마침 아그니스가 토스트를 들고 부엌에서 나왔다.

"아그니스, 토스트 먹을래?"

아그니스는 말없이 토스트 한 쪽을 받아들고 다시 부엌으로 갔다.

1개월 뒤 나는 그 하숙을 떠났다.

과거의 향기

내가 이 하숙을 나오기 2주일쯤 전에 K군이 스코틀랜드에서 돌아왔다. 그때 나는 안주인을 통해서 K군을 소개받았다. 두 일본인이 런던 고지대의 한 조그만 집에서 우연히 만나, 그것도 아직 서로 통성명도 하지 않았기에 신분도, 성격도, 경력도 모르는 외국 여성의 힘을 빌려, 모쪼록 잘 부탁드리겠습니다, 라며 머리를 숙인 일은 생각해보면 지금도 여전히 참으로 묘한 기분이 든다. 그때 이 노처녀는 검은 옷을 입고 있었다. 뼈만 앙상하고 기름기 빠져버린 듯한 손을 앞으로 내밀어 K씨, 이분이 N씨, 라고 말하고, 말을 완전히 마치기 전에 다시 한쪽 손을 상대방 쪽으로 가져가며 N씨, 이분이 K씨, 라고 공평하게 쌍방을 똑같이 소개했다.

나는 노처녀의 태도가 참으로 엄숙하고, 어떤 중요한 기운으로 가득 찬 형식을 갖추고 있다는 데 적잖이 놀랐다. K군은 내 맞은편에 서서 예쁘장한 쌍꺼풀 끝에 주름을 만들어가며 미소를 흘리고 있었다. 나는 웃기보다는 오히려 모순된 외로움을 느꼈다. 유령의 중매로 결혼 의식을 행하면 이런 기분이 들지 않을까, 선 채로 생각했다. 이 노처녀의 검은 그림자가 움직이는 곳은 전부 생기를 잃고 단번에 고적지(古蹟地)처럼 되어버리는 것 같다는 생각이 들었다. 잘못해서 그 살에 닿기라도 하면 닿은 사람의 피가 거기만 차가워질 것이라고밖에 상상되지 않았다. 나는 문 밖으로 사라져가는 여자의 발소리에 반쯤 머리를 돌렸다.

노처녀가 나가고 난 뒤 나와 K군은 금방 친해졌다. K군의 방에는 아름다운 융단이 깔려 있고, 하얀 비단 커튼이 걸려 있고, 멋진 안락의자와 흔들의자가 갖춰져 있었으며, 조그만 침실이 따로 부속되어 있었다. 무엇보다 기쁜 것은 스토브에 끊임없이 불을 피워 반짝이는 석탄을 아낌없이 허물어가고 있다는 점이었다.

이후부터 나는 K군의 방에서 K군과 둘이 차를 마시기로 했다. 점심은 곧잘 근처 요리점에 함께 가곤 했다. 계산은 반드시 K군이 해주었다. 듣자하니 K군은 항구 구축하는 것을 조사하러 왔다고 하는데 상당한 돈을 가지고 있었다. 집에 있을 때는 적갈색 공단에 화조(花鳥)를 수놓은 드레싱가운을 입고 매우 유쾌하게 보였다. 그에 비해서 나는 일본을 떠날 때의 옷이 상당히 지저분해져서 보기 흉한 꼴이었다. 너무 심하다며 K군이 새옷을 맞출 비용을 빌려주었다.

2주일 동안 K군과 나는 여러 가지 이야기를 나누었다. K군이 곧 게이오[16] 내각을 구성할 것이라고 말한 적이 있었다. 게이오

---

16) 慶応. 일본의 연호(1865~1868).

시절에 태어난 사람들만으로 내각을 구성하기에 게이오 내각이라고 부른다는 것이었다. 내게 자네는 언제 태어났는가, 라고 묻기에 게이오 3년이라고 대답했더니, 그럼 내각의 구성원이 될 자격이 있다며 웃었다. K군은 아마 게이오 2년이나 원년에 태어났다고 한 것으로 기억하고 있다. 나는 1년만 늦었어도 K군과 함께 정무에 참여할 권리를 잃을 뻔했다.

이런 재미있는 이야기를 하는 가운데 때로는 아래층 가족들이 화제에 오르는 적도 있었다. 그러면 K군은 언제나 눈썹을 찌푸리고 머리를 흔들었다. 아그니스라는 조그만 여자가 가장 가엾다고 했다. 아그니스는 아침이 되면 석탄을 K군의 방으로 가지고 왔다. 정오가 지나면 차와 버터와 빵을 가지고 왔다. 말없이 가지고 와서 말없이 놓고 갔다. 언제 봐도 창백한 얼굴에 크고 촉촉한 눈동자로 살짝 인사를 할 뿐이었다. 그림자처럼 나타났다가는 그림자처럼 아래층으로 내려갔다. 지금껏 한 번도 발소리를 낸 적이 없었다.

어느 날 나는, 불쾌하기에 이 집에서 나갈 생각이라고 K군에게 말했다. K군도 찬성하며, 나는 이렇게 조사를 위해 곳곳을 돌아다니는 몸이니 상관없지만, 자네는 좀 더 컴퍼터블한 곳에 자리를 잡고 공부하는 편이 좋을 거라고 충고해주었다. 그때 K군은 지중해 너머로 건너가야 한다며 부지런히 여장을 꾸리고 있었다.

내가 하숙을 나설 때 노처녀는 다시 한 번 생각해보라고 간절하게 부탁했다. 하숙비를 깎아주겠다, K군이 없을 때는 그 방을 써도 상관없고까지 말했으나 나는 끝내 남쪽으로 옮겨버리고 말았다. 동시에 K군도 멀리로 가버리고 말았다.

2, 3개월 지나서 홀연 K군의 편지가 날아들었다. 여행에서 돌아왔다, 당분간은 여기에 있을 예정이니 놀러 오라고 적혀 있었다. 바로 가고 싶었지만 여러 가지 일이 있어서 북쪽 끝까지 달려갈 시간이 없었다. 일주일쯤 지나서 이슬링턴에 갈 일이 생겼기에 잘됐다 싶어 돌아오는 길에 K군의 하숙에 들러보았다.

건물 정면의 2층 창으로 예의 하얀 비단 커튼이 굳게 닫힌 채 유리 너머로 보였다. 나는 따뜻한 난로와 적갈색 공단의 자수와 안락의자와 쾌활한 K군의 여행담을 상상하며 힘차게 문으로 들어가 계단을 달려 올라가듯 해서 노커를 똑똑 두드렸다. 문 안쪽에서 발소리가 들리지 않기에 들리지 않은 건가 싶어 다시 노커에 손을 대려던 순간 문이 저절로 열렸다. 나는 문지방을 넘어 한 걸음 안으로 발을 들여놓았다. 그리고 사죄라도 하듯 나를 가만히 올려다보고 있는 아그니스와 얼굴을 마주했다. 그 순간 지난 3개월쯤 잊고 있었던 옛 하숙의 냄새가 좁은 복도 한가운데서 내 후각을 번갯불처럼 자극했다. 그 냄새 속에는 검은 머리카락과 검은 눈동자와, 크루거 같은 얼굴과, 아그니스를 닮은 아들과, 아들의 그림자 같은 아그니스와, 그들 사이에 웅크리고 있는 비밀 모두가 한꺼번에 함축되어 있었다. 나는 그 냄새를 맡은 순간 그들의 기분, 동작, 언어, 얼굴색을 생생하게 어두운 지옥 속에서 바라보았다. 나는 2층으로 올라가 K군을 만나야 한다는 사실을 견디기 어려웠다.

고양이의 무덤

　와세다로 옮긴 뒤부터 고양이가 점점 마르기 시작했다. 아이들과 조금도 놀 기색을 보이지 않았다. 볕이 들면 툇마루에서 잠을 잤다. 앞발을 모은 위에 네모난 턱을 올리고 정원의 나무를 가만히 바라본 채 언제까지고 움직이는 모습을 보이지 않았다. 아이들이 아무리 그 옆에서 소란을 피워도 모르는 척하고 있었다. 아이들도 아예 상대를 하지 않게 되었다. 이 고양이는 도저히 놀이 상대가 되지 않는다고 말하기라도 하듯, 오랜 친구를 타인처럼 대하고 있었다. 아이들뿐만이 아니었다. 하녀는 그저 세끼 밥을 부엌 구석에 놓아줄 뿐, 그 외에는 거의 상대하지 않았다. 게다가 그 밥은 대부분 동네에 있는 커다란 삼색의 얼룩고양이가 와서 먹어버렸다. 고양이는 특별히 화를 내는 기색도 보이지 않았다. 싸움하는 모습을 본 적도 없었다. 그저 가만히 앉아 있었다. 그런데 그 앉아 있는 모습에 왠지 여유가 없었다. 한가롭고 편안하게 몸을 눕혀 햇빛을 받고 있는 것이 아니라, 움직일 만한 공간이 없어서……, 이것으로는 아직 표현이 부족하다. 귀찮음의 도를 어느 선까지 넘어서 움직이지 않으면 외롭지만, 움직이면 더욱 외롭기에 참고 가만히 견디고 있는 것처럼 보였다. 그 시선은 언제나 정원의 나무를 향해 있었으나, 그는 아마 나뭇잎도 줄기의 모습도 의식하고 있지 않았으리라. 푸른 빛이 도는 누른 눈동자로 멍하니 한 곳을 바라보고 있을 뿐이었다. 그가 우리 아이들로부터 존재를 인정받지 못했던 것처럼, 자신도 세상의 존재를 분명히 인정하고 있지 않은 듯했다.

그래도 가끔은 볼일이 있는지 밖으로 나가는 적이 있었다. 그러면 언제나 동네의 삼색 얼룩이에게 쫓겼다. 그리고 겁을 먹었기에 툇마루로 뛰어올라 닫혀 있는 장지문을 찢고 이로리17) 옆까지 도망쳐 들어왔다. 집안사람이 그의 존재를 깨닫는 것은 이때뿐이었다. 그도 이때만은 자신이 살아 있다는 사실을 한껏 자각하고 있으리라.

이것이 거듭됨에 따라서 고양이의 긴 꼬리털이 점점 빠지기 시작했다. 처음에는 곳곳이 드문드문 빠져 구멍처럼 보였으나, 나중에는 빨간 피부로 번져가며 빠져서 보기에도 가여울 정도로 축 늘어져 있었다. 그는 만사에 지친 몸을 한껏 웅크리고 아픈 부위를 자꾸만 핥아댔다.

이봐 고양이가 조금 이상한데, 라고 말하자, 그러게요, 역시 나이를 먹은 탓이겠죠, 라며 아내는 지극히 냉담했다. 나도 그대로 내버려두었다. 그러자 이번에는 세끼 밥을 종종 토하기 시작했다. 목 부근에 커다란 물결을 일으키며 기침인지 재채기인지 모를, 괴로운 듯한 소리를 냈다. 힘들어 보였지만 달리 방법이 없었기에 토할 것 같으면 밖으로 내쫓았다. 그렇게 하지 않으면 다다미든 이불이든 가리지 않고 더럽혔다. 손님 접대용으로 마

---

17) 囲炉裏. 마룻바닥을 사각형으로 파내고 난방, 취사용 불을 피우는 장치.

련한 비단 방석도 대부분 그 때문에 더러워지고 말았다.

"어찌해야 좋을지 모르겠군. 위가 안 좋은 듯하니 호탄18)이라도 물에 타서 먹여봐."

아내는 아무런 말도 하지 않았다. 이삼일 뒤에 호탄을 먹였냐고 물었더니 먹여도 안 돼요, 입을 벌리지 않아요, 라고 대답한 뒤, 생선뼈를 먹이면 토해요, 라고 설명하기에, 그럼 먹이지 않으면 되잖아, 라고 약간 성이 난 듯 소리치고 책을 봤다.

고양이는 구토기만 없으면 여전히 얌전하게 앉아 있었다. 이 무렵에는 몸을 웅크리듯 해서 가만히 자신의 몸을 받아주고 있는 툇마루만이 의지할 곳이라는 듯 한껏 움츠리고 있었다. 눈빛도 조금 바뀌기 시작했다. 처음에는 가까운 시선에 멀리 있는 물건이 비치듯 초연한 가운데 어딘가 차분함이 느껴졌지만, 그것이 점점 이상하게 움직이기 시작했다. 하지만 눈동자의 색깔은 차츰 잠겨가고 있었다. 해가 떨어지고 희미한 번갯불이 나타나는 듯한 느낌이었다. 하지만 그냥 내버려두었다. 아내 역시 신경도 쓰지 않은 모양이었다. 아이들은 물론 고양이가 있다는 사실조차 잊고 있었다.

어느 날 밤, 그는 아이가 자는 침구 끝자락에 엎드려 있었는데 갑자기 자신이 잡은 물고기를 빼앗겼을 때 내는 것과 같은 사나운 소리를 냈다. 이때 이상하다고 생각한 것은 나뿐이었다. 아이는 깊이 잠들어 있었다. 아내는 바느질에 여념이 없었다. 잠시 시간이 흐르자 고양이가 다시 사나운 소리를 냈다. 아내는 마침

---

18) 宝丹. 에도 말기부터 판매를 시작한 적갈색 가루약.

내 바느질하던 손길을 멈추었다. 나는 무슨 일이야, 한밤중에 아이 머리라도 물리면 큰일이잖아, 라고 말했다. 설마, 하며 아내는 다시 속옷의 소매를 꿰매기 시작했다. 고양이는 때때로 사나운 소리를 냈다.

이튿날에는 이로리 옆에 올라앉은 채 하루 종일 사나운 소리를 냈다. 차를 따르기도 하고 주전자를 내리기도 하는 것이 마음에 들지 않는 모양이었다. 하지만 밤이 되자 고양이에 대해서는 나도 아내도 까맣게 잊고 말았다. 고양이가 죽은 것은 바로 그날 밤이었다. 아침이 되어 하녀가 뒤란의 창고로 장작을 가지러 갔을 때는 이미 몸이 굳은 채 오래된 부뚜막 위에 쓰러져 있었다.

아내는 일부러 그 죽은 모습을 보러 갔다. 그리고 지금까지의 냉담했던 모습과는 달리 갑자기 소란을 피우기 시작했다. 우리 집에 드나드는 인력거꾼에게 부탁해 네모난 묘표를 사오게 해서는, 무슨 말인가 써달라고 청해왔다. 나는 앞에 고양이의 무덤이라고 쓰고 뒤에, 이 아래에 번개 치는 밤이 있다, 고 적었다. 인력거꾼이 이대로 묻어도 됩니까, 라고 물었다. 그럼 화장을 할 수도 없잖아요, 라고 하녀가 놀려댔다.

아이들도 갑자기 고양이를 아껴주기 시작했다. 묘표 좌우에 유리병을 2개 세우고 싸리 꽃을 가득 꽂았다. 대접에 물을 떠서 무덤 앞에 놓았다. 꽃과 물 모두 매일 갈아주었다. 사흘째 저녁에 네 살 된 딸이—이때 나는 서재의 창으로 보고 있었다—저 혼자 무덤 앞으로 가서 한동안 묘표 막대를 바라보고 있다가 마침내 손에 들고 있던 장난감 국자를 이용해 고양이에게 놓아준 대접의 물을 떠서 마셨다. 그것도 1번이 아니었다. 싸리 꽃이 가득 떨어진 물의 방울이 저물녘의 고요함 속에서 몇 번인가 아이코(愛子)의 조그만 목을 적셨다.

　고양이가 죽은 날이 찾아오면 아내는 반드시 한 조각 연어와 가다랑어포를 뿌린 밥 한 공기를 무덤 앞에 올렸다. 지금까지도 잊은 적이 없었다. 단, 요즘에는 정원까지 가져가지 않고 대부분은 거실의 농 위에 올려놓고 있는 듯하다.

따뜻한 꿈

　바람이 높은 건물에 부딪쳐 생각처럼 똑바로 빠져나가지 못하기에 갑자기 번개처럼 꺾어져 머리 위에서 비스듬하게 포석까지 불어 내려왔다. 나는 걸어가며 쓰고 있던 중산모자를 오른손으로 잡았다. 앞에 손님을 기다리는 마부가 하나 있었다. 마부석에서 이 모습을 바라보고 있었는지 내가 모자에서 손을 떼고 자세를 바로하자마자 검지를 위로 세웠다. 타지 않겠느냐는 신호였다. 나는 타지 않았다. 그러자 마부는 오른손으로 주먹을 굳게 쥐어 가슴 부근을 세게 두드리기 시작했다. 두어 간 떨어져서 들어도 쿵쿵 소리가 들렸다. 런던의 마부들은 이렇게 해서 자신과 자기 손을 덥히는 것이다. 나는 몸을 돌려서 그 마부를 잠깐 보았다. 벗겨지기 시작한 딱딱한 모자 아래로, 새치 섞인 두꺼운 머리카락이 삐져나와 있었다. 담요를 이어붙인 것 같은 거친 갈색 외투의 오른쪽 등에 팔꿈치를 대고 어깨와 평행이 되도록 치켜 올려 쿵쿵 가슴을 두드리고 있었다. 마치 일종의 기계가 움직이고 있는 것 같았다. 나는 다시 걷기 시작했다.

길을 가는 사람들 모두가 앞질러 갔다. 여자조차 뒤로 처지지 않았다. 허리 뒤쪽에서 스커트를 가볍게 쥐고 굽이 높은 구두가 부러지지 않을까 여겨질 정도로 격렬하게 포석을 울리며 서둘러 갔다. 자세히 보니 얼굴 하나하나 모두 조급하게 보였다. 남자는 정면을 본 채로, 여자는 곁눈질도 하지 않고 오로지 자신이 가야할 곳으로만 똑바로 달릴 뿐이었다. 그때 입은 굳게 닫혀 있었다. 눈썹은 깊이 갇혀 있었다. 코는 험상궂게 솟아 있고 얼굴은 안쪽으로만 늘어져 있었다. 그리고 발은 볼일이 있는 쪽을 향해 일직선으로 옮겨갔다. 마치 거리를 걷는 것은 견딜 수 없는 일이다, 문 밖에 머무는 것은 참을 수 없는 일이다, 한시라도 빨리 지붕 밑으로 몸을 숨기지 않으면 평생의 치욕이다, 이렇게 생각하고 있는 듯한 태도였다.

나는 어슬렁어슬렁 걸으며 왠지 이 도시에는 머물기 어렵겠다는 생각이 들었다. 위를 보니 널따란 하늘이 어느 시대부터인가 칸막이를 두른 듯 잘려, 절벽처럼 솟아 있는 좌우의 건물 사이로 남아 있는 가느다란 띠만이 동쪽에서 서쪽에 걸쳐 기다랗게 뻗어 있었다. 그 띠의 색은 아침부터 회색이었는데 조금씩 다갈색으로 변하기 시작했다. 건물은 원래가 회색이었다. 그것이 따뜻한 햇빛에 싫증이 나버린 듯, 거침없이 양쪽에서 가로막고 있었다. 널따란 땅을 좁고 답답한 계곡의 그림자로 만들어, 높은 태양이 미치지 못하도록 2층 위에 3층을 더하고 3층 위에 4층을 쌓아버렸다. 조그만 사람들은 그 바닥의 일부분을 검은빛이 되어 춥다는 듯 오가고 있었다. 나는 그 검게 움직이는 것들 가운데 가장 활발하지 못한 일개 분자였다. 계곡 사이에 껴서 빠져나갈 곳을 잃은 바람이 이 바닥을 들어올리듯 하며 빠져나갔다. 검은 자들은 그물코에서 빠져나온 잡어들처럼 사방으로 휙 흩어져갔다. 굼뜬 나도 이 바람에 흩날려 결국에는 집19)안으로 달아났다.

기다란 복도를 빙글빙글 돌아 계단을 두어 개 올라가니 용수철 달린 커다란 문이 있었다. 몸의 무게로 슬쩍 밀자마자 소리도 없이 몸은 저절로 커다란 갤러리20) 안으로 미끄러져 들어갔다. 아래는 눈이 부실 정도로 밝았다. 뒤를 돌아보니 문은 어느 틈엔가 닫혔고 내가 있는 곳은 봄처럼 따뜻했다. 나는 눈동자를 익숙해지게 하기 위해서 잠시 눈을 깜빡였다. 그런 다음 좌우를 보았다. 좌우에는 사람들이 많았다. 하지만 모두 조용하고 차분했다. 그리고 얼굴의 긴장이 전부 풀어진 것처럼 보였다. 수많은 사람들이 이렇게 어깨를 나란히 하고 있는데도, 아무리 많아도 전혀 답답하지 않았다. 서로가 서로를 모두 편안하게 해주고 있었다. 나는 위를 보았다. 위는 둥근 모양의 커다란 천장으로 극채색이 진하게 눈에 들어오는 가운데 선명한 금박이 가슴 설렐 정도로

---

19) 런던 시어터를 말한다.
20) 가장 높은 층의 관람석. 가장 싼 대중석이다.

찬란하게 빛나고 있었다. 나는 앞을 보았다. 앞은 난간에서 끝나 있었다. 난간 너머에는 아무것도 없었다. 커다란 구멍이었다. 나는 난간 옆까지 다가가서 짧은 목을 내밀어 구멍 안을 들여다 보았다. 그러자 멀리 아래는 그림에 그려진 것처럼 작은 사람들로 가득 메워져 있었다. 그 숫자가 많은 데 비해서는 선명하게 보였다. 사람의 바다란 이를 말하는 것이었다. 하양, 검정, 노랑, 파랑, 보라, 빨강, 모든 밝은 색이 널따란 바다에서 일어나는 파문처럼 모여, 멀리 바닥에 오색의 비늘을 늘어놓은 것만큼 작고 또 아름답게 꿈틀거리고 있었다.

그 순간 이 꿈틀거리던 것이 단번에 사라지고 커다란 천장에서부터 멀리 계곡의 바닥까지 한꺼번에 어두워졌다. 지금까지 나란히 앉아 있던 수천의 사람들은 어둠 속에 매장당한 채 누구 하나 소리를 내지 않았다. 마치 이 커다란 어둠에 한 사람도 남김없이 존재가 지워져 그림자도 형체도 사라져버린 것처럼 적막해졌다. 그러다 갑자기 멀리 바닥의 정면 일부가 사각형으로 나뉘어 어둠 속에서 떠오르듯 어느 틈엔가 희미하게 밝아지기 시작했다. 처음에는 그저 어둠의 정도가 다를 뿐이라고 생각했는데 그것이 점점 어둠에서 벗어나기 시작했다. 틀림없이 부드러운 빛을 받고 있는 것이라고 의식할 수 있을 정도가 되었을 때, 나는 안개와 같은 빛줄기 속에서 불투명한 색을 찾아낼 수 있었다. 그 색은 노랑과 보라와 쪽빛이었다. 마침내 그 안의 노랑과 보라가 움직이기 시작했다. 나는 두 눈의 시신경이 지쳐버릴 만큼 긴장해서 그 움직이는 것을 눈도 깜빡이지 않고 응시했다. 안개는 눈 속에서 곧 걷혔다. 맞은편 멀리로 밝은 햇살이 따사롭게 내리쬐는 바다를 앞에 두고 노랑 상의를 입은 아름다운 남자와 보라색 소매를 길게 늘어뜨린 아름다운 여자가 파란 풀 위에 선명하게 드러나기 시작했다. 여자가 감람나무 아래에 놓여 있는 대리석 벤치에 앉자 남자는 의자 옆에 서서, 위에서부터 여자를 내려다보았다. 그때 남쪽에서 부는 따뜻한 바람에 실려 조용하고 부드러운 음악소리가 가늘고 길게 멀리 물결 너머에서 전해졌다.

구멍 위도, 구멍 아래도 일제히 술렁거리기 시작했다. 그들은 어둠 속으로 사라진 것이 아니었다. 어둠 속에서 따뜻한 그리스를 꿈꾸고 있었던 것이었다.

인 상

밖으로 나와 보니 널따란 거리가 집 앞을 일직선으로 꿰뚫고 있었다. 어디 보자 싶어 그 한가운데 서서 둘러보니 눈에 들어오는 집은 전부 4층이었고, 또 전부 같은 색이었다. 옆도 맞은편도 구별이 되지 않을 정도로 비슷한 구조여서 지금 내가 나온 것이 대체 어느 집인지, 두어 간 지나쳐서 돌아보니 더는 알아볼 수가 없었다. 이상한 거리였다.

어젯밤에는 기차 소리에 휩싸여 잠을 잤다. 10시 넘어서는 말발굽 소리와 방울의 울림에 떠밀려 어둠 속을 꿈에서처럼 달렸다. 그때 아름다운 등불이 수백의 점이 되어 눈동자 위를 오갔다. 그 외에는 아무것도 보지 못했다. 보는 것은 지금이 처음이었다.

자리에 선 채 이 이상한 거리를 두어 번 올려다보고 내려다본 뒤, 마침내 왼쪽을 향해 1정쯤 가니 네거리가 나왔다. 잘 기억해둔 다음 오른쪽으로 접어들자 이번에는 앞서보다도 넓은 거리가 나왔다. 그 거리 속을 마차가 몇 대고 지나갔다. 전부 지붕에 사람을 태우고 있었다. 그 마차의 색은 빨강도 있고, 노랑도 있고, 파랑과 갈색과 감색도 있고, 끊임없이 내 옆을 앞질러서 저편으로 갔다. 멀리 앞을 바라보았으나 어디까지 오색이 이어져 있는지 알 수 없었다. 뒤돌아보니 오색구름처럼 움직이며 다가오고 있었다. 사람을 싣고 어디에서부터 어디로 가는지 모르겠다며 멈춰 서서 생각하고 있는데 뒤에서 키가 큰 사람이 덮치듯 어깨 부근을 밀었다. 비켜서려고 한 오른쪽에도 키가 큰 사람이 있었다. 왼쪽에도 있었다. 어깨를 민 뒤편의 사람은 다시 그 뒤편의 사람에게 어깨를 밀리고 있었다. 그런데 모두 입을 다물고 있었다. 그렇게 해서 저절로 앞을 향해 움직여갔다.

나는 이때 비로소 사람의 바다에 빠졌다는 사실을 깨달았다. 이 바다는 어디까지 펼쳐져 있는지 알 수 없었다. 그러나 넓은 것에 비해서는 매우 조용한 바다였다. 하지만 빠져나갈 수가 없었다. 오른쪽을 보아도 막혀 있었다. 왼쪽을 보아도 가로막혀 있었다. 뒤를 돌아보아도 가득했다. 그리고 조용히 앞으로 움직여 갔다. 단 한 줄기의 운명밖에 자신을 지배하는 것은 없다는 듯, 수만의 검은 머리가 약속이라도 한 것처럼 발걸음을 맞추어 한 걸음씩 앞으로 나아갔다.

나는 걸으며 지금 막 나온 집에 대해서 떠올려보았다. 똑같은 4층 건물, 똑같은 색의 이상한 거리가 아주 멀리 있는 듯 여겨졌다. 어디를 어떻게 돌아 어디를 어떻게 걸어야 다시 갈 수 있을지, 거의 모르겠다는 듯한 기분이 들었다. 혹시 찾아갔다 할지라도 우리 집은 찾아낼 수 있을 것 같지 않았다. 그 집은 어젯밤의 어둠 속에 어둡게 서 있었다.

나는 불안함을 느끼며 키가 큰 사람들에게 떠밀려 어쩔 수 없이 대로를 두어 개 돌았다. 돌 때마다 어젯밤의 어두운 집과는 반대방향으로 멀어지고 있는 것 같다는 기분이 들었다. 그리고 눈이 피로해질 만큼 사람이 많은 가운데서 말로 표현할 수 없는 고독을 느꼈다. 그때 완만한 언덕길이 나왔다. 여기는 커다란 도로가 대여섯 개 합류하는 광장처럼 여겨졌다. 지금까지 한 줄기로 움직여왔던 물결이 언덕 아래에 이르러 여러 방향에서 밀려든 것과 합쳐져 조용히 회전하기 시작했다.

언덕 아래에는 커다란 석조 사자가 있었다. 전신이 회색이었다. 꼬리가 가느다란 데 비해서, 갈기가 물결치고 있는 속의 머리는 4말 들이 통만큼이나 됐다. 앞발을 모은 채 물결치는 군중들 속에서 잠을 자고 있었다. 사자는 2마리 있었다. 밑에는 포석이 촘촘하게 깔려 있었다. 그 한가운데 동으로 된 굵은 기둥이 있었다. 나는 조용히 움직이는 사람의 바다 사이에 서서 눈을 들어 기둥 위를 보았다. 기둥은 눈이 닿는 곳 끝까지 높다랗게 똑바로 서 있었다. 그 위로는 커다란 하늘이 가득 보였다. 높다란 기둥은 그 하늘을 한가운데서 찌를 듯이 솟아 있었다. 그 기둥 끝에는 무엇이 있는지 알 수 없었다. 나는 다시 사람들의 물결에 떠밀려 광장에서 오른쪽 거리를 어디로 향하는지도 모르게 내려갔다. 잠시 후 돌아보니 막대기 같은 가느다란 기둥 위에 조그만 사람21)이 홀로 서 있었다.

인　간

　오사쿠(御作) 씨는 일어나자마자 아직 미용사는 안 왔느냐, 미용사는 안 왔느냐며 소란을 피웠다. 미용사는 어젯밤에 틀림없이 와달라고 해두었다. 다른 분도 아니시니 일을 조정해서 9시까지는 반드시 찾아뵙겠다는 대답을 듣고서야 간신히 안심하고 잘 수 있었을 정도였다. 괘종시계를 보니 9시까지는 이제 5분밖에 남지 않았다. 어떻게 된 거냐고 참으로 초조한 듯했기에 보다 못한 하녀가 잠깐 나가보고 오겠다며 밖으로 나갔다. 오사쿠 씨는 어정쩡한 자세로 일어서며 장지문 앞에 꺼내놓은 경대를 들여다보았다. 그리고 일부러 입술을 열어 위아래 모두 아름답고 가지런한 하얀 이를 남김없이 드러냈다. 그러자 시계가 기둥 위에서 뎅뎅 하고 9시를 알리기 시작했다. 오사쿠 씨는 바로 일어나 옆방과의 사이에 있는 장지문을 열고 어떻게 된

---

21) 넬슨의 동상을 말한다.

거예요, 여보, 벌써 9시가 넘었다고요, 일어나지 않으시면 늦어지잖아요, 라고 말했다. 오사쿠 씨의 남편은 9시 종소리를 듣고 지금 이부자리 위에 일어나 앉은 참이었다. 오사쿠 씨의 얼굴을 보자마자 알았어, 라고 말하며 가볍게 일어났다.

오사쿠 씨는 바로 부엌 쪽으로 달려가 칫솔과 치약과 비누와 수건을 하나로 싸서, 자, 얼른 다녀오세요, 라며 남편에게 건네주었다. 돌아오는 길에 면도 좀 하고 오겠소, 라며 솜을 넣은 비단 잠옷 안에 유카타[22]를 입은 남편은 섬돌로 내려섰다. 그럼 잠깐 기다리세요, 오사쿠 씨는 다시 안쪽으로 달려 들어갔다. 그 사이에 남편은 칫솔을 놀리기 시작했다. 오사쿠 씨는 작은 농의 서랍에서 조그만 돈봉투를 꺼내 안에 은화를 넣어 가지고 나왔다. 남편은 말을 할 수 없었기에 말없이 봉투를 받아들고 격자문을 나섰다. 오사쿠 씨는 남편의 어깨 뒤로 수건 끝이 늘어져 있는 것을 잠깐 바라보다가, 곧 다시 안으로 들어가 경대 앞에 잠깐 앉아 자신의 모습을 다시 비춰보았다. 그리고 옷장의 서랍을 반쯤 열고 고개를 살짝 갸웃거렸다. 마침내 안에서 무엇인가 두어 점 꺼내 그것을 다다미 위에 놓고 생각했다. 그러다 기껏 꺼낸 것을 하나만 남겨놓고 나머지는 정성스럽게 안에 넣어버렸다. 그런 다음 다시 두 번째 서랍을 열었다. 그리고 다시 생각했다. 오사쿠 씨는 생각하고, 꺼내고, 다시 넣고 하는 데 약 30분 정도를 썼다. 그러는 중에도 시종 걱정스럽다는 듯 괘종시계를 바라보았다. 마침내 의상을 갖추어 크고 샛노란

---

22) 목욕 후나 여름에 입는 홑옷.

무명보자기에 싸서 방구석에 밀어놓았을 때 미용사가 놀랄 만큼 커다란 소리를 내며 뒷문으로 들어왔다. 늦어서 죄송합니다, 라고 숨을 헐떡이며 변명을 했다. 오사쿠 씨는 이렇게 바쁘신데 죄송하게 됐습니다, 라며 기다란 담뱃대를 꺼내 미용사에게 담배를 피우게 해주었다.

머리 빗겨주는 사람이 오지 않았기에 머리를 묶는 데 꽤나 시간이 걸렸다. 남편은 목욕탕에 갔다가 면도를 하고 마침내 돌아왔다. 그 사이에 오사쿠 씨는 미용사에게 오늘은 미이(美い) 짱을 데리고 남편과 함께 유라쿠자[23]에 가기로 했다고 말했다. 미용사는 세상에, 세상에, 저도 따라가고 싶네요, 라는 등 꽤나 신소리가 섞인 말로 기분을 띄워준 다음, 그럼 잘 다녀오세요, 라고 인사하고 돌아갔다.

남편은 샛노란 무명보자기를 슬쩍 들춰보고, 이걸 입고 갈 건가? 이거보다는 전에 입었던 게 당신한테는 잘 어울려, 라고 말했다. 하지만 그건 연말에 이미 미이 짱네 입고 갔었는걸요, 하고 오사쿠 씨가 대답했다. 그랬었나? 그럼 이게 좋겠군, 나는 저쪽의 솜을 넣은 하오리를 입고 갈까? 조금 추운 것 같아, 라고 남편이 다시 말했으나, 안 돼요, 보기 싫어요, 늘 같은 것만 입으시고, 라며 오사쿠 씨는 옅은 무늬의 천에 솜을 넣어 만든 하오리를 꺼내주지 않았다.

마침내 화장을 마치고 유행하는, 잔주름이 있는 비단 외출복을 입고 모피 목도리를 두르고 오사쿠 씨는 남편과 함께 밖으로

---

23) 有楽座. 일본 최초의 서양식 극장.

나갔다. 걸어가며 남편에게 매달리듯 하여 이야기를 했다. 네거리까지 오자 파출소에 사람들이 여럿 서 있었다. 오사쿠 씨는 남편의 외투자락을 잡고 몸을 길게 늘여 무리 속을 들여다보았다.

한가운데서 시루시반텐[24]을 입은 사내가 선 건지 않은 건지도 분간할 수 없을 만큼 흐느적거리고 있었다. 지금까지도 몇 번이고 진흙 속에 넘어졌는지, 안 그래도 색이 바랜 시루시반텐이 축축하게 젖어서 차갑게 빛나고 있었다. 순사가 넌 뭐야, 라고 말하자 한껏 꼬부라진 혀로 나, 나는 인간이다, 라며 허세를 부렸다. 그때마다 모두가 왁자지껄 웃었다. 오사쿠 씨도 남편의 얼굴을 보고 웃었다. 그러자 취한은 가만 있지 않았다. 눈을 부릅뜨고 주위를 둘러보며 뭐, 뭐가 우습다는 거야, 내가 인간이라는 게 뭐가 우스워, 이렇게 보여도, 라고 말하고 머리를 툭 떨어뜨리는가 싶더니 갑자기 생각난 듯, 인간이야, 라고 커다란 소리를 냈다.

그때 역시 시루시반텐을 입은, 키가 크고 얼굴이 검은 사내가 짐수레를 끌고 어딘가에서 왔다. 사람들을 헤치고 들어가 순사에게 조그만 목소리로 무슨 말인가 하더니 곧 취한을 향해서 아이고 이놈아, 데려다줄 테니 이 위에 타, 라고 말했다. 취한은 기쁘다는 듯한 얼굴로 고맙군, 하고 말하며 짐수레 위에 벌렁 드러누웠다. 밝은 하늘을 보고 게슴츠레한 눈을 두어 번 깜빡이

---

24) 印袢天. 목깃이나 등에 가게의 상호 등이 새겨진 간편한 윗도리. 작업복으로 많이 입는다.

더니 등신 같은 놈들, 이래봬도 인간이야, 라고 말했다. 그래, 인간이야, 인간이니까 얌전히 있어야 돼, 라고 말하며 키 큰 사내가 새끼줄로 취한을 짐수레 위에 단단히 묶었다. 그리고 도살한 돼지처럼 덜컹덜컹 한길을 끌고 갔다. 오사쿠 씨는 역시 외투자락을 붙든 채, 금줄이 쳐진 사이로 멀어져가는 짐수레의 모습을 바라보았다. 그리고 지금부터 미이 짱의 집으로 가서, 미이 짱에게 들려줄 이야깃거리가 하나 늘어난 것을 기뻐했다.

꿩

대여섯 명이 모여 화로를 둘러싸고 이야기를 나누고 있는데 갑자기 한 청년이 찾아왔다. 이름도 처음 듣고 만난 적도 없는, 전혀 낯선 사내였다. 소개장도 없이 문을 열어주러 나갔던 사람을 통해서 만나주기를 청했기에 방으로 데려오라고 했더니, 청년은 여럿이 있는 곳으로 꿩 한 마리를 들고 들어왔다. 첫 대면의 인사가 끝나자 그 꿩을 자리의 한가운데로 내밀고, 고향에서 보내온 것이라며 그것을 그 자리의 선물로 삼았다.

그날은 추웠다. 바로 모두가 함께 꿩으로 국을 끓여서 먹었다. 꿩을 요리할 때 청년은 하카마[25]를 입은 채 부엌으로 가서 스스로 털을 뽑고 고기를 찢고 탁탁 뼈를 두드려주었다. 청년은 작고 갸름한 얼굴이었는데 창백한 이마 아래서 도수 높아 보이는

---

25) 袴. 겉에 입는 주름 잡힌 하의. 요즘에는 하오리와 함께 예장으로 입는다.

안경이 반짝이고 있었다. 하지만 가장 눈에 띄는 것은 그의 근시 안보다도, 그의 거뭇한 콧수염보다도, 그가 입고 있던 하카마였다. 그것은 고쿠라오리[26]였는데 일반 학생에게서는 찾아볼 수 없을 정도로 굵은 줄무늬의 화려한 것이었다. 그는 그 하카마 위에 두 손을 얹고 자신은 난부[27] 사람이라고 말했다.

청년은 일주일쯤 지나서 다시 왔다. 이번에는 자신이 쓴 원고를 가지고 왔다. 썩 잘 쓰지 못했기에 숨김없이 그 생각을 이야기했더니 고쳐 써보겠습니다, 라고 말한 뒤 가지고 돌아갔다. 돌아간 지 일주일 지나서, 다시 원고를 품고 찾아왔다. 이처럼 그는 올 때마다 자신이 쓴 것을 무엇인가 놓고 가지 않는 적이 없었다. 그 가운데는 3책(冊) 연속의 대작까지 있었다. 그러나 그것은 완성도가 가장 떨어지는 것이었다. 나는 그가 쓴 글 가운데서 가장 뛰어나다고 생각한 것을 한두 번 잡지에 주선한 적이 있었다. 그러나 그것은 그저 편집자가 인정을 베풀어 지상에 실렸을 뿐, 한 푼의 원고료도 되지 못했던 듯했다. 내가 그의 생활고를 들은 것은 이때였다. 그는 앞으로 글을 팔아 입에 풀칠을 할 생각이라고 말했었다.

한번은 묘한 것을 가지고 와주었다. 국화꽃을 말려서 얇은 김처럼 한 장 한 장 굳힌 것이었다. 산사(山寺) 음식의 정어리 포라며 함께 있던 어떤 사람이 그 자리에서 채소처럼 살짝 데쳐 젓가락을 놀려가며 술을 마셨다. 그리고 은방울꽃 조화를 한

---

26) 小倉織. 학생복이나 허리띠에 사용되는 두꺼운 무명.
27) 南部. 모리오카 지방을 중심으로 한 지역의 옛 지명.

줄기 가져온 적도 있었다. 여동생이 만든 것이라며 손가락 사이에서 가지의 심을 이루고 있는 철사를 빙글빙글 회전시키고 있었다. 여동생과 함께 살고 있다는 사실은 이때 처음 알았다. 오누이가 장작 파는 집의 2층을 한 칸 빌려, 동생은 매일 자수를 배우러 다니고 있다는 것이었다. 그 다음에 왔을 때는 회청색 매듭에 하얀 나비를 수놓은 목깃의 장식품을 신문지에 싼 채, 혹시 쓰신다면 드리겠습니다, 라며 놓고 갔다. 그것을 야스노(安野)가 제게 주십시오, 라며 가지고 갔다.

그 외에도 그는 종종 찾아왔다. 올 때마다 자기 고향의 경치라든지, 습관이라든지, 전설이라든지, 옛 제례의 모습이라든지, 여러 가지 일들을 이야기했다. 그의 아버지는 한학자라는 사실도 이야기했다. 전각(篆刻)에 능하다는 것도 이야기했다. 할머니는 한 다이묘의 집에서 일을 했었다, 원숭이해에 태어났다고 했다, 다이묘가 할머니를 아주 마음에 들어 해서 원숭이와 관련된 물건을 종종 주셨다, 그 가운데 가잔[28]이 그린 긴팔원숭이 족자가 있으니 다음에 가져와서 보여드리겠다고 말했다. 청년은 그 이후 오지 않았다.

그렇게 봄이 가고 여름이 왔으며, 그 청년에 대해서도 잊고 있던 어느 날─그날은 해가 들지 않는 방 한가운데서 홑옷 하나만 입고 가만히 책을 읽고 있어도 견디기 힘들 정도로 더웠다─, 그가 홀연 찾아왔다.

변함없이 예의 화려한 하카마를 입고 창백한 이마에 배어나

---

28) 요코야마 가잔(橫山華山, 1781 혹은 1784~1837). 에도 시대 후기의 화공.

온 땀을 손수건으로 세심하게 닦았다. 조금 마른 듯했다. 매우 말하기 어려워했지만, 돈을 20엔 빌려주십시오, 라고 말했다. 사실은 친구가 갑자기 병에 걸려서 급하게 입원을 시켰는데 당면한 문제는 돈이어서 여러 가지로 돌아다녀보기도 했으나 쉽게 구할 수가 없었다, 어쩔 수 없이 찾아왔다고 설명했다.

나는 책 읽기를 그만두고 청년의 얼굴을 가만히 바라보았다. 그는 언제나처럼 두 손을 무릎 위에 가지런히 놓은 채 부탁드리 겠습니다, 라고 작은 목소리로 말했다. 자네 친구의 집은 그 정도로 가난한가, 라고 되물었더니, 아니 그게 아니다, 단 멀리 에 있어서 당장은 받을 수가 없기에 부탁하는 거다, 2주일 지나 면 고향에서 올 테니 그때는 바로 갚겠다고 대답했다. 나는 돈을 마련해주겠다고 했다. 그때 그는 보자기 속에서 족자 1폭을 꺼 내, 이게 전에 말씀드린 가잔의 족자입니다, 라고 말하고, 반절 짜리 표구를 펼쳐보였다. 잘 그린 건지 만 건지 분명히는 알 수 없었다. 인보(印譜)를 살펴보았으나 와타나베 가잔에도 요 코야마 가잔에도 비슷한 낙관은 없었다. 청년이 이걸 놓고 가겠 습니다, 라고 말하기에 그럴 필요는 없다고 사양했으나 듣지 않고 맡겨놓고 갔다. 이튿날 다시 돈을 받으러 왔다. 그 이후 소식이 없었다. 약속한 2주일이 지났으나 그림자도 비치지 않았 다. 나는 속은 걸지도 모르겠다고 생각했다. 원숭이 족자를 벽에 걸어놓은 채 가을이 왔다.

겹옷을 입고 추위에 마음을 다잡아야 할 무렵, 나가쓰카(長塚)가 언제나처럼 돈을 빌리러 왔다. 나는 그렇게 자주 빌려주는 것이 싫어졌다. 문득 예의 청년이 떠올랐기에, 이런 돈이 있으니 혹시 그걸 자네가 받으러 갈 마음이 있다면 받으러 가게, 받아오면 꿔주지, 라고 말하자, 나가쓰카는 머리를 긁으며 잠시 망설이고 있다가 마침내 마음을 정한 듯, 가겠습니다, 라고 대답했다. 그랬기에 전에 꾼 돈을 이 사람에게 건네주라는 편지를 쓰고, 거기에 원숭이 족자를 더해서 나가쓰카에게 들려보냈다.

나가쓰카는 이튿날 다시 인력거로 찾아왔다. 오자마자 품속에서 편지를 꺼내기에 받아 보니 전날 내가 쓴 것이었다. 아직 봉투를 뜯지 않았다. 가지 않은 건가, 라고 묻자 나가쓰카는 이마에 여덟팔자를 그리며, 가기는 갔습니다만, 도저히 안 되겠습니다, 참담함 그 자체였습니다, 지저분한 곳으로 아내가 자수를 놓고 있었는데, 본인은 병에 걸려서 말입니다……, 돈 얘기를 꺼낼 만한 상황이 아니었기에, 조금도 걱정할 것 없습니다, 라고 안심시키고 족자만 돌려주고 왔습니다, 라고 말했다. 나는 흠, 그런가, 하고 조금 놀랐다.

다음 날 청년으로부터, 거짓말을 해서 정말 죄송하다, 족자는 틀림없이 받았다는 엽서가 왔다. 나는 그 엽서를 다른 서신들과 함께 포개서 잡동사니를 넣는 상자 속에 넣었다. 그리고 청년에 대해서는 또 잊고 있었다.

그러는 사이에 겨울이 왔다. 언제나처럼 분주한 새해를 맞았다. 손님이 오지 않은 틈을 이용해서 일을 하고 있자니 하녀가 기름종이에 싼 소포를 가지고 왔다. 털썩 내려놓는 소리가 나는 둥근 물건이었다. 보낸 사람을 보니 잊고 있던 언젠가의 그 청년이었다. 기름종이를 풀고 신문지를 벗겨내니 안에서 꿩 1마리가 나왔다. 편지가 덧붙여져 있었다. 이후 여러 가지 사정이 생겨서 지금은 고향에 와 있다, 은혜를 베풀어 빌려주신 돈은 3월 무렵에 상경하면 반드시 돌려드릴 생각이다. 편지는 꿩의 피 때문에 굳어서 쉽게는 떨어지지 않았다.

그날은 마침 목요일이어서 젊은이들이 모이는 밤이었다. 나는 이번에도 대여섯 명과 함께 커다란 식탁을 둘러싸고 꿩으로 끓인 국을 먹었다. 그리고 화려한 고쿠라 하카마를 입은 창백한 청년의 성공을 빌었다. 대여섯 명이 돌아가고 난 뒤 나는 그 청년에게 감사의 편지를 썼다. 그 가운데 작년의 돈에 관한 건은 개의치 말라는 말을 한마디 덧붙였다.

모나리자

이부카(井深)는 일요일이 되면 목도리를 두르고 품속에 손을 찔러넣은 채 곳곳의 고물상을 들여다보며 돌아다닌다. 그중에서도 가장 지저분한, 이전 세대의 폐물만 늘어놓았을 법한 가게만 골라서 이것저것 만지작거리며 돌아다닌다. 애초부터 풍류를 즐기는 사람은 아니어서 좋고 나쁨을 알 처지는 아니지만 싸고 재미있어 보이는 물건을 찔끔찔끔 사들이다보면 1년에 1번 정도는 귀한 물건을 건지는 경우도 있으리라 남몰래 생각하고 있었다.

이부카는 1개월쯤 전에 15센을 주고 철주전자의 뚜껑만을 사서 문진으로 쓰고 있었다. 요전 일요일에는 25센을 주고 무쇠로 된 칼코등이를 사서, 그것 역시 문진으로 쓰고 있었다. 오늘은 조금 더 커다란 물건을 찾고 있었다. 족자가 됐든 액자가 됐든 바로 사람들의 눈에 띌 법한 서재의 장식물이 하나 있었으면 좋겠다며 둘러보고 있자니 빛바랜 서양 여자의 그림이 먼지를 뒤집어쓴 채 옆으로 세워져 있었다. 흠이 닳아버린 두레박의 도르래 위에 모습을 알아볼 수 없는 꽃병이 올려 있고, 그 속에서부터 누런 퉁소의 아귀가 삐져나와 이 그림을 가로막고 있었다.

　　이 고물상에 서양의 그림은 어울리지 않았다. 단, 그 색감이 특히 현대를 초월해서 그 옛날의 공기 속에 시커멓게 묻혀 있었다. 이 고물상에 있는 것이 참으로 당연하다는 듯한 분위기였다. 이부카는 틀림없이 싼 물건일 것이라 감정했다. 물어보니 1엔이라고 하기에 고개를 약간 갸웃했으나, 유리도 깨지지 않았고 액자의 틀도 튼튼했기에 할아범과 담판을 지어 80센까지 깎았다.

　　이부카가 이 반신상의 그림을 들고 집에 돌아온 것은 추운 날의 저물녘이었다. 어둑한 방으로 들어가 얼른 액자를 벗겨 벽에 기대놓고 그 앞에 가만히 앉아 있자니 램프를 들고 아내가 들어왔다. 이부카는 아내에게 불로 그림 옆을 비추게 해서 다시 한 번 천천히 80센짜리 액자를 바라보았다. 전체적으로 차분하고 거뭇한 가운데 얼굴만이 누렇게 보였다. 이것도 시대 탓이리

라. 이부카는 앉은 채 아내를 돌아보며 어때? 라고 물었다. 아내는 램프를 든 한손을 약간 위로 올려 한동안 아무런 말도 없이 누런 여자의 얼굴을 바라보다가 곧 기분 나쁜 얼굴이네요, 라고 말했다. 이부카는 그저 웃으며 80센이야, 라고 대답했을 뿐이었다.

밥을 먹고 나서 받침대를 밟고 올라가 문의 상인방 위에 못을 치고 사온 액자를 머리 위에 걸었다. 그때 아내가 이 여자는 무슨 짓을 할지 알 수 없는 인상이다, 보고 있으면 이상한 기분이 드니 걸지 않는 것이 좋겠다고 말하며 자꾸만 말렸으나 이부카는 그건 당신이 예민해서 그래, 라며 듣지 않았다.

아내는 거실로 내려갔다. 이부카는 책상에 앉아 자료 조사를 시작했다. 10분쯤 지났을 때 이부카는 문득 액자의 그림이 보고 싶어졌다. 붓을 멈추고 눈을 돌리자 노란 여자가 액자 속에서 희미하게 미소 짓고 있었다. 이부카는 그 입가를 가만히 바라보았다. 그야말로 화공이 광선을 이용하는 법 그대로였다. 얇은 입술이 양쪽 끝에서 조금 젖혀져 있고, 그 젖혀진 곳에서 약간 파인 부분을 보여주고 있었다. 닫았던 입을 지금부터 열려고 하는 것처럼도 보였다. 혹은 열었던 입을 일부러 다문 것처럼도 보였다. 단, 어째서인지는 알 수 없었다. 이부카는 이상한 기분이 들었으나 다시 책상을 향해 몸을 돌렸다.

조사라는 건 말뿐이고 절반은 그대로 베끼는 것이었다. 크게 신경을 쓸 필요도 없었기에 조금 지나서 다시 고개를 들어 그림 쪽을 보았다. 역시 입가에 사연이 있는 듯했다. 하지만 매우 차분하게 보였다. 이부카는 다시 책상을 향해 몸을 돌렸다.

그날 밤, 이부카는 몇 번이고 그 그림을 보았다. 그리고 왠지 아내의 평이 맞는 것 같다는 느낌이 들기 시작했다. 하지만 이튿날이 되자 그렇지만도 않은 듯한 얼굴을 하고 관공서로 출근했다. 4시쯤 집으로 돌아와 보니 어젯밤의 액자는 천장을 향한 채 책상 위에 올려 있었다. 정오를 조금 넘었을 때 벽에서 갑자기 떨어졌다고 했다. 어쩐지 유리가 엉망으로 깨져 있었다. 이부카는 액자를 돌려 뒷면을 보았다. 어젯밤에 끈을 끼워넣었던 고리가 어떻게 된 일인지 빠져 있었다. 이부카는 내친 김에 액자의 뒷면을 열어보았다. 그러자 그림 뒷면에서 4개로 접은 서양 종이가 나왔다. 펼쳐보니 잉크로 묘한 내용이 적혀 있었다.

〈모나리자의 입술에는 여성의 수수께끼가 있다. 원시 이후부터 이 수수께끼를 묘사할 수 있었던 것은 다 빈치밖에 없었다. 이 수수께끼를 푼 사람은 아무도 없다.〉

다음 날, 이부카는 관공서로 가서 모나리자가 뭐냐고 모두에게 물어보았다. 그러나 아무도 몰랐다. 그럼 다 빈치는 뭐냐고 물었으나 역시 아무도 몰랐다. 이부카는 아내가 권하는 대로 그 불길한 그림을 5센에 넝마주이에게 팔아치웠다.

화 재

숨이 찼기에 멈춰 서서 올려다보니 불똥이 벌써 머리 위를 지나고 있었다. 서리 머금은 하늘의 맑고 깊은 속으로 헤아릴 수도 없이 날아왔다가는 홀연 사라져버렸다. 그런가 싶으면 바로 뒤이어 선명한 불똥이 하늘 가득 흩날리며 뒤따라와서는 반짝반짝 빛나며 맹렬히 모습을 드러냈다. 그러다가 갑자기 사라져버렸다. 그 날아오는 쪽을 보니 커다란 분수를 모아놓은 것처럼, 한 줄기 뿌리를 이루며 차가운 하늘을 빈틈없이 물들였다. 두어 간 앞에 커다란 절이 있었다. 기다란 돌계단 중간에 굵은 전나무가 조용한 가지를 밤을 향해 뻗친 채 둑에 높이 솟아 있었다. 불은 그 뒤에서 일었다. 검은 줄기와 움직이지 않는 가지만을 눈에 띄게 남긴 채 나머지 부분은 새빨갛게 물들었다. 발화지점은 이 높은 둑 위임에 틀림없었다. 1정쯤 더 가서 왼쪽으로 언덕길을 오르면 현장으로 갈 수 있으리라.

다시 빠른 걸음으로 걷기 시작했다. 뒤에서 오는 사람들은 모두 앞질러 갔다. 개중에는 스쳐 지날 때 커다란 목소리로 말을 거는 자도 있었다. 어두운 길이 자연스레 신경질적으로 활기를 띠기 시작했다. 언덕 아래까지 걸어가서 드디어 오르려 했는데 가슴에 닿을 정도로 경사가 급했다. 사람들의 머리가 그 급한 경사를 가득 메운 채 위에서부터 아래까지 복작거리고 있었다. 불꽃은 언덕 바로 위에서 거침없이 피어올랐다. 그 사람들의 소용돌이에 휩싸여 언덕 위까지 밀려 올라갔다가는 발걸음을 돌리기도 전에 타버릴 것만 같았다.

반 정쯤 더 가면 역시 왼쪽으로 꺾어지는 커다란 언덕길이 있었다. 오를 바에는 그쪽이 편하고 안전하겠다고 생각을 바꾸어 마주치는 사람들을 귀찮다는 듯 피해서 마침내 길모퉁이까지 갔을 때, 맞은편에서 요란하게 벨을 울리며 증기 펌프가 왔다. 비키지 않는 자는 전부 치어 죽이겠다고 말하기라도 하듯 인파 속을 전속력으로 달리며 높다란 말발굽 소리와 함께 말의 콧등을 언덕 쪽으로 단번에 향하게 했다. 말은 거품 문 입을 목에 문지르며 뾰족한 귀를 앞으로 향했다가 갑자기 앞발을 모으더니 정면으로 달리기 시작했다. 그때 밤색 말의 몸이 한텐[29]을 입은 남자가 들고 있던 등롱에 스쳐서 벨벳처럼 빛났다. 빨간색으로 칠한 수레의 굵은 바퀴가 내 다리에 닿는 것이 아닐까 여겨질 정도로 아슬아슬하게 돌았다. 그러는가 싶더니 펌프는 일직선으로 언덕을 뛰어 올랐다.

언덕의 중간쯤에 이르자 전에는 정면에 있던 불길이 이번에는 뒤쪽으로 비스듬하게 보이기 시작했다. 언덕 위에서 다시 왼쪽으로 되돌아가지 않으면 안 되었다. 샛길을 찾아보았더니 좁은 골목길 같은 것이 하나 있었다. 사람들에게 떠밀려 들어서니 새카만 어둠이었다. 단 한 치의 틈도 없을 만큼 들어차 있었다. 그리고 저마다 필사적으로 소리를 질렀다. 불은 틀림없이 길 너머에서 타오르고 있었다.

10분 뒤에 마침내 골목에서 빠져나와 큰길로 나섰다. 그 길도 역시 하급무사의 집 정도 되는 폭이었는데 이미 사람들로 가득 들어차 있었다. 골목을 나서자마자 조금 전에 땅을 박차고 달려 올라왔던 증기펌프가 눈앞에 얌전히 서 있었다. 펌프는 간신히

---

29) 袢纏. 짧고 간편한 겉옷 가운데 하나.

여기까지 말을 움직였으나 두어 간 앞의 모퉁이에 방해를 받아서 어찌해보지도 못하고 불길을 구경하고 있었다. 불길은 코앞에서 솟아오르고 있었다.

옆으로 밀려든 사람들은 저마다 어디야, 어디야, 하고 외쳤다. 그 말을 들은 사람들은 저기야, 저기야, 라고 말했다. 하지만 양쪽 모두 불길이 일어난 곳까지는 갈 수 없었다. 불길은 더욱 기세를 올려 조용한 하늘을 몰아치듯 힘차게 타올랐다.

다음 날, 정오를 지나서 산책에 나선 김에 불이 난 곳을 보고 싶다는 호기심이 들어 예의 언덕을 올라, 어젯밤의 골목을 빠져나가, 증기펌프가 멈춰 있던 하급무사의 집으로 나가, 두어 간 앞의 모퉁이를 돌아, 슬슬 걸어가 보았으나 겨울잠에 들어간 듯한 집이 처마를 나란히 한 채 조용히 정적에 빠져 있을 뿐이었다. 불에 탄 흔적은 어디에도 보이지 않았다. 불이 치솟은 건이 부근이라 여겨지는 곳에는 아름다운 삼나무 울타리만 이어져 있었고, 그 안쪽의 한 집에서 희미하게 거문고 소리가 흘러나오고 있었다.

안　개

어젯밤에는 밤새도록 베개 위에서 빠지직빠지직 하는 소리를 들었다. 이는 근처에 클래펌 환승역이라는 커다란 스테이션이 있기 때문이다. 이 환승역에는 하루에 기차가 천 몇 대 모여든다. 그것을 세세하게 나누어보면 1분에 열차 1대 정도씩 드나드는 셈이다. 안개가 깊을 때는 그 각각의 열차가 정차장 가까이에 오면 어떤 장치로 폭죽과도 같은 소리를 내서 서로에게 신호를 한다. 신호등의 빛은 파랑이든 빨강이든 전혀 도움이 되지 않을 정도로 어두워지기 때문이다.

침대에서 내려와 북쪽 창의 블라인드를 올리고 밖을 내려다보니 밖 전체가 뿌옜다. 아래쪽은 잔디 바닥에서부터 3면을 둘러싸고 있는 벽돌담의 높이가 1간 남짓에 이르기까지 아무것도 보이지 않았다. 그저 공허한 것이 가득 들어차 있었다. 그리고 그것이 고요하게 얼어 있었다. 옆의 정원도 마찬가지였다. 그 정원에는 아름다운 잔디밭이 있어서 따뜻한 봄날이면 하얀 수염을 기른 할아버지가 볕을 쬐기 위해 나오곤 했다. 그럴 때면 그 할아버지는 언제나 오른손에 앵무새를 올려놓고 있었다. 그리고 자신의 눈을 앵무새의 부리에 쪼일 만큼 가까이 새 옆으로 가져갔다. 앵무새는 날개를 퍼덕이며 자꾸만 울음소리를 냈다. 할아버지가 나오지 않을 때면 딸이 기다란 옷자락을 끌며 쉴 새 없이 잔디 깎는 기계를 잔디밭 위로 굴렸다. 여러 가지 기억으로 가득한 그 정원도 지금은 안개에 완전히 묻혀, 황량한 내 하숙의 그것과 어떤 경계도 없이 그대로 이어져 있었다.

뒷골목을 사이에 두고 맞은편에 높다란 고딕식 교회의 탑이 있다. 회색으로 하늘을 찌르는 그 탑의 꼭대기에서 언제나 종이 울렸다. 일요일이면 특히 심했다. 오늘은 날카롭게 솟아 있는 꼭대기는 물론 자른 돌을 불규칙하게 쌓아 올린 몸통조차 어디쯤에 있는지 전혀 알 수가 없었다. 저쯤일까 싶은 곳이 약간 거뭇하게 보이는 듯도 했으나 종소리는 조금도 들리지 않았다. 종의 모습이 보이지 않는 깊은 그림자 속에 깊이 갇혀버리고 말았다.

　밖으로 나가보니 2간 정도의 앞은 보였다. 그 2간을 끝까지 가면 다시 2간쯤 앞이 보였다. 세상이 사방 2간으로 줄어들었나 싶었는데, 걸으면 걸을수록 새로운 사방 2간이 나타났다. 그 대신 막 지나온 과거의 세계는 지나치면 그대로 사라져버렸다.

　네거리에서 버스를 기다리고 있자니 회색 공기가 잘리며 갑자기 눈앞으로 말의 머리가 튀어나왔다. 그런데도 버스의 2층에 있는 사람들은 아직 안개 속에서 완전히 나오지 못했다. 내가 안개를 헤치고 뛰어올라 아래를 보니 말의 머리는 벌써 희미해져 있었다. 버스가 서로 맞닥뜨릴 때는, 맞닥뜨린 순간에만 아름답다고 생각했다. 그렇게 생각할 겨를도 없이 색이 있는 것은 탁한 공기 속으로 사라져버렸다. 막막한 무채색 속으로 감싸여갔다. 웨스트민스터 다리를 지날 때 하얀 것이 한두 번 시선에 스쳤다가 방향을 바꾸었다. 눈을 부릅떠 그 행방을 바라보고 있자니 닫힌 대기 속에서 갈매기가 꿈결처럼 희미하게 날고 있었다. 그때 머리 위에서 빅벤이 엄숙하게 10시를 알리기 시작했다. 올려다보았으나 하늘 속에서 그저 소리만 들릴 뿐이었다.

　빅토리아에서 볼일을 보고 강을 따라 테이트 미술관 옆을 지나 배터시까지 오자 지금까지 회색으로 보였던 세계의 사방이 갑자기 휙 어두워졌다. 이탄(泥炭)을 녹여 진하게 몸 주위에 뿌려놓은 것처럼 검은 색으로 물든 묵직한 안개가 눈과 입과 코로 밀려들었다. 외투는 짓눌리고 있는 게 아닐까 싶을 정도로 눅눅해졌다. 옅은 갈탕(葛湯) 속에서 숨을 쉬는 것처럼 숨이 막혔다. 발 아래는 물론 동굴 바닥을 걷는 것과 다를 바 없었다.

나는 이 답답한 흑갈색 속에 한동안 망연히 서 있었다. 내 옆으로 수많은 사람들이 지나는 듯한 느낌이 들었다. 하지만 어깨가 스치지 않는 한 진짜 사람이 지나고 있는 것인지 알 수가 없었다. 그때 그 자욱한 대해 속으로 노란 점 하나가 콩알 정도의 크기로 흐릿하게 흘렀다. 나는 그것을 향해서 4걸음 정도 움직였다. 그러자 얼굴 앞으로 한 가게의 유리창이 나타났다. 가게 안에는 가스등이 켜져 있었다. 안은 비교적 밝았다. 사람들은 평소와 다름없이 행동하고 있었다. 나는 마침내 마음이 놓였다.

배터시를 지나 거의 앞을 더듬거리듯 하며 맞은편 언덕으로 발걸음을 향했는데 언덕 위는 가정집뿐이었다. 비슷한 골목이 몇 줄기고 나란히 뻗어 있어서 밝은 날에도 헷갈리기 쉬웠다. 나는 정면의 왼쪽 두 번째 골목으로 접어든 듯한 느낌이 들었다. 그런 다음 2정 정도 똑바로 걸어간 듯 여겨졌다. 거기서부터는 전혀 알 수가 없었다. 어둠 속에 홀로 서서 머리를 갸웃거렸다. 오른쪽에서 구두소리가 다가오고 있었다. 그러는가 싶더니 그것이 4, 5간 앞까지 와서 멈췄다. 그러더니 점점 멀어져갔다. 결국에는 전혀 들리지 않게 되었다. 이후에는 정적에 잠겼다. 나는 다시 어둠 속에 홀로 서서 생각했다. 어떻게 해야 하숙으로 돌아갈 수 있으려나.

족　자

다이토(大刀) 노인은 세상을 떠난 아내의 3주기까지는 반드시 묘비 하나를 세워주리라 결심했다. 그러나 아들의 변변치 않은 벌이에 의지해 하루하루를 간신히 보내는 것 외에는 한 푼도 저축하지 못하고 다시 봄이 되어버리고 말았다. 그 사람의 기일도 3월 8일이다만, 하고 호소하는 듯한 얼굴로 아들에게 말하자, 네, 그랬었죠, 라고 대답했을 뿐이었다. 다이토 노인은 마침내 조상 대대로 내려오던 소중한 족자 한 폭을 팔아 돈을 마련하기로 했다. 아들에게 어떻게 생각하느냐고 상의했더니 아들은 원망스러울 정도로 무심하게 그게 좋겠습니다, 라고 찬성해주었다. 아들은 내무성의 절과 신사를 담당하는 부서에 다니며 40엔의 월급을 받고 있었다. 아내에 두 아이가 있는 데다가 다이토 노인에게까지 효도와 봉양의 의무를 다했기에 매우 힘들었다. 노인이 없었다면 소중한 족자도 벌써 살림에 도움이 되는 물건으로 바뀌었을 터였다.

그 족자는 사방 1자 정도의 비단이었는데 세월 때문에 그을린 대나무 같은 색을 하고 있었다. 어두운 방에 걸어놓으면 흐릿해서 무엇이 그려져 있는지 알 수 없었다. 노인은 그것을 왕약수[30]가 그린 당아욱이라고 했다. 그리고 한 달에 한두 번 정도

씩은 문이 달린 선반에서 내려 오동나무 상자의 먼지를 털고 안에 든 물건을 조심스럽게 꺼내 3자 벽에 직접 걸어놓고 바라보았다. 바라보고 있으면 과연 그을린 가운데로 오래되어 거뭇한 피 같은 커다란 무늬가 보였다. 동록(銅綠)이 벗겨진 흔적이 아닐까 여겨지는 곳도 희미하게 남아 있었다. 노인은 그 모호한 당화(唐畫)의 옛 흔적을 마주하면 너무 오래 살았다 싶을 정도로 오래 살아온 세상일을 잊게 된다. 어떨 때는 족자를 가만히 바라보며 담배를 피웠다. 또는 차를 마셨다. 그도 아니면 그저 바라보기만 했다. 할아버지, 이게 뭐야, 라고 아이가 와서 손가락을 대려고 하면 그제야 세월을 깨달았다는 듯 노인은 만져서는 안 된다, 라고 말하며 조용히 일어나 족자를 말러 가기 시작했다. 그러면 아이가 할아버지, 눈깔사탕은? 이라고 물었다. 그래, 눈깔사탕을 사올 테니 장난쳐서는 안 된다고 말하며 천천히 족자를 말아 오동나무 상자에 넣고 문이 달린 선반에 올려놓은 뒤 동네로 산책을 나갔다. 돌아오는 길에는 동네의 사탕가게에 들러 박하가 든 눈깔사탕을 2봉지 사가지고 와서 옜다, 눈깔사탕, 이라고 말하며 아이에게 주었다. 아들이 결혼을 늦게 했기에 아이들은 여섯 살과 네 살이었다.

아들과 상의한 이튿날, 노인은 오동나무 상자를 보자기에 싸서 아침 일찍부터 나섰다. 그리고 4시쯤 되어 다시 오동나무 상자를 들고 돌아왔다. 아이들이 마루 끝까지 나와 할아버지 눈깔사탕은, 하고 물었으나 노인은 아무런 말도 하지 않고 방으

---

30) 王若水(?~?). 중국 원나라의 화가. 왕연(王淵).

로 들어가 상자 속에서 족자를 꺼내 벽에 걸어놓고 멍하니 바라
보기 시작했다. 네다섯 군데의 골동품점을 들고 돌아다녔으나
낙관이 없다는 둥, 그림이 벗겨졌다는 둥 하며 노인이 예상했던
만큼의 존경을, 족자에게 보인 자가 없었다는 것이었다.

　아들은 골동품점은 가지 말라고 말했다. 노인도 골동품점은
안 되겠다고 말했다. 2주일쯤 지나서 노인은 다시 오동나무 상
자를 끌어안고 나섰다. 그리고 아들 과장의 친구 집으로 소개를
받아 보여주러 갔다. 그때도 눈깔사탕은 사오지 않았다. 아들이
돌아오자마자 그렇게 눈이 밝지 못한 사람에게 어떻게 넘겨줄
수 있겠느냐, 거기에 있는 것은 전부 가짜다, 라며 마치 아들의
부도덕함이라도 되는 양 말했다. 아들은 쓴웃음을 지었다.

　2월 초순에 우연히 좋은 연줄이 생겨서 노인은 그 족자를
한 호사가에게 팔았다. 노인은 곧장 야나카(谷中)로 가서 세상
을 떠난 아내를 위해 훌륭한 비석을 주문했다. 그리고 그 나머지
는 우편저금에 넣었다. 그로부터 닷새쯤 지나서, 언제나처럼
산책에 나섰다가 평소보다 2시간쯤 늦게 돌아왔다. 그때 양손에
는 커다란 눈깔사탕 봉투를 2개 끌어안고 있었다. 팔아치운 족
자가 마음에 걸려 다시 한 번 보여 달라고 찾아갔더니 네 첩
반짜리 다실(茶室)에 조용히 걸려 있고 그 앞에는 깨끗한 매화
꽃이 꽂혀 있었다는 것이었다. 노인은 거기서 차 대접까지 받았
다고 했다. 내가 가지고 있는 것보다는 더 마음이 놓일지도 모르
겠구나, 라고 노인은 아들에게 말했다. 아들은 그럴지도 모르겠
네요, 라고 대답했다. 아이들은 사흘 동안 눈깔사탕만 먹었다.

기원절(紀元節)

　남쪽으로 향한 방이었다. 밝은 쪽을 등에 진 서른 명 정도의 아이들이 검은 머리를 나란히 한 채 칠판을 바라보고 있자니 복도에서 선생님이 들어왔다. 선생님은 키가 작고 눈이 크고 마른 남자로, 턱에서부터 뺨에 걸쳐 수염이 추레하게 나 있었다. 그리고 그 꺼끌꺼끌한 턱에 닿는 옷깃이 거뭇하게 때에 전 것처럼 보였다. 그 옷과 그 지저분하게 자란 수염과, 거기에 지금까지 한 번도 잔소리를 한 적이 없었기에 선생님은 모두에게 무시당하고 있었다.

　선생님은 마침내 분필을 들어 칠판에 기원절(記元節)이라고 큼지막하게 썼다. 아이들은 모두 검은 머리를 책상 위에 박듯이 해서 작문을 하기 시작했다. 선생님은 조그만 몸을 늘여 모두를 둘러보다가 곧 복도를 따라 방에서 나갔다.

　그러자 뒤에서 세 번째 책상의 가운데쯤에 있던 아이가 자리에서 일어나 선생님의 테이블 옆으로 가서 선생님이 썼던 분필을 집더니 칠판에 적인 기원절의 기(記) 자에 줄을 긋고 그 옆에 새로이 기(紀)라고 굵직하게 썼다. 다른 아이들은 웃지도 않고 놀라서 보고 있었다. 조금 전의 아이가 자리로 돌아온 뒤 잠시 시간이 흐르자 선생님도 방으로 돌아왔다. 그리고 칠판을 보았다.

"누군가 기(記)를 기(紀)로 고친 모양인데 기(記)라고 써도 상관없어요."라고 말하고 다시 모두를 둘러보았다. 모두는 말이 없었다.

기(記)를 기(紀)로 고친 것은 나였다. 1909년인 지금까지도 그 일을 생각하면 저급했다는 생각이 들어 견딜 수가 없다. 그리고 그것이 추레한 후쿠다(福田) 선생님이 아니라 모두가 무서워했던 교장선생님이었으면 좋았을 것이라고 생각하지 않은 적이 없다.

돈구멍

"그쪽은 밤이 나는 곳이어서 말이죠. 글쎄, 시세는 대략 1냥에 넉 되쯤 되려나. 그걸 이쪽으로 가지고 오면 되에 1엔 50센이나 된단 말입니다. 그런데 말이죠, 마침 제가 그쪽에 있을 때였는데, 요코하마31)에서 1,800가마니쯤 주문이 있었습니다. 잘만하면 1되에 2엔 이상 받을 수 있기에 당장 일을 시작했습니다. 1,800가마를 준비해서 제가 직접 밤과 함께 요코하마로 가져갔는데……, 그게 상대는 중국인으로 본국에 보낼 거라고 했습니다. 그리고 중국인이 나와서 좋다고 하기에 벌써 끝난 건가 싶었는데, 창고 앞에 높이 1간이나 될 법한 커다란 통을 꺼내놓고

---

31) 横浜. 도쿄 옆에 자리한 일본 제2의 무역항. 1859년 미일통상조약에 따라 개항한 후 급격하게 발전했다.

그 안에 물을 콸콸 채우기 시작했습니다. ……네, 무엇을 하려는 건지 저도 전혀 알 수 없었습니다. 워낙 커다란 통이었기에 물을 채우는 것도 쉬운 일이 아니었습니다. 이래저래 한나절이나 걸리고 말았습니다. 그리고 무엇을 하려나 지켜보고 있자니 예의 밤을 말입니다, 가마니를 풀어 와르르 통 속에 쏟아 넣었습니다. ……저도 아주 놀랐습니다만, 중국 놈들은 정말 방심할 수 없는 놈들이라고 나중에야 마침내 알게 되었습니다. 밤을 물속에 때려 넣으면 말입니다, 실한 놈들은 그대로 가라앉지만 벌레 먹은 놈들만은 전부 떠오릅니다. 중국 놈들 그걸 소쿠리로 떠서 말입니다, 곯았다며 가마니를 계산할 때 빼버리니 당해낼 수가 없었습니다. 저는 옆에서 보며 조마조마했습니다. 그도 그럴 것이 7부 가까이 벌레 먹었기에 난감했습니다. 커다란 손해였습니다. ……벌레 먹었습니까? 분통이 터져서 전부 그냥 내팽개치고 왔습니다. 중국 놈들이니, 역시 시치미 뚝 떼고 가마니에 담아서 전부 본국으로 보냈을 겁니다.

그리고 고구마를 사들인 적도 있었습니다. 1가마니 4엔에, 2천 가마 계약이었습니다. 그런데 주문이 온 게 달의 중순인 14일이었고 25일까지 보내라니 아무리 애를 써도 2천 가마라는 숫자가 모일 리 없지 않겠습니까? 도저히 안 되겠다며 일단 거절했습니다. 솔직히 말하자면 조금 아까웠지만 말입니다. 그러자 상관(商館)의 지배인이 말하길, 아니, 계약서에는 25일로 되어 있지만 결코 그대로 엄격하게 이행하지는 않을 테니, 라며 거듭 권하기에 마침내 해볼 마음이 들었습니다. ……아니요,

고구마는 중국으로 가는 게 아니었습니다. 미국이었습니다. 역시 미국에도 고구마를 먹는 놈들이 있는 모양입니다. 정말 별일도 다 있지 않습니까? ……어쨌든 당장 매수에 들어갔습니다. 사이타마(埼玉)에서부터 가와고에(川越) 쪽으로 말입니다. 그런데 말로는 2천 가마가 쉽지만, 막상 사들이려면 말처럼 쉬운 일이 아닙니다. 그래도 결국에는 28일이 지나서 마침내 약속대로 가마니를 가지고 갔더니, ……정말 교활한 놈들도 있는 법이어서, 약정서 가운데 만약 심하게 기한을 위약한 경우에는 8천 엔의 손해배상을 지불해야 한다는 항목이 있었습니다. 그런데 그가 그 조목을 들어서 절대로 대금을 지불하려 들지 않았습니다. 물론 착수금으로 4천 엔을 받기는 했습니다만. 그러는 사이에 그쪽에서는 고구마를 배에 실어버렸기에 어떻게 해볼 수도 없게 되어버렸습니다. 너무 화가 났기에 1천 엔의 보증금을 내고 현물압류를 신청해서 끝끝내 고구마를 압류해두었습니다. 그런데 뛰는 놈 위에는 나는 놈이 있는 법이어서, 그쪽은 8천 엔의 보증금을 내고 그대로 배를 띄워버렸습니다. 그렇게 해서 결국은 재판까지 가게 되었습니다만, 누가 뭐래도 약정서가 들어 있었기에 방법이 없었습니다. 저는 재판관 앞에서 울었습니다. 고구마는 그대로 빼앗기고, 재판에서는 지고, 이런 말도 안 되는 일이 어디 있느냐, 조금은 내 입장이 되어서 생각해보기 바란다며. 재판관도 속으로는 저를 매우 동정하는 듯했으나 법률의 힘 앞에서는 달리 도리가 없으니까요. 결국 지고 말았습니다.”

행 렬

　문득 책상에서 눈을 들어 입구 쪽을 보니 서재의 문이 어느
틈엔가 반쯤 열려서 널따란 복도가 2자쯤 보였다. 복도의 막다
른 곳은 중국풍의 난간에 막혀 있고 위에는 유리창이 굳게 닫혀
있었다. 파란 하늘에서 그대로 쏟아져 내린 해가 처마를 비스듬
히, 유리를 지나서 툇마루의 안쪽만을 밝게 채색하고 서재의
문까지 확 따뜻하게 비췄다. 잠시 해가 드는 곳을 바라보고 있자
니 눈 속에서 아지랑이가 피어오르는 것처럼 봄의 정취로 가득
해졌다.

　그때 그 2자 정도의 틈으로 허공을 밟으며 난간 높이 쯤 되는
것이 나타났다. 빨간 바탕에 하얀 당초무늬를 도드라지게 짠
리본을 둥글게 묶어 이마에서 머리카락 위로 쑥 끼운 사이로
해당화라 여겨지는 꽃을 파란 잎째 빙둘러 꽂았다. 검은머리카
락을 바탕으로 연홍색 꽃봉오리가 커다란 물방울처럼 또렷하게
보였다. 비교적 야무진 턱 바로 아래서부터 한 줄 주름이 잡힌,
1장의 보라색이 바닥까지 흐늘흐늘 움직이고 있었다. 소매도
팔도 다리도 보이지 않았다. 그림자는 복도에 떨어진 해를 슥
빠져나가듯 지나갔다. 뒤이어……

　이번에는 조금 작았다. 새빨간 색의 두툼한 직물을 머리끝에
서부터 어깻죽지까지 뒤집어쓰고, 나머지 등에는 비스듬하게

새긴 조릿대 잎 무늬를 짙어지고 있었다. 몸통에는 잎이 딱 하나, 연회색 속에 남겨진 녹색이 보였다. 그 정도로 조릿대 무늬가 컸다. 복도를 걷는 발보다 컸다. 그 발이 빨갛게 얼핏얼핏, 세 걸음 정도 움직이자 작은 것도 문의 틈을 소리 없이 지나갔다.

　세 번째의 두건은 하양과 쪽빛의 격자무늬였다. 챙 아래로 드러난 옆얼굴은 동그랗게 살이 올라 있었다. 그 한쪽 뺨의 한가운데가 익은 사과만큼이나 짙었다. 꼬리만 보이는 흑갈색 눈썹 아래가 급격하게 움푹 들어갔고, 뜻밖의 곳에서 둥근 코가 통통한 뺨을 간신히 넘어서 그 끝부분만 얼굴 밖으로 나와 있었다. 얼굴에서부터 아래는 전체를 노란 줄무늬로 감싸고 있었다. 기다란 소매를 3치 남짓이나 바닥에 끌고 있었다. 이것은 머리에 기다란 오죽(烏竹) 지팡이를 꽂고서 왔다. 지팡이 끝에 빛을 머금은 깃털을 주렁주렁 매달아, 내리쬐는 햇살에 눈이 부셨다. 바닥에 끌리는 노란 줄무늬의 소매인 듯한 것의 뒷면이 은처럼 반짝였다 싶은 순간 이것도 지나가버렸다.

　그러자 바로 뒤를 따라서 새하얀 얼굴이 나타났다. 이마에서 시작해서 평평한 뺨까지 분을 발랐고, 턱에서 귀밑 부근까지 거슬러 올라가 벽처럼 고요했다. 그 가운데 눈동자만이 살아 있었다. 입술에는 붉은 색을 덧칠해서 파랗게 광선을 반사했다. 가슴 부근은 비둘기색처럼 보였고, 아래는 옷자락까지 시선을 정신없이 어지럽히는 가운데 조그만 바이올린을 끌어안고 기다란 활을 엄숙하게 짊어지고 있었다. 두 발로 지나가는 뒤편에는,

등에 검고 네모난 공단 조각을 댔는데 그 한가운데 있는 금실 자수가 한꺼번에 빛을 받아 도드라졌다.

마지막으로 나온 것은 아주 작았다. 난간 밑으로 굴러 떨어질 것 같았다. 하지만 커다란 얼굴이었다. 그 가운데서도 머리가 특히 컸다. 거기에 오색 관을 쓰고서 나타났다. 관의 가운데에 있는 점이 높다랗게 솟아 있는 것처럼 보였다. 몸에는 우물 정 (井) 자 모양이 있는 통소매 옷에 연보라색 벨벳으로 만든 술이 달린 것을 등에서부터 허리 아래까지 삼각으로 늘어뜨리고 빨간 버선을 신고 있었다. 손에 든 조선 부채가 몸의 절반만큼이나 되었다. 부채에는 빨강과 파랑과 노랑 소용돌이를 옻으로 그려놓았다.

행렬은 조용히 내 앞을 지나갔다. 열어놓은 문이 공허한 햇빛을 서재 입구로 보내, 툇마루에서 폭 4자만큼의 적막함을 느낀 순간, 저 너머 구석에서 갑자기 바이올린 켜는 소리가 들려왔다. 뒤이어 조그만 목구멍이 모여 까르르 웃는 소리가 들려왔다.

우리 집 아이들은 매일 어머니의 하오리와 보자기를 꺼내 이런 놀이를 하고 있다.

옛　날

피틀로크리 계곡에는 가을이 한창 무르익었다. 10월의 햇살이 눈에 보이는 들과 숲을 따뜻한 색으로 물들이고 있는 가운데 사람들은 하루하루 살아가고 있었다. 10월의 햇살은 조용한 계곡의 공기를 하늘 중간에서 감싸서 직접적으로는 땅에 닿지 않았다. 그렇다고 해서 산 너머로 도망가지도 않았다. 바람 없는 마을 위에 언제나 차분히 움직이지도 않고 가만히 뿌옇게 머물고 있었다. 얼마지 않아 들판과 숲의 색이 점점 변하기 시작했다. 신맛을 띠던 것이 어느 틈엔가 달달해진 것처럼 계곡 전체에 세월이 입혀졌다. 피틀로크리 계곡은 이때 100년 전, 200년 전의 옛날로 돌아가 단번에 적막해져버린다. 사람들은 하나같이 세상에 싫증이 난 얼굴로 산등성이를 건너가는 구름을 보았다. 그 구름은 때로는 하얗고, 때로는 회색이었다. 때로는 옅은 바닥을 통해서 산의 모습을 비춰 보여주기도 했다. 언제 봐도 오래된 구름이라는 느낌이었다.

우리 집은 이 구름과 계곡을 바라보기에 좋은, 조그만 비탈 위에 있었다. 남쪽에서부터 집의 벽 전체에 해가 들었다. 몇 년 동안 10월의 햇살을 받았는지 전체가 회색으로 바래 있는 서쪽 끝으로 한 그루 장미가 기어올라 차가운 벽과 따뜻한 해 사이에 낀 꽃을 몇 송이 피우고 있었다. 커다란 꽃잎은 여기저기서 달걀색으로 풍성한 물결을 일으키며 꽃받침에서 젖혀질 듯 입을 벌린 채 고요했다. 향기는 옅은 햇빛에 흡수되어 2간의 공기 속으로 사라져 갔다. 나는 그 2간 속에 서서 위를 보았다. 장미는 높이 기어 올라갔다. 회색 벽은 장미 덩굴이 닿지 않는 곳까지 곧게 솟아 있었다. 지붕이 끝난 곳에는 다시 탑이 있었다. 해는 다시 그 위에 있는 안개 속에서 쏟아졌다.

발아래는 비탈이 피틀로크리 계곡 아래로 이어져 시야가 닿는 까마득한 아래가 평평하게 색으로 묻혀 있었다. 그 맞은편 산으로 오르는 곳은 자작나무의 노란 잎이 층층이 단을 이루고 있어서 농담(濃淡)의 언덕이 몇 층이고 형성되어 있었다. 밝고 적막한 분위기가 계곡 전체에 반사되어 오는 한가운데를 검은 선이 옆으로 굽이치며 움직이고 있었다. 이탄을 머금은 계곡물은 가루물감을 풀어놓은 것처럼 낡은 색이 된다. 이 산골로 와서 처음 이런 물을 보았다.

뒤에서 주인이 왔다. 주인의 수염은 10월의 해를 받아 7부 정도 허옇게 변하기 시작했다. 옷차림도 심상치 않았다. 허리에 킬트라는 것을 입고 있었다. 인력거의 무릎덮개처럼 굵은 줄무늬가 있는 직물이다. 그것을 통으로 된 치마처럼 무릎 부근까지 자르고 세로로 주름을 넣었기에 정강이는 굵은 털실로 짠 양말로 감추고 있을 뿐이었다. 걸을 때마다 킬트의 주름이 흔들려 무릎과 허벅지 사이가 언뜻언뜻 보였다. 속살이 드러나는 것을 부끄러워하지 않던 옛날의 하카마였다.

주인은 모피로 조그만 목탁만 하게 만든 돈주머니를 앞에 매달고 있었다. 밤이면 난로 옆에 의자를 놓고 소리 나는 빨간 석탄을 바라보며 이 목탁 속에서 파이프를 꺼냈다, 담배를 꺼냈다. 그리고 뻐끔뻐끔 긴 밤을 피웠다. 목탁의 이름은 스포런이라고 했다.

주인과 함께 벼랑을 내려가 어두컴컴한 길로 들어섰다. 스코치 퍼라는 상록수 잎이, 잘게 썬 다시마에 구름이 기어올라 흔들어도 떨어지지 않을 것처럼 보였다. 그 검은 줄기를 다람쥐가 길고 통통한 꼬리를 흔들며 쪼르르 달려 올라갔다. 그랬는가 싶더니 오래 되고 두툼한 이끼 위를 다시 한 마리, 눈동자에서 쏜살처럼 달려 빠져나간 놈이 있었다. 이끼는 불룩한 채 움직이지 않았다. 다람쥐의 꼬리가 검푸른 이끼를 먼지떨이처럼 쓸며 어둠 속으로 들어갔다.

주인이 옆을 돌아보며 피틀로크리의 밝은 계곡을 가리켰다. 검은 강은 여전히 그 한가운데를 흐르고 있었다. 그 강을 시오리 북쪽으로 거슬러 올라가면 킬리크랭키 골짜기가 있다고 말했다.

고지대 사람(하이랜더스)과 저지대 사람(로우랜더스)이 킬리크랭키 골짜기에서 싸웠을 때 시체가 바위 사이에 껴서 바위를 흐르는 물을 가로막았다. 고지대 사람과 저지대 사람의 피를 마신 강물은 색이 변한 채 사흘 동안 피틀로크리 계곡을 지났다.

나는 이튿날 아침 일찍 킬리크랭키의 옛 전장을 찾아가 보기로 마음먹었다. 벼랑에서 올라오자 발 아래에 아름다운 장미꽃 잎이 두어 개 떨어져 있었다.

목소리

도요사부로(豊三郎)가 이 하숙집으로 옮겨온 지 사흘이 지났다. 첫날은 어둑한 땅거미 속에서 열심히 짐을 풀고 책을 정리하느라 분주한 그림자처럼 움직였다. 그리고는 동네 목욕탕에 갔다가 돌아오자마자 잠자리에 들었다. 다음 날은 학교에서 돌아오자마자 책상 앞에 앉아 잠시 독서를 해보았으나 갑자기 거처가 바뀐 탓인지 조금도 몰두할 수가 없었다. 창밖에서 쉴 새 없이 톱질하는 소리가 들려왔다.

도요사부로는 앉은 채 손을 뻗어 장지문을 열었다. 그러자 바로 코앞에서 정원사가 부지런히 벽오동 가지를 쳐내고 있었다. 꽤 길게 뻗은 놈들을 아낌없이 가지의 안쪽 끝에서부터 썩둑썩둑 잘라서는 밑으로 떨어뜨리는 동안 잘려나간 곳의 하얀 부분이 눈에 띌 정도로 많아졌다. 동시에 공허한 하늘이 멀리서 창으로 모여들듯 넓게 보이기 시작했다. 도요사부로는 책상에 턱을 괴고 앉아 멍하니 벽오동 위에서 높다랗게 떨어져 있는 가을의 맑은 하늘을 바라보고 있었다.

도요사부로가 벽오동에서 하늘로 눈을 옮긴 순간 갑자기 마음이 넓어진 듯했다. 그 넓어졌던 마음이 잠시 후 가라앉기 시작함에 따라서 그리운 고향에 대한 기억이 점을 찍어놓은 것처럼 그 한쪽에 나타났다. 점은 아득히 먼 곳에 있었지만 책상 위에 올려놓은 것처럼 선명하게 보였다.

산자락에 커다란 초가집이 있고 마을에서 2정 정도 올라가면 길은 자신의 집 앞에서 끝난다. 문으로 들어서는 말이 있었다. 안장 옆에 한 묶음의 국화를 매달고 방울을 울리며 하얀 벽 안으로 숨어버렸다. 해는 높다랗게 집의 용마루를 비추고 있었다. 뒷산을 울창하게 감추고 있는 소나무의 줄기가 전부 반짝이는 듯 보였다. 버섯의 계절이었다. 도요사부로는 책상 위에서 지금 막 딴 버섯의 향기를 맡았다. 그리고 도요, 도요, 라고 부르는 어머니의 목소리를 들었다. 그 목소리는 아주 멀리에 있었다. 그래도 바로 앞에서 부르는 듯 선명하게 들렸다. ……어머니는 5년 전에 돌아가시고 말았다.

도요사부로는 퍼뜩 놀라 자신의 눈을 움직였다. 그러자 조금 전에 보았던 벽오동의 끝자락이 다시 눈동자에 비쳤다. 뻗어나가려던 가지가 한 곳에서 깡뚱하게 잘렸기에 줄기와 이어진 부분은 혹으로 메워져 있고 보기 흉할 정도로 갑갑하게 힘이 들어가 있었다. 도요사부로는 다시 책상 앞에 붙들려 앉힌 듯한 느낌이 갑자기 들었다. 벽오동을 사이에 두고 담장 밖을 내려다보니 지저분한 공동주택이 서너 동 있었다. 솜이 삐져나온 이불을 아무 거리낌 없이 가을 햇살에 말리고 있었다. 옆에 쉰 살이 넘어 보이는 할머니가 서서 벽오동 꼭대기를 바라보고 있었다.

곳곳의 줄무늬가 지워지기 시작한 옷 위에 가는 허리띠를 한 줄기 두른 차림으로, 숱이 적은 머리를 커다란 빗 주위로 말아 올린 채 가지 사이로 벽오동의 꼭대기를 멍하니 바라보고 서 있었다. 도요사부로는 할머니의 얼굴을 보았다. 그 얼굴은 퍼렇게 부어 있었다. 할머니는 푸석한 눈꺼풀 안에서 가느다란 눈을 내밀어 부시다는 듯 도요사부로를 올려다보았다. 도요사부로는 갑자기 자신의 시선을 책상 위로 떨어뜨렸다.

사흘째 되던 날, 도요사부로는 꽃집에 가서 국화를 사가지고 왔다. 고향의 정원에 피는 것과 같은 것을 사려 했으나 찾을 수 없었기에 어쩔 수 없이 꽃집에서 골라준 것을 그대로 3송이 정도 새끼줄에 묶어달라고 해서 자기로 구운 술병에 꽂았다. 고리짝 바닥에서 호아시 반리[32]가 쓴 조그만 족자를 꺼내 벽에 걸었다. 그것은 작년에 귀성했을 때, 장식용으로 쓰기 위해 일부러 가져온 것이었다. 그리고 도요사부로는 방석 위에 앉아 한동안 족자와 꽃을 바라보았다. 그때 창 앞의 공동주택 쪽에서 도요, 도요, 라고 부르는 소리가 들려왔다. 그 목소리가 어조도 그렇고 음색도 그렇고 다정한 고향의 어머니와 조금도 다르지 않았다. 도요사부로는 얼른 창의 장지문을 드르륵 열었다. 그러자 어제 봤던 퍼렇게 부은 할머니가 떨어져가는 가을 해를 이마에 받으며 열두엇쯤 된 코흘리개 꼬맹이를 손짓해서 부르고 있었다. 드르륵하는 소리가 들림과 동시에 할머니가 예의 푸석한 눈을 돌려 밑에서 도요사부로를 올려다보았다.

돈

  극렬한 3면기사[33]를 사진판으로 해서 확대해놓은 것 같은 소설을 연달아 대여섯 권 읽었더니 완전히 신물이 났다. 밥을 먹어도 생활고가 밥과 함께 위 속까지 밀려드는 것 같아서 견딜 수가 없었다. 배가 빵빵하면 배가 거북해서 정말 괴롭다. 그래서

---

32) 帆足万里(1778~1852). 에도 후기의 유학자, 경세가.
33) 사회면 기사를 말한다. 사회에서 일어나는 자극적인 기사가 많았다.

모자를 쓰고 구코쿠시(空谷子)의 집으로 갔다. 이 구코쿠시는 이럴 때 이야기를 나누기에 안성맞춤으로 생겨먹은 철학자 같기도 하고 점쟁이 같기도 한 묘한 사내였다. 광대무변한 공간에서는 지구보다 커다란 화재가 곳곳에서 일고 있는데 그 화재 소식이 우리 눈에 전해지려면 100년이나 걸린다며 간다(神田)에서 일어난 화재를 대수롭지 않게 여긴 사내였다. 물론 간다의 화재로 구코쿠시의 집이 타지 않았던 것만은 틀림없는 사실이다.

구코쿠시는 작고 각진 화로에 기대어 놋쇠 부젓가락으로 재 위에 무엇인가를 자꾸만 쓰고 있었다. 요즘은 어떤가, 여전히 생각에 잠겨 있군, 이라고 말하자 자못 귀찮아 죽겠다는 듯한 얼굴로 응, 돈에 대해서 잠깐 생각하고 있던 참이었어, 라고 대답했다. 기껏 구코쿠시의 집까지 와서 또 돈 얘기를 들어서는 당해낼 재간이 없었기에 입을 다물어버리고 말았다. 그러자 구코쿠시가 마치 커다란 발견이라도 했다는 듯 이렇게 말했다.

"돈은 요물이야."

구코쿠시의 경구치고는 너무 진부하다 싶어서 그래, 하고만 대답하고 상대하지 않았다. 구코쿠시는 화로의 재 속에 커다란 동그라미를 그리고, 이보게 여기에 돈이 있다고 치세, 라며 동그라미의 가운데를 찔렀다.

"이게 무엇으로든 변화할 수 있어. 옷이 되기도 하고 음식이 되기도 하지. 전차가 되기도 하고 여관이 되기도 해."

"재미없어. 뻔하디뻔한 얘기 아닌가?"

"아니, 뻔하디뻔한 얘기가 아니야. 이 동그라미가 말이지."라며 다시 커다란 원을 그렸다.

"이 동그라미가 선인이 되기도 하고 악인이 되기도 해. 극락에도 가고 지옥에도 가. 너무나도 변화무쌍해. 아직 문명이 발달되지 않았기에 곤란해. 인류가 조금 더 발달하면 돈의 융통성에 제한을 가하게 될 것이라는 사실은 분명하지만."

"어떻게?"

"어떻게든 상관없지만, ……예를 들어서 돈을 다섯 가지 색으로 나누어 빨간 돈, 파란 돈, 하얀 돈 등으로 만드는 것도 좋겠지."

"그래서 어쩌자는 거지?"

"어쩌자는 거냐고? 빨간 돈은 빨간 구역 안에서만 통용하도록 하는 거야. 하얀 돈은 하얀 구역 안에서만 쓰도록 하고. 만약 영역 밖으로 나가면 기와조각처럼 조금도 가치가 없는 것으로 삼아 융통성에 제한을 두는 거지."

만약 구코쿠시가 처음 만나는 사람이고 처음 만나자마자 이런 말을 했다면 나는 구코쿠시를, 어쩌면 뇌의 조직에 이상이 있는 논객이라고 생각했을지도 모른다. 하지만 구코쿠시는 지구보다 커다란 화재를 상상하는 사내였기에 안심하고 그 말을 들어보기로 했다. 구코쿠시의 답은 이랬다.

"돈은 어떤 면에서 생각해보자면 노력의 기호잖아. 그런데 노력은 결코 같은 종류의 것이 아니기에 같은 돈으로 대표케 해서 모든 면에서 서로 통용되게 하면 커다란 잘못인 셈이지.

예를 들어서 내가 지금 1만 톤의 석탄을 캤다고 하세. 그 노력은 기계적인 노력에 지나지 않으니 그것을 돈으로 바꿨다 할지라도 그 돈은 같은 종류인 기계적 노력과 교환할 자격이 있을 뿐 아니겠는가? 그런데 그 기계적 노력이 일단 돈으로 변형되면 그 순간 갑자기 한없이 자유로운 신통력을 얻어서 도덕적 노력과 활발하게 교환이 이루어져. 그렇게 해서 제멋대로 정신계를 교란시켜버리지. 괘씸하기 짝이 없는 요물 아닌가? 그러니 색으로 구분해서 조금은 제 분수를 알게 해주지 않으면 안 돼."

나는 구분색설에 찬성했다. 그리고 잠시 후 구코쿠시에게 물어보았다.

"기계적인 노력으로 도덕적 노력을 매수하는 것도 나쁘지만, 매수당하는 쪽도 안 좋은 것 아닐까?"

"글쎄. 오늘날처럼 선지선능(善知善能)한 돈을 보면 신도 인간에게 항복하고 말 테니 어쩔 수 없지 않을까. 현대의 신은 야만스러우니까."

나는 구코쿠시와 이렇게 돈도 되지 않는 이야기를 나누다 돌아왔다.

마　음

2층 난간에 목욕에 썼던 수건을 걸어놓고 햇살 가득한 봄의 거리를 내려다보니, 두건을 쓰고 하얀 수염을 듬성듬성 기른 신기료장수가 담장 밖을 지나갔다. 낡은 장구를 천칭의 막대기에 묶어놓고 대나무 주걱으로 두드렸는데 그 소리는 머릿속에서 문득 떠올린 기억처럼 날카롭기는 하지만 어딘가 맥이 빠져 있었다. 노인네가 대각선으로 맞은편에 있는 의사의 집 문 옆에 가서 예의 신통치 않은 봄의 장구를 땅 두드리자 머리 위에 새하얗게 피어 있던 매화 속에서 새 1마리가 날아올랐다. 신기료장수는 깨닫지 못하고 파란 대나무 울타리를 비스듬히 저편으로 돌아들어가 보이지 않게 되었다. 새는 날갯짓 한 번으로 난간 아래까지 날아왔다. 한동안은 석류의 가느다란 가지에 앉아 있었으나 마음이 놓이지 않는지 두어 번 자세를 바꾸던 중에 문득 난간에 기대어 있는 내 쪽을 올려다보자마자 휙 날아올랐다. 가지 위가 뿌옇게 움직이는가 싶더니 새는 벌써 아름다운 발로 난간 위를 밟고 있었다.

아직 본 적이 없는 새였기에 이름은 알 수 없었지만 그 색이 현저하게 내 마음을 움직였다. 휘파람새를 닮았는데 은은한 맛이 조금 더 감도는 날개에 가슴은 바랜 벽돌 색 비슷하고, 불면 날아갈 듯 보송보송했다. 그 주변에서 부드러운 물결을 가끔 일으키며 얌전하게 가만히 있었다. 겁을 주는 건 죄라는 생각이 들어 나도 한동안 난간에 기댄 채 손가락 하나 까딱하지 않고 참고 있었으나 새가 의외로 태연한 듯했기에 마침내 생각을 바꾸어 가만히 몸을 뒤로 물렸다. 순간 새가 폴짝 난간 위를 날아올라 바로 눈앞으로 왔다. 나와 새 사이의 거리는 겨우 1자 정도밖에 되지 않았다. 나는 거의 무의식적으로 오른손을 아름다운 새 쪽으로 내밀었다. 새는 부드러운 날개와 조그만 발과 잔물결을 일으키는 가슴 전부를 들어, 그 운명을 내게 맡기듯 맞은편에서 내 손 안으로 편안하게 날아들었다. 나는 그때 동글 동글한 머리를 위에서부터 바라보며 이 새는……하고 생각했다. 하지만, 이 새는……의 뒤에 이어질 말은 아무래도 떠오르지 않았다. 그저 마음속에 그 뒤가 잠겨 있는데 전체를 희미하게 흐리고 있는 것처럼 보였다. 그 마음속 전체에 배어 있는 것을 어떤 신비한 힘으로 한 곳에 모아 가만히 뚜렷하게 바라보면 그 모습은, 역시 이때, 이 장소에서, 내 손 안에 있는 새와 같은 색의 같은 것이 되리라 여겨졌다. 나는 곧 새장 속에 새를 넣어 봄 햇살이 기울 때까지 바라보았다. 그리고 그 새는 어떤 마음으로 나를 보고 있을지를 생각했다.

　잠시 후 산책을 나갔다. 기쁜 마음에 갈 곳도 없으면서 마을을 몇 개나 지나 떠들썩한 거리로 나설 수 있는 곳까지 가니, 거리는 오른쪽으로 꺾어지기도 하고 왼쪽으로 휘어 있기도 했으며, 모르는 사람 뒤에서 모르는 사람이 얼마든지 나타났다. 아무리 걸어도 떠들썩하고 활기 넘치고 즐거워 보여서 나는 어느 점에서 세계와 접촉하고 있으며 그 접촉 때문에 일종의 갑갑함을 느끼고 있는 건지 거의 상상도 되지 않았다. 낯선 사람을 몇천 명이고 만나는 것은 기쁘지만, 그저 기쁘기만 할 뿐 그 기쁜 사람의 눈빛도 코의 생김새도 전혀 머리에 비치지 않았다. 그런데 어딘가에서 방울이 떨어져 차양의 기와에 부딪친 듯한 소리가 들려왔기에 퍼뜩 그쪽을 바라보니 대여섯 간 앞의 작은 길

입구에 한 여자가 서 있었다. 무엇을 입고 있었는지, 머리를 어떻게 묶었는지는 거의 알 수 없었다. 단지 눈에 비친 것은 그 얼굴이었다. 그 얼굴은 눈도 그렇고 입도 그렇고 코도 그렇고 따로따로 떼어서 서술할 수 없는……, 아니 눈과 입과 코와 눈썹과 이마가 하나가 되어 오로지 나를 위해서만 만들어진 얼굴이었다. 백 년 전의 옛날부터 여기에 서서 눈도 코도 입도 전부 나를 기다리고 있던 얼굴이었다. 백 년 후까지 나를 따라서 어디까지고 갈 얼굴이었다. 말없이 말을 하는 얼굴이었다. 여자는 말없이 뒤를 돌았다. 따라가 보니 작은 길이라 생각했던 곳은 골목이어서 평소의 나라면 망설일 만큼 좁고 어두웠다. 하지만 여자는 말없이 그 안으로 들어갔다. 말이 없었다. 하지만 내게 뒤를 따라오라고 말하고 있었다. 나는 몸을 움츠리고 골목 안으로 들어갔다.

검은 포렴이 하늘거리고 있었다. 하얀 글자가 염색되어 있었다. 그 다음에는 머리를 스칠 듯 처마에 등이 달려 있었다. 한가운데 소나무 세 그루가 그려져 있고 그 아래에 본(本)이라고 적혀 있었다. 그 다음에는 유리 상자에 찹쌀가루와 설탕을 섞어 콩알처럼 만든 과자가 가득 들어 있었다. 그 다음에는 작은 천 조각을 대여섯 개 네모난 틀 속에 늘어놓은 것이 처마 아래에 걸려 있었다. 그 다음에는 향수병이 보였다. 그리고 골목은 시커면 창고의 벽에 가로막혔다. 여자는 2자 정도 앞에 있었다. 그런데 홀연 나를 돌아보았다. 그리고 갑자기 오른쪽으로 꺾어졌다. 그때 내 머리는 돌연 조금 전의 새와 같은 마음으로 변화했다.

그리고 여자를 따라서 곧 오른쪽으로 돌아섰다. 오른쪽으로 돌아서자 먼저보다 기다란 골목이 가늘고 어둡게 죽 이어져 있었다. 나는 여자가 말없이 사유(思惟)하는 대로 그 가늘고 어둡고, 또 길게 이어진 골목 안으로 새처럼 어디까지고 따라갔다.

변　화

두 사람은 2층의 2첩짜리 방[34])에 책상을 나란히 하고 있었다. 그 다다미의 색이 검붉게 빛나던 모습이 30여년이 지난 지금까지도 눈가에 선명하게 남아 있다. 방은 북향이었는데 높이 2자도 되지 않는 작은 창 앞에서 두 사람이 어깨와 어깨를 맞댈 만큼 갑갑한 자세로 예습을 했다. 방 안이 어두워지면 추운 것을 참고 창문을 활짝 열곤 했다. 그러면 창 바로 아랫집의 대나무 창살 안에 젊은 아가씨가 멍하니 서 있는 경우가 있었다. 조용한 저물녘에는 그 아가씨의 얼굴과 모습이 눈에 띌 만큼 아름답게 보였다. 때로는 아, 아름답다 싶어 한동안 내려다본 적도 있었다. 하지만 나카무라[35])에게는 아무런 말도 하지 않았다. 나카무라도 아무 말 하지 않았다.

여자의 얼굴을 지금은 완전히 잊어버렸다. 단 목수쯤 되는

---

34) 주로 다실(茶室)을 말한다.
35) 나카무라 요시코토(中村是公. 1867~1927). 대학 예비문 시절부터 소세키의 친구로 후에 남만주철도주식회사 총재, 철도원 총재 등을 역임했다. 통칭은 제코.

사람의 딸이었던 것 같다는 느낌만은 남아 있다. 물론 공동주택에서의 가난한 생활을 하고 있던 자의 딸이었다. 우리 두 사람이 살던 곳도 지붕에서 기와 한 장조차 볼 수 없는 낡은 공동주택의 한 방이었다. 아래층에서는 학복36)과 간사(幹事)를 포함해서 10명 정도가 기숙하고 있었다. 그리고 허름한 식당에서 나막신을 신은 채 밥을 먹었다. 식대는 1개월에 2엔이었으나, 그 대신 아주 맛없는 것이었다. 그래도 이틀에 한 번은 소고기 국을 먹게 해주었다. 물론 고기 기름이 조금 떠 있고 고기 냄새가 젓가락에 엉겨 붙을 정도의 것이었다. 그랬기에 기숙생들은 간사가 교활해서 맛있는 것을 먹게 해주지 않아 마음에 들지 않는다고 자꾸만 불평을 해댔다.

나카무라와 나는 이 사숙(私塾)의 교사였다. 두 사람 모두 월급을 5엔씩 받고 하루에 2시간 정도 가르쳤다. 나는 영어로 지리책이나 기하학을 가르쳤다. 기하를 설명할 때, 반드시 하나가 되어야 할 선이 하나가 되지 않아서 곤란한 적이 있었다. 그런데 복잡한 그림을 굵은 선으로 그려가던 중에 그 선이 2개, 칠판 위에서 겹쳐져 하나가 되어주었기에 기뻤다.

두 사람은 아침에 일어나면 료고쿠바시(兩国橋)를 건너 히토쓰바시(一ツ橋)에 있는 예비문37)에 통학했다. 그 당시 예비문의 월사금은 25센이었다. 두 사람은 두 사람의 월급을 책상 위에 한데 섞어놓고 그 가운데서 25센의 월사금과 2엔의 식대

---

36) 學僕. 요즘의 근로장학생으로 생각하면 된다.
37) 豫備門. 제일고등학교의 전신. 도쿄 대학의 예비기관으로 1877년에 설립되었다.

와 거기에 약간의 목욕비를 제한 다음, 나머지 돈은 품속에 넣고 메밀국수네 단팥죽이네 생선초밥을 먹으며 돌아다녔다. 공동재산이 떨어지면 두 사람 모두 전혀 외출을 하지 않았다.

예비문에 가는 도중, 료고쿠바시 위에서 자네가 읽고 있는 서양 소설 속에는 미인이 나오는가? 하고 나카무라가 물은 적이 있었다. 나는 응, 나와, 라고 대답했다. 하지만 그 소설이 무슨 소설이고 어떤 미인이 나오는지, 지금은 조금도 기억나지 않는다. 나카무라는 그때부터 소설 같은 것 읽지 않는 사내였다.

나카무라가 보트경쟁에서 우승해 챔피언이 되었을 때 학교에서 약간의 돈을 주고 그 돈으로 서적을 사면, 그 서적에 한 교수가 이러이러한 기념으로 준다고 써주겠다고 한 적이 있었다. 나카무라는 그때, 나는 책 같은 건 필요 없으니 어떤 책이든 자네가 좋아하는 책을 사주겠네, 라고 말했다. 그리고 아놀드[38]의 논문과 셰익스피어의 햄릿을 사주었다. 나는 그때 처음으로 햄릿이라는 것을 읽어보았다. 조금도 이해할 수 없었다.

학교를 졸업하자마자 나카무라는 곧 대만으로 갔다. 그 이후 전혀 만날 수 없었는데 우연히도 런던의 한복판에서 다시 딱 마주쳤다. 정확히 7년 전이었다. 그때 나카무라는 옛날 그대로의 얼굴을 하고 있었다. 그리고 돈을 많이 가지고 있었다. 나는 나카무라와 함께 여기저기 놀러 다녔다. 나카무라도 이전과는 달리 자네가 읽고 있는 서양 소설에는 미인이 나오는가? 라고는 묻지 않았다. 오히려 그가 서양 미인에 대한 이야기를 여러 가지

---

38) Arnold(1822~1888). 영국의 문예비평가.

로 했다.

일본으로 돌아와서 다시 만나지 않게 되었다. 그리고 올해 1월 말, 갑자기 사람을 보내서 이야기를 나누고 싶으니 쓰키지(築地)의 신키라쿠(新喜楽)로 오라고 했다. 정오까지 와달라는 부탁이었으나 시계는 벌써 11시를 지났다. 그리고 그날따라 삭풍이 아주 매섭게 몰아치고 있었다. 밖에 나서면 모자도 인력거도 날려버릴 것만 같은 기세였다. 나는 그날 오후에 반드시 마무리 지어야 할 일을 끌어안고 있었다. 아내에게 전화를 걸게 해서 내일은 시간을 내기 어렵겠냐고 묻게 했더니, 내일은 출발 채비네 뭐네 나도 바빠서……, 라고 말하던 중에 전화가 끊어져버리고 말았다. 아무리 걸어보아도 연결이 되지 않았다. 아마 바람 때문인 것 같아요, 라며 아내가 차가운 얼굴로 돌아왔다. 그렇게 해서 결국은 만나지 못하고 말았다.

예전의 나카무라는 만철[39]의 총재가 되었다. 예전의 나는 소설가가 되었다. 만철의 총재가 무슨 일을 하는 사람인지 전혀 알지 못한다. 나카무라도 내 소설을 아직 1페이지도 읽은 적이 없으리라.

크레이그 선생

크레이그 선생은 제비처럼 4층 위에 둥지를 틀고 있었다. 포

---

39) 滿鐵. 남만주철도주식회사.

석 끝에 서서 올려다본들 창조차 보이지 않았다. 아래서부터 하나하나 올라가면 허벅지 부근이 약간 아파올 때쯤 마침내 선생의 문 앞에 서게 된다. 문이라고 해봐야 문짝이나 지붕이 있는 것은 아니었다. 폭 3자도 되지 않는 검은 문에 놋쇠 노커가 달려 있을 뿐이었다. 문 앞에서 잠시 쉬다 그 노커 아래쪽을 똑똑 문에 부딪히면 안에서 열어주었다.

열어주는 것은 언제나 여자였다. 근시안 때문인지 안경을 끼고 늘 놀란 표정이었다. 나이는 쉰 살 정도이니 꽤 오랫동안 세상을 보며 살아왔을 테지만 역시 아직 놀란 표정이었다. 문을 두드리기가 가여울 만큼 커다란 눈으로 어서오라고 말했다.

들어가면 여자는 바로 사라져버리고 말았다. 그리고 가장 앞에 있는 거실, 처음에는 거실이라고도 생각지 못했다. 특별한 장식도 아무것도 없었다. 창이 2개 있고 책이 수없이 늘어서 있을 뿐이었다. 크레이그 선생은 대부분 거기에 진을 치고 있었다. 내가 들어서는 것을 보면 야아, 하고 손을 내밀었다. 악수를 하자는 신호이기에 손을 쥐기는 쥐지만 지금까지 상대가 힘을 주어 맞잡은 적은 없었다. 나도 쥐는 맛이 그다지 좋은 것은 아니니 차라리 그만두었으면 좋겠다고 생각했으나, 역시 야아 하며 털투성이에 주름투성이, 그리고 언제나처럼 소극적인 손을 내밀었다. 습관은 신기한 것이다.

이 손의 소유자는 내 질문을 받아주는 선생이었다. 처음 만났을 때 보수는? 이라고 물었더니 글쎄, 라며 잠깐 창밖을 보다 1번에 7실링이면 어떨까? 너무 비싸면 더 깎아줄 수도 있어,

라고 말씀하셨다. 그래서 나는 1번에 7실링씩 쳐서 월말에 전액을 지불하고 있었는데 때로는 선생에게 갑자기 재촉을 받는 적도 있었다. 이보게, 돈이 조금 필요해서 그러는데 지불하고 가줄 수 없겠는가? 라고 말씀하셨다. 내가 바지 주머니에서 금화를 꺼내 노골적으로 아이고 하며 건네면, 선생은 이거 미안하구먼, 하고 받으며 예의 소극적인 손을 펼쳐 손바닥 위에서 잠시 바라보다 곧 그것을 바지 주머니에 넣으셨다. 난처하게도 선생은 결코 거스름돈을 건네주지 않았다. 나머지를 다음 달로 이월해야겠다고 생각하고 있으면, 다음 주에 다시 책을 좀 사고 싶은데, 라며 재촉하는 경우도 있었다.

선생은 아일랜드 사람으로 말을 알아듣기가 아주 어려웠다. 말이 조금 빨라지면 도쿄 사람이 사쓰마(薩摩) 사람과 싸움을 할 때만큼 어려워졌다. 그런데 아주 덜렁거리고 매우 조급한 사람이었기에 나는 알아듣기가 귀찮아지면 운을 하늘에 맡기고 선생의 얼굴만을 바라보았다.

그 얼굴이 또 결코 심상치 않았다. 서양인이니 코는 높았지만 층이 져 있고 살집이 너무 두툼했다. 그 점은 나와 아주 비슷했지만, 그런 코는 언뜻 보기에 시원하고 좋은 느낌은 일어나지 않는 법이다. 그 대신 그 부근이 전체적으로 텁수룩해서 어딘가 소박한 느낌이 있었다. 수염은 그야말로 가여워질 만큼 흑백이 난잡하게 자라고 있었다. 언젠가 베이커 스트리트에서 선생을 만났을 때는 채찍을 잊은 마부가 아닐까 생각했었다.

선생의 하얀 셔츠나 하얀 목깃 차림을 본 적은 한 번도 없었다. 언제나 줄무늬 플란넬을 입고 두툼한 슬리퍼를 발에 신었는데 그 발을 난로 속에 찔러 넣을 듯 내밀고, 그렇게 해서 때때로 짧은 무릎을 두드렸으며―그때 처음으로 알게 되었는데 선생은 소극적인 손에 금반지를 끼고 있었다.― 때로는 두드리는 대신 허벅지를 문지르며 가르쳐주었다. 하지만 무엇을 가르쳐줄지는 알 수 없었다. 듣고 있자면 선생이 좋아하는 곳으로 데리고 가서 결코 돌려보내주지 않았다. 그런데 그 좋아하는 곳은 기후의 변화나 날씨의 상태에 따라서 여러 가지로 변화했다. 경우에 따라서는 어제와 오늘 사이에 양극으로 이사를 하는 일조차 있었다. 나쁘게 말하자면 엉터리라고 할 수 있고, 좋게 평하자면 문학상의 좌담을 해준 것이라고 할 수 있는데, 이제 와서 생각해보니 1번에 7실링 정도로 체계적이고 규칙적인 강의가 가능할 리 없으니 이는 선생이 옳은 것으로 그것을 불만스럽게 생각한 내가 멍청한 것이었다. 하지만 선생의 머리 역시 그 수염이 대표하고 있던 것처럼 조금은 난잡함으로 기울어 있었던 듯도 하니 오히려 보수를 올려서 훌륭한 강의를 청하지 않기를 잘한 것일지도 몰랐다.

선생의 전문은 시였다. 시를 읽을 때면 얼굴부터 어깨 부근까지가 아지랑이처럼 흔들렸다. ―거짓말이 아니다. 정말 흔들렸다. 그 대신 내게 읽어주는 것이 아니라 당신이 혼자서 읽으며 즐기는 것으로 귀착되어버리기 때문에 결국은 내 손해였다. 언젠가 스윈번40)의 로저먼드라는 것을 가지고 갔더니 선생은 잠

---

40) Swinburne(1837~1909). 영국의 시인, 문예비평가.

깐 보여주게, 라고 말하고 두어 줄 낭독하다 곧 책을 무릎 위에 엎어놓고 코안경을 보란 듯이 벗으며 아아, 틀렸군, 틀렸어, 스윈번도 이런 시를 쓸 만큼 늙었단 말인가, 라고 탄식하셨다. 내가 스윈번의 걸작인 아탈란타를 읽어봐야겠다고 생각한 것은 이때였다.

선생은 나를 어린아이처럼 생각하고 있었다. 자네, 이런 것을 알고 있는가? 이런 것 이해하고 있는가, 라며 얼토당토 않는 질문을 종종하셨다. 그런가 하면 느닷없이 비범한 문제를 제출하고 갑자기 동년배 취급으로 비약하는 적도 있었다. 언젠가 내 앞에서 왓슨[41]의 시를 읽고 이건 셸리[42]와 비슷한 부분이 있다고 말하는 사람과 전혀 다르다고 말하는 사람이 있는데 자네는 어떻게 생각하는가 하고 물으셨다. 어떻게 생각하느냐고 물어봐야, 나는 서양의 시가 우선은 눈에 호소하고 그런 다음 귀를 통과하지 않는 한 전혀 이해를 할 수 없었다. 그랬기에 적당히 둘러댔다. 셸리와 비슷하다는 쪽이었는지, 비슷하지 않다는 쪽이었는지 지금은 잊어버렸다. 그런데 우습게도 그때 선생이 예의 무릎을 두드리며 나도 그렇게 생각한다고 말씀하셨기에 참으로 황송했다.

한번은 창밖으로 얼굴을 내밀고 멀리 하계를 분주히 지나는 사람들을 내려다보며 이보게, 사람들이 저렇게 많이 지나고 있지만 저 중에서 시를 이해하는 사람은 100명에 1명도 되지 않을

---

41) Watson(1858~1935). 영국의 시인. 정치적 신조를 주제로 삼은 시가 많다.
42) Shelley(1792~1822). 영국의 낭만파 시인.

걸세, 딱한 일이야, 대체로 영국인은 시를 이해하지 못하는 국민이야, 그런 면에서 아일랜드인은 훌륭한 편이지, 훨씬 더 고상해, ─실제로 시를 음미할 수 있는 자네나 나는 행복하다고 하지 않으면 안 돼, 라고 말씀하셨다. 나를 시를 이해하는 부류에 넣어주신 건 한없이 고마운 일이었지만, 그에 비해서는 취급이 매우 냉담했다. 나는 이 선생에게서 정이라는 것을 느낀 적이 한 번도 없었다. 완전히 기계적으로 이야기하는 할아버지라고밖에는 여겨지지 않았다.

하지만 이런 일도 있었다. 내가 머물던 하숙이 아주 싫어져서 이 선생의 집에서라도 묵게 해달라고 할까 싶어 어느 날 예의 가르침이 끝난 뒤에 부탁을 해보았더니 선생은 그 자리에서 무릎을 치고 그래, 우리 집의 방을 보여줄 테니 오도록 하게, 라고 말하고 식당이며 하녀의 방이며 부엌이며 일단 데리고 돌아다니며 전부 보여주었다. 애초부터 4층 안쪽의 한 구석이었기에 넓을 리가 없었다. 2, 3분쯤 지나자 볼 곳도 없어지고 말았다. 선생은 그렇게 원래의 자리로 돌아와서 자네, 이런 집이니 어디에도 묵게 해줄 곳이 없다네, 라고 거절할 줄 알았더니, 바로 월트 휘트먼[43] 얘기를 시작했다. 예전에 휘트먼이 와서 당신 집에 한동안 머문 적이 있었다. ─아주 빠른 투로 말했기에 잘은 알아들을 수 없었지만 아무래도 휘트먼이 먼저 찾아온 듯했다.─ 그런데 처음 그 사람의 시를 읽었을 때는 전혀 시 같지 않다는 생각이 들었으나 몇 번이고 읽는 중에 점점 재미있

───────────────

43) Walt Whitman(1819~1892). 미국의 시인. 「풀잎」으로 유명하다.

어졌고, 결국에는 아주 애독하게 되었다, 그래서…….

　서생으로 받아들여주겠다는 얘기는 어딘가로 완전히 날아가 버리고 말았다. 나는 그저 일이 되어가는 대로 맡긴 채 네, 네, 하고 듣고 있었다. 그랬더니 그때 셸리가 누군가와 싸웠다고 이야기하고 싸움은 좋지 않다, 나는 두 사람 모두 좋아했는데 내가 좋아하는 두 사람이 싸움을 하는 것은 아주 좋지 않은 일이다, 라며 이의를 제기하셨다. 아무리 이의를 제기해도 벌써 몇 십 년 전에 싸움을 해버렸으니 어쩔 수 없는 일이었다.

　선생은 덜렁대는 성격이었기에 당신의 책을 어디에 놓으셨는지 곧잘 잊곤 했다. 그리고 그것이 보이지 않으면 매우 조급해하며 부엌에 있는 할머니를 불이라도 난 듯 야단스러운 목소리로 불러댔다. 그러면 예의 할머니도 역시 야단스러운 얼굴을 하고 거실로 모습을 드러냈다.

　"내, 내 '워즈워스44)' 어디에 뒀지?"

　할머니는 여전히 놀란 듯한 눈을 쟁반처럼 둥그렇게 뜨고 일단 책장을 둘러보았는데, 아무리 놀랐다 할지라도 매우 야무진 사람이어서 바로 '워즈워스'를 찾아냈다. 그리고 "히어, 서." 라고 말하며 약간 나무라듯 선생 앞으로 내밀었다. 선생은 그것을 낚아채듯 받아들고 두 손가락으로 지저분한 표지를 찰싹찰싹 두드리며 이보게, 워즈워스가……, 라고 말하기 시작했다. 할머니는 더욱 놀란 눈이 되어 부엌으로 물러났다. 선생은 2분이고 3분이고 '워즈워스'를 두드리고 있었다. 그리고 기껏 찾아

---

44) Wordsworth(1770~1850). 영국의 시인.

준 '워즈워스'를 끝내는 펼치지 않았다.

　선생은 종종 편지를 보냈다. 그 글씨는 결코 읽을 수가 없었다. 물론 두어 줄이었기에 몇 번이고 되풀이해서 볼 시간은 있었지만 아무래도 판독을 할 수 없었다. 선생에게서 편지가 오면 일이 생겨서 수업을 할 수 없게 되었다는 내용일 것이라 단정을 해서, 처음부터 읽는 수고를 덜기로 하고 있었다. 가끔 놀란 할머니가 대필을 하는 경우도 있었다. 그때는 아주 잘 알 수 있었다. 선생은 편리한 서기를 데리고 있는 셈이었다. 선생은 내게 글씨를 너무 못 써서 고민이라고 탄식하셨다. 그리고 자네가 훨씬 더 잘 쓴다고 말씀하셨다.

　그런 글씨로 원고를 쓰면 어떤 책이 나올지 걱정이 되어 견딜 수가 없었다. 선생은 아든 셰익스피어[45]를 출판한 사람이었다. 그 글자가 활판으로 변형될 자격을 잘도 가지고 있었다고 생각했다. 그래도 선생은 태연하게 서문을 쓰기도 하고 주석을 달기도 하며 멀쩡히 지냈다. 뿐만 아니라 이 서문을 보라며, 햄릿에 덧붙인 서언을 읽게 한 적도 있었다. 그 다음에 갔을 때 재미있었다고 말했더니, 자네가 일본에 돌아가면 이 책을 꼭 소개해주도록 하게, 라고 의뢰를 해왔다. 아든 셰익스피어의 햄릿은 내가 귀국한 후 대학에서 강의를 할 때 커다란 도움을 받은 책이었다. 그 햄릿의 주석만큼 빈틈이 없고 핵심을 찌른 것도 아마 없으리라 여겨진다. 하지만 그때는 그렇게까지는 느끼지 못했었다. 그러나 선생의 셰익스피어 연구에는 그 전부터 감탄하고 있었

---

45) 크레이그가 감수한 셰익스피어 전집.

다.

거실을 직각으로 돌아들면 6첩 정도의 조그만 서재가 있었다. 선생이 높다랗게 둥지를 튼 곳은, 사실을 말하자면 이 4층의 구석으로, 그 구석 중에서도 다시 구석에 선생에게는 소중한 보물이 있었다. 길이 1자 5치, 폭 1자 정도 되는 파란 표지의 수첩을 약 10권 정도 나란히 늘어놓았는데, 선생은 틈만 나면 종잇조각에 썼던 글을 이 파란 표지 안에 적어 넣고는 구두쇠가 엽전을 모으듯 차곡차곡 늘려가는 것을 평생의 낙으로 삼고 있었다. 그 파란 표지가 셰익스피어 자전(字典)의 원고라는 사실은 여기에 오기 시작한 지 얼마 지나지 않아서 바로 알게 되었다. 선생은 그 자전을 집대성하기 위해서 웨일즈에 있는 한 대학의 문학교수 자리를 내팽개치고 매일 대영박물관에 갈 시간을 만들었다고 한다. 대학교수의 자리를 내팽개쳤을 정도이니 7실링짜리 제자를 소홀히 대하는 것도 당연한 일이었다. 선생의 머릿속에서는 밤낮없이 그 자전이 세차게 맴돌고 있을 뿐이었다.

선생님, 슈미트46)의 셰익스피어 사전이 있는데 그런 걸 다시 만드시는 겁니까? 라고 물은 적이 있었다. 그러자 선생은 자못 경멸을 금할 수 없다는 듯한 표정으로 이걸 좀 보게, 라고 말씀하시며 당신 소유의 슈미트를 꺼내 보여주셨다. 그것을 보니 천하의 슈미트가 전후 2권, 한 페이지도 빠짐없이 전부 새까맣게 변해 있었다. 나는 이야, 라고만 말한 채 놀라서 슈미트를

---

46) Schmidt(1816~1887). 독일의 영어학자. 『셰익스피어 어휘사전』을 집필했다.

바라보고 있었다. 선생은 매우 자랑스러운 듯했다. 이봐, 혹시 슈미트하고 같은 정도의 것을 만들 생각이었다면 나도 이렇게 고생을 하고 있지는 않았을 거야, 라고 말하고 다시 두 손가락을 모아 새까만 슈미트를 찰싹찰싹 두드리기 시작했다.

"대체 언제부터 이런 일을 시작하신 겁니까?"

선생은 자리에서 일어나 맞은편 책장으로 가서 무엇인가를 열심히 찾기 시작하더니 이번에도 언제나처럼 조급한 듯한 목소리로 제인, 제인, 내 다우든[47]은 어떻게 된 거야, 라고 할머니가 오기도 전부터 다우든이 어디에 있는지를 물었다. 할머니는 또 놀라서 들어왔다. 그리고 또 언제나처럼 히어, 서, 라며 나무라고 돌아갔으나, 선생은 할머니의 한마디 답에는 전혀 신경도 쓰지 않고 굶주린 사람처럼 책을 펼쳐 음, 여기에 있군, 다우든이 내 이름을 분명히 여기에 실어주었어, 특별히 셰익스피어를 연구하는 크레이그 씨라고 적어주었지, 이 책이 187……년에 출판되었고, 내 연구는 그보다 훨씬 전에 시작되었으니……. 나는 선생의 인내심에 정말 두 손을 들어버리고 말았다. 내친김에 그럼 언제 완성됩니까? 라고 물어보았다. 언제일지 누가 알겠는가, 죽을 때까지 할 뿐이지, 라며 선생은 다우든을 원래 자리에 꽂았다.

그 후 얼마 지나지 않아서 나는 선생을 찾아가지 않게 되었다. 가기를 그만두기 조금 전에 선생은 일본의 대학에 서양인 교수는 필요 없을까? 나도 젊었다면 갔을 텐데, 라고 말하며 어딘가

---

47) Dowden(1843~1913). 영국의 문학사가. 셰익스피어 연구로 유명하다.

무상함을 느낀듯한 얼굴을 하셨다. 선생의 얼굴에 센티먼트가 드러난 것은 이때뿐이었다. 내가 아직 젊지 않으십니까, 라고 위로를 했더니 아니아니, 언제 무슨 일이 일어날지 알 수 없어, 벌써 쉰여섯이니까, 라며 묘하게 침울해지고 말았다.

　일본으로 돌아와 2년쯤 지났을 때, 신착 문예잡지에 크레이그 씨가 죽었다는 기사가 실렸다. 셰익스피어 전문학자라는 내용이 두어 줄 덧붙여져 있을 뿐이었다. 나는 그때 잡지를 내려놓고, 그 자전은 결국 완성되지 못한 채 종잇조각이 되어버리고만 걸까, 하고 생각했다.

생각나는 것들
思い出す事など

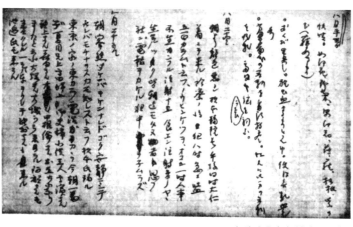

슈젠지에서의 일기 중 일부

나쓰메 소세키는 1910년 6월에 위궤양으로 나가요 위장병원에 입원했다가 같은 해 8월부터 요양을 위해 도요조의 권유로 이즈 슈젠지의 기쿠야 여관에서 전지요양을 했다. 그러나 거기서 병이 깊어져 800g이나 되는 피를 토하고 생사의 갈림길을 오가는 위독한 상태에 빠지고 만다. 이를 '슈젠지의 대환'이라고 하는데 이때 일시적인 죽음을 체험한 일이 이후의 작품에도 커다란 영향을 주게 되었다. 나쓰메 소세키의 일생 중에서도 가장 커다란 사건 가운데 하나였던 슈젠지에서의 일들을 기록한 수필이 바로 이 「생각나는 것들」로, 같은 해 10월에 용태가 안정되어 나가요 병원으로 돌아온 이후부터 집필을 시작하여 이듬해 2월까지 아사히 신문에 연재되었다.

一

　간신히 병원48)으로 다시 돌아왔다. 생각해보면 여기서 무더운 조석을 보낸 것도 벌써 3개월 전의 옛일이 되었다. 그 무렵에는 해를 가리기 위해 2층의 차양에서부터 6자가 넘을 정도의 기다란 갈대발을 드리워 뜨겁게 달아오르는 툇마루를 얼마간 어둡게 했었다. 그 툇마루에 제코49)에게서 받은 단풍나무 분재와 때때로 사람들이 문병을 올 때 들고 온 화초 등을 놓아 무료함도 달래고 더위도 피하고 있었다. 맞은편으로 보이는 여관의 높다란 건조대에 시뻘건 알몸의 사내 둘이 나와서 한낮임에도 불구하고 난간 위를 아슬아슬하게 건너기도 하고, 또 가늘고 긴 가로대 위에 일부러 하늘을 보고 눕기도 하며 장난치는 모습을 보고 나도 언젠가 한 번은 다시 저런 건장한 체격이 되어보고 싶다고 부러워한 적도 있었다. 지금은 모두가 과거의 일이 되어버리고 말았다. 다시 눈앞에 나타나지 않는다는 불확실성에 있어서 꿈과 마찬가지로 덧없는 과거다.

　병원을 나설 때 나는 의사의 권유에 따라서 전지50)할 각오는

---

48) 지금의 지요다 구에 있던 나가요 위장병원. 원장은 작가 나가요 요시오(長与善郎)의 형.
49) 주35 참조.
50) 전지요법. 기후가 몸에 미치는 영향을 고려하여 환경을 바꾸어 치료하는 방법.

있었다. 그러나 전지한 곳에서 다시 병에 걸려 누운 채 도쿄로 돌아오리라고는 생각지 못했다. 도쿄에 돌아와서도 우리 집 문으로는 바로 들어가지 못하고, 들것에 실린 채, 다시 당시의 병원에 자리 잡게 될 운명이 되리라고는 더욱 생각지도 못했다.

돌아온 날은 떠난 슈젠지[51]도 비, 도착한 도쿄도 비였다. 부축을 받아 기차에서 내릴 때 일부러 마중을 나와준 사람의 얼굴은 절반도 눈에 들어오지 않았다. 눈인사를 할 수 있었던 것은 그 가운데 두엇에 지나지 않았다. 변변한 인사도 하지 못한 채 나는 곧 들것 위에 눕혀졌다. 저물녘의 비를 가리기 위해서 들것에는 동유[52]를 쳤다. 나는 구멍의 바닥에 눕혀진 듯한 기분으로 가끔 어둠 속에서 눈을 떴다. 코에는 동유의 냄새가 났다. 귀에는 동유를 때리는 빗소리와 들것을 따라오는 듯한 사람들의 목소리가 희미하게 드문드문 들렸다. 하지만 눈에는 아무것도 보이지 않았다. 기차 안에서 모리나리(森成) 씨가 머리맡의 자루 아가리에 꽂아주었던 커다란 들국화 가지는 내릴 때의 혼잡 때문에 부러져버린 것이리라.

들것에 들국화도 보이지 않는 동유로구나

이것은 그때의 광경을 나중에 17자로 요약한 것이다. 나는 이 들것에 실린 채 병원의 2층으로 올라갔으며, 3개월 전에 친

---

51) 修善寺. 시즈오카 현 이즈 시에 있는 지방의 이름. 나쓰메 소세키는 지병이었던 위궤양을 치료하기 위해 슈젠지 온천에서 요양했다. 이곳에는 슈젠지라는 절도 있는데 이는 한자로 修禪寺라고 쓴다. 제29장에 같은 내용이 나온다.
52) 유동의 씨에서 짜낸 기름. 기름종이를 만드는 데 쓰며, 그 기름종이로 비옷 등을 만든다.

숙하게 지내던 하얀 침상 위에 여윈 손발을 편안하게 눕혔다. 빗소리 가득한 조용한 밤이었다. 나의 병실이 있는 건물에는 환자가 서너 명밖에 없었기에 사람의 목소리도 자연히 끊기기 쉬워서, 가을에는 슈젠지보다 오히려 고요했다.

이 고요한 밤을 편안한 마음으로 하얀 이불 속에서 2시간 정도 보냈을 때, 나는 간호부로부터 2통의 전보를 받아들었다. 1통을 열어보니 〈무사귀경을 축하〉라고 적혀 있었다. 그리고 보낸 사람은 만주에 있는 나카무라 제코였다. 다른 1통을 열어보니 역시 무사귀경을 축하한다는 글로 앞의 것과 한 글자도 차이가 없었다. 나는 평범하지만 이 암호를 재미있게 바라보며 누가 보낸 것일까 싶어 보낸 사람의 이름을 보았다. 그런데 스테토라고만 되어 있을 뿐, 전혀 짐작을 할 수 없었다. 단, 전보를 친 우체국이 나고야(名古屋)라고 되어 있었기에 마침내 짐작할 수 있었다. 스테토란, 스즈키 테이지와 스즈키 토키코[53]의 머리글자를 조합한 것으로, 아내의 여동생과 그 남편이었다. 나는 2통의 전보를 포개서 접고, 내일 다시 올 아내의 얼굴을 보면 우선 이 이야기를 하기로 마음을 정했다.

병실은 다다미도 파랬다. 장지문의 종이도 다시 발랐다. 벽도 새로 칠한 지 얼마 되지 않았다. 모든 것이 마음 편하게 정리되어 있었다. 스기모토(杉本) 부원장이 재차 슈젠지로 진찰을 왔을 때, 다다미를 갈아놓고 기다리고 있습니다, 라고 아내에게

---

53) 한글 표기법에서는 일본어의 'て'와 'と'가 어두에 오면 '데', '도'로 표기하게 되어 있으나, 이 경우 그래서는 뒤의 스테토와 맞지 않기에 '테', '토'로 번역했다.

전해놓은 말이 바로 떠올랐을 정도로 깔끔했다. 그 약속한 날로부터 손가락을 꼽아 헤아려보니 벌써 16, 7일째가 되었다. 파란 다다미도 꽤 오래 사람을 기다린 듯했다.

되돌아보면 벌써 몇 번째 밤의 귀뚜라미

그날 밤부터 나는 당분간 다시 이 병원을 제2의 집으로 삼게 되었다.

二

병원으로 돌아온 11일 밤, 회진을 온 고토(後藤) 씨에게 요즘 원장님의 병세는 어떠냐고 물었더니, 네 대체로 좋은 편입니다만 요즘 다시 조금 추워져서……, 라고 답하기에 나는 혹시 만나게 되면 안부 좀 전해달라고 말했다. 그날 밤은 그렇게 아무것도 깨닫지 못한 채 잠들어버렸다. 그런데 이튿날 아침, 아내가 와서 머리맡에 앉자마자, 사실은 당신께 숨기고 있었지만 나가요(長与) 씨는 지난 달 5일에 돌아가셨습니다, 장례식에는 히가시(東) 씨에게 대리를 부탁했습니다, 나빠진 것은 8월 말, 마침 당신이 위독했던 때였습니다, 라고 말했다. 나는 이때 비로소 간병인이 원장의 죽음을 일부러 숨긴 채 내게 알리지 않았다는 사실과, 또 그 알리지 않았던 의미를 깨달았다. 그리고 살아남은 나와 세상을 떠난 원장을 이래저래 비교하며 한동안은 망연히 입을 다문 채 있었다.

원장은 올해 봄부터 상태가 좋지 않았기에 요전에 입원했을 때도 6주 동안 끝내 얼굴을 보지 못했었다. 내가 병에 걸렸다는 소식을 듣고 그거 참 안타까운 일이다, 내가 건강하기만 했다면 치료에 진력할 수 있었을 텐데, 라는 말을 전해왔다. 그 후에도 부원장을 통해서 종종 안부를 전해왔었다.

　슈젠지에서 병이 다시 돋아 회사에서 문병을 위해 모리나리 씨를 특별히 청해 보내주었을 때, 도착한 모리나리 씨가 병원의 일로 아무래도 오래 머물 수는 없을 것 같다고 말한 날 밤, 원장은 일부러 모리나리 씨에게 직접 전보를 쳐서 가능한 한 나의 편의를 보아주게 했다. 그 글을 누워 있던 나는 물론 보지 못했다. 그러나 머리맡에 있던 셋초54) 군에게서 들은 그 글의 내용만은 아직도 호의의 기억으로 내 귀에 남아 있다. 그것은 당분간 그곳에 머물며 충분한 간호에 전념할 것이라는 식의, 모리나리 씨에게는 상당히 엄하게 들리는 명령적인 것이었다.

　원장의 용태가 나빠진 것은 내가 위독해진 것과 거의 동시였다고 한다. 내가 선혈을 다량으로 토해서 주위 사람들로부터 도저히 회복할 가망이 없다고 여겨진 날로부터 이삼일 뒤, 모리나리 씨가 병원에 일이 생겼다며 잠깐 도쿄에 왔었던 것은 생전에 원장을 한번 보기 위해서였고, 그로부터 열흘 정도 지나서 다시 병원에 일이 생겼다며 두 번째로 도쿄에 돌아온 것은 원장의 장례식에 참석하기 위해서였다고 한다.

---

54) 雪鳥(1879~1938). 국문학자. 본명은 사카모토 사부로. 소세키의 문하생이었으며 비평가로 활동했다.

당초부터 내게 호의를 보이며 간접적으로 치료상의 염려를 해주었던 원장이 그렇게 점차 죽음에 다가가고 있는 동안, 나는 신기하게도 생명의 폭이 줄어들어 거의 명주실처럼 가늘어진 위를 탈 없이 간신히 통과했다. 원장의 죽음이 1기의 묘비로 영원히 다져진 순간, 끈질기게 뼈 위에 들러붙어 있던 나의 생명의 뿌리는 차가운 뼈 주위에 간신히 피가 통하는 새로운 세포를 만들기 시작했다. 원장의 무덤 앞에 바쳐진 꽃이 몇 번인가 시들고 몇 번인가 바뀌어 싸리, 도라지, 마타리에서 흰 국화와 노란 국화로, 가을을 향해 온 1개월여 뒤, 나는 다시 그 1개월여 동안에 회복 가능할 정도의 피를 피부 아래에 얻어, 원장이 세운 이 위궤양 병원으로 재차 돌아왔다. 그리고 그 기간 동안 내내 원장이 죽었다는 사실을 알지 못했다. 돌아온 이튿날 아침에 아내가 와서 사실은 이러이러하다고 이야기를 할 때까지, 원장은 도쿄에 머물며 내 병의 경과를 전부 알고 있는 것이라 믿고 있었다. 그리고 병이 나아 병원을 나서면 감사의 인사를 하러 가야겠다고 생각하고 있었다. 만약 병원에서 만나게 된다면 뜨거운 감사의 말이라도 전해야겠다고 생각하고 있었다.

　가는 사람에 남은 사람에 찾아올 기러기

　　생각해보면 내가 무사히 도쿄까지 돌아올 수 있었던 것은 천행(天幸)이었다. 이렇게 된 것이 당연하다는 듯 생각하는 것은 지금도 여전히 살아 있다는 데서 오는 똥배짱에 지나지 않는다. 살아남은 자신만을 머리에 두지 말고 생명의 줄에서 발을 헛디딘 사람의 모습도 떠올려 행복한 자신과 비교해보지 않는다면, 자신의 고마움도 알지 못한다, 타인의 가련함도 알지 못한다.

단 한 마리 오는 밤도 있구나 달밤의 기러기

三

제임스[55] 교수의 부고를 접한 것은 나가요 원장의 죽음을 들은 다음 날 아침이었다. 새로 도착한 외국잡지를 들고 대여섯 페이지 읽어가는 동안 문득 교수의 이름이 눈에 띄었기에 또 새로운 저서라도 나온 걸까 생각하며 읽어보니 뜻밖에도 그것은 영면에 대한 보도였다. 그 잡지는 9월 초에 발행된 것으로 항목 속에 지난 일요일 69세를 일기로 떠났다고 되어 있으니, 손가락을 꼽아 헤아려보면 마침 원장의 용태가 점차 좋지 않은 쪽으로 기울어져 주위 사람들이 밤낮으로 눈썹을 찌푸리고 있던 무렵이었다. 또 내가 많은 양의 피를 단번에 잃어 생사의 갈림길에서 방황하고 있던 무렵이었다. 생각건대 교수가 숨을 거둔 것은 아마도 내 목숨이 뼈만 앙상하게 남은 손목에서 있는지 없는지도 모르게 맥을 쳐서 간호하는 사람을 초조하게 만들었던 날이었으리라.

교수의 마지막 저서인 『다원적 우주』를 읽기 시작한 것은

---

55) James(1842~1910). 미국의 철학자. 이 수필에도 등장하는 『다원적 우주』에서는 프래그머티즘(실용주의)에 기반하여 진리의 복수성을 주장했다.

올 여름부터였다. 슈젠지로 떠날 때, 그곳에 가지고 가서 남은 부분을 읽어야겠다고 생각했기에 그것을 대여섯 권의 책과 함께 가방 속에 넣었다. 그런데 도착한 이튿날부터 몸이 좋지 않았기에 걸어다닐 수도 없는 형편이 되어버리고 말았다. 그래도 여관의 2층에 누워서 하루, 이틀은 조금씩이나마 먼젓번의 뒤를 이어 읽을 수 있었다. 물론 병세가 깊어감에 따라서 독서는 완전히 그만 둘 수밖에 없게 되어 교수가 세상을 떠난 날까지 교수의 책을 다시 손에 쥘 기회는 없었다.

병상에 누운 채 세 번째로 교수의 다원적 우주를 든 것은, 교수가 세상을 떠난 지 며칠째 되던 날이었을까? 지금 되돌아보면 당시의 나는 굉장히 쇠약해져 있었다. 똑바로 누워 양쪽 팔꿈치를 이불에 대고 버티며 그 정도의 책을 들고 있기도 매우 힘들었다. 5분도 지나지 않아서 빈혈 때문에 손이 저려왔기에 책을 바꿔쥐기도 하고 손등을 문질러보기도 했다. 그래도 머리는 비교적 덜 지쳐 있었던 듯, 적혀 있는 내용은 별 어려움 없이 이해할 수 있었다. 머리만은 이제 쓸 수 있겠구나 하는 자신감이 든 것은, 대출혈 이후 이때가 처음이었다. 기뻤기에 아내를 불러 몸에 비해서 머리는 튼튼한 법이라며 이유를 들려주었더니, 아내가 대체로 당신 머리는 너무 튼튼해요, 그 위독했던 이삼일 동안에는 어떻게 해줘야 하는 건지 몰라 아주 애를 먹었어요, 라고 대답했다.

다원적 우주는 약 절반 정도 남아 있던 것을 사흘쯤 만에 재미있게 다 읽었다. 특히 문학자인 나의 입장에서 봤을 때,

교수가 어떤 일에나 구체적인 사실을 토대로 하여 유추(아날로지)에 의해 철학의 영역으로 파고 들어가는 것을 재미있게 읽었다. 나는 반드시 변증법(디아렉틱)을 싫어하는 사람이 아니다. 또 함부로 이지주의(인텔렉추어리즘)를 싫어하지도 않는다. 단지 문학에 있어서 내가 평소 품고 있던 의견과 교수가 철학에 대해서 주장하는 그 생각이 친밀한 기맥을 통해서 서로 다가가고 있는 것 같다는 생각이 들어 유쾌했던 것이다. 특히 교수가 프랑스의 학자 베르그송[56]의 설을 소개하는 부분을, 언덕에서 수레를 굴리는 듯한 기세로 달려 나간 것은, 아직 피가 충분히 통하지도 않는 나의 머리에게는 얼마나 기쁜 일이었는지 모른다. 내가 교수의 글을 높이 받아들이게 된 것은 그때였다.

지금도 기억하고 있다. 방 하나를 사이에 둔 옆방에 있던 히가시 군을 일부러 머리맡으로 불러 제임스는 참으로 능문가(能文家)라고 가르치듯 들려주었다. 그때 히가시 군이 특별히 이렇다 할 만큼 명료한 대답을 하지 않았기에 나는, 자네 서양인의 책을 읽으면, 이 사람은 유창하다거나, 저 사람의 글은 섬세하다거나, 모든 특색 있는 부분을 그 필치대로 읽으면서 이해할 수 있는가, 라고 실례가 되는 일을 따져 물었다.

교수의 형제인 헨리[57]는 유명한 소설가로 매우 난삽한 글을 쓰는 사람이다. 헨리는 철학과 같은 소설을 쓰고, 윌리엄은 소설과 같은 철학을 쓴다고 세상에서 말할 정도로 헨리는 읽기 어렵

---

56) Bergson(1859~1941). 프랑스의 철학자. 생의 철학의 단초를 제공했다.
57) Henry(1843~1916). 영국의 소설가. 윌리엄(William)의 동생으로 근대 소설론의 선도자로 알려져 있다.

고, 또 그 만큼 교수는 읽기 쉽고 명쾌하다. ─병중의 일기를 살펴보니 9월 23일자에 〈오전 제임스를 완독함. 좋은 책을 읽었다고 생각한다.〉고 위태로운 글씨로 적혀 있다. 이름이나 제목에 속아서 하찮은 책을 읽었을 때만큼 안타까울 때도 없다. 이 일기는 바로 그 이면을 말한 것이다.

　나의 병에 대해서 치료상 여러 가지 호의를 보여주었던 나가요 병원장은 내가 모르는 사이에 끝내 세상을 떠났다. 병중에 있던 나의 공허하고 막연한 머리에 반짝반짝 빛나는 광채를 던져준 제임스 교수도 내가 모르는 사이에 끝내 세상을 떠났다. 두 사람에게 감사해야 할 나만 홀로 살아남았다.

　국화의 비 내게 한가로움 있는 병이로구나

　국화의 빛깔 툇마루에 아직 물들지 않은 오늘 새벽

　(제임스 교수의 철학사상이 문학 방면에서 봤을 때 어떻게 재미있는지 여기서 자세히 설명할 여지가 없다는 것은 참으로 유감스러운 점이다. 또 교수가 격찬한 베르그송의 저서 가운데 제1권은 얼마 전에야 비로소 영어로 번역되어 존넨샤인에서 출판되었다. 그 제목은 Time and Free Will(시간과 자유의사)이라고 붙여졌다. 저자의 입장은 물론, 고 교수와 마찬가지로 반이지파다.)

四

　병이 무거웠던 때는 말할 것도 없이 그날그날만을 살아갔다.

그리고 그날그날 바뀌어갔다. 내 자신도 내 마음이 물처럼 흘러가는 모습을 잘 알 수 있었다. 자백하자면 구름과 마찬가지로, 한편으로는 떠났다가 한편으로는 돌아오는 내 뇌리의 현상은, 극히 평범한 것이었다. 그것도 자각하고 있었다. 평생에 한 번이나 두 번 있을까 말까 한 커다란 병에 상응할 정도의 깊이도 두께도 없는 경험을 부끄럽다고도 여기지 않고 천진하게 쌓으며 지내는 동안, 그래도 다른 날의 참고를 위해서 나날의 마음을 매일 써둘 수 있다면, 하는 생각이 떠올랐다. 그때 나는 물론 손이 말을 듣지 않았다. 더구나 날은 쉽게 저물고 쉽게 밝았다. 그리고 내 머릿속을 스치고 지나가는 마음속 파문은, 그에 따라 일어났는가 싶다가도 그에 따라 사라져버렸다. 나는 희미하게 아득히 멀어져가는 내 기억의 그림자를 바라보며, 누운 채로 그것을 되돌리고 싶다는 생각이 들었다. 뮌스터베르크[58]라는 학자의 집에 도둑이 들어, 훗날 그가 증인으로 법정에 불려 나갔을 때, 그의 진술은 대부분 사실과 상반되는 것뿐이었다는 이야기가 있다. 정확함을 생명으로 하는 꼼꼼한 학자의 기억이라도, 기억은 이 정도로 불확실한 법이다. '생각나는 것들' 속에서 생각나는 것이 날이 가면 갈수록 색채를 잃어간다는 것은 말할 필요도 없는 사실이다.

내 손이 말을 듣지 않게 되기 전에 내가 잃은 것은 이미 많았다. 내 손이 붓을 들 수 있을 만큼의 힘을 얻은 이후 잃은 것

---

58) Münsterberg(1863~1916). 독일의 심리학자, 철학자. 미국으로 건너가 하버드 대학교의 교수가 되었다.

역시 적지 않다고 해도 거짓은 아니리라. 내가 병의 경과와 병의 경과에 따라 일어나는 내면의 생활을 무질서하게나마, 단편적으로라도 적어두어야겠다고 생각한 것은 이런 이유 때문이다. 친구 가운데는 벌써 그 정도로 좋아졌냐고 기뻐해주는 사람도 있다. 혹은 또 그처럼 경솔하게 움직여 탈이나 나지 않았으면 좋겠다고 걱정해주는 사람도 있다.

그 가운데서도 가장 씁쓸한 얼굴을 한 것은 이케베 산잔[59] 군이었다. 내가 원고를 썼다는 말을 듣자마자, 단박에 쓸데없는 짓이라고 야단을 쳤다. 게다가 그 목소리는 더없이 매정한 목소리였다. 의사의 허락을 받았으니 다른 사람들의 심심풀이 정도로 보면 될 거라고 나는 변명했다. 의사의 허락은 물론이거니와 친구의 허락도 받지 않으면 안 된다는 것이 산잔 군의 말이었다. 그로부터 이삼일 지나서 산잔 군이 미야모토(宮本) 박사를 만나 이 이야기를 했더니, 박사가 무료하면 위에서 산이 나올 염려가 있어서 오히려 안 좋을 거라고 조정을 해주었기에 나는 간신히 야단을 맞지 않게 되었다.

그때 나는 산잔 군에게,

새로운 시를 잊으니 찾을 곳 없어

멍하니 창을 사이에 두고 아득한 숲을 대하네

저무는 해 길에 가득해 멀리 스님을 비추고

누른 잎의 마을, 절을 깊이 숨기네

---

59) 池辺三山(1864~1912). 여러 신문의 주필을 역임했으며, 소세키가 아사히 신문에 입사할 수 있도록 힘을 보탰다.

게송[60]을 벽에 걺은 부처를 태우는 뜻
하늘 위 구름을 보는 것은 거문고를 품는 마음
인간의 더없는 즐거움은 강호에서 늙는 것
개 짖고 닭 울고 모두 좋은 소리로구나

라는 시를 보냈다. 교졸(巧拙)은 논외로 하고 병원에 있는 내가 창으로 절을 바라본 것도 아니고, 또 실내에 거문고를 놓을 필요도 없으니, 이 시는 실황에 완전히 반하는 것임에는 틀림없지만, 단지 당시 나의 마음을 노래한 것으로는 매우 적합한 것이다. 미야모토 박사가 무료하면 산이 쌓인다고 말한 것처럼, 숨 쉴 틈조차 없어서 산이 너무 많이 나오는 일도 나는 직접 경험했다. 요컨대 인간은 한적함의 경계에 서지 않으면 불행하다고 생각하기에, 그 한적함을 잠시나마 맛볼 수 있는 지금 처지의 기쁨이 이 56자로 모습을 바꾼 것이다.

그러나 정취라는 면에서 말하자면 참으로 낡은 정취다. 아무런 기이함[奇]도 없고 아무런 새로움[新]도 없다고 해도 좋다. 실제로 고리키도, 안드레예프도, 입센도, 쇼도 아니다. 그 대신 이 정취는 그들 작가가 예전에 알지 못했던 흥미에 속한다. 또 그들은 결코 부여받지 못한 경지에 존재한다. 현재의 우리가 괴로운 실생활에 둘러싸여 있는 것처럼, 현재의 우리가 괴로운 문학에 매달려 있는 것도 어쩔 수 없이 슬픈 사실이기는 하지만, 이른바 '현대적 기질'이 부추기는 대로 365일 동안 곁눈질조차 하지 않고 그렇게 사람들의 세상을 관찰한다면 사람들의 세상

60) 偈頌. 부처의 공적이나 가르침을 찬탄하는 글귀.

은 틀림없이 갑갑하고 또 살풍경한 것이리라. 때로는 이런 고풍스러운 정취가 오히려 우리의 내면 생활상에 한층 새로운 뜻을 내뿜을지도 모른다. 나는 병으로 인해 이 진부한 행복과 난숙(爛熟)한 마음의 여유를 얻고 나서야 비로소, 서양에서 돌아와 평범한 쌀밥을 마주했을 때와 같은 마음이 들었다.

'생각나는 것들'은 잊어버리기에 생각나는 것이다. 간신히 살아남아 도쿄로 돌아온 나는 병으로 인해 얼핏 맛볼 수 있었던 이 한가로운 마음을 벌써부터 잃으려 하고 있다. 아직 병상을 떠날 수 있을 만큼 팔다리가 말을 듣기도 전부터, 산잔 군에게 보낸 시가 이미 이 태평한 정취를 노래한 마지막 작품이 아닐까 스스로도 걱정하고 있을 정도. '생각나는 것들'은 평범하고 저조한 개인의, 병중에 있었던 일들에 대한 술회와 서술에 불과하나, 그 속에는 이 진부하지만 결핍된 정취가 보기 드물게 많이 포함될 예정이니 나는 얼른 떠올리고 얼른 적어서, 그리하여 지금의 새로운 사람들과 지금의 괴로운 사람들과 함께 이 오랜 향기를 즐기고 싶다.

五

슈젠지에 있는 동안에는 똑바로 누운 채 곧잘 하이쿠[61]를 지어서는 그것을 일기 속에 적어 넣었다. 때로는 번거로운 평

---

61) 俳句. 5·7·3의 3구, 17음으로 짓는 일본 전통의 단가.

측62)을 맞춰가며 한시까지 지어보았다. 그리고 그 한시도 남김없이 미정고(未定稿)로 일기 속에 기록했다.

나는 해가 지날수록 하이쿠와 점점 멀어져가고 있던 자였다. 한시에 이르러서는 애초부터 거의 문외한이었다고 해도 좋다. 시가 됐든 단가가 됐든, 병중에 지은 것이, 병중에 있는 본인에게는 제아무리 자랑스러운 것이라 할지라도, 그것이 전문가의 눈에 좋게(특히 현대적으로 좋게) 보이리라고는 물론 생각지 않는다.

그러나 내가 병중에 지어 얻은 하이쿠와 한시의 가치는, 내 자신의 입장에서 말하자면 그 좋고 나쁨과는 전혀 관계가 없다. 평소에는 제아무리 심기가 좋지 않을 때라도, 적어도 속세의 일에 견딜 수 있을 만큼의 건강을 가졌다고 자신하는 이상, 또 가졌다고 사람들로부터 인정받고 있는 이상, 우리는 밤낮으로 언제나 생존경쟁 속에 서서 악전고투하고 있다. 불교 용어로 형용하자면 끊임없이 불난 집의 고난을 받으며 꿈속에서까지 초조함을 느낀다. 때로는 남들에게 권유를 받기도 하고, 가끔은 스스로 그럴 마음이 들어 문득 17자를 늘어놓기도 하고, 혹은 기승전결의 4구 정도 짜맞추지 않는다고도 할 수는 없지만, 언제나 어딘가에 빈틈이 있는 듯한 마음이 들어, 한 치도 남김없이 마음을 싸잡아 시나 구 속에 던져 넣을 수가 없다. 그것은 환락을 시기하는 실생활 속 악귀의 그림자가 풍류에 들러붙은 때문일지도 모르고, 또는 구에 열을 올리고 시에 몰입한 나머지 오히

---

62) 平仄. 평자(平字)와 측자(仄字). 한시에서 음운의 높낮이를 이르는 말.

려 구와 시에 농락당해 초조해져서는 안 될 풍류에 초조함을 느낀 결과일지도 모르겠으나, 그래서는 아무리 아름다운 구와 좋은 시를 지었다 할지라도 당사자가 얻을 수 있는 유쾌함은 그저 동호인 두엇의 평판뿐, 그 평판을 제외하면 뒤에 남는 것이라고는 다량의 불안과 고통에 불과하다는 사실에 귀착되어버린다.

그런데 병에 걸리면 정취가 크게 달라진다. 병에 걸렸을 때는 자신이 현실 세계에서 한걸음 떨어진 듯한 기분이 든다. 남들도 그를 사회에서 한걸음 멀어진 듯 관대하게 봐준다. 본인에게는 남들만큼 일하지 않아도 된다는 안도감이 생겨나며, 타인에게도 남들과 똑같이 대하기는 가엾다는 마음이 생긴다. 그렇게 해서 건강할 때에는 도저히 바랄 수도 없던 한가로운 봄이 그 사이에서 솟아오른다. 이 평안한 마음이 곧 구, 곧 시다. 따라서 완성도가 어떤지와는 상관없이 완성된 것을 태평함의 기념으로 바라보는 당사자에게는 그것이 얼마나 존귀한지 모른다. 병중에 얻은 구와 시는 무료함을 달래기 위해서, 한가로움에 짓눌려서 한 일이 아니다. 실생활의 압박에서 벗어난 나의 마음이 본래의 자유로 훌쩍 돌아가 넉넉한 여유를 얻은 순간, 유연(油然)하게 넘치듯 떠오른 천래(天來)의 채문(彩紋)이다. 나도 모르게 흥이 일어난다는 것이 이미 기쁘다. 그 흥을 붙들어다 횡으로 씹고 종으로 부수어, 그것을 구가 됐든 시가 됐든 조합해나가는 순서와 과정이 또한 기쁘다. 마침내 완성했을 때는 형체가 없는 정취를 또렷하게 눈앞에 창조한 듯한 기분이 들어 더욱 기쁘다.

나의 정취와 나의 형체에 참된 가치가 과연 있을까, 없을까는 돌아볼 여유조차 없다.

병중에는 알고 모르고를 떠나서 사방의 동정자들로부터 간절한 문병을 받았다. 쇠약한 지금의 몸으로는 그 한 사람 한 사람에게 일일이 호의에 실례가 되지 않을 만큼 자세하게 감사의 편지를 보내, 내가 끝내 죽지 않고 오늘에 이른 경과를 알릴 수도 없는 일이다. '생각나는 것들'을 침상에서 쓰기 시작한 것은 이 때문이다. —각 사람에게 보내야 할 말을 간략하게 문예란 한쪽 구석에만 실어, 나 같은 사람을 위해 시간과 마음을 써주신 고마운 사람들에게 나의 근황을 알리기 위해서이다.

따라서 '생각나는 것들' 속에 시나 하이쿠를 끼워 넣은 것은 단순히 시인·가인으로서의 내 입장을 봐주십사 하는 게 아니다. 사실을 말하자면 그 좋고 나쁨 따위는 오히려 아무래도 상관없다고까지 생각하고 있다. 그저 당시 나는 이와 같은 정조에 지배를 받으며 살았다는 소식이, 한눈에 독자의 마음에 전해진다면 그것으로 만족할 뿐이다.

가을 강에 박는 말뚝 소리일까

이것은 되살아난 지 약 열흘쯤 지나서 문득 떠오른 구다. 맑디맑은 가을 하늘, 널따란 강, 멀리서 들려오는 말뚝 소리, 이 세 가지 사상(事相)에 상응한 듯한 정조가 당시 끊임없이 나의 희미한 머릿속을 오갔다는 사실을 아직도 기억하고 있다.

가을 하늘 연노랑으로 맑고 삼나무에 도끼

이것도 같은 마음의 심취를 다른 말로 표현한 것이다.

헤어지자 꿈 한 줄기인 하늘의 강

어떤 의미인지 그 당시에도 몰랐으며, 지금도 모르겠지만, 어쩌면 도요조[63]와 헤어졌을 때의 연상이 꿈결과도 같은 머릿속을 희미하게 맴돌다 황홀하게 완성된 것이 아닐까 싶기도 하다.

당시 나는 서양의 말에서는 거의 찾아볼 수 없는 풍류라는 정취만을 사랑했다. 그 풍류 가운데서도 여기에 든 구에서 볼 수 있는 것과 같은 일정한 정취만을 특히 사랑했다.

가을바람과 진홍색 물대뼈

라는 구는 오히려 실황이라고 할 수 있는데 어딘가 살기가 있고 함축이 부족해서 입에 떠올랐을 때부터 이미 이상한 기분이 들었다.

풍류인 아직 죽지 않고

병중의 청한(淸閑)을 얻었네

산속에서의 나날

푸른 산을 아침마다 보네

시에 권점(圈點)이 없으면 장지문에 종이를 바르지 않은 듯 허전한 느낌이 들어 내가 동그라미를 붙였다[64]. 나처럼 평측도 제대로 알지 못하고, 운각[65]도 어슴푸레하게만 알고 있는 자가

---

63) 마쓰네 도요조(松根東洋城, 1878~1964). 가인. 소세키에게 사사했으며 『고쿠민 신문』의 하이쿠 선자 등을 지냈다.

64) 원서의 한시 옆에는 각 글자마다 ○가 붙어 있다. 요시카와 고지로(『소세키 시주』)에 의하면 허전한 느낌이 드는 건, 당시 신문의 한시 투고란에서는 투고 작품의 완성도에 따라서 선자가 ○나 ㆍ를 글자 옆에 붙였기 때문이라고 한다.

65) 韻脚. 시나 부 등에서 글귀 끝에 다는 운자.

어째서 고심을 해가며 중국인들에게밖에 효험이 없는 궁리를 굳이 했는가 하면, 사실은 나 자신도 잘 모르겠다. 그러나 (평측·운각은 차치하고) 시의 정취는 왕조 이후의 전습(傳習)으로 오래 전부터 일본화하여 오늘에 이르렀으니 나 정도 연배의 일본인의 머릿속에서 이것을 쉽사리 앗아갈 수는 없다. 나는 평소 일에 쫓겨서 간단한 하이쿠조차 짓지 못했다. 시는 귀찮아서 더욱 손을 대지 않았다. 단지 이처럼 현실계를 멀리서 바라보아 아득한 마음에 조금의 응어리도 없을 때에만 구도 자연스럽게 솟아오르고, 시도 흥에 겨워 여러 형태로 떠오른다. 그리고 훗날 되돌아보면 그것이 내 생애 가운데서 가장 행복한 시기다. 풍류를 담는 그릇이 분방한 17자와, 힐굴66)한 한자 이외에 일본에서 발명되었다면 모르겠으나, 그렇지 않으니 나는 그러한 때, 그러한 경우에 임해서 언제나 그 분방함과 그 힐굴을 참고 풍류를 그 속에서 즐기며 후회하지 않는 자이다. 그리고 일본에 다른 좋은 시형식이 없다는 사실을 원망스럽다고는 결코 생각지 않는 자이다.

六

처음 독서욕이 움텄을 무렵, 도쿄에 있는 겐지67) 군이 소포로

---

66) 詰屈聱牙(힐굴오아)에서 온 말로, 글이 난삽하여 뜻을 이해하기 어렵다는 뜻.
67) 시부카와 겐지(渋川玄耳, 1872~1926). 『도쿄아사히 신문』의 기자로 당시는 사회부장. 야부노 무쿠주(藪野椋十)라는 필명으로 쓴 글은 해학적이고 경묘한

취고당검소68)와 열선전69)을 보내주었다. 이 열선전은 책갑(冊匣) 속에 든 당서(唐書)로 조금 거칠게 다루면 종이가 발발 찢어질 것처럼 보일 만큼 낡은—낡았다기보다 오히려 지저분한— 책이었다. 나는 누운 채 이 지저분한 책을 집어 그 안에 있는 선인들의 삽화를 하나하나 꼼꼼하게 보았다. 그리고 그 선인들의 수염 모양이네, 머리 모습이네를 서로 비교하며 즐겼다. 그때는 화공의 버릇에서 오는 특색은 잊은 채, 이렇게 머리가 평평한 사내가 아니면 선인이 될 자격이 없는 걸까 생각하기도 하고, 또 이렇게 듬성듬성한 수염을 바람에 날리지 않으면 선인의 무리에는 들어가기 어려운 거겠지 생각하기도 하며, 오로지 그들의 용모에서 나타나는 공통된 골상을 질리지도 않고 바라보았다. 본문도 물론 읽어보았다. 평소 마음이 급할 때라면 도저히 찾아낼 수 있을 것 같지 않은 누긋한 마음을 기꺼이 인식하며 읽어보았다. —나는 지금의 청년 가운데 열선전을 1장이라도 읽을 용기와 시간을 가진 사람은 한 명도 없으리라 생각한다. 솔직히 말하자면 나이를 먹은 나도 이때 처음으로 열선전이라는 책을 펼친 것이다.

그러나 안타깝게도 본문은 삽화만큼 우아하지는 않았다. 개중에는 탐욕덩어리가 우화70)한 듯 속된 선인도 있었다. 그래도

필치로 유명했다.
68) 醉古堂劍掃. 명나라 육소형이 『사기』, 『한서』 등에서 명언 · 가화(佳話)를 뽑아 편집한 책.
69) 列仙傳. 여기서 말한 열선전은 『열선대』 4권. 선인(仙人)들의 전기를 그림과 함께 엮은 책.
70) 우화등선(羽化登仙). 날개가 돋아 하늘로 올라가 신선이 된다는 뜻.

읽어가는 동안 조금은 마음에 드는 자도 나왔다. 가장 소탈하고 또 우습다고 생각한 것은 무엇인가 하면, 손의 때나 코딱지를 뭉쳐서 환약을 만들어 그것을 사람들에게 주는 취미를 가진 선인이었는데, 지금은 그 이름을 잊어버렸다.

그런데 삽화보다도, 본문보다도 나의 주의를 끈 것은 권말에 있는 부록이었다. 그것은 쉽게 말하자면 장수법이네 양생훈이네 하는 것을 곳곳에서 끌어다 모아, 한 곳에 늘어놓은 것인 듯 여겨졌다. 그러나 신선으로 화하기 위한 주의이기에 보통의 심호흡이네 냉수욕이네 하는 것과는 달리 매우 추상적이어서, 실제로 알 것 같기도 하고 모를 것 같기도 한 글이었지만, 병중의 내게는 그것이 재미있었던 듯 그 가운데 두어 절을 일부러 일기 속에 발췌해놓았다. 일기를 살펴보니 〈정(靜), 이를 성(性)으로 삼으면 심(心)이 그 안에 있으며, 동(動), 이를 심(心)으로 삼으면 성(性)이 그 안에 있고, 심(心)이 생(生)하면 성(性)이 멸하고 심(心)이 멸하면 성(性)이 생(生)한다.〉라는 식의 어려운 한문이 삐뚤삐뚤 반 페이지 정도 채워져 있다.

그때 나는 잉크가 떨어진 만년필 끝을 잡고 펜촉에 잉크가 통하도록 한두 번 흔드는 일이 매우 고통스러웠다. 실제로 건강한 사람이 한 손으로 6척짜리 떡갈나무 몽둥이를 휘두르는 것보다 더 괴로울 정도였다. 그 정도로 쇠약함이 극심했을 때조차 일부러 이런 도경 같은 문구를 옮겨 적을 여유가 마음에 있었다는 사실이, 지금 생각해보아도 참으로 유쾌하다. 어렸을 때 성당의 도서관에 다니며 소라이의 겐엔짓피쓰[71]를 닥치는 대로 베껴 썼던 옛날을 평생에 딱 한 번 되풀이 할 수 있었던 듯한 기분이 들었다. 예전의 내 행동이 단지 베껴 쓰는 것 이외에는 전혀 의미가 없었던 것처럼, 병후의 내 행동 역시 거의 마찬가지로 의미가 없는 것이었다. 그러나 그 의미가 없다는 점에서 나는 일종의 가치를 발견하여 기뻐하고 있다. 장수법의 모색을 위한 열선전을, 마치 장수라도 할 것처럼 한가로운 마음으로 병후의 내가 편안하게 읽었다는 것은, 내게 있어서 참으로 우연이자 또 다시 오지 않을 기연(奇緣)이었다.

프랑스의 노화가인 아르피니[72]는 벌써 아흔한두 살의 고령이다. 그래도 남들만큼의 기력은 있는 듯, 요전의 스튜디오[73]에 눈에 띄는 목탄화가 10종 정도 실려 있었다. 국조육가시초[74]의 첫 부분에 있는 심덕잠[75]의 서에는 건륭 정해 하오 장주(乾隆丁亥夏五長洲) 심덕잠 쓸 때의 나이 90에 5, 라고 일부러 적어 놓았다. 장수가 좋은 것은 말할 필요도 없는 사실이다. 장수를 하며 이 두 사람처럼 머리를 맑게 쓸 수 있다는 건 더욱 축하할 일이다. 불혹의 나이를 넘자마자 곧 목숨을 잃을 뻔했다가 간신히 살아난 나는 지금부터 언제까지 살아갈 수 있을지 전혀 알 수 없다. 짐작컨대 하루 살면 하루의 만족, 이틀 살면 이틀의

---

71) 蘐園十筆. 에도 시대의 유학자인 오기유 소라이(荻生徂徠, 1666~1728)의 수
   필집. 다채로운 주제를 다루고 있다.
72) Harpingnies(1819~1916). 지방의 농촌이나 지중해 연안 등의 풍경화가 뛰어
   나다.
73) 소세키가 구독하고 있던 영국의 월간 미술잡지.
74) 國朝六家詩鈔. 청나라의 류집옥이 편찬한 시집. 청나라 초기 6대 시인의 시를
   모았다.
75) 沈德潛(1673~1769). 청나라의 문학자, 시인.

만족이리라. 거기에 머리를 쓸 수 있다면 더욱 고맙게 생각해야
하리라. 하이든76)은 세상으로부터 2번이나 죽었다는 말을 들었
다. 한 번은 조시(弔詩)까지 받았다. 그럼에도 불구하고 그는
여전히 살아 있었다. 나도 당시에는 한 신문사가 죽었다고 썼다
고 한다. 그래도 사실은 죽지 않고 있었다. 그리고 열선전을
읽으며 어렸을 적의 순수한 노력을 되풀이할 수 있을 정도로
목숨을 부지했다. 그것만 해도 나약한 내게는 커다란 행복이다.
그 무렵 알지도 못하는 한 사람으로부터, 선생님 죽지 마세요,
선생님 죽지 마세요, 라고 적은 문안편지를 받았다. 나는 열선전
을 읽을 수 있을 만큼 되살아난 나를 기뻐함과 동시에, 이 동정
어린 청년을 위해서 살아남은 나를 기뻐했다.

七

워드77)가 저술한 사회학 제목에 역학적이라는 형용사를 일
부러 덧붙여놓았는데 이는 일반적인 사회학이 아니라, 역학적
으로 논한 것이라는 사실을 특히 드러낸 것이라 여겨진다. 그런
데 이 책이 예전에 러시아어로 번역되었을 때, 러시아의 당국자
는 즉시 그 발매를 금지시켜버렸다. 이상히 여긴 저자가 그 이유
를 러시아에 있는 친구에게 물어보았다. 그러자 친구로부터,

---

76) Haydn(1732~1809). 빈 고전파의 대표적인 작곡가.
77) Ward(1841~1913). 미국의 동물학자 · 사회학자. 브라운 대학의 사회학 교수
　　로 있었다.

나도 잘은 모르겠지만 아무래도 제목에 역학적(다이내믹)이라는 단어와 사회학이라는 단어가 있기에 당국자가 덮어놓고 다이너마이트 및 사회주의와 관계가 있는 무시무시한 저술이라고 속단하여 그와 같은 폭거를 애써 행한 듯하다는 대답이 돌아왔다고 한다.

　러시아 당국자는 아니지만, 나도 이 역학적이라는 말에는 적잖이 주의를 기울인 사람 가운데 한 명이다. 평소부터 일반 학자들이 이 한 단어에 착안하지 않고 마치 움직임이 없는 죽은 것처럼 연구의 재료를 다루며 오히려 태연하다는 사실을 늘 불만스럽게 바라보고 있었을 뿐만 아니라, 나와 친밀한 관계가 있는 문예상의 논쟁이 특히 이 폐단에 빠지기 쉬우며, 또 점점 빠져가고 있는 모습을 보는 것은 유감이라고 비판하고 있었기에 참고삼아 한때는 러시아 당국자를 두려움에 떨게 했다는 이 역학적 사회학을 읽어봐야겠다고 생각하고 있었다. 사실은 나의 치부를 자백하는 듯하여 매우 쑥스럽지만 이것은 결코 새로운 책이 아니다. 제본 양식만 봐도 이미 스펜서[78]의 종합철학 만큼이나 고풍스러운 것이다. 게다가 또 매우 두껍게 쓴 저작으로 상하 2권을 합쳐 1,500페이지 정도 되는 방대한 책자이기에 사오일은커녕 일주일이 걸려도 쉽사리 숙독할 수 없다. 그랬기에 어쩔 수 없이 시기가 올 때까지 기다리자며 책 상자 속에 넣어두었던 것을 소설류에 흥미를 잃은 요즘의 읽을거리로는 적당하리라 문득 떠올랐기에 그것을 집에서 가져다 마침내 역

---

78) Spencer(1820~1903). 영국의 철학자.

학적으로 사회학을 병원에서 연구하기로 했다.

그런데 읽기 시작하고 보니 무시무시할 정도로 현관이 넓고 서론이 긴 책이었다. 그리고 중요한 사회학 자체에 이르자 매우 불완전하고, 또 모처럼 만의 즐거움으로 여기고 있던 이른바 역학적이 매우 허전해질 만큼 거칠게 다루어져 있었다. 이제 와서 워드의 저술에 비평을 가하는 것은 나의 목적이 아니다. 그냥 얘기가 나온 김에 말하는 것일 뿐인데, 이제 곧 진짜 역학적이 나오겠지, 이제 곧 고조된 역학적이 나오겠지, 어디까지나 저자를 신용하며 마침내 1,500페이지의 마지막 한 페이지의 마지막 글자까지 읽고 났는데도, 끝내 기대한 정도의 것이 어디에도 나오지 않았을 때는 마치 핼리 혜성의 꼬리에 지구가 감싸여야 하는 날을 아무런 변화도 없이 무사히 지냈을 때만큼 허무한 기분이 들었다.

그러나 도중은 발걸음을 멈추고 서성거려야 할 만큼, 그만큼 다종다양해서 재미있었다. 그 가운데서도 우주창조론(코스모제니)이라는 엄숙한 제목을 단 곳에 이르렀을 때는, 자신도 모르게 예전에 학교에서 선생님께 배웠던 성운설에 대한 기억이 떠올라 미소 짓지 않을 수 없었다. 그리고 문득 생각했다. ─

나는 지금 위험한 병에서 간신히 회복하기 시작해서 그것을 굉장한 행복처럼 기뻐하고 있다. 그리고 내가 나아가고 있는 동안 가차 없이 죽어가는 저명한 사람들과 아까운 사람들을 조금 더 살려두고 싶다고만 간절히 원하고 있다. 나를 간호해준 아내와 의사와 간호부와 젊은이들이 고맙다고 생각하고 있다.

일처리를 해준 붕우들과 문안을 와준 여러 사람들에게는 두터운 감사의 마음을 품고 있다. 그리고 거기에 인간다운 어떤 것이 숨어 있다고 믿고 있다. 그 증거로 여기에 바로 삶의 보람이 있다고 여겨질 정도로 깊고 강하고 흔쾌한 느낌이 넘쳐나고 있으니 말이다.

그러나 이는 인간 상호간의 관계이다. 설령 우리를 우주의 본위라고까지는 보지 않는다 할지라도, 머리를 내밀어 현재의 우리 이외에, 세계의 주위를 둘러보지 않을 때의 내부의 일이다. 삼세에 걸친 생물 전체의 진화론과 (특히) 물리의 원칙에 따라 무자비하게 운행하고 매정하게 발전하는 태양계의 역사를 기초로 하여, 그 사이에서 가느다란 삶을 영위하고 있는 인간을 생각하면, 우리 따위의 일희일비는 무의미한 것이라고 말할 수 있을 정도로 세력이 없는 것이라는 사실을 깨닫지 않을 수 없다.

헤아릴 수 없는 성상(星霜)을 거쳐 굳기 시작한 지구의 껍데기가 열을 받아 용해되고 더욱 팽창하여 가스로 변형됨과 동시에 다른 천체도 역시 이와 같은 혁명을 받아 오늘날까지 분리되어 운행되던 궤도와 궤도 사이가 빈틈없이 메워질 때, 지금의 질서를 유지하고 있는 태양계는 일월성신의 구별을 잃고 빛나는 일대 화운(火雲)처럼 소용돌이치리라. 이번에는 상상을 거꾸로 되돌려서 이 성운이 열을 잃어 수축되고, 수축됨과 동시에 회전하고, 회전하며 외부의 한 편을 흔들어 찢으며 행진하는 모습을 생각하면, 바다 · 육지 · 공기 모두 뚜렷하게 정비되어 있는 우리 지구의 옛 모습은 무릇 이처럼 활활 타오르는 한

덩이 가스에 지나지 않았다는 결론에 이르게 된다. 면모가 뚜렷한 오늘날로부터 거슬러 올라가 과학의 법칙을 상상할 수조차 없는 옛날로까지 펼치면, 한 치의 흐트러짐도 없는 보편의 이치에 따라 산은 산이 되고 물은 물이 된 것임에는 틀림이 없을 테지만, 이 산과 이 물과 이 공기와 태양 덕분에 생식하는 우리 인간의 운명은 우리가 살아갈 만한 조건이 갖추어진 동안의 일순간―영겁으로 전개하는 우주 역사의 장구함에서 본 일순간―을 탐하는 데 지나지 않는 것이니, 덧없다고 하기보다 그저 우연한 목숨이라고 평하는 편이 맞을지도 모르겠다.

평소의 우리는 단지 사람을 상대로만 살아간다. 그 살아가는 데 필요한 공기에 대해서는 있는 것이 당연하다고 생각하여 지금까지 신경을 써본 적조차 없다. 그 속내를 파헤쳐보면, 우리가 태어나는 이상 공기는 반드시 있어야 하는 법이라는 정도로만 보고 있는 듯하다. 그러나 이 공기가 있기에 인간이 태어날 수 있는 것이니 사실을 말하자면 인간을 위해서 생겨난 공기가 아니라 공기 덕분에 생겨난 인간인 셈이다. 지금 당장이라도 이 공기의 성분에 약간의 변화가 일어난다면, ―지구의 역사는 이미 이 변화를 예상하고 있다― 활발한 산소가 지상의 고형물과 포합(抱合)하여 점차 감각(減却)된다면, 탄소가 식물에 흡수되어 검은 석탄층이 되어버린다면, 달의 표면에 가스가 모이지 않는 것처럼 우리의 세계도 역시 완전히 냉각되어버린다면, 우리는 전부 죽을 수밖에 없다. 지금의 나처럼 살아남은 자신을 축복하고, 멀리로 떠난 타인을 슬퍼하고, 친구를 그리워하고,

적을 미워하고, 식구들만의 살림살이 계획에 만족하여 득의양양 그날을 살아갈 수는 없게 되리라.

나아가 무기 · 유기를 통틀어, 동식물 양쪽 세계를 관통하여, 그들을 만리일조(萬里一條)의 철칙79)으로 빈틈없이 발전시켜 온 진화의 역사로 보자면, 그리고 우리 인류가 이 대역사 속의 그저 한 페이지를 메우는 재료에 지나지 않다는 사실을 자각한다면, 백척간두에 올라섰다고 자임하는 인간의 자만은 또한 갑자기 탈락하지 않을 수 없을 것이다. 중국인이 세계지도를 펼쳐놓고 자신들이 있는 곳만이 중화가 아니라는 사실을 발견했을 때보다도, 기분 나쁜 흑선80)이 와서 일본만이 신국(神國)이 아니라는 사실을 깨달았을 때보다도, 더욱 거슬러 올라가 천동설이 깨져 지구가 우주의 중심이 아니었다는 사실을 힘겹게 짐작케 했을 때보다도, 진화론을 알고 성운설을 상상한 현대의 우리는 더 괴로운 디스일루션81)을 맛보고 있다.

종류보존을 위해서는 개개의 멸망을 염두에 두지 않는 것이 진화론의 원칙이다. 학자들이 예증한 바에 의하면 한 마리의 대구가 매해 낳는 새끼의 숫자는 백만 마리라고 한다. 굴은 그것이 2백만의 배수에 이른다고 한다. 그 가운데서 생장하는 것은 겨우 몇 마리밖에 되지 않으니 자연은 경제적으로 커다란 낭비가이자, 도덕이라는 면을 놓고 보자면 참으로 잔혹한 부모다.

---

79) 선종에서 쓰이는 용어로 만물이 평등하다는 뜻.
80) 黑線. 에도 시대 말기에 서양의 배를 이르던 말.
81) disillusion. 환상을 깨뜨리다. 환멸을 느끼게 하다.

인간의 생사도 인간을 본위로 하는 우리 입장에서 보자면 커다란 사건임에는 틀림없지만, 잠시 입장을 바꾸어 자신이 자연의 일부라는 생각으로 관찰해보면 그저 지당한 경과에 지나지 않으니 거기에 기뻐하고, 거기에 슬퍼할 이유는 추호도 존재하지 않으리라.

이런 생각이 들자 나는 마음이 매우 허전해졌다. 또 매우 하찮다는 생각이 들었다. 이에 일부러 마음을 바꾸어 얼마 전에 오이소(大磯)에서 세상을 떠난 오쓰카 부인[82]을 떠올리며 부인을 위해 작별의 구를 지었다.

있는 대로 국화 던져 넣어라 관 속

八

잊을 수 없는 8월 24일이 오기 2주일쯤 전부터 나는 이미 병들어 있었다. 복도를 끊임없이 지나는 탕치객[83]에게 내 모습을 보이기가 괴로워져서 후텁지근할 때에도 장지문은 늘 꼭 닫아두었다. 삼시세끼 식단을 가지고 장만할 음식을 물으러 오는 할멈에게 두 가지, 세 가지 입에 맞을 것 같은 음식을 주문하기는 했지만, 상 위에 늘어놓은 접시를 바라보는 순간 어디에서부터인지 반감이 일어나 젓가락을 잡을 마음은 전혀 들지 않았

---

82) 소세키의 친구이자 미학자인 오쓰카 야스지(大塚保治)의 아내인 오쓰카 구스오(大塚楠緒, 1875~1910). 소설가로도 알려졌다. 「유리문 안」 제25장 참조.
83) 湯治客. 질병을 치료하기 위해서 온천욕을 하는 사람.

다. 그러는 사이에 구역질이 났다.

처음에는 탕약처럼 검누른 물을 몹시 토했다. 토한 후에는 속이 약간 시원해졌기에 얼마간의 음식은 삼킬 수 있었다. 그러나 삼켰다는 기쁨이 채 가시기도 전에 다시 그 얼마간의 음식이 위에 정체되어 있는 묵직한 괴로움을 견딜 수 없게 되어버렸다. 그렇게 해서 다시 토해냈다. 토하는 것은 대부분 물이었다. 그 색이 점점 변하더니 결국에는 녹청색과 같은 아름다운 액체가 되었다. 그것도 밥알 한 알갱이조차 감히 위로 보낼 수 없는 공포와 조심스러움 속에서 갑자기 식도를 가차 없이 거슬러 흘러나왔다.

파랗던 것이 다시 색을 바꾸었다. 처음으로 곰의 쓸개를 물에 녹인 것처럼 거뭇하고 걸쭉한 액체를 대야에 가득 뱉었을 때, 의사는 눈썹을 찌푸리며 이런 게 나올 양이면 차라리 지금 안정시키며 도쿄로 돌아가는 편이 좋을 것이라고 충고했다. 나는 대야 속을 가리키며 대체 뭐가 나오는 거냐고 질문했다. 의사는 무표정한 얼굴로 피라고 대답했다. 그러나 내 눈에는 그 검은 것이 피라고는 여겨지지 않았다. 그리고 또 토했다. 그때는 곰 쓸개의 색이 조금 붉은빛을 머금었으며 목구멍을 나올 때 비릿한 냄새가 코를 훅 찔렀기에 나는 가슴을 짓누르며 스스로 피다, 피다, 라고 말했다. 겐지 군이 놀라 모리나리 씨에 사카모 군을 따르게 해서 일부러 슈젠지까지 보내준 것은, 이 소식이 장거리 전화로 위장병원에 전해졌고 거기서 다시 바로 회사에 연락을 했기 때문이었다. 별관에서 달려온 도요조가 머리맡에 서서 오늘 도쿄에서 의사와 사원이 오기로 되었다는 소식을 전해주었을 때는 참으로 살아난 듯한 기분이 들었다.

그때 나는 거의 인간다운 복잡한 목숨을 가지고 살아 있는 상태가 아니었다. 그 무엇도 받아들일 수 없을 정도로 격렬하게 활동하는 가슴을 끌어안고 밤낮으로 괴로워하고 있었다. 40년 동안의 경험을 쌓고도 여전히 여유가 있는 듯 보였던 나의 두뇌는 오로지 이 확연한 하나의 고통을 초 단위로 깊이 새기는 것만을 능사로 삼고 있는 듯 여겨졌다. 따라서 내 의식의 내용은 오로지 한 가지 색의 번민으로만 도색되어 배꼽 위 3치 부근을 밤낮으로 넘실넘실 오갈 뿐이었다. 나는 밤이고 낮이고 내 몸 가운데서 이 부분만을 얼른 잘라내 개에게 던져주고 싶은 심정이었다. 그게 아니라면 이 끔찍하고 단조로운 의식을 한시라도 빨리 어딘가로 내버리고 싶은 심정이었다. 또 가능하다면 이대로 수마(睡魔)가 덮쳐 와서 세상모르고 일주일 정도 잠들었다가, 그런 다음 대범한 마음을 한껏 품은 채 상쾌한 가을 햇살 속에서 두 눈을 상큼하게 뜨고 싶었다. 적어도 기차에 흔들리지도 않고 자동차에 타지도 않고 슥 도쿄로 돌아가, 위장병원의 방 하나로 들어가 거기에 똑바로 쓰러져 있고 싶었다.

모리나리 씨가 왔지만 그 괴로움은 조금도 가시지 않았다. 가슴 속을 막대기로 휘젓는 듯한, 그리고 위가 불규칙적으로 커다란 물결을 그 전면을 향해 층층이 그려가고 있는 듯한, 이상한 기분을 견디다 못해 침상 위로 몸을 뒤척여 일으키며 토해볼까요, 라고 말하고 면전에서 비릿한 것을 목구멍 안쪽에서부터 대야 속으로 쏟은 적도 있었다. 모리나리 씨 덕분에 그 괴로움이 상당히 가시고 난 뒤에도 움직일 때마다 비릿한 한숨이 늘 코를 찔렀다. 피는 쉬지 않고 장으로 흘러들었던 것이다.

이 번민에 비하자면, 잊을 수 없는 24일의 일 이후 살아난 나는 안주(安住)의 땅을 얻어 얼마나 정온(靜穩)한 삶을 영위했는지 모른다. 그 정온한 날이 곧 내 일평생 가운데 가장 무시무시한 위험의 날이었다는 사실을 나중에 알았을 때, 나는 아래와 같은 시를 지었다.

원각사 예전에 찾아가 방할[84]의 선
장님[85] 어디인가 깨달음의 기회 만나지 못하네
청산은 거부하지 않네 범인의 뼈
구원[86]에서 머리를 돌리니 달은 하늘에 있네

九

잊을 수 없는 24일의 일을 써야겠다 싶어서 원고지를 마주한 순간 왠지 갑자기 마음이 내키질 않아, 기억을 다시 거꾸로 되돌려 뒤로 물러났다.

도쿄를 떠날 때부터 나는 목이 심하게 아팠다. 같이 가기로

---

84) 棒喝. 말로 표현할 수 없는 체험의 경지를 나타낼 때, 혹은 수행자를 꾸짖을 때 봉으로 내리치는 것을 방, 호통 치는 것을 할이라고 한다.
85) 선가에서 깨달음을 얻지 못한 자를 일컫는다.
86) 묘지를 뜻한다.

했으나 결국은 차를 놓쳐버리고 만 도요조의 전보를 기차 안에서 받아들고 그 뜻에 따라 고텐바(御殿場)에서 1시간 정도 기다리는 동안 나는 필요 없어진 표 1장 값의 일부를 돌려받기 위해 역장실로 들어갔다. 그러자 거기에 허리둘레 몇 자라고 형용해야 할 정도로 커다란 서양인이 의자에 앉아서 그림엽서 앞면에 무엇인가 부지런히 적고 있었다. 나는 역장에게 당장의 일을 이야기하며 한편으로는 뜻밖의 곳에 뜻밖의 사람이 있다는 호기심을 금하지 못했다. 그런데 그 커다란 사내가 갑자기 일어서더니 당신은 영어를 할 줄 아느냐고 묻기에 갈라지는 목소리로 간신히 예스라고 대답했다. 사내는 뒤이어, 여기서 교토(京都)로 가려면 어느 기차를 타면 되는지 알려달라고 말했다. 참으로 간단한 일이었기에 평소라면 어떻게든 대답할 수 있었겠지만 성량을 완전히 잃은 당시의 나로서는 그것이 매우 곤란했다. 애초부터 할 말은 있었기에 무엇인가 말하려 했으나, 그 하려는 말이 목을 지날 때 천 갈래로 무지러지기라도 한 듯 입으로 나올 때면 완전히 광택을 잃어 거의 역할을 하지 못했다. 나는 영어를 할 줄 아는 역무원의 도움을 얻어 간신히 그 커다란 사내를 무사히 교토로 보냈다고 생각하고는 있으나 그때의 불쾌함은 아직도 잊을 수가 없다.

슈젠지에 도착한 뒤에도 목은 조금도 좋아지지 않았다. 의사에게 약을 받기도 하고 도요조가 마련해준 수제 함수[87]를 쓰기

---

87) 함수제(含漱劑). 입이나 목구멍의 세균을 제거하거나 증식을 막고 염증을 치료하기 위해 입에 머금고 있다가 씻어내는 용액.

도 해서 간신히 일상에 필요한 말만 하고 있었다. 그 무렵 슈젠지에는 기타시라카와노미야[88])가 와 계셨다. 도요조는 시종 그쪽의 일에만 쫓겨 겨우 1정쯤밖에 떨어져 있지 않은 기쿠야(菊屋)의 별관에서도 쉽사리 내가 묵고 있는 숙소까지는 올 수 없는 모양이었다. 모든 일을 마무리 지은 뒤 밤 10시가 지나서야 비로소 모기장 밖까지 와서 한마디 안부를 묻는 것이 일상이었다.

그런 밤이었는지, 혹은 낮의 일이었는지 지금은 잊었지만, 한번은 평소처럼 얼굴을 마주하자 도요조가 갑자기 전하로부터 선생님께 뭔가 강화를 해주셨으면 좋겠다는 주문이 있었다고 말을 꺼냈다. 이 뜻밖의 소망을 들은 나는 적잖이 놀랐다. 하지만 나조차도 듣지 않을 수만 있다면 그렇게 하고 싶은 불쾌한 목소리를 내서 전하에게 이야기를 할 용기는 도무지 나질 않았다. 게다가 하오리와 하카마도 가지고 있지 않았다. 그리고 나처럼 위계도 가지고 있지 않은 자가 함부로 존귀한 전하 앞에 나서도 되는 건지 그것을 무엇보다 알 수 없었다. 사실은 도요조도 독단으로 전례가 없는 일을 함부로 하기를 꺼려서 확실한 대답은 하지 않았다고 한다.

나의 고통이 목에서 위로 옮길 사이도 없이 도요조는 고향에 계시는 어머님의 병을 살피기 위해서 어떤 사람과 교대하고 한발 앞서 도쿄로 돌아갔다. 전하도 그로부터 얼마 지나지 않아서 그곳을 떠나셨다. 그리고 잊을 수 없는 24일이 왔을 무렵,

---

88) 北白川の宮. 일본의 왕족 가운데 하나.

도요조는 나에 관한 아무런 소식도 듣지 못한 채, 다시 기차에 올라 도카이도[89])를 서쪽으로 내려갔다. 그때 그는 사오 분간의 정차시간을 이용해 미시마(三島)에서 내게 일부러 편지를 한 통 썼다. 그 편지는 중간에 분실해버려서 끝내 여관에는 도착하지 못했지만, 도요조가 떠난다는 인사를 올리러 갔을 때 나의 병을 잊지 않으신 전하께서 혹시 만날 기회가 있으면 모쪼록 몸을 잘 다스리라고 전해달라는 두터운 의미의 말씀을 내리셨기에 그것을 병중에 있는 내게 일부러 알리려 했다는 것이었다. 목의 병도 낫고 위의 고통도 사라진 지금의 나는 삼가 전하께 감사의 말씀을 올리지 않으면 안 된다. 또한 전하의 건강을 빌지 않으면 안 된다.

十

　비가 연달아 내렸다. 뒷산의 절벽을 곤두박이로 내려오는 대나무 홈통이 파란빛으로 차갑게 빛나는 듯 보이던 며칠을 우울하게 방 안에서 신음하며 보내고 있었다. 사람들이 잠자리에 들어 고요해지면 비로소 꿈속을 덮치는 (난간에서 6자쯤 떨어진 곳을 흐르는) 물소리도, 바람과 빗소리에 지워져 전혀 들리지 않게 되었다. 그러는 사이에 물이 샌다는 둥, 샜다는 둥 하는 목소리가 어딘가에서 들려왔다.

89) 東海道. 도쿄에서 교토로 이어지는 간선도로.

오센(お仙)이라는 하녀90)가 와서, 어젯밤 가쓰라(桂) 천의 물이 넘쳐 문 앞의 오두막에서 대충 짐을 꾸려 맡기러 왔었다는 이야기를 했다. 그리고 어딘가에서는 집이 완전히 떠내려갔는데 그 집의 보물이 어딘가 파헤쳐진 곳에서 나왔다는 이야기도 했다. 이 하녀는 이토(伊東) 출신으로, 바닷가나 밭 속에 서서 사람을 부르는 듯한 커다란 목소리를 내는 버릇이 있는 매우 살풍경한 여자였는데, 비에 갇힌 산속의 여관에서 이처럼 옛날 얘기 같은, 거짓말인지 사실인지도 알 수 없는 이야기를 들었을 때는 어린 시절 동화책이라도 읽었을 때와 같은 기분이 들어 어딘가 고풍스러운 향기에 감싸였다. 게다가 집이 떠내려간 곳이 어디이고 보물을 파낸 곳이 어디인지 불명확하다는 점에는 전혀 신경도 쓰지 않고 그것이 당연하다는 듯 이야기해나가는 모습이, 지금 내가 있는 온천지의 여관을 참으로 세상에서 멀리로 격리시켜 소문 외에는 어떤 소식도 들어오지 않는 산골로 변화시켜 버렸다는 데 일종의 재미가 있었다.

잠시 후 이 즐거운 공상이 불편한 사실이 되어 모습을 드러내기 시작했다. 도쿄에서 오는 우편물도 신문도 하나같이 늦어지기 시작했다. 가끔 도착하는 것도 먹이 번질 정도로 축축하게 젖어 있었다. 젖은 페이지를 찢어지지 않도록 펼쳐 보고 나서야 비로소 수도에는 지금 홍수가 심하다는 보도를 선명한 활자 위에서 직접 본 것이 며칠의 일이었는지 지금은 분명하게 기억하고 있지 못하지만, 불안한 미래를 눈앞에 둔 채 그날그날의

---

90) 여관의 여종업원을 말한다.

건강을 걱정하며 앓는 몸에게는 결코 기쁜 소식이 아니었다. 한밤중에 위통으로 자연스럽게 눈이 떠져서 몸을 둘 곳이 없을 정도로 괴로운 시간에는, 도쿄와 나를 연결하는 교통의 연이 한동안 끊어진 그 무렵의 상태를 약간 불안하게 보지 않을 수 없었다. 나의 병은 돌아가기에는 너무나도 심했다. 그리고 도쿄에서 내가 있는 곳까지 오기에는 도로가 너무나도 무너져 있었다. 뿐만 아니라 도쿄 자체가 이미 물에 잠겨 있었다. 나는 절벽과 함께 대부분 무너져 내린 우리 집의 광경과, 지가사키(茅が崎)에서 바다에 밀려 떠내려가는 우리 아이들을 꿈에서 보려 했다. 비가 세차게 내리기 전에 나는 아내에게 편지를 보내두었다. 거기에는 좋은 방이 없어서 사오일 지나면 돌아갈 것이라고 적었다. 또 병이 재발해서 괴로워하고 있다는 사실은 일부러 알리지 않았다. 그리고 그 편지가 도착했는지 도착하지 않았는지 알 수 없는 일이라는 정도로만 생각하고 누워 있었다.

그런데 전보가 왔다. 그것은 끔찍할 정도로 오랜 시간과 노력을 들여 간신히 받는 사람에게 무사히 도착한 순간, 그 받는 사람으로 하여금 봉투를 뜯기도 전부터 약간 섬뜩한 느낌이 들게 하는 전보였다. 그러나 내용은 이번의 수해에도 이쪽은 무사한데 그쪽은 어떠냐고 묻는 문안과 평범한 소식을 겸한 것에 지나지 않았다. 보낸 우편국의 이름이 혼고(本郷)인 걸 보고, 이건 소헤이(草平) 군을 번거롭게 한 것이라는 사실을 알 수 있었다.

비는 더욱 거세게 계속 내렸다. 나의 병은 점점 좋지 않은 쪽으로 기울어가고 있었다. 그러한 때의 밤 12시 무렵에 장거리 전화가 와서 나는 경직된 가슴을 안은 채 수신기에 귀를 댔다. 지가사키의 아이들도 무사, 도쿄의 집도 무사하다는 사실만은 어렴풋이 알 수 있었다. 그러나 그 외에는 전혀 알아들을 수 없었는데, 거의 바람과 이야기를 나누고 있는 것처럼 어지러운 잡음이 아득하게 고막에 울릴 뿐이었다. 무엇보다 전화를 건 사람이 아내라는 사실조차 알 수 없어서 당신이라는 경어를 몇 번이고 되풀이했을 정도로 잘 들리지 않는 전화였다. 도쿄의 소식이 비와 바람과 홍수 속에서 괴로워하고 있던 나의 눈에 처음으로 명료하게 비친 것은 앉아 있을 새도 없을 만큼 바빴던 아내가 당시의 사정을 있는 그대로 적은 상세한 편지가 마침내 내 손에 떨어졌을 때였다. 나는 그 편지를 보고 자신의 병을 잊을 만큼 깜짝 놀랐다.

병들어 꿈에 보는 하늘의 강에서 홍수로구나

十一

아내의 편지는 전부를 인용할 수 없을 만큼 긴 것이었다. 첫 부분에 도요조로부터 내 병에 관한 소식을 들었다는 이야기와 그 때문에 적잖이 마음을 졸이고 있다는 내용을 적고, 간병을 하러 가고 싶지만 기차가 끊겨서 방법이 없기에 하다못해 전화라도 걸어야겠다고 생각해서, 그날 중에는 통화를 할 수 없는 상황이었으나 억지로 다급한 소식이라고 해서 한밤중에 야마다 부인 댁에서 건 것이라는 설명이 적혀 있었다. 지가사키에 있는 아이들의 안부에 대해서도 이만저만 걱정을 한 게 아닌 모양이었다. 짓켄자카시타(十間坂下)라는 곳은 수해의 걱정이 없는 곳이지만 만약의 사태가 일어나면 우편국에서 전보로 집에 연락을 주기로 되어 있다고, 나를 안심시키기 위해서 일부러 적어 놓았다. 그 외에 도쿄 시내의 평지 대부분은 수해를 입었는데 실제로 에도가와(江戸川) 거리는 야라이(矢来)의 파출소 조금 아래까지 잠겨 배를 타고 다닌다는 소식도 적혀 있었다. 그러나 그 무렵에는 늦게나마 신문이 들어오고 있었기에 일반의 모습은 아내의 편지가 아니어도 대부분 알고 있었다. 나의 마음을 움직인 현상은 막연한 대사회가 비와 물과 싸우는 모습이 아니라, 오히려 나와만 밀접한 관계가 있는 개인들의 소식이었다. 그리고 그 개인 가운데 2사람에게 이 비와 물이 목숨의 경계에 이르기까지의 재앙을 내렸다는 사실을 나는 이 편지 속에서 찾아냈다.

하나는 요코하마로 시집간 처제의 운명에 관한 소식이었다. 편지에는 이렇게 적혀 있었다. ―

〈……우메코가 막내동생을 데리고 도노사와의 후쿠즈미[91] 에 갔었는데, 수해 때문에 후쿠즈미는 파도에 떠내려갔고 해수욕객 60명 가운데 15명이 행방불명되었다는 소식에 생사조차

---

91) 福住. 하코네의 도노사와(塔の沢)에 있는 온천여관 후쿠즈미로(福住楼)를 말한다.

알 길이 없어 어찌할 바를 모르고 있었습니다. 요코하마로 가는 기차는 불통이 되어 갈 수가 없고, 전화는 신청자가 너무 많아 하루를 기다리지 않으면 연결할 수 없고……〉

그 뒤로는 여러 가지 복잡한 일들을 거쳐서 전화를 건 내용이 적혀 있고 그 결과 회사의 사환인지가 도보로 하코네까지 찾으러 간 끝에 유령처럼 가엾은 모습을 한 그녀를 데리고 돌아온 상황이 적혀 있었다. 여기까지 읽은 나는, 바로 이삼일 전에 여관의 하녀에게 어딘가에서 홍수가 나 집이 떠내려갔고 그 집의 보물이 또 어딘가에서 나왔다는 옛날얘기 같은 이야기를 들으며 그 배후에 나와 이해관계의 실로 묶인 무시무시한 사실이 잠재되어 있다는 사실도 깨닫지 못한 채 두서없는 꿈이라고만 생각하여 흥미롭게 여긴 나의 무지에 놀랐다. 또한 그러한 무지를 인간에게 강요하는 운명의 위력에 두려움을 느꼈다.

또 하나 내 마음을 섬뜩하게 한 것은 소헤이 군에 관한 소식이었다. 아내가 혼고의 친척집에서 볼일을 보고 돌아오는 길인가에 물난리를 겪지나 않았나 살필 생각으로 야나기초(柳町)의 저지대에 있는 거리에서 소헤이 군이 살고 있는 거리까지 가서, 이쯤이었을 텐데 하고 생각하며 큰길에서 안쪽을 들여다보니 예전에 본 기억이 있는 집이 납작하게 짜부라져 있었다고 한다.

〈그 집 사람들은 무사한가요, 어디로 갔나요, 하고 물었더니 장작 파는 집의 안주인이 어젯밤 12시쯤에 기슭이 무너졌습니다만 다행히 아무도 다친 사람은 없습니다. 한발 앞서 야나기초의 이런 곳으로 옮기셨습니다, 라고 가르쳐주었기에 야나기초

로 되돌아가보니, 아직 물도 완전히 빠지지 않아 판자 바닥이 축축하게 젖은 셋집에 다다미도 가구도 아무것도 들이지 못하고 짐만 옮겨놓은 상태였습니다. 뭐라 표현해야 좋을지, 참으로 가엾은 모습으로 오타네(お種) 씨가 저의 얼굴을 보더니 달려 나왔습니다. ……저녁밥을 마련할 수도 없겠다 싶었기에 생선 초밥을 주문해 저녁밥 대신 드렸습니다. ……〉

소헤이 군은 평소부터 산사태를 두려워해서 가능한 한 길가 쪽으로 몸을 두고 잔다고 들었는데 집이 짜부라졌을 때, 다른 사람은 아무런 피해를 입지 않았음에도 그 자신만은 얼굴에 약간 상처를 입었다고 한다. 그 상처에 관한 이야기도 편지에 적혀 있었다. 나는 그것을 읽고 상처로 끝나서 그나마 다행이라고 생각했다.

집을 떠내려가게 하고 언덕을 무너지게 하는 무시무시한 비와 물 속에서 몇 만인지도 모를 도쿄 사람들이 끔찍한 비명을 질렀다. 같은 비와 물 속에서 나와 깊은 관계가 있는 2사람이 실제로 피해를 면했다. 그리고 나는 2사람의 재난에 대해서는 털끝만큼도 모른 채 멀리 떨어진 온천 마을에서 구름과 안개와 빗줄기를 바라보며 살고 있었다. 그리고 2사람이 안전하다는 소식이 도착했을 무렵은 나의 병이 점점 위험한 쪽으로 나아가고 있던 때였다.

바람에게 물어라 언젠가 먼저 떨어질 나뭇잎

十二

    비가 계속 내리던 어느 날 저녁, 병이 조금 좋아진 틈을 이용해서 아래에 있는 목욕탕으로 내려가보았는데 두루마리 종이를 3자 정도의 길이로 잘라 그것을 세로로 기다랗게 붙여놓은 벽의 색이, 흐릿하게 비치는 등불 속에서 문득 나의 시선을 끌었다. 나는 욕조 옆에 서서, 몸을 적시기 전에 우선 이 이상한 광고와도 같은 것을 읽을 마음이 들었다. 한가운데 일반인 만담대회라고 적혀 있고, 그 아래에 주최 벌거숭이연맹이라고 적혀 있었다. 장소는 '산장에서'라고 밝히고 행사가 있을 날짜를 그 옆에 덧붙여놓았다. 나는 벌거숭이연맹이 어떤 무리인지를 바로 깨달았다. 벌거숭이연맹이란 내 옆방에 있는 투숙객이 스스로 붙인 다른 이름이었다. 어제 낮에 장지문 너머로 듣고 있자니 다로카자[92]가 이렇다는 둥, 저렇다는 둥 기다란 평의 끝에 그런 데서 하지 않을 거야, 하지 않을 거야로 하면 되잖아, 라는 식의 상의가 있었다. 그 취향은 누워 있는 나와 애초부터 관계가 없는 것이니 알 수도 없을 테지만, 어쨌든 이 의결이 산장에서의 행사에 한 가지 이채로움을 더한 것만은 틀림없는 사실이라고 생각했다. 나는 목욕탕에 붙여놓은 종이에 적힌 날짜와 벌거숭이연맹의 취향을 논의하던 시각을 비교해보며 이 만담회라는 것이 이미 막힘없이 끝난 어제 오후를 되돌아보고 벌거숭이연맹―적

---

92) 太郎冠者. 일본 전통극인 교겐(狂言)에서 유력 사무라이의 하인 가운데 최고 참역을 말한다.

어도 벌거숭이연맹의 수뇌를 구성하는 옆방의 투숙객—의 성공을 축하하지 않을 수 없었다.

이 투숙객은 5명이었는데 한 방에 묵었다. 그 가운데 나이가 가장 많아 보이는 30대의 남성에 그의 아내와 딸을 더하면 이미 3명이 되었다. 아내는 품위 있고 조용한 여자였다. 아이는 더욱 얌전했다. 그 대신 남편은 매우 요란스러웠다. 나머지 두 사람은 모두 20대 청년이었는데 그중 한 명은 일행 가운데서 가장 부산스럽게 행동했다.

누구나 중년 이후가 되어 스물한두 살 시절의 자신을 눈앞에 그려보면, 여러 가지 회상이 몰려드는 가운데 부끄러워서 식은 땀이 흐를 것 같은 한 단면을 찾아내게 되는 법이다. 나는 옆방에서 신음하며 이 젊은 사내의 말투와 행동에 어쩔 수 없이 주의를 기울인 결과, 20년 전의 옛날에 지나온 나의 생애 가운데 참으로 체면이 서지 않는다고밖에 생각할 길이 없는 시건방짐이 새삼스럽게 두려워졌다.

이 사내는 무슨 필요가 있어서인지는 모르겠으나, 끊임없이 커다란 길에서 강연이라도 하는 듯한 커다란 목소리를 내며 자랑스러워했다. 그리고 하녀가 오면 반드시 화류계에 정통한 사람이라도 되는 양 제멋에 겨워 허세를 연발했다. 그것을 옆방에서 듣고 있으면 위트도 없고 유머도 없어서 참으로 억지스럽게 (그러나 매우 자랑스럽다는 듯) 어설픈, 혹은 서툴기 짝이 없는 말을 풍류도 없이 호통치고 있는 것이라고밖에 여겨지지 않았다. 그런데 하녀는 또 그것을 들을 때마다 필요 이상으로 커다랗게 웃었다. 진심인지 기분을 맞춰주려는 것인지도 분간할 수 없는 웃음이었는데, 성대에 이상이라도 있는 것 같은 끔찍한 웃음이었다. 온통 병에만 신경을 쓰던 나도 여기에는 적잖이 시달렸다.

벌거숭이연맹의 일부는 아랫방에도 있었다. 전부해서 9명이었기에 자칭 9인조라고도 했다. 그 9인조가 아홉 벌거숭이가 되어 폭 6자의 복도로 나서 밤새 춤을 추며 뛰어다녔다. 변소에 가야 할 필요가 있어서 장지문 밖으로 나섰더니 9인조는 춤에 지쳐 알몸인 채 복도에 양반다리를 하고 앉아 있었다. 나는 방해가 되는 엉덩이와 정강이 사이를 건너 볼일을 보고 왔다.

오랜 비가 마침내 그쳐 도쿄로 가는 기차가 거의 통하게 되었을 무렵, 벌거숭이연맹은 9명 모두 약속이라도 한 듯 우르르 도쿄로 올라갔다. 그와 갈마들며 모리나리 씨와 셋초 군과 아내가 차례로 도쿄에서 와주었다. 그리고 벌거숭이연맹이 쓰던 방을 빌렸다. 그 옆의 방도 또 빌렸다. 결국에는 신축 2층의 방 4칸을 전부 우리가 썼다. 나는 비교적 한적한 세월 속에서 부리긴 물통으로 우유를 마시며 살아 있었다. 한번은 숟가락으로 뭉갠 수박 속에서 솟아나는 붉은 즙을 마시게 해주었다. 고보님93)에서 불꽃놀이가 있던 날 저녁에는 툇마루 가까이로 침상을 비키어놓아 누운 채 초가을의 하늘을 한밤중 가까이까지 바라보았다. 그리고 잊을 수 없는 24일이 오는 것을 무의식중에

---

93) 弘法樣. 불교 사찰인 슈젠지의 별칭. 고보 대사(구카이〈空海〉, 774~835)가 슈젠지(지명) 온천을 발견한 것으로 전해지며, 그곳에 세운 절이 슈젠지다.

기다리고 있었다.

싸리에 맺힌 이슬의 무게에 앓는 몸이로구나

十三

그날은 도쿄에서 스기모토 씨가 진찰을 위해 오기로 되어 있었다. 셋초 군이 오히토(大仁)까지 마중을 나간 것이 몇 시쯤이었는지 기억하지는 못하지만, 산속을 비추는 태양이 아직 산 아래로 숨지 않은 낮이었을 것이라 여겨진다. 그 산속을 비추는 해를 침상에서 떠날 수 없는, 또 방을 나서지도 못하는 나는 아침부터 밤까지 거의 올려다본 적이 없으니 이렇게 말하는 것도 사실은 차양 끝에 남아 있는 하늘자락만을 짐작으로 상상한 시각이다. ─나는 슈젠지에서 2개월하고 5일 정도 머물렀지만 어느 쪽이 동쪽이고 어느 쪽이 서쪽인지, 어느 것이 이토로 넘어가는 산이고 어느 것이 시모다(下田)로 나가는 가도인지 전혀 알지 못한 채 돌아왔다.

스기모토 씨는 예정대로 여관에 도착했다. 나는 그 조금 전에 아내의 손으로부터 부리 긴 물통을 넘겨받아 가느다랗고 긴 부리로 미지근한 우유를 1홉 정도 마셨다. 피가 나온 이후부터 안정상태와 유동식사는 굳게 지켜야 할 규율이 되어 있었기 때문이었다. 게다가 가능한 한 환자에게 영양을 공급하여 체력을 회복시켜서 궤양의 출혈을 억누르는 치료법을 받고 있던 때였기에 싫어도 마실 수밖에 없었다. 사실을 말하자면 이날은 아침부터 식욕이 돋지 않았기에 물통 속에 움직이지 않을 정도로 걸쭉하게 하얀색으로 가득 담겨 있는 모습을 보자마자 바로 묵직하게 혀끝에 남는 끈적한 우유의 맛이 떠올라 손을 대기도 전부터 이미 반감이 일었다. 강요를 받았을 때 나는 어쩔 수 없이 길고 가느다랗게 젖혀진 유리관을 기울여 따뜻한 건지 차가운 건지도 알 수 없는 액체를 혀 위로 미끄러뜨려 넣으려 했다. 그것이 흘러 목구멍을 내려간 뒤에는 기분 나쁘게 점성 강한 냄새가 마구 남았다. 절반은 입 안을 다스리기 위해서 그 후 아이스크림을 한 컵 달라고 했다. 그런데 평소의 상쾌함과는 달리, 목을 넘어갈 때는 일단 녹았던 것이 위 속에서 다시 굳은 것처럼 묘하게 안정되지 않았다. 그로부터 2시간쯤 지나서 나는 스기모토 씨의 진찰을 받은 것이었다.

진찰 결과로 뜻밖에도 그렇게 나쁘지 않다는 보고를 얻었을 때, 평소 모리나리 씨로부터 병의 성질이 좋지 않다고 들어온 셋초 군은 너무 기쁜 나머지 회사로 곧장 좋다는 전보를 보내버렸다. 잊을 수 없는 800그램의 토혈은 이 보고를 역습하듯 진찰 후 1시간 뒤인 저물녘에 갑자기 일어났다.

그렇게 다량의 피를 한꺼번에 토한 나는 그날 저녁의 광경부터 해가 없는 한밤중을 지나서 이튿날 새벽에 이르기까지의 크고 작은 일들을 남김없이 기억하고 있는 줄 알았다. 얼마 지나서 아내가 기억을 위해 적어둔 일기를 읽어보았는데 그 안에 뇌빈혈(ノウヒンケツ, 당황한 아내는 脳貧血을 이렇게 썼다.)

을 일으켜 인사불성에 빠졌다는 내용이 있는 것을 알았을 때 나는 아내를 머리맡으로 불러 당시의 모습을 상세히 들을 수 있었다. 철두철미, 명료한 의식을 가진 채 주사를 맞은 것이라고만 생각하고 있던 나는 사실 30분이라는 긴 시간 동안 죽어 있었던 것이다.

저물녘이 다 되었을 무렵, 갑자기 가슴 막히는 어떤 것이 덮쳐 온 나는 너무 괴로운 나머지 마침 친절하게도 병상 옆에 앉아 있던 아내에게 숨 막힐 듯 더워서 안 되겠으니 조금 더 저쪽으로 물러나달라고 매몰차게 명령했다. 그래도 견딜 수 없었기에 안정적으로 누워 있으라는 의사로부터의 주의를 어기고 똑바로 누워 있던 자세에서 오른쪽이 아래로 가게 몸을 뒤척이려 했다. 내 기억에 떠오르지 않는 인사불성 상태는 누운 채 방향을 바꾸려 한 이 노력에서 온 뇌빈혈의 결과라는 것이었다.

나는 그때 울컥 쏟아져 나오는 핏물을, 놀라 내게 다가오려 한 아내의 유카타에 흠뻑 내뿜었다고 한다. 셋초 군이 목소리를 떨며, 사모님 마음 단단히 먹지 않으시면 안 됩니다, 라고 말했다고 한다. 회사로 전보를 보내는데 손이 부들부들 떨려서 글씨를 쓸 수 없었다고 한다. 의사가 연달아 주사를 놓았다고 한다. 나중에 모리나리 씨에게 그 숫자를 물어보니 16통까지는 기억하고 있습니다, 라고 대답했다.

똑똑 듣는 붉은 피는 마음속의 글

토해내 창촌을 비추어 아름다운 무늬 넘실거리게 하네

밤에 들어 몸은 곧 뼈일까 헛되이 의심하네

누운 자리 돌과 같아 차가운 구름의 꿈 꾸네

十四

눈을 떠보니 오른쪽으로 누운 채 법랑을 입힌 대야 속에 피를 잔뜩 토하고 있었다. 대야가 베개 가까이에 바짝 붙여져 있었기에 코앞의 피가 뚜렷하게 보였다. 그 색은 이전까지처럼 산의 작용을 받은 불명료한 것이 아니었다. 하얀 바닥에 커다란 동물의 간처럼 물컹하게 굳어 있는 듯 여겨졌다. 그때 머리맡에서 양치질할 물을 드리겠습니다, 라고 말하는 모리나리 씨의 목소리가 들려왔다.

나는 말없이 양치질을 했다. 그리고 바로 조금 전 곁에 있던 아내에게 조금 저쪽으로 물러나달라고 말했을 정도의 번민이 갑자기 어딘가로 사라져버렸다는 사실을 자각했다. 나는 무엇보다 먼저 그나마 다행이라고 생각했다. 대야에 뱉은 것이 선혈이었든 무엇이었든 그런 것은 조금도 마음에 걸리지 않았다. 늘 괴롭히던 고통의 덩어리를 단번에 전부 내팽개쳤다는 차분함을 가지고, 머리맡 사람들이 수선떠는 모습을 거의 남 일처럼 보고 있었다. 나의 오른쪽 가슴 상부에는 커다란 바늘이 꽂혀 있었고, 그것을 통해서 다량의 식염수가 주사되고 있었다. 그때, 식염을 주사로 맞을 정도이니 조금은 위험한 용태에 빠졌나보다고 생각했으나, 그것도 거의 염려스럽지 않았다. 그저 관 끝에

158 _ 나쓰메 소세키 수상집

서 물이 빠져나와 어깨로 흘러드는 것이 싫을 뿐이었다. 좌우의 팔에도 주사를 맞은 듯한 기분이 들었다. 그러나 그것은 분명히 기억하지 못했다.

아내가 스기모토 씨에게, 이랬다가도 원래대로 돌아오나요, 라고 묻는 목소리가 귀에 들어왔다. 이런 궤양의 경우에는 지금까지 꽤 다량의 피를 멎게 한 적도 있었습니다만……, 하고 말하는 스기모토 씨의 대답이 들렸다. 그러더니 병상 위에 매달려 있던 전기등이 흔들흔들 움직였다. 유리 안의 둥그런 한 줄기 빛이 작은 불꽃놀이처럼 빠르게 번뜩였다. 나는 태어나서 이때처럼 강하게, 그리고 섬뜩하게 빛의 힘을 느낀 적이 없었다. 그 짧은 찰나에도, 번개를 눈동자에 새긴다는 말이 바로 이런 거로구나 생각했다. 그때 갑자기 전기등이 사라지더니 정신이 아득해졌다.

캠퍼[94], 캠퍼, 하는 스기모토 씨의 목소리가 들려왔다. 스기모토 씨는 내 오른 손목을 세게 쥐고 있었다. 캠퍼는 아주 잘 듣는군, 다 주사하기도 전부터 벌써 반향이 있어, 라고 스기모토 씨가 다시 모리나리 씨에게 말했다. 모리나리 씨는 네, 라고만 대답했을 뿐 특별히 신통한 대답은 하지 않았다. 그런 다음 곧 전기등에 종이 덮개를 씌웠다.

주위가 한동안 조용해졌다. 내 좌우의 손목은 두 의사에게 계속 잡혀 있었다. 그 두 사람은 눈을 감고 있는 나를 가운데 놓고 다음과 같은 이야기를 나누었다. (그 단어는 전부 독일어

---

94) 강심제 가운데 하나.

였다.)

"약해."

"네."

"안 되겠는데."

"네."

"자녀들을 만나게 하는 게 어떨까?"

"맞아요."

그때까지 차분하게 있던 나는 이때 갑자기 불안해졌다. 아무리 생각해도 나는 죽고 싶지 않았기 때문이었다. 또 결코 죽을 필요가 없을 정도로 편안한 기분이었기 때문이었다. 의사가 나를 혼수상태에 있다고 잘못 생각하여 기탄없는 대화를 이어가는 동안 미련이 많은 나는 눈을 감은 채 움직일 수 없는 자세에 있으면서도 비몽사몽 섬뜩한 꿈을 꾸고 있었다. 그러는 사이에 나의 생사에 관한 그와 같은 대담한 비평을 제3자로 병상 위에서 가만히 듣는 것이 고통스러워졌다. 심지어는 화가 약간 났다. 덕의(德義)상 조금은 더 조심해주는 것이 좋을 것 같다는 생각이 들었다. 결국에는 상대방이 그런 심산이라면 내게도 생각이 있다는 마음이 들었다. ―인간은 당장 죽어가는 순간에도 아직 이 정도로 기략을 펼칠 수 있는 건가, 라고 회복기에 접어들었을 때 나는 종종 그날 밤의 반항심을 떠올리고는 미소 지었다. ―물론 고통이 완전히 사라져 편안하게 누운 자세를 평정하게 지킬 수 있었던 내게는 그 정도의 여유가 충분히 있었던 것이리라.

나는 그때까지 감고 있던 눈을 갑자기 떴다. 그리고 가능한 한 커다란 목소리와 명료한 말투로 나는 자녀를 만나고 싶지 않다고 말했다. 스기모토 씨는 어떤 일에도 개의치 않는다는 듯, 그렇습니까, 라고 가볍게 대답했을 뿐이었다. 곧 먹다 만 식사를 마치고 오겠다고 말하고 방에서 나갔다. 그 후부터는 좌우의 손을 양옆으로 벌려 그 하나씩을 모리나리 씨와 셋초 군에게 잡힌 채, 3사람 모두 무언 속에서 여명에까지 이르렀다.

싸늘한 맥을 지키는 새벽녘

十五

누운 몸을 애써 오른쪽으로 뒤척이려 했던 나와 베개 옆의 대야에서 선혈을 본 나는 한 치의 빈틈도 없이 연결되어 있는 것이라고만 믿고 있었다. 그 사이에는 머리카락 한 오라기조차 끼어들 여지가 없을 만큼 자각이 작동하고 있었던 것이라고만 알고 있었다. 그때가 지나서 아내로부터 그렇지 않아요, 그때 30분쯤은 죽음의 상태에 계셨었어요, 라는 말을 들은 순간에는 정말 놀랐다. 어렸을 때 장난을 치다 기절한 적이 두어 번 있었 기에 그로부터 추측해서, 죽음이란 대체로 이런 것이리라는 정 도로는 예전부터 상상하고 있었지만, 30분이라는 긴 시간 동안 그 경험을 되풀이했으면서 조금도 깨닫지 못하고 1개월여를 당 연하다는 듯 보낸 건가 싶자 참으로 이상한 기분이 들었다. 사실 을 말하자면 이 경험—무엇보다 경험이라고 말할 수 있을지가

의문이다. 일반적인 경험과 경험 사이에 껴 있지만 추호도 그 연결을 방해하지 못할 정도로 내용이 빈약한 이─, 나는 무엇이라고 그것을 형용해야 좋을지 끝끝내 말을 찾지 못하겠다. 나는 잠에서 깨어난 것이라는 자각조차 없었다. 음지에서 양지로 나왔다고도 생각지 않았다. 희미한 날갯짓소리, 멀리로 떠나는 사물의 울림, 달아나는 꿈의 냄새, 옛 기억의 그림자, 사라지는 인상의 흔적─ 인간의 신비를 서술하는 모든 표현을 전부 헤아리고 나서야 비로소 어렴풋이 보이는 영묘한 경계를 통과한 것이라고는 물론 여겨지지 않았다. 그저 가슴이 답답해져서 베개 위의 머리를 오른쪽으로 기울이려 한 순간, 빨간 피를 대야 바닥에서 본 것일 뿐이었다. 그 사이에 들어갔던 30분 동안의 죽음은 시간적으로나 공간적으로나 경험의 기억으로는 내게 전혀 존재하지 않았던 것이나 다를 바 없었다. 아내의 설명을 들었을 때 나는 죽음이란 그처럼 덧없는 것일까 싶었다. 그리고 내 머리 위에서 그토록 돌연 번뜩인 생사 2면의 대조가, 그처럼 급격하고 또 교섭이 없었다는 점에 크게 느끼는 바가 있었다. 아무리 생각해봐도 이 멀리 떨어져 있는 2개의 현상에 같은 내가 지배받았다는 것은 납득이 가지 않았다. 혹시 같은 내가 한순간에 2개의 세계를 횡단했다 할지라도 그 2개의 세계가 어떤 관계를 가지고 있기에 나로 하여금 단번에 갑에서 을로 옮겨갈 자유를 갖게 한 것인지를 생각하면 망연자실하지 않을 수 없었다.

생사는 완급, 대소, 한서(寒暑)와 마찬가지로 대조적인 연상을 일으켜, 평소 한 묶음으로 사용되는 말이다. 설령 최근의 심리학자들이 주장하는 것처럼 이 2가지도 역시 보통의 대조와 마찬가지로 동류연상의 부류에 속하는 것이라고 해석한다 한들, 그처럼 손바닥 뒤집듯 돌연 서로 거리가 먼 2개의 상면이 번갈아가며 나를 사로잡는다면, 내가 이 서로 떨어진 2개의 상면을 어떻게 같은 성질의 것이라고 그 관계를 증명할 수 있겠는가.

누군가가 내게 감 하나를 주고 오늘은 절반을 먹어라, 내일은 나머지 절반의 절반을 먹어라, 그 이튿날은 또 그 절반의 절반을 먹어라, 이렇게 해서 매일 실제로 남은 것의 절반씩을 먹으라고 한다면 나는 먹기 시작한 뒤부터 며칠째에는 마침내 이 명령을 등지고 남은 전부를 남김없이 먹어치우거나, 혹은 절반으로 가르는 능력의 극한에 다다른 탓에 팔짱을 끼고 덧없이 남은 감 한 조각을 바라보지 않으면 안 될 시기가 찾아오리라. 만약 상상의 논리가 허락된다면, 이 조건하에서 주어진 1개의 감은 평생 먹어도 다 먹을 수가 없다. 옛 그리스의 제논이, 발이 빠른 아킬레우스와 발이 느린 거북이 사이에 성립하는 경쟁을 들어 제아무리 아킬레우스라도 결코 거북이를 따라잡을 수 없다고 말한 것은 곧 이를 일컬은 것이다. 내 생활의 내용을 구성하는 개개의 의식도 역시 이처럼 매일, 혹은 매달 그 절반씩 잃어 나도 모르는 사이에 마침내 죽음에 다가가는 것이라면, 아무리 죽음에 다가가도 죽을 수 없다는 비사실적인 논리에 우롱당할지 모르겠으나, 이렇게 한달음에 한쪽 편에서 한쪽 편으로 떨어져버리는 듯한 사색상의 부조화에서 벗어나 삶에서 죽음으로 가는 경로를 전혀 이상하다고 생각지 않고 가장 자연스럽게 느낄

수는 있으리라. 갑자기 죽었다가 갑자기 되살아난 자는, 아니 되살아난 것이라고 남에게서 들은 자는 그저 서늘함이 느껴질 뿐이다.

표묘한 현황[95]의 바깥
생사가 갈마들 때
몸 맡길 곳 아득히 사라지니
나의 마음 갈 곳 어디인가
돌아와 생명의 근원을 찾았으나
아득하여 끝내 알 수 없네
고독한 근심은 꿈을 에워싸고
마치 조용한 비파의 슬픔을 움직이는 듯
강산의 가을 깊네
죽과 약에 머리털 바야흐로 쇠하려 하네
쾡하니 쓸쓸한 하늘 여전히 있고
높다란 나무 홀로 벗은 가지 남겼네
만년의 감회 이처럼 담백하나
바람과 이슬 시가 되기 늦었네

十六

편안한 밤이 점점 밝아왔다. 방을 감싸던 그림자가 병상에서

---

95) 玄黃 천지를 말한다.

떨어져 멀어져감에 따라서 나는 다시 평소처럼 머리맡으로 모여드는 사람들의 얼굴을 볼 수 있었다. 그 얼굴은 평상시의 얼굴이었다. 그리고 나의 마음도 역시 평상시의 마음이었다. 병이 어디에 있는지조차 알 수 없을 만큼 차분해진 몸을 병상 위에 눕힌 채 조금도 움직일 필요가 없는 내가 죽음과 한층 가까운 곳을 배회하고 있는 것이라고는 전혀 생각지도 못했다. 눈을 떴을 때 나는 어젯밤의 소동을 (설령 잊지는 않았다 할지라도) 그저 과거의 꿈처럼 멀리로 바라보았다. 그리고 죽음은 밝아오는 밤과 함께 물러난 것이라는 정도의 배짱이라도 생긴 듯, 어떤 걱정도 없는 마음으로 장지문에서 들어오는 아침햇살을 기분좋게 쪼이고 있었다. 사실은 무지한 나를 감쪽같이 속인 죽음은 어느 틈엔가 내 혈관으로 숨어들어 빈약한 피를 따라 흐르고 있었던 것이라고 한다. <용태를 물으니 위험하기는 하지만 극도의 안정을 취하면 회복될지도 모른다고 한다.>라는 건 아내의 이날 아침 일을 적은 일기의 한 구절이다. 내가 여명까지 살아 있으리라고는 아무도 기대하지 않았다는 사실은 나중에 듣고 처음으로 알았다.

　나는 지금도 하얀 대야바닥에 뱉어놓은 피의 색과 모습을 내 눈앞에 생생하게 떠올릴 수 있다. 심지어 당시 한동안은 한천 (寒天)처럼 굳기 시작한 비릿한 것이 늘 눈가에 어른거렸다. 그리고 나의 상상 속에 어린 피의 분량과 거기에서 기인한 쇠약을 비교해보고는, 어째서 그 정도의 출혈이 이처럼 몸에 격한 영향을 주는 것일까 늘 궁금해서 견딜 수가 없었다. 사람은 혈관

속의 피 절반을 잃으면 죽고 3분의 1을 잃으면 의식을 잃는 법이라는 말을 듣고, 나도 모르는 사이에 아내의 어깨에 뱉은 선혈을 상상의 천칭으로 가져와 목숨 맞은편에 추로 더했을 때조차 나는 이 정도로 과격한 방법을 써서 살아남은 것이라고는 생각지도 못했다.

스기모토 씨가 도쿄로 돌아가자마자, —스기모토 씨는 그날 아침 바로 도쿄로 돌아갔다. 조금 더 있고 싶지만 바빠서 이만 실례하겠습니다, 그 대신 치료는 충분히 할 생각입니다, 라고 말하고 새 목깃과 깃 장식으로 간 다음 내 머리맡에 앉았을 때, 나는 어제 한밤중에 기장이 짧은 여관의 유카타를 입은 채 살그머니 장지문을 열고 모리나리 씨에게 어떠냐고 한마디 나의 용태를 묻던 그의 모습을 떠올렸다. 나의 기억에는 단지 그것밖에 남아 있지 않았던 스기모토 씨가, 도쿄로 출발하려다 아내를 돌아보고 한 번 더 토혈을 하면 도저히 회복할 가능성이 없다고, 포기할 수밖에 없을 것이라고 주의를 주었다고 한다. 사실은 어젯밤에도 이 무시무시한 토혈이 다시 올 것 같았기에 일부러 모르핀까지 주사해서 그것을 막았다니, 나중에야 그 전말을 자세히 들은 내게 있어서는 전혀 생각지도 못했던 소식이었다. 그 정도로 가슴 속은 안정되어 있었는데, 라고 말하고 싶을 만큼 나는 평소와 같은 마음으로 고통 없이 그 밤을 보낸 것이었다. —얘기가 그만 옆길로 새어버리고 말았다.

스기모토 씨는 도쿄로 돌아가자마자 간호부회에 직접 전화를 걸어서, 간호부를 2명 내가 머물고 있는 곳에 바로 보내라고 부탁해주었다. 그때 서둘러 가지 않으면 늦을지도 모른다며 전화에 대고 재촉을 했기에 간호부는 기차로 달려오면서도 이미 틀려버린 것 아닐까 끊임없이 나의 생명에 의심을 품었다. 기껏 갔는데, 막상 가서 보니 너무 늦어서 시간에 대지 못했다는 말을 들으면 안타까울 것이라고 이야기하며 왔다. ─이것도 회복기로 들어섰을 무렵, 병상의 무료함에 간호부와 잡담을 나누다 그들의 입을 통해서 직접 들은 이야기다.

그처럼 모든 사람이 열에 아홉까지는 포기한 가운데, 아무것도 몰랐던 나는 황야에 버려진 어린아이처럼 멍하니 있었다. 고통 없는 삶은 내게 아무런 번민도 주지 않았다. 나는 누운 채 그저 고통 없이 살아 있다는 한 가지 사실을 인식했을 뿐이었다. 그리고 이 사실이, 뜻밖의 병 때문에 주위 사람들의 극진한 보호를 받으며 건강했을 때와 비교하면 세상의 바람에 시달리지 않는 안전한 땅으로 한 걸음 옮겨온 것처럼 느껴졌다. 실제로 나와 우리 아내는 생존경쟁의 매운 공기가 직접 닿지 않는 산속에서 살고 있었던 것이다.

　•이슬 오늘 아침의 마을에서 조용한 병

十七

겁쟁이의 특권으로 나는 예전부터 요괴를 만날 자격이 있다고 생각했다. 내 핏속에는 조상의 미신이 지금도 다량으로 흐르고 있다. 문명의 살이 사회의 날카로운 채찍 아래서 위축될 때면 나는 언제나 유령을 믿었다. 그러나 콜레라(虎烈刺)를 두려워하여 콜레라에 걸리지 않은 사람처럼, 신에게 기도하여 신에게 버림받은 아들처럼, 나는 오늘까지 이렇다 할 신기한 현상과 조우할 기회도 없이 지내왔다. 그것을 안타깝게 여길 정도의 호기심도 가끔은 일어나곤 했지만, 평소에는 대체로 만나지 않는 것을 당연하다고 여기며 살아왔다.

고백하겠는데 8, 9년 전에 앤드루 랭96)이 쓴 『꿈과 유령』이라는 책을 침상 속에서 읽었을 때는 코앞의 등불을 잠시 써늘하게 바라보았다. 1년쯤 전에도 『영묘(靈妙)한 심력(心力)』이라는 제목에 이끌려서 플라마리온97)이라는 사람의 책을 일부러 외국에 주문한 적도 있었다. 얼마 전에는 또 올리버 로지98)의 『사후의 생』을 읽었다.

사후의 생! 제목부터가 이미 묘하다. 우리의 개성은 우리가 죽은 후까지도 남아 있다, 활동한다, 기회가 있으면 지상의 사람과 말을 나눈다, 스피리티즘99) 연구로 유명했던 마이어100)는 틀림없이 이렇게 믿었던 듯하다. 그 마이어에게 자신의 저술을 바친 로지도 같은 생각을 가지고 있는 듯하다. 요 얼마 전에 나온

---

96) Andrew Lang(1844~1912). 영국의 역사, 고전학자, 시인. 스코틀랜드의 전승을 연구했다.
97) Flammarion(1842~1925). 프랑스의 천문학자. 심령현상에도 관심이 깊었다.
98) Oliver J. Lodge(1851~1940). 영국의 물리학자로 죽은 자와 교신할 수 있다고 믿어, 심령현상을 연구했다.
99) 죽은 자의 영이 영매를 통해서 산 사람과 교감할 수 있다고 주장하는 심령론.
100) Meyers(?~?). 무의식 심리학의 선구자. 심령현상 연구자로도 유명하다.

포드모어101)의 유작102) 역시 아마도 같은 계통의 것이리라.

독일의 페히너103)는 19세기 중엽에 이미 지구 자체에 의식이 있다고 주장했다. 돌과 흙과 광물에 영이 존재한다고 한다면 그 존재를 방해할 내가 아니다. 그러나 하다못해 이 가정에서 출발하여 지구의 의식이란 어떠한 성질을 가진 것이라는 정도의 상상은 마땅히 있어야 한다고 생각한다.

우리의 의식에는 문턱과 같은 경계선이 있어서 그 선 아래는 어둡고 그 선 위는 밝다는 것이 현대의 심리학자가 일반적으로 인식하는 논의인 듯 보이며, 또 나의 경험에 비추어봐도 지극히 당연한 듯 여겨지나, 육체와 함께 활동하는 심적 현상에 이와 같은 작용이 있다 할지라도 나의 어둠 속 의식이 곧 사후의 의식이라고는 여겨지지 않는다.

커다란 것은 작은 것을 포함하며 그 작은 것을 알고 있으나, 포함되어 있는 작은 것은 자신의 존재만 알 뿐 자신들이 모여 이루고 있는 전부에 대해서는 자신과 상관없다는 듯 무관심하다는 것은, 제임스가 의식의 내용을 풀어헤치기도 하고 묶기도 해서 얻은 결론이다. 그와 마찬가지로 개인 전체의 의식도 역시 보다 커다란 의식 속에 포함되어 있으면서, 그 존재를 자각하지 못하고 고립되었다고 생각하는 것이리라는 것은 그가 이 유추에서 내린 스피리티즘에 유리한 가정이다.

---

101) Podmore(1856~1910). 영국의 심령학자.
102) 『신 심령론』
103) Fechner(1801~1887). 독일의 실험심리학자로 연구방법 확립에 공헌했다. 신비주의자로도 유명하다.

가정은 사람들의 자유이며, 또 때로는 연구상 필요한 활력이기도 하다. 그러나 단지 가정뿐이어서는 제아무리 겁쟁이인 결과 유령을 보려하는, 또 망령된 믿음 끝에 신비를 꿈꾸려 하는 나도 믿음의 힘으로 그들의 설을 받들 수는 없다.

물리학자는 분자의 용적을 계산해서 누에의 알에도 미치지 못하는(길이와 높이가 모두 1밀리미터인) 정육면체에 1천만을 세 제곱한 숫자가 들어간다고 단언했다. 1천만을 세 제곱한 숫자는 1 아래에 0을 21개 붙인 막대한 것이다. 마음껏 상상할 권리를 가진 우리도 이 1 아래에 21개의 0을 단 숫자를 쉽게 떠올리지는 못한다.

형이하의 물질계에 있어서조차, ─상당한 학자가 면밀한 과정을 거쳐 발표한 수학상의 결과조차, 우리는 단지 수리적인 두뇌로만 지당하다고 수긍할 뿐이다. 대략적인 수량조차 응용할 수 없는 마음의 현상에 관해서는 말할 필요도 없다. 혹시 물리학자의 분자에 대한 것처럼 명료한 지식이 나의 내면생활을 비출 기회가 왔다 한들, 나의 마음은 언제나 나의 마음이다. 내가 경험하지 못하는 한, 어떤 면밀한 학설도 나를 지배할 능력은 가지고 있지 못하리라.

나는 한 번 죽었다. 그리고 죽었다는 사실을 평소의 상상대로 경험했다. 역시 시간과 공간을 초월했다. 그러나 그 초월했다는 사실이 아무런 능력도 의미하지는 못했다. 나는 나의 개성을 잃었다. 그저 잃었다는 사실만이 명백할 뿐이다. 어찌 유령이 될 수 있겠는가? 어찌 나보다 커다란 의식과 명합104)할 수 있겠는가? 겁쟁이에 미신이 강한 나는 단지 이러한 신비를 타인에게 기대할 뿐이다.

불 피워 누구를 기다리나 비단 하오리

十八

단지 놀라운 것은 몸의 변화였다. 소동이 있던 이튿날 아침, 어떤 필요에 의해서 갈비뼈 좌우에 길게 놓여 있던 손을 얼굴까지 가져오려 했는데, 갑자기 주인이라도 바뀐 것처럼 내 팔인데도 전혀 움직이지 않았다. 남을 번거롭게 하는 수고를 끼치기는 싫었기에 팔꿈치를 지팡이 삼아 억지로 손목부터 일으키기는 일으켰으나 겨우 몇 치의 거리를 지나 허공에 짧은 호를 그리기 위해 들인 노력과 시간은 만만한 것이 아니었다. 간신히 들어올린 근육의 힘을 이용해서 높은 곳으로 당길 만큼의 기운이 부족했기에 도중에서 포기하고 다시 원래의 자리로 내 팔을 떨어뜨리려 했으나 그것 또한 쉽게는 떨어지지 않았다. 물론 그대로 해서 마음을 놓으면 무게 때문에 저절로 쓰러지기야 하겠지만 그 쓰러질 때의 격동이 전신에 얼마나 울릴지를 생각하면 참으로 두려워서 끝내 결단을 내릴 용기가 나지 않았다. 나는 내릴 수도 올릴 수도, 또 중간에서 버틸 수도 없는 팔을 의식하며 어디에 두어야 할지를 몰랐다. 마침내 옆에 있던 사람이 눈치를

___

104) 冥合. 자신도 모르는 사이에 하나가 됨.

채고 자신의 손을 내 손에 더해 무리가 가지 않도록 얼굴까지 가져다주었다가, 돌아올 때도 역시 두 팔을 하나로 해서 간신히 병상 위에까지 되돌렸을 때는 내가 어째서 이렇게도 공허해진 것인지, 나로서도 거의 상상이 되지 않았다. 나중에 생각해보고 그것은 완전히 고무풍선에 구멍이 나서, 그 구멍을 통해 바람이 한꺼번에 빠져나갔기에 풍선의 표면이 한순간에 픽 소리와 함께 수축된 것과 매한가지인 토혈이니, 그것 때문에 몸에 그렇게 영향을 준 것이라고 판단했다. 그렇다 해도 풍선은 단지 오그라들 뿐이다. 불행하게도 나의 피부는 혈액 외에도 크고 긴 뼈를 여럿 감싸고 있었다. 그 뼈가—.

나는 태어나서 그때처럼 내 뼈의 단단함을 자각한 적이 없었다. 그날 아침에 눈을 떴을 때의 첫 번째 기억은, 그야말로 나의 전신에 가득 전해진 뼈의 아픔의 목소리였다. 그리고 그 아픔이, 밤에 술을 먹은 기세로 다수의 상대에게 격렬한 싸움을 건 끝에 한껏 두들겨맞아 손도 발도 말을 듣지 않게 되었을 때처럼, 나를 둔탁하게 마구 두드리고 있었다. 다듬잇방망이에 두들겨맞은 천이 이럴까, 라고까지 생각했다. 그 정도로 정체도 모른 채 혼쭐이 나버린 상태를 적당히 형용하는 데는, '작살을 내다'는 하등사회에서 쓰는 말이 딱 하나 있을 뿐이다. 조금이라도 몸을 움직이려 하면 마디마디가 욱신욱신 쑤셨다.

전날까지 좁은 이불 안으로만 선이 그어졌던 나의 천지가 갑자기 다시 좁아졌다. 그 이불 속의 일부분에서 밖으로 나설 능력을 잃은 당시의 내게는, 전날까지 좁게 느껴졌던 이불이 더욱 커다랗게 보였다. 내가 세계와 접촉하는 점은 여기에 이르러 단지 어깨와 등과 길고 가늘게 뻗은 다리의 뒤쪽에 지나지 않게 되었다. ―머리는 물론 베개에 대고 있었다.

이만큼 제한된 세계에서 사는 것조차, 어젯밤에는 허락될 것처럼 보이지 않았었는데 하고 곁의 사람들은 마음속으로 나를 위해서 걱정을 해주었으리라. 아무것도 알지 못하는 내게조차 그것이 안쓰러웠다. 그저 몸이 이불에 닿는 곳만이 나의 세계인 만큼, 그리고 그 닿는 부분이 조금도 변하지 않았기 때문에 나와 세계의 관계는 매우 단순했다. 그야말로 스태틱(靜)이었다. 따라서 안전했다. 솜을 깐 관 속에 기다랗게 누워서 자신은 관에서 나오지 않고 남들도 관을 습격하지 않는 망자의 기분은―혹시 망자에게 기분이라는 것이 있다면― 이때의 내 기분과 그다지 먼 곳에 있지 않으리라.

조금 지나자 머리가 지끈거리기 시작했다. 허리의 뼈가 뼈만 남아서 판자 위에 얹어진 듯한 기분이 들었다. 다리가 무거워졌다. 그렇게 해서 사회적 위험으로부터의 안전을 보장받은 나 혼자만의 좁은 천지에도 역시 그에 상응하는 괴로움이 생겨났다. 그리고 그 고통에서 벗어나고 싶은 나는 한 치의 밖으로조차 나설 능력을 가지고 있지 못했다. 머리맡에 어떤 사람이 어떻게 앉아 있는지 전혀 알 수 없었다. 나를 간호하기 위해 나의 시선이 닿지 않는 곁을 차지한 사람들의 모습은, 내게 있어서 신의 그것과 매한가지였다.

나는 이 안온하면서도 아픔이 많은 작은 세계에 가만히 누운 채 몸이 닿지 않는 곳으로 가끔 시선을 보냈다. 그리고 천장에서 부터 매달아놓은 얼음주머니의 기다란 실을 종종 바라보았다. 그 실은 차가운 주머니와 함께 위 위에서 꿈틀꿈틀 날카롭게 맥을 치고 있었다.

추운 아침. 살아 있는 뼈를 못 움직이네

十九

나는 이 마음을 어떻게 형용해야 좋을지 모르겠다.

힘을 직업으로 하는 씨름선수가 손을 맞잡고 버티고 서서 힘겨루기를 할 때, 씨름판 한가운데 선 그들의 모습은 뜻밖에도 조용하고 차분하다. 그러나 그 배는 1분도 지나지 않아서 굉장한 물결을 위아래로 그리지 않으면 안 된다. 그리고 뜨거워 보이는 땀방울이 몇 줄기고 등을 흘러내린다.

가장 안전하게 보이는 그들의 자세는 이 물결과 이 땀이 힘겹게 가져다주는 노력의 결과다. 조용함은 상극하는 피와 뼈가 간신히 평균을 얻은 것의 상징이다. 이를 호살의 평화[105]라고 한다. 이삼십 초 동안 현상을 유지하기 위해서 그들이 얼마만큼의 기백을 소모해야 하는지를 생각해보면, 보는 사람은 그제야 비로소 잔혹하다는 느낌이 일어나리라.

자활을 꾀하기에 분주한 동물로서 삶을 영위한다는 한 가지

---

105) 互殺의 和. 두 힘이 팽팽하게 맞서 평화롭게 보인다는 뜻.

점에서 바라본 인간은, 그야말로 이 씨름선수처럼 괴로운 것이다. 우리는 평화로운 가정의 가장으로서 적어도 의식의 만족을 우리와 우리의 처자에게 주기 위해 이 씨름선수와 같은 정도의 긴장에 안주한 채 자신과 세상 사이에서 호살의 평화를 찾아내려 힘쓰고 있다. 밖에 나가서 웃는 나의 얼굴을 거울에 비춘다면, 그렇게 해서 그 웃음 속에서 살벌한 기운에 넘치는 자신을 발견한다면, 그리고 그 웃음에 수반된 무시무시한 배의 물결과 등의 땀을 상상한다면, 마지막으로 그 씨름처럼 1분도 지나지 않아서 무승부를 기대할 의망도 없이 나의 필사적인 노력을 목숨이 있는 한은 평생 계속할 수밖에 없다는 괴로운 사실에 생각이 이른다면, 우리는 신경쇠약에 걸릴 만큼 극도로 우리의 정력을 소모하기 위해 나날이 살고 다달이 살아가는 것이라고까지 말하고 싶어질 것이다.

이처럼 단순하게 자활자영(自活自營)의 입장에 서서 둘러본 세상은 모두가 적이다. 자연은 공평하고 냉혹한 적이다. 사회는 부정(不正)하고 인정이 있는 적이다. 만약 타인 대 나의 관념을 극단으로까지 끌고간다면 벗도 어떤 의미에서는 적이며, 처자도 어떤 의미에서는 적이다. 그렇게 생각하는 자신조차 하루에 몇 번이고 자신의 적이 되어간다. 피곤해도 그칠 수 없는 싸움을 지속하며 그 속에서 홀로 고독하게 늙어가는 자는 비참하다고 평할 수밖에 달리 평할 방법이 없다.

낡은 불평을 되풀이하지 말라는 목소리가 자꾸만 들려왔다. 지금도 들린다. 그것을 흘려듣고 낡은 불평을 되풀이하는 것은,

뼈저리게 그렇게 느꼈기 때문만이 아니라, 그렇게 느낀 마음을 갑자기 병이 찾아와서 전복시켰기 때문이다.

피를 토한 나는 씨름판 위에서 쓰러진 씨름선수와 마찬가지였다. 자활을 위해서 싸울 용기는 물론, 싸우지 않으면 죽는다는 의식조차 가지고 있지 않았다. 나는 그저 천장을 향해 누워 가느다란 숨을 간신히 쉬며 무서운 세상을 멀리로 바라보았다. 병이 침상 주위를 병풍처럼 둘러쳐 차가운 마음을 따뜻하게 해주었다.

이전까지는 손뼉을 치지 않으면 우리 하녀조차 얼굴을 내밀지 않았다. 남에게 청하지 않으면 용무를 처리하지 못했다. 아무리 하려고 조바심을 쳐도 준비가 갖춰지지 않는 경우가 많았다. 그것이 병에 걸리자 단번에 바뀌었다. 나는 누워 있었다. 말없이 누워 있을 뿐이었다. 그러자 의사가 왔다. 사원이 왔다. 아내가 왔다. 심지어는 간호부가 둘 왔다. 그리고 내가 의지를 드러내기도 전부터 모두가 알아서들 왔다.

〈안심하고 요양하라〉는 전보가 만주에서, 피를 토한 이튿날에 왔다. 생각지도 못했던 지기와 벗이 갈마들며 머리맡으로 왔다. 어떤 자는 가고시마(鹿児島)에서 왔다. 어떤 자는 야마가타(山形)에서 왔다. 또 어떤 자는 눈앞에 닥친 결혼을 연기하고 왔다. 나는 이 사람들에게 어떻게 왔느냐고 물었다. 그들은 모두 신문을 통해서 나의 병을 알고 왔다고 말했다. 자리에 누운 나는 천장을 바라보며 세상 사람은 모두 나보다 친절하다고 생각했다. 살아가기 어렵다고만 보았던 세계에 갑자기 따뜻한 바람이 불었다.

마흔을 넘긴 사내, 자연스럽게 도태되려 했던 사내, 이렇다 할 과거를 갖지 못한 사내에게 분주한 세상이 이 정도로 수고와 시간과 친절을 베풀어주리라고는 꿈에도 기대하지 못했던 나는 병에서 되살아남과 동시에 마음도 되살아났다. 나는 병에게 감사했다. 또 나를 위해서 이 정도로 수고와 시간과 친절을 아끼지 않은 사람들에게 감사했다. 그리고 모쪼록 선량한 사람이 되었으면 좋겠다고 생각했다. 그리고 이 행복한 나의 생각을 깨려는 자를 영원한 적으로 삼겠다고 마음속으로 다짐했다.

말 위의 청년도 늙어
거울 속 백발 새롭구나
다행히도 천자의 나라에 태났으니
바라건대 태평한 백성이 되고 싶네

二十

투르게네프 이상의 예술가로서 유력한 방면의 존경을 새로이 받아가고 있는 도스토옙스키에게는, 사람들이 알고 있는 것처럼 어렸을 때부터 간질에 의한 발작이 있었다. 우리 일본인은 간질이라고 하면 그저 하얀 서품을 연상하는 데 지나지 않지만, 서양에서는 예로부터 이를 신성한 병106)이라고 불렀다. 이 신성한 병이 엄습할 때, 혹은 그 조금 전에 도스토옙스키는 평범한

---

106) 영어로는 sacred malady라고 한다. 이를 직역하면 신성한 병이라는 뜻.

사람이 위대한 음악을 들어야 비로소 도달할 수 있는 것과 같은 일종의 미묘한 쾌감에 지배당했다고 한다. 그것은 자신과 외계가 원만하게 조화를 이룬 경지로, 마치 천체의 끝에서 무한한 공간으로 발이 미끄러져 떨어진 것 같은 기분이라고 들었다.

'신성한 병'에 걸린 적이 없는 나는 불행하게도 이 나이가 되도록 그런 정취에 한순간이라도 사로잡힌 기억을 가지고 있지 못하다. 단지 커다란 토혈 뒤 오륙일─지났을까 말았을까 했을 때 가끔 어떤 종류의 정신 상태에 빠졌다. 이후부터는 매일처럼 같은 상태를 반복했다. 마침내는 오기도 전부터 그것을 예기하게 되었다. 그래서 나와는 관계가 먼 도스토옙스키가 누렸다고 하는 신비한 환희를 은밀히 상상해보았다. 그것을 상상하거나 떠올릴 정도로 나의 정신 상태는 심상함을 뛰어넘어 있었기 때문이었다. 드 퀸시[107]가 자세하게 기록으로 남긴 놀라운 아편의 세계도 나의 연상에 떠올랐다. 하지만 독자의 심안을 현혹하기에 충분할 만큼 요염하고 화려한 그의 서술이, 둔탁한 색을 가진 경멸해야 할 원료에서 인공적으로 태어난 것이라는 생각이 들자 그것을 나의 정신 상태와 비교하기가 갑자기 싫어졌다.

나는 당시 10분 동안 계속해서 사람과 이야기를 나누는 번거로움을 느꼈다. 목소리가 되어 귀에 울리는 공기의 파동이 마음에 전해져 평온한 기분을 새삼스레 술렁이게 만드는 듯 여겨졌

---

107) De Quincey(1785~1859). 영국의 수필가. 『어느 영국인 아편 중독자의 고백』의 저자.

다. 침묵은 금이라는 옛말이 떠올라 그저 위를 본 채 누워 있었다. 고맙게도 방의 차양과 맞은편 3층의 지붕 사이로 파란 하늘이 보였다. 그 하늘이 가을 이슬에 씻기며 점차 높아져가는 계절이었다. 나는 말없이 그 하늘을 바라보는 것을 일과처럼 여겼다. 아무 일도 없고 아무 것도 없는 이 하늘은 그 고요한 그림자를 기울여 모두를 내 마음에 비추었다. 그리고 내 마음에도 아무 일도 일어나지 않았다, 또 아무 것도 없었다. 2개의 투명한 것이 꼭 들어맞았다. 들어맞아 내게 남은 것은 표묘(縹緲)함이라고 형용해도 좋을 기분이었다.

잠시 후 평온한 마음의 구석이 어느 틈엔가 희미하게 번지고 그곳을 비추는 의식의 빛깔이 흐려졌다. 그러면 베일과도 같은 안개가 가볍게 전면을 향해 빈틈없이 퍼져갔다. 그리고 의식 전체가 여기도 저기도 희박해졌다. 그것은 보통의 꿈처럼 선명한 것이 아니었다. 평범한 자각처럼 혼잡한 것도 아니었다. 또 그 중간에 자리하고 있는 묵직한 그림자도 아니었다. 혼이 몸에서 빠져나간다고 해서는 이미 어폐가 있다. 영이 가느다란 신경의 말단에까지 널리 퍼져 진흙으로 이루어진 육체의 내부를 가볍고 깨끗하게 함과 동시에 관능의 실제 감각에서 아득히 멀어지게 만든 듯한 상태였다. 나는 내 주위에서 무슨 일이 일어나고 있는지를 자각했다. 동시에 그 자각이 요조(窈窕)해서 지상의 냄새를 띠지 않는 일종의 특별한 것이라는 사실을 알았다. 방바닥 아래로 물이 흘러 다다미가 저절로 떠오르듯, 나의 마음은 내가 깃들어 있는 몸과 함께 이불에서 떠올랐다. 좀 더 정확히 말하자면 허리와 어깨와 머리에 닿은 딱딱한 요는 어딘가로 가버렸는데도 마음과 몸은 원래의 자리에 편안히 떠 있었다. 발작 전에 일어나는 도스토옙스키의 환희는, 순간을 위해서 10년 혹은 평생의 목숨을 걸어도 좋을 만한 성질의 것이라고 들었다. 나의 그것은 그처럼 강렬한 것은 아니었다. 오히려 황홀하고 희미한 정취를 생활의 전면에 가볍고 깊게 새겨놓고 떠날 뿐이었다. 따라서 내게는 도스토옙스키가 받았던 것과 같은 우울성의 반동은 오지 않았다. 나는 아침부터 종종 이런 상태에 들어갔다. 정오가 지나서도 곧잘 이 넘실거림을 맛보았다. 그리고 깨어났을 때는 언제나 그 즐거운 기억을 품어 행복의 기념으로 삼았을 정도였다.

도스토옙스키가 누릴 수 있었던 경계는 생리상 그의 병이 막 오려는 예언이었다. 생을 반으로 옅게 한 나의 흥치(興致)는 단순한 빈혈의 결과였던 듯하다.

　반듯이 누운 사람 벙어리처럼
　말없이 넓은 하늘을 보네
　너른 하늘에 구름 움직이지 않고
　종일 아득히 서로가 하나이네

二十一

같은 도스토옙스키도 역시 죽음의 문턱까지 끌려갔다가 간신히 뒷걸음질을 칠 수 있었던 행복한 사람이다. 그러나 그의 목숨을 앗으려 했던 재앙은 나의 경우처럼 악랄한 병이 아니었다. 그는 사람의 손으로 만들어진 법이라는 기계의 적이 되어 심장을 관통당할 뻔했던 것이다.

그는 자신의 클럽에서 시사를 논했다. 부득이한 경우에는 오직 봉기만이 있을 뿐이라고 외쳤다. 그리고 사로잡혔다. 8개월이라는 긴 시간 동안 어두컴컴한 감옥의 햇빛 속에 머물다 그는 파란 하늘 아래로 끌려나가 새로이 형단 위에 섰다. 그는 자신에 대한 선고를 받기 위해 21번째의 서리에 셔츠 한 장 입은 알몸으로 언도가 끝나기를 기다렸다. 그리고 총살에 처한다는 한마디를 갑자기 고막에 받아들였다. '정말 목숨을 잃는 걸까?'라는 말은 자신의 귀를 믿을 수 없었던 그가 곁에 서 있던 동료 수감자에게 물은 것이다. ……하얀 수건을 신호로 흔들었다. 병사는 조준을 마친 총구를 아래로 내렸다. 도스토옙스키는 그렇게 해서 법률이 둥글게 빚은 뜨거운 납덩어리를 맞지 않고 넘어갈 수 있었던 것이다. 그 대신 4년이라는 세월을 시베리아의 벌판에서 생활했다.

그의 마음은 생에서 사로 갔으며, 사에서 다시 생으로 돌아와 1시간도 되지 않는 동안에 재삼 날카로운 곡절을 그렸다. 그리고 그 세 단락이 세 단락 모두 타협을 용납하지 않는 강한 각도로 연결되었다. 그 변화만으로도 놀라운 경험이다. 살아 있다고 굳게 믿고 있던 자가 갑자기 지금부터 5분 뒤에 죽을 것이라고 하면, 이미 죽을 것이라고 결정된 뒤부터 여전히 남아 있는 5분

동안의 목숨을 들고 바야흐로 찾아올 죽음을 맞이하기 위해 4분, 3분, 2분이라고 의식하며 나아갈 때, 그리고 들이닥쳤다 싶었던 죽음이 홀연 공중제비를 돌아 새로이 삶이라고 이름 붙여질 때, ―나처럼 신경질적인 사람은 이 3면상 가운데 하나조차도 견딜 수 없을 것이라 여겨진다. 실제로 도스토옙스키와 운명을 같이했던 수감자 가운데 한 명은 이 일 때문에 그 자리에서 정신이 이상해져버리고 말았다.

그럼에도 불구하고 회복기로 향하던 나는 병상 위에 누운 채 종종 도스토옙스키를 생각했다. 특히 그가 죽음의 선고에서 되살아난 최후의 1막을 눈에 그려보았다. ―차가운 하늘, 새로운 형단, 형단 위에 선 그의 모습, 셔츠 한 장만 입은 채 떨고 있는 그의 모습, ―전부 선명한 상상의 거울에 비쳤다. 오직 하나, 그가 사형에서 벗어났다고 자각한 순간의 표정이 아무래도 선명하게 비치지 않았다. 게다가 나는 오로지 그 순간의 표정이 보고 싶어서 모든 화면을 만들어가고 있었던 것이다.

나는 자연의 손에 걸려서 죽을 뻔했다. 실제로 짧은 동안 죽어 있었다. 나중에 당시의 기억을 불러낸 다음 곳곳의 구멍을 아내에게서 들은 이야기로 다시 메꾸고 나서야 마침내 온전히 완성된 구도를 되돌아보고 이른바 섬뜩함이라는 감정에 휩싸이지 않을 수 없었다. 그 두려움에 비례해서, 오랜 시간에 걸쳐 잃어가던 목숨을 단번에 건진 기쁨은 또한 특별한 것이었다. 이 죽음, 이 삶에 수반된 두려움과 기쁨이 종이의 앞뒤처럼 겹쳐졌기에 나는 연상작용으로 늘 도스토옙스키를 떠올린 것이었다.

'만약 마지막 한 마디를 빠뜨렸다면 나는 결코 제정신으로는 있을 수 없었을 것이다.'라고 그 자신이 이야기했다. 정신이 이상해질 정도의 긴장을 다행히도 겪지 않고 지난 나로서는, 그의 두려움과 기쁨의 정도를 헤아릴 수 없다고 말하는 편이 오히려 적당할지도 모르겠다. 그렇기 때문에 화룡점정이라고도 할 수 있는 중요한 찰나의 표정을 아무리 상상해보아도 막연해서 눈앞에 그려볼 수 없는 것이리라. 운명의 금종108)을 느꼈다는 점에서 도스토옙스키와 나 사이에는 거의 시와 산문 정도의 차이가 있다.

그럼에도 불구하고 나는 종종 도스토옙스키를 상상하기를 그치지 않았다. 그리고 차가운 하늘과 새로운 형단과 형단 위에 선 그의 모습과 셔츠 한 장만 입은 채 떨고 있는 그의 모습을 오락가락 끈질기게 그려보기를 그치지 않았다.

나는 이 상상의 거울도 언제부턴가 흐려지기 시작했다. 동시에 되살아난 나의 기쁨이 나날이 내게서 멀어져간다. 그 기쁨이 늘 내 곁에 있다면, ─도스토옙스키는 자신의 행복에 대해서 평생 감사하기를 잊지 않은 사람이었다.

二十二

나는 까무룩 까무룩 하다가 어느 틈엔가 꿈에 빠져들었다.

---

108) 擒縱. 포로로 사로잡음과 용서하여 놓아줌.

그러다 잉어가 튀어오르는 소리에 퍼뜩 눈을 떴다.

내가 누워 있던 2층 방의 바로 아래는 안뜰의 연못이었는데 속에서 잉어를 많이 기르고 있었다. 그 잉어가 5분에 한 번 정도는 반드시 높은 소리를 울리며 텀벙 물을 때렸다. 낮 동안에도 가끔은 귀에 들어왔다. 밤에는 특히 심했다. 옆방도 아래층의 목욕탕도 맞은편의 3층도 뒷산도 전부 고요함에 잠긴 속에서 나는 끊임없이 이 소리에 눈을 떴다.

개의 잠이라는 영어[109]를 안 것이 언제 적 옛날이었는지는 잊어버렸지만 개의 잠이라는 의미를 실제로 경험한 것은 이 무렵이 처음이었다. 나는 개의 잠 때문에 밤마다 시달렸다. 마침내 잠이 들어 고맙다고 생각할 틈도 없이 바로 눈이 떠져, 하늘은 아직 밝지 않았을까, 몇 번이고 새벽을 기다렸다. 침상에 묶인 사람이 고요한 한밤중에 오직 홀로 살아 있는 길이는 의외로 긴 것이었다. ─잉어가 기세 좋게 물을 갈랐다. 자신이 그린 물결 위를 때리는 꼬리의 소리에 나는 눈을 떴다.

방 안은 저녁보다 더욱 어두운 빛으로 밝혀져 있었다. 천장에서부터 늘어져 있는 전기등의 전구는 검은 천으로 빈틈없이 덮개가 되어 있었다. 약한 불빛이 이 검은 천의 눈 사이로 새어 나와 희미하게 8첩 방을 비췄다. 그리고 그 희미한 불빛에 새하얀 옷을 입은 사람이 둘 앉아 있었다. 두 사람 모두 말을 하지 않았다. 두 사람 모두 움직이지 않았다. 두 사람 모두 무릎 위에 손을 얹고 서로의 어깨를 나란히 한 채 가만히 있었다.

---

109) dogsleep을 말한다. 선잠, 풋잠이라는 뜻.

검은 천으로 감싼 전구를 보았을 때 나는 얇은 비단으로 금박을 감은 조기의 깃봉을 떠올렸다. 이 상장(喪章)과 관계있는 전구 속에서 나오는 광선에 희미하게 비춰진 백의의 간호부는 조용하다는 점에 있어서, 얌전하다는 점에 있어서 유령의 아기처럼 보였다. 그리고 그 아기는 필요가 있을 때마다 침묵을 지킨 채 반드시 움직였다.

　　나는 목소리도 내지 않았다. 부르지도 않았다. 그래도 내가 누워 있는 위치에 조금이라도 변화가 있으면 그들은 틀림없이 움직였다. 손을 담요 속에서 머뭇거려도, 어깨를 오른쪽에서 왼쪽으로 조금 흔들어도, 머리를—머리는 눈을 뜰 때마다 늘 찌릿했다. 혹은 찌릿하기에 눈을 뜬 것인지도 몰랐다. —그 머리를 베개 위해서 한 치만 비켜도, 혹은 다리—다리는 곧잘 잠에서 깨는 원인이 되었다. 평소의 버릇대로 가끔 한쪽을 다른 한쪽 위에 겹친 채 까무룩 잠이 들면 아래에 있는 쪽의 뼈가 단무지의 누름돌이라도 얹어놓은 것처럼 욱신욱신 아파서 눈이 떠졌다. 그리고 나는 반드시 강한 아픔과 무게를 참으며 발의 위치를 바꾸지 않으면 안 되었다. —이들 온갖 경우에 나의 변화에 응해서 하얀 옷이 움직이지 않는 일은 결코 없었다. 때로는 나의 동작을 예기해서 그쪽이 먼저 움직이리라 여겨지는 경우도 있었다. 때로는 손도 발도 머리도 움직이지 않았는데 잠이 다해서 눈을 뜨기만 하면 하얀 옷은 바로 얼굴 옆으로 왔다. 나는 하얀 옷을 입고 있는 여자의 마음을 조금도 알 수가 없었다. 그러나 하얀 옷을 입고 있는 여자는 나의 마음을 잘 알고 있었다. 그리고 그림자가 실체를 따르듯 변화했다. 울림이 물체에 응하듯 작동했다. 검은 천의 눈에서 새어나오는 희미한 빛 아래서 새하얀 옷을 입은 여자가 내 육체보다 앞서 조심조심, 그것도 규칙적으로 내 마음에 따라 움직이는 것은 섬뜩한 일이었다.

나는 이 으스스한 기분을 안은 채 눈을 뜸과 동시에 눈에 비치는 방의 천정을 멍하니 바라보았다. 그리고 검은 천으로 감싼 전기등의 전구와 그 검은 천의 눈 사이로 빠져나오는 빛에 비춰진 하얀 옷을 입은 여자를 보았다. 시야에 들어왔을까 말았을까 한 순간에 하얀 옷이 움직여 내 곁으로 다가왔다.

가을바람 나무마다에서 울고
산속의 비 높다란 누를 흔드네
병자의 뼈 날카롭기 검과 같고
한 점 푸른 등불 생각에 잠기려 하네

二十三

나는 호의가 말라비틀어져버린 사회에 존재하는 자신을 참으로 불안하다고 느꼈다.

타인이 나에 대해서 상응하는 의무를 다해주는 것은 물론 고마운 일이다. 그러나 의무라는 것은 일에 충실하다는 의미이지, 사람을 상대로 해서 하는 말도 그 무엇도 아니다. 따라서 의무의 결과를 입는 나는 고맙다고 생각하면서도 의무를 다한 상대방에게 감사의 마음을 품기는 어렵다. 그러나 호의인 경우에는 상대방의 동작, 일거수일투족이 전부 나를 목적으로 해서 움직이는 것이기에 살아 있는 나에게 그 일거수일투족이 전부 영향을 준다. 거기에 서로를 잇는 따뜻한 실이 있어서 기계적인 세상을 미덥게 만들어준다. 전차를 타고 한 구간을 삽시간에 달리기보다 사람의 등에 업혀서 얕은 여울을 건너는 편이 정이 더 깊다.

의무조차 순수하게 다해주는 사람이 없는 세상 속에서, 또 자신의 의무조차 제대로 다하지 않는 세상 속에서, 이런 사치스러운 말을 늘어놓는 것은 과분한 일이다. 그 점을 알고는 있지만 나는 호의가 말라비틀어져버린 사회에 존재하는 자신을 참으로 불안하다고 느꼈다. ─어떤 사람이 쓴 글 속에, 너무나도 야박한 세상이기에 자가용차를 절약하는 것처럼 당분간은 양심을 전당포에 맡겼다고 되어 있었는데, 전당포에 맡기는 것은 원래 일시적인 융통을 꾀하는 편의에 지나지 않는다. 지금의 대다수는 전당포에 넣을 만한 호의조차 애초부터 가지고 있는 자가 적은 듯 보였다. 아무리 여유가 생겨도 되찾으리라고는 여겨지지 않았다. 이렇게 깨닫고는 있었으나 역시 호의가 말라비틀어져버린 사회에 존재하는 자신을 불안하다고 느꼈다.

지금의 청년은 붓을 잡아도, 입을 열어도, 몸을 움직여도 하나같이 '자아 주장'을 근본의로 삼고 있다. 그 정도로 세상은 팍팍해져 있는 것이다. 그 정도로 세상은 지금의 청년을 학대하고 있는 것이다. '자아 주장'을 그대로 들으면 얄미운 주장이 많다.

그러나 그들로 하여금 굳이 이 '자아 주장'을 거리낌 없이 하게 까지 몰아붙인 것은 지금의 세상이다. 특히 지금의 경제사정이다. '자아 주장'의 배후에는 목을 매달거나 몸을 던지거나 하는 것과 같은 정도로 비참한 번민이 포함되어 있다. 니체는 나약한 사내였다. 병에 자주 걸리는 사람이었다. 또 고독한 서생이었다. 그랬기에 차라투스트라는 그렇게 외친 것이었다.

이렇게 해석하고 있기는 하지만 여전히 나는 늘 호의가 말라 비틀어져버린 사회에 존재하는 나를 불안하다고 느꼈다. 내가 남에게 불안하게 행동하고 있음에도 불구하고 스스로를 불안하다고 느꼈다. 그리고 병에 걸렸다. 그리고 병이 깊어진 동안 이 불안함을 어딘가에 잃어버렸다.

간호부는 50그램의 죽을 컵 속에 담고 그것을 도미 된장국과 섞어서 한 숟가락씩 내 입으로 날라주었다. 나는 참새 새끼나 까마귀 새끼 같은 마음이 들었다. 의사는 병이 멀어져감에 따라서 거의 5일쯤 정도마다 나의 식사를 위해서 식단표를 만들었다. 어떨 때는 3종류, 4종류나 만들어서 그것을 비교해보고 환자에게 가장 좋을 만한 것을 고른 뒤, 나머지는 그냥 휴지로 만들었다.

의사는 직업이다. 간호부도 직업이다. 사례도 받고 보수도 얻는다. 공짜로 돌봐주는 것은 물론 아니다. 그들을 두고 단지 금전을 얻기에 그 의무에 충실한 것일 뿐이라고 해석한다면 그것은 참으로 기계적이고 노골적인 이야기다. 그러나 그들의 의무 속에 절반의 호의를 용해시켜 그것을 환자의 눈으로 들여다보면 그들의 행위가 얼마나 존귀해지는지 모른다. 환자는 그들이 가져다주는 한 점의 호의에 의해서 갑자기 살아나기 때문이다. 나는 당시 그렇게 해석하고 혼자서 기뻐했다. 그런 해석을 받은 의사와 간호부도 기뻤으리라 여겨진다.

　어린아이와 달리 어른은 오히려 하나의 일을 열 가지 스무 가지 무늬로 이루어진 것처럼 바라보는 힘이 있기 때문에 생활의 기초가 되는 순결한 감정을 마음껏 흡수하는 경우가 매우 적다. 정말로 기뻤다, 정말로 고마웠다, 정말로 존귀했다고 평생에 몇 번이나 생각했는가 헤아려보면 몇 번 되지 않는다. 설령 순결하지는 않다 할지라도 내게 활력을 불어넣어준 당시의 이 감정을 나는 그대로 오래 나의 심장 한가운데 보존하고 싶다. 그리고 이 감정이 머지않아 단순한 한 조각의 기억으로 바뀌어버릴 듯하다는 것이 참으로 두렵다. ─호의가 말라비틀어져버린 사회에 존재하는 자신을 매우 불안하다고 느끼기 때문이다.

천하에 스스로 일이 많고
천하의 바람에 흔들리네
깊은 가을 백발을 슬퍼하며
병들고 쇠하여 총안을 꿈꾸네
새를 보낸 하늘 끝이 없고
구름을 보니 길은 그지없네
남은 나의 뼈 존귀하니
삼가 함부로 문질러 무지러뜨리지 말라

어렸을 때 집에 그림이 오륙십 폭 정도 있었다. 어떤 때는 방의 장식공간 앞에서, 어떤 때는 창고 속에서, 또 어떤 때는 거풍(擧風)할 때, 나는 번갈아가며 그것을 보았다. 그리고 족자 앞에 혼자 쭈그리고 앉아 말없이 시간 보내기를 즐겼다. 지금도 장난감 상자를 뒤엎어놓은 것처럼 색채가 어지러운 연극을 보는 것보다 내 마음에 든 그림을 대하고 있는 편이 훨씬 더 기분이 좋다.

그림 가운데서는 색채를 사용한 남화가 가장 재미있었다. 안타깝게도 우리 집에서 소장하고 있는 족자 가운데는 그 남화가 적었다. 어린아이였기에 그림의 교졸(巧拙) 같은 건 물론 알리가 없었다. 좋다, 싫다 정도여서 구도 상에 내 마음에 드는 천연의 색이나 형태가 나타나 있으면 그것으로 기뻤던 것이다.

감식에 대한 수양을 쌓을 기회를 갖지 못했던 나의 취미는 그 후 이렇다 할 새로운 변화를 얻지 못한 채 생장했다. 그랬기에 산수에 따라서 그림을 사랑하는 폐는 있었을 테지만, 이름으로 그림을 논한다는 비난도 받지 않을 수 있었다. 마침 그림과 비슷한 시기에 내 기호에 오른 시와 마찬가지로 그 어떤 대가의 붓에 의한 것이라도, 제아무리 오래된 것이라도 내 마음에 들지 않으면 전혀 돌아볼 마음이 들지 않았다. (나는 한시의 내용을 셋으로 나누어 그 한 부분을 매우 사랑함과 동시에 다른 한 부분을 크게 폄하하고 있다. 나머지 3분의 1에 대해서는 좋아해야 할지 싫어해야 할지 어떤 의견도 가지고 있지 않다.)

언젠가 파랗고 둥근 산을 맞은편에 둔, 그리고 희고 선명하게 매화를 정원에 심은, 그리고 자줏빛 문 정면을 흐르는 시내가 울타리를 따라 느슨하게 둘린 집을 보고―물론 화폭 속에― 평생에 한 번이라도 좋으니 이런 곳에서 살아보고 싶다고 옆에 있는 친구에게 말한 적이 있었다. 친구가 나의 진지한 얼굴을 빤히 바라보며, 자네 이런 곳에서 살면 얼마나 불편한지 알고 있는가 하고 자못 딱한 사람이라는 듯 말했다. 이 친구는 이와테 (岩手) 사람이었다. 나는 그렇구나 하며 처음으로 나의 경솔함을 부끄러워함과 동시에, 나의 풍류심에 진흙을 발라버린 친구의 실제적인 면을 미워했다.

그건 24, 5년이나 전의 일이었다. 그 24, 5년 동안 나도 어쩔 수 없이 이와테 출신 친구처럼 점차 실제적이 되어버렸다. 벼랑을 내려가 계곡으로 물을 뜨러 가기보다는 부엌에 수도를 들이는 편이 더 좋아졌다. 그래도 남화를 닮은 기분은 종종 꿈속을 찾아왔다. 특히 병에 걸려 누워 있게 된 뒤부터는 끊임없이 아름다운 구름과 하늘이 가슴에 그려졌다.

그런데 고미야(小宮) 군이 우타마로[110]의 니시키에[111]를 인쇄한 엽서를 보내주었다. 나는 그 색조가 오랜 세월에 걸쳐 저절로 멋스럽게 바랜 것에 마음을 빼앗겨 눈을 떼지 않고 그것

---

110) 歌麿(1753~1806). 에도 시대에 활약한 일본의 화공.
111) 錦絵. 에도 시대 중기에 확립된 출판사, 화공, 조각사, 인쇄업자 등 4자 분업에 의한 목판화의 완성형태를 말한다.

을 바라보았는데, 문득 뒷면을 돌려보니, 나는 이 그림 속에 있는 것 같은 사람으로 태어나고 싶다나 어쨌다나, 당시의 내 정조와는 조금도 비슷하지 않은 내용이 적혀 있었기에, 이런 끈끈한 호색꾼은 싫다, 나는 따뜻한 가을빛과 그 빛깔 속에서 나오는 자연의 향이 좋다고 답해달라고 곁에 있는 사람에게 부탁했다. 그런데 이번에는 고미야 군 자신이 머리맡에 앉아 자연도 좋지만 인간의 배경으로 있는 자연이 아니면, 이러쿵저러쿵 환자를 향해서 진부한 설을 토하기 시작하기에 나는 고미야 군을 붙들고 자네는 풋내기라고 꾸짖었다. —그 정도로 병중의 나는 자연을 그리워했다.

하늘이 하늘 속 깊이 잠긴 것처럼 맑았다. 높은 해가 파란 곳을 시선이 닿는 한 비췄다. 나는 그 반사된 빛이 대지에 가득한 속에서 가만히 홀로 따뜻했다. 그리고 눈앞에 무리지어 있는 수많은 고추잠자리를 보았다. 그리고 일기에 적었다. — '사람보다 하늘, 말보다 침묵. ……어깨로 와서 사람 그립구나 고추잠자리'

이것은 도쿄에 돌아온 이후의 정경이다. 도쿄에 돌아온 뒤에도 한동안은 아름다운 자연의 그림이 어렸을 때와 마찬가지로 끊임없이 나를 지배하고 있었던 것이다.

가을 이슬 남쪽 계곡에 내리고
누른 꽃 환히 얼굴을 비추네
계곡을 따라 멀리 가기를 바랐으나
오히려 구름과 함께 돌아왔네

二十五

　아이들이 왔으니 만나보라고 아내가 귀 옆에 입을 대고 말했다. 몸을 움직일 힘이 없었기에 나는 원래의 자세대로 그저 시선만을 그쪽으로 옮겼는데 아이들은 베개에서 6자 정도 떨어진 곳에 앉아 있었다.

　내가 누워 있던 8첩 방에 딸린 장식공간은 내 발 쪽에 있었다. 나의 머리맡은 옆방과의 사이에 놓여 있는 장지문으로 절반쯤 막혀 있었다. 나는 좌우로 열린 장지문 사이로 문턱 너머의 우리 아이들을 본 것이었다.

　머리 위쪽에 있는 사람을, 방을 사이에 두고 보아야 하는 시선이 부자연스러운 노력을 필요로 한 탓일까, 그곳에 앉아 있는 아이들의 모습이 의외로 멀게 보였다. 힘겨운 일별(一瞥)에 의해 내 눈동자에 비친 얼굴은, 만났다고 쓰기보다는 오히려 바라보았다고 적는 편이 적당할 정도로 떨어져 있었다. 나는 이 일별 외에 아이들의 모습을 다시 보지 않았다. 나의 눈동자는 곧 자연스러운 각도로 돌아왔다. 그러나 나는 이 일별의 짧은 동안에 모든 것을 보았다.

　아이들은 3명 있었다. 열둘에서 열, 열에서 여덟 살로 순서에 따라 일렬로 옆방의 한가운데에 늘어앉아 있었다. 그리고 3명 모두 여자아이였다. 그들은 미래의 건강을 위해서 한 번의 여름을 지가사키에서 지내라고 부모로부터 명령을 받아 형제 다섯이서 어제까지 해변을 내달리고 있었다. 아버지가 위독하다는 소식을 받고 친척을 따라 일부러 모래 깊은 조그만 솔숲을 떠나 슈젠지까지 문안을 온 것이었다.

그러나 위독이 무엇을 의미하는지를 알기에 그들은 너무나도 어렸다. 그들은 죽음이라는 이름을 기억하고 있었다. 그러나 죽음의 두려움과 무서움은 그들의 어린 얼굴 안쪽에 지금껏 그림자조차 드리운 적이 없었다. 죽음에 사로잡힌 아버지의 몸이 지금부터 어떻게 변화해나갈지 그들은 상상할 수 없었다. 아버지가 죽고 난 뒤에 그들의 운명에 어떤 결과가 찾아올지, 그들은 물론 생각할 수도 없었다. 그들은 단지 사람을 따라서 아버지를 병문안하기 위해 아버지가 와 있는 곳까지 기차를 타고 온 것이었다.

그들의 얼굴에는 이 만남이 마지막일지도 모른다는 근심의 표정이 전혀 없었다. 그들은 부녀의 슬픈 이별 이상으로 천진한 얼굴을 가지고 있었다. 그리고 여러 사람들이 있는 가운데 3사람이 특별한 자리에 나란히 앉혀져 엄숙한 분위기에 얌전히 예의바르게 있어야 하는 갑갑함을 괴롭게 느끼는 듯 여겨졌다.

나는 단지 일별의 노력으로 그들을 보았을 뿐이었다. 그리고 병을 이해하지 못하는 가련하고 어린 것들을 일부러 멀리까지 끌고와서 머리맡에 얌전히 앉혀놓은 것을 오히려 잔혹하다고 생각했다. 아내를 불러 기껏 왔으니 부근을 구경시켜주라고 명했다. 만약 그때 내게 어쩌면 이것이 부녀의 마지막 만남이 될지도 모른다는 근심이 있었다면 나는 그들의 모습을 조금 더 차분히 바라보았을지도 몰랐다. 그러나 의사나 주위 사람들이 나에 대해서 품고 있던 것 같은 위험을 나는 내 병에서 느끼지 못했던 것이다.

아이들은 곧 도쿄로 돌아갔다. 일주일쯤 지나서 그들은 각자 문안편지를 써서, 그것을 하나의 봉투에 담아 내가 머물고 있는 여관으로 보냈다. 12살이 된 후데코의 편지는 네모난 글자를 넣은, 반듯하지 않은 문어체로 〈할머니께서 비가 오나 바람이 부나 매일매일 하루도 빼먹지 않고 부처님을 찾아가는 백일기도로 아버지의 병이 하루라도 빨리 완치되기를 기원하고 계시며, 또 다카다(高田)의 큰어머님은 어딘가의 신사로 참배를 가신다고 하옵니다. 기요미, 무메 등 세 사람은 매일 고양이의 무덤에 물을 갈아주고 꽃을 꽂아 아버지께서 얼른 완치되시기를 빌고 있사옵니다.〉라고 적혀 있었다. 10살이 되는 쓰네코의 것은 평범했다. 8살인 에이코의 것은 전부 가타카나만으로 적혀 있었다. 글자를 채워넣어 읽기 편하게 하면 〈아버지의 병은 어떠십니까? 저는 아무 일 없이 지내고 있으니 안심하십시오. 아버지도 저의 일은 걱정 마시고 병을 얼른 고쳐서 얼른 돌아오십시오. 저는 매일 쉬지 않고 학교에 다니고 있습니다. 그리고 어머니께도 말씀 전해주십시오.〉라는 내용이었다.

나는 일기장의 한 장을 누운 채 찢어 거기에 아버지가 없는 동안은 얌전하게 할머니의 말씀을 잘 들어야 한다, 곧 기회가 생기면 슈젠지의 선물을 보내줄 테니, 라고 써서 바로 우편으로 아내에게 보내게 했다. 아이들은 내가 도쿄로 돌아온 뒤에도 근심 없이 놀고 있다. 슈젠지의 선물은 벌써 부서뜨려버렸으리라. 그들이 자라서 아버지의 이 글을 읽을 기회가 혹시 있다면 그들은 과연 어떤 느낌을 받을까?

　상심의 가을 이미 왔네

　토혈한 뼈 아직 남아 있네

　병에서 일어나길 기하는 날 언제일까

　석양이 마을로 돌아오네

二十六

　50그램은 우리의 2작(勺) 반밖에 되지 않는다. 겨우 그만큼의 음료로 이 몸을 하루 종일 버틴 건가 생각하면 내 스스로 가엾기도 하고 가련하기도 하다. 또 한심스럽기도 하다.

　나는 50그램의 갈탕을 공손하게 마셨다. 그리고 좌우의 팔에 조석으로 2번씩 주사를 맞았다. 팔은 양쪽 모두 바늘자국으로 덮여 있었다. 의사는 내게 오늘은 어느 쪽 팔로 하겠느냐고 물었다. 나는 어느 쪽으로도 하고 싶지 않았다. 물약을 접시에 녹이거나 그것을 주사기로 빨아들이거나, 바늘을 꼼꼼하게 닦거나, 바늘 끝에 거품처럼 가느다란 약을 머금게 해서 바라보거나 하는 주사의 준비는 매우 아름다워서 기분이 좋아졌지만, 그 바늘을 팔에 푹 찔러서 그곳에 억지로 약을 주사하는 것은 불쾌해서 견딜 수가 없었다. 나는 의사에게 대체 그 다갈색의 액은 무엇이냐고 물었다. 모리나리 씨는 푼베른인지 푼메른인지, 라고 대답하고 망설임 없이 나의 팔을 아프게 했다.

　마침내 하루에 2번의 주사가 1번으로 줄었다. 그 1번도 역시 조금 지나자 그만두게 되었다. 그리고 갈탕의 분량이 조금씩 늘기 시작했다. 동시에 입 안이 집요하게 끈적거리기 시작했다. 상쾌한 음료로 끊임없이 혀와 턱과 목구멍을 씻어내지 않고는 그냥 있을 수가 없었다. 나는 의사에게 얼음을 청구했다. 의사는 딱딱한 조각이 미끄러져 위장 속으로 떨어질 위험을 두려워했다. 나는 천장을 바라보며 복막염을 앓았던 20살 때의 옛날을 떠올렸다. 그때는 병에 좋지 않다며 모든 음식물을 금지당했었다. 그저 차가운 물로 입을 헹굴 수 있는 자유만을 의사에게서 얻었기에 나는 1시간 사이에 몇 번이고 입을 헹구게 해달라고 했다. 그리고 그때마다 사람들이 눈치 채지 못하도록 헹구는 물을 조금씩 마셔 위 속으로 보내서 간신히 타는 듯한 갈증을 달랬다.

　예전의 꾀를 되풀이할 용기가 없었던 나는 입 안을 적시기 위한 물을 이로 씹어서는 정직하게 남김없이 뱉어냈다. 그 대신 하루에 몇 번 탄산수를 한 모금씩 마시게 해주었다. 탄산수가 벌컥벌컥 소리를 내는 듯한 기세로 식도에서 위로 내려갈 때의 기분은 통쾌했다. 그러나 목구멍을 지나자마자 바로 다시 마시고 싶어졌다. 나는 한밤중에 종종 간호부에게 탄산수를 컵에 따라달라고 해서 그것을 감사하다는 듯 마셨던 당시를 잘 기억하고 있다.

갈증은 점차 잦아들었다. 그리고 갈증보다 더 끔찍한 허기가 뱃속을 헤집고 돌아다니는 듯했다. 나는 누운 채 아름다운 밥상을 몇 가지 종류고 상상으로 차려서 그것을 눈앞에 늘어놓고 즐겼다. 그것뿐만 아니라 같은 식단을 몇 인분이고 준비해서 다수의 친구들에게 그것을 상상으로 먹이며 기뻐했다. 지금 생각해보면 보통 사람들이 좋아할 만한 음식은 하나도 없었다. 이렇게 말하는 나 자신조차 그다지 반기지 않을 상차림만을 눈앞에 떠올리고 있었다.

모리나리 씨가 이제는 갈탕도 물렸겠지 하며 도쿄에서 일부러 가져온 쌀을 꺼내 미음을 쑤어주었을 때는, 미음을 태어나서 처음으로 맛보는 내게는 커다란 기대가 있었다. 그러나 한 모금 먹어보고 비로소 그 맛없음에 놀란 나는 그 이상 미음이라는 것을 가까이 오지 못하게 했다. 그 대신 가지노 비스킷을 한 조각 얻었을 때의 기쁨은 지금도 잊을 수가 없다. 간호부를 일부러 의사의 방까지 보내서 특별히 감사의 말을 했을 정도였다.

마침내 죽을 허락받았다. 그 맛은 그저 기억이 되어 차갑게 남아 있을 뿐이기에 지금 실감으로는 떠올릴 수 없지만, 이렇게 맛있는 것이 세상에 또 있을까 의심하며 입맛을 다셨던 것만은 틀림없는 사실이었다. 그 다음 오트밀이 왔다. 소다비스킷이 왔다. 나는 전부를 감사히 먹었다. 그리고 더 많이 먹고 싶다는 말을 일과처럼 되풀이해서 모리나리 씨에게 호소했다. 모리나리 씨는 결국 나의 병상에 들어오기를 두려워하게 됐다. 히가시 군이 일부러 아내를 찾아가서, 선생님은 저렇게 점잖은 얼굴을 하고 계시면서 어린아이처럼 하루 종일 먹을 것 이야기만 하시니 우습다고 말했다.

장(腸)에 봄 떨어지는구나 죽의 맛

二十七

오이켄112)은 정신활동을 전적으로 주장하는 학자다. 학자의 습관으로 자신의 설을 주장하기에 앞서 온갖 다른 이즘을 타파할 필요를 느낀 듯 그는 그의 이른바 정신생활을 새로운 것으로 만들기 위해 그에 대한 준비로 현대생활에 영향을 주고 있는 재래부터의 처세상의 주의에 하나같이 비난을 가했다. 자연주의도 당했다, 사회주의도 두들겨맞았다. 모든 주의가 그의 눈에는 존재의 권리를 잃은 것처럼 설파되었을 때, 그는 비로소 정신생활이라는 4글자를 염출(捻出)했다. 그리고 정신생활의 특징은 자유다, 자유다, 라고 연호했다.

시험 삼아 그에게 자유로운 정신생활이란 어떤 생활이냐고 물으면 단적으로 이런 것이라고는 결코 대답하지 않는다. 단지 훌륭한 말들을 논리정연하게 늘어놓는다. 어려운 이론을 주저리주저리 몇 겹이고 거듭해 나간다. 거기에 학자다운 솜씨는

---

112) Eucken(1846~1926). 독일의 철학자. 피히테와 헤겔의 뒤를 이어 정신생활의 의의를 강조했다.

있을지 모르겠으나, 똬리 속에 감겨버린 문외한은 망연자실해질 뿐이다.

　잠시 철학자의 말을 평민도 이해할 수 있도록 번역해보자면, 오이켄의 이른바 자유로운 정신생활이란 이런 것 아닐까? ─우리는 보통 의식(衣食)을 위해서 일하고 있다. 의식을 위한 일은 소극적이다. 바꿔 말하자면 자신의 호오(好惡) 선택을 용납하지 않는 강제적 괴로움을 포함하고 있다. 그처럼 외부에서부터 강요받은 일을 정신생활이라고는 말할 수 없다. 적어도 정신적으로 생활하고 싶다면, 의무가 없는 곳을 향해 스스로 나아가는 적극적인 자세가 아니면 안 된다. 속박에 의한 것이 아니라, 자신 개인의 의지로 자유롭게 영위하는 생활이 아니면 안 된다.

　이렇게 해석한다면 누구도 그의 정신생활을 평해서 하찮은 것이라고는 말하지 않으리라. 콩트[113]는 권태를 사회의 진보를 재촉하는 원인으로 보았을 정도였다. 권태가 극에 달해 어쩔 수 없이 일을 찾는다고 하기 보다는, 내면에 억누를 수 없는 어떤 것이 서려서 가만히 있을 수 없는 활력을, 자연스러운 기세 가운데서 생명의 파동으로 그려내는 편이 실제로 보람찬 삶이라고 말하지 않을 수 없으리라. 춤이든 음악이든 시가든, 모든 예술의 가치가 여기에 있다고 평해도 좋으리라.

　그러나 학자 오이켄의 머릿속에서 정리해낸 정신생활이 실제 사실이 되어 세상에 존재할 수 있느냐 없느냐 하는 데 이르러서는 저절로 문제가 달라진다. 그 오이켄 자신이 순수하게 자유로

---

113) Comte(1798~1857). 프랑스의 철학자. 실증주의의 선도자로 알려져 있다.

운 정신생활을 보낼 수 있을까 없을까를 상상해보아도 분명한 이야기 아닌가. 이런 종류의 생활에 끊임 없이 몸을 맡기기 전에 우리는 적어도 일찍이 이미 직업 없는 한가로운 사람으로 존재하지 않으면 안 될 터이다.

두부장수가 마음 내키는 아침에만 맷돌을 돌리고 마음이 내키지 않을 때는 결코 콩을 갈지 않는다면 장사를 할 수가 없다. 거기에 나아가 자신이 좋아하는 사람에게만 두부를 팔고 마음에 들지 않는 손님을 전부 사절한다면 더더욱 장사를 할 수 없다. 모든 직업이 직업으로 성립하기 위해서는 가게에 공평의 등불을 켜지 않으면 안 된다. 공평이라는 도덕상의 아름다운 말을 뒤집어 다시 말해보자면 기계적이라는 추한 본체를 가지고 있는 데 지나지 않는다. 1분의 지속(遲速)도 없이 발착하는 기차의 생활과, 이른바 정신적 생활은 그야말로 양극에 자리한 성질의 것이 아니면 안 된다. 그리고 평범한 사람은 애초부터 열이면 열 모두 이 양극을 7대3이나 6대4 정도의 비율로 한데 섞어서 자신에게 편리한 대로, 또는 세상 형편에 맞추어(즉 직업에 충실하게) 생활할 수밖에 없다. 이것이 일상적인 모습이다. 더러 예술을 좋아하는 사람이 좋아하는 예술을 직업으로 삼는 경우에조차, 그 예술이 직업이 되는 순간 참된 정신생활이 이미 더럽혀져버리는 것은 당연한 일이다. 예술가로서의 그는 자신에게 충실한 작품에 자연스럽게 마음이 끌려 만들어내려고 하는 데 반해서, 직업가로서의 그는 평판이 좋은 것, 가격이 비싼 것을 일반에 공개해야 하기 때문이다.

개인의 성격 및 교육 정도에 따라서 이미 융통성이 없는 것처럼 보이는 오이켄의 이른바 자유로운 정신생활은, 지금의 사회조직 위에서 보아도 이 정도로 응용의 범위가 좁은 것이 된다. 그것을 일반이 널리 실행할 수 있는 대단한 주의라도 되는 양 주장하는 그에게, 학자들의 공통된 폐해로써 통일병에 걸린 사람이라고 혹평을 가해도 상관은 없을 테지만, 마침 문예를 좋아해서 문예를 직업으로 삼고 있으면서 동시에 직업으로서의 문예를 혐오하는 나 같은 사람의 주의를 환기시켜 그 비평심을 자극하는 힘은 충분히 가지고 있다. 커다란 병에 걸렸던 나는 부모님의 보살핌을 받던 어린 시절 이후 오랜만에 처음으로 이 정신생활의 빛에 젖었다. 그러나 그것은 겨우 1, 2개월 동안이었다. 병이 나아감에 따라서, 내가 점차 실제 세상으로 밀려들어감에 따라서, 이런 논의를 당당하게 널리 주장한 오이켄을 부러워하지 않을 수 없게 되었다.

二十八

학교를 졸업한 당시 고이시카와(小石川)에 있는 한 절에서 하숙을 한 적이 있었다. 그곳의 주지는 부업으로 운수를 점쳐줬기에 어둑한 현관의 옆방에서 산목과 점대를 늘 볼 수 있었다. 애초부터 간판을 내걸고 공식적으로 하는 직업이 아니었던 탓인지 점을 보러 오는 사람은 많아야 하루에 네다섯 명, 적을 때는 점대를 비비는 소리조차 전혀 들려오지 않는 밤도 있었다. 역술에 의한 점괘를 중히 여기지 않는 나는 애초부터 이 길에 있어서는 스님과 아무런 관계도 없다는 듯한 태도였기에 그저 가끔 장지문 너머로 스님이, 그야 본인이 바라는 대로 하는 것이 좋겠지요, 라는 등의 말로 혼담에 관해 조언을 해주는 것을 듣는 정도였을 뿐, 마주앉아서는 서로 아무런 말도 하지 않고 한동안을 지냈다.

어느 날 어떤 말끝에 이야기가 그만 인상이네 방위네 하는 스님의 영역으로 미끄러져 들었기에 절반은 농담 삼아 나의 미래는 어떠냐고 물어보았더니, 나의 얼굴을 가만히 응시한 뒤 스님은, 크게 나쁜 일도 없습니다, 라고 대답했다. 크게 나쁜 일도 없다는 것은 대체로 좋은 일도 없다는 말과 다를 바 없는 것으로, 즉 자네의 운명은 평범하다고 선고한 셈이다. 나는 달리 할 말이 없었기에 입을 다물고 있었다. 그러자 스님이 당신은 부모님의 임종은 못 지키겠습니다, 라고 말했다. 나는 그렇습니까 하고 대답했다. 그러자 이번에는, 당신은 서쪽으로 서쪽으로 갈 상입니다, 라고 말했다. 나는 다시 그렇습니까 하고 대답했다. 마지막으로 스님은 당장 턱 아래에 수염을 기르고 땅을 사서 집을 지으십시오, 라고 권했다. 나는 땅을 사서 집을 지을 수 있는 처지라면 당신 집에서 신세를 질 일도 없었을 것이라고 대답하고 싶었다. 그래도 턱 아래의 수염과 땅과 집이 무슨 관계가 있는 건지 알고 싶었기에 그것만은 잠깐 되물어보았다. 그러자 스님은 진지한 얼굴이 되어, 당신의 얼굴을 절반으로 나누면

위가 길고 아래가 지나치게 짧다, 따라서 안정적이지 못하다, 그렇기에 얼른 턱수염을 길러 상하의 균형을 맞추면 얼굴의 앉음새가 좋아져 움직이지 않게 된다, 라고 대답했다. 나는 내 얼굴의 생김새에 대해서 가해진 이 물리적, 혹은 미학적 비판이 마치 내 미래의 운명을 지배하고도 남을 것처럼 간단하게 이야기한 스님을 조금 우습다고 느꼈다. 그리고 그렇군요 하고 대답했다.

1년도 지나지 않아서 나는 마쓰야마(松山)로 갔다. 그리고 다시 구마모토(熊本)로 옮겼다. 구마모토에서 다시 런던으로 향했다. 스님의 말처럼 서쪽으로 서쪽으로 간 것이었다. 우리 어머니는 내가 열서너 살 때 돌아가셨다. 그때는 같은 도쿄에 있었으면서도 끝내 임종의 자리에는 들지 못했다. 아버지께서 돌아가셨다는 전보를 도쿄로부터 받은 것은 구마모토에 있을 무렵의 일이었다. 이렇게 보면 부모님의 임종을 지키지 못할 것이라고 한 스님의 말도 그럭저럭 적중했다. 단 턱의 수염만은 그때부터 오늘에 이르기까지 무사히 두는 날 없이 계속 깎아왔기에 땅과 집이 과연 수염과 함께 내 손에 들어올지 어떨지는 아직 분명하지 않다.

그런데 슈젠지에서 병이 나서 드러눕자마자 뺨이 꺼끌꺼끌해지기 시작했다. 그것이 오륙일쯤 지나자 한 올 한 올 집을 수 있게 되었다. 다시 조금 지나자 뺨에서부터 턱까지 빈틈없이 감춰지게 되었다. 스님의 조언이 17, 8년 만에 비로소 도움이 될 듯한 기색으로 수염이 자라기 시작했다. 아내는 차라리 기르는 편이 낫겠다고 말했다. 나도 절반은 그럴 마음이 들어 그 부근을 자꾸만 문질러댔다. 그런데 며칠 지나지 않아서 감지도 빗질도 하지 않은 머리카락이 기름기와 때로 내 머리를 뒤덮으려 하자 더러움을 견딜 수 없게 되어 어느 날 이발사를 불러다 불충분한 대로 누운 채 머리를 다듬고 얼굴에 면도칼을 댔다. 그때 땅과 집의 주인이 될 자격을 다시 깨끗하게 잃어버리고 말았다. 주변 사람들은 젊어졌다, 젊어졌다며 자꾸만 떠들어댔다. 아내만이 홀로 어머 깨끗하게 밀어버리셨네요, 라며 조금 아쉬움이 남는 듯한 얼굴을 했다. 아내는 남편의 병이 쾌차한 뒤에도 여전히 땅과 집이 갖고 싶었던 것이다. 나 역시도 수염을 깎지 않으면 땅과 집이 반드시 손에 들어올 것이라는 보장만 있었다면 그 턱은 그대로 보존해두었을 것이다.

그 후 수염은 늘 깎았다. 아침 일찍 침상 위에 일어나 앉아 맞은편 3층의 지붕과 내 방의 장지 사이로 간신히 보이는 산의 정상을 바라볼 때마다 내 뺨의 깔끔하게 면도 된 매끄러움을 문질러대며 기뻐했다. 땅과 집은 당분간 포기했거나, 혹은 노후의 즐거움으로 훗날까지 남겨둘 생각인 듯했다.

나그네의 꿈에서 깨니 새 한 마리 우네
밤새 산에 비 내리다 새벽 오니 갰네
외로운 봉우리 정상의 외로운 소나무 빛깔
벌써 붉은 해 비추어 울창하게 밝구나

二十九

슈젠지가 마을의 이름이자 그와 함께 절의 이름이라는 사실114)은 가기 전부터 이미 알고 있었다. 그러나 그 절에서 종 대신 큰북을 두드리리라고는 일찍이 생각지도 못했다. 그것을 처음 들은 것이 언제쯤인지는 까맣게 잊어버리고 말았다. 단 지금도 내 고막 위에서 상상의 큰북이 둥─둥 때때로 울리는 적이 있다. 그러면 나는 반드시 작년의 병을 기억해낸다.

나는 작년의 병과 함께, 새로운 천장과 새로운 장식공간에 걸린 오시마 장군의 종군시를 떠올린다. 그리고 그 시를 아침부터 밤까지 몇 번이고 되풀이해서 읽었던 당시를 선명하게 떠올린다. 새로운 천장과 새로운 장식공간과 새로운 기둥과 너무 새것이어서 여닫기 불편한 장지문은 지금도 눈앞에 뚜렷하게 그려볼 수 있지만, 아침부터 밤까지 몇 번이고 되풀이해서 읽었던 오시마 장군의 시는 읽고는 잊어버리고 읽고는 잊어버리고 해서 지금은 두부처럼 하얀 비단 위를 어디까지고 같은 폭으로 달리다 머리와 꼬리가 뚝 끊어져버리는 검은 선을 기억하고 있을 뿐이다. 글에 이르러서는 처음의 검극(劍戟)이라는 두 글 자 외에는 떠오르지 않는다.

나는 내 고막 위에서 상상의 큰북이 둥─둥 울릴 때마다 이 모든 것들을 떠올린다. 이러한 것들 속에서 천장을 향해 가만히 누워 엉덩이의 아픔을 달래가며 뒤척뒤척 날이 밝기만을 고대

---

114) 주51 참조.

하던 당시를 돌아보면 슈젠지(修禅寺)의 큰북 소리는 일종의 형용할 수 없는 연상으로 언제나 내 귓속에 갑자기 울려퍼진다.

그 큰북은 가장 풍류 없고 가장 살풍경한 소리를 냈는데, 앞뒤를 잘라낸 다음 중간만을 덮어놓고 밤의 어둠에 내동댕이치듯 퉁명스럽게 울렸다. 그리고 둥 하고 무뚝뚝하게 울림과 동시에 뚝 끊겼다. 나는 귀를 기울였다. 한번 잠잠해진 밤의 공기는 쉽사리 움직이려 하지 않았다. 약간 시간이 흘러 조금 전의 것은 착각이 아니었을까 싶은 생각이 들 무렵, 다시 한 번 둥 하고 울렸다. 그리고 애교 없는 소리는 물에 떨어진 돌처럼 갑자기 밤 속으로 사라진 채, 고요한 표면에는 아무런 활동도 전해주지 못했다. 잠들지 못하는 나는 잠복을 하는 병사처럼 다음 소리가 다다르기를 머릿속 가득 생각하며 기다렸다. 그 다음 소리는 역시, 쉽게는 오지 않았다. 마침내 첫 번째, 두 번째와 마찬가지로 극히 건조하기 짝이 없는 울림이―울림이라고는 하기 어렵다, 검은 공기 속에 갑자기 염치도 없는 점을 툭 찍어놓고 바로 붓을 숨긴 것 같은 소리가 내 귓불을 두드리고 떠난 뒤, 나는 밤을 참으로 긴 것이라고 체념했다.

물론 밤이 길어지는 시기였다. 더위도 점점 물러나서 비가 내리는 날에는 모직물에 하오리를 겹쳐 입거나 아침부터 아예 겹옷을 입지 않으면 으슬으슬함을 막을 수 없었던 계절이었다. 산 끝자락으로 떨어지는 해가 평소의 짧은 날보다 더욱 짧게 낮을 접어 올려서 등불이 쉽게 켜졌다. 그리고 밤은 좀처럼 밝지 않았다. 나는 조금씩 낮을 갉아먹는 긴 밤을 밤마다 두려워했다.

눈을 뜨면 틀림없이 밤이었다. 지금부터 몇 시간 정도 이렇게 괴괴히 밤 속에 산 채로 묻혀 있어야 하는 걸까 생각하면 내 스스로가 나의 병을 견딜 수가 없었다. 새로운 천장과 새로운 기둥과 새로운 장지문을 바라보는 것이 견딜 수가 없었다. 새하얀 비단에 커다란 글씨로 쓴 족자에는 가장 견딜 수가 없었다. 아아, 날이 얼른 밝아줬으면 좋으련만 하고 생각했다.

　슈젠지의 큰북은 이럴 때 둥 하고 울렸다. 그리고 나를 새삼스레 기다림에 빠지게 만들려는 듯 성긴 간격으로 어두운 밤을 드문드문 누비고 나아가기 시작했다. 그것이 5분 지나고 7분 지나는 동안 점차 기세를 더해 마침내 저물녘 소나기의 비 듣는 소리보다 더 자주 들려오는 변화는, 내 입장에서 보자면 이제 일출이 얼마 남지 않았음을 알려주는 소식이었다. 큰북 치기를 그치고 나면 얼마 지나지 않아서 간호부가 드디어 일어나 방 앞에 있는 복도의 덧문만을 열어주는 것은 무엇보다 기쁜 일이었다. 밖은 언제나 어두컴컴하게 보였다.

　슈젠지에 가서 절의 큰북을 나만큼 정밀하게 연구한 사람도 없으리라. 그 결과 나는 지금도 때때로 둥 하고 여음 없이 힘껏 잘라낸 듯한 소리가 내 고막에 착각처럼 들려온다. 그리고 일종의 말로 표현하기 어려운 마음을 거듭하고 있다.

　꿈은 은하수를 맴돌고 이슬은 그윽이 떨어지네

　깊은 밤 몸과 그림자 어두운 등불에 시름겹네

　기정[115] 병들어 가까운 슈젠지

---

115) 旗亭. 요리점이나 술집. 여기서는 나쓰메 소세키가 묵었던 여관을 말한다.

장막을 친 창에 성긴 종소리 때는 이미 초가을

三十

산으로 들어가 계곡을 뒤덮은 백합을 진력이 날 때까지 바라봐야겠다고 마음속으로 정한 이튿날부터 침상 위에 쓰러졌다. 상상은 그때 끝도 없이 피어 있는 하얀 꽃들을 바둑돌처럼 점점이 보았다. 그것을 어스레하게 감싸려 하는 녹색의 안쪽에 묵직한 향이 잠겨 있어서, 바람에 흔들리는 순간순간을 기다릴 만큼 잎은 숨 막힐 정도로 포개져 있었다. ―얼마 전 여관의 손님이 산에서 가져다 병에 꽂아놓은 한 송이의 흰빛과 커다란 크기와 향기로 미루어, 나는 있음직하지 않은 널따란 그림을 머릿속에 그려보았다.

성경에 나오는 들판의 백합은 요즘 말하는 당창포[116]라고, 그 당창포를 장식공간에 꽂아두었을 때 처음으로 가이슈[117] 군에게서 배웠는데 그래서는 들판의 백합이라는 느낌이 전혀 다른 듯하다는 이야기를 주고받았던 1개월 전의 일도 떠올랐다. 성경과 별 관계가 없는 나조차 범부채를 열대적으로 화려하게

(요시카와 고지로 『소세키 시주』)
116) 글라디올러스.
117) 구로야나기 가이슈(畔柳芥舟, 1871~1923). 영문학자. 제일고등학교(현 도쿄 대학 교양학부 · 지바 대학 의학부 및 약학부의 전신)의 교수로 소세키의 동료.

생각나는 것들 _ 205

만들어놓은 것 같은 당창포는 깊게 가라앉은 듯한 취향을 나타내기에는 너무 강하다고밖에 여겨지지 않았다. 당창포는 아무래도 상관없다. 내가 상상에서 그린 그윽한 꽃은 한 송이도 볼 기회를 얻지 못하고 입추로 들어섰다. 백합은 이슬과 함께 꺾였다.

사람들은 병든 자를 위해 뒷산으로 들어가 여기저기서 손에 닿는 몇 줄기인가의 화초를 꺾어왔다. 뒷산은 나의 방에서 복도를 따라 바로 오르는 길이 있을 정도로 가까웠다. 장지문만 열어두면 누운 채로 툇마루와 난간 사이를 메운 일부분을 코앞에서 바라볼 수 있었다. 그 일부분은 바위와 풀과 바위자락 사이로 우회해서 올라가는 오솔길로 이루어져 있었다. 나는 나를 위해서 산에 오르는 사람의 모습이 툇마루의 높이를 지나 난간의 높이에 이르기까지, 한 번 모습을 감췄다가 반대편에 다시 모습을 드러내서는 마침내 나의 시선 밖으로 잠겨버리는 것을 커다란 변화라도 되는 양 바라보았다. 그리고 같은 그들의 모습이 다시 난간 위에서 꺾어져 내려오는 것을 먼 눈으로 바라보았다. 그들은 반드시 여관의 거친 줄무늬 홑옷을 입고 볕이 쏟아질 때는 수건으로 뺨을 감싸고 있었다. 가파른 산길을 가는 사람처럼은 보이지 않는 그 모습이 꽃을 안은 채 바위 옆으로 불쑥 나타나면 연극에나 있을 법한 일종의 감흥을 환자에게 줄 정도로 장면이 우스웠다.

그들이 꺾어다주는 것은 색채가 매우 밋밋한 야생의 가을 풀이었다.

어느 날 고요한 한낮에 기다란 억새가 다다미에 엎드린 듯 꽂혀 있었는데 언제, 어디서 온 것인지도 모를 여치가 홀로 조용히 가운데쯤에 앉아 있었다. 그러자 억새는 벌레의 무게로 휘어질 것처럼 보였다. 그리고 장식공간 옆 선반의 맹장지문에 바른 새로운 은빛 위에 비치는 얼마간의 녹색이 흐릿하게 번진 것처럼 옅고 불분명하게 눈동자를 유혹했기에 더욱 운동의 감각을 자극했다.

억새는 대체로 금방 시들었다. 비교적 오래 가는 마타리조차 바라보기에는 색소가 너무 부족했다. 마침내 가을 풀의 쓸쓸함을 울적하다고 생각하기 시작한 무렵, 비로소 단풍잎부용인가 하는 불타는 듯한 붉은 꽃잎을 보았다. 집을 보는 할멈에게 돈을 주며 좀 더 꺾게 해달라고 말했더니, 돈은 필요 없습니다, 꽃은 다른 사람이 맡긴 물건이기에 드릴 수 없습니다, 라며 거절했다고 한다. 나는 그 이야기를 듣고 어떤 곳에 꽃이 피었고 어떤 할멈이 어떤 얼굴로 꽃을 지키고 있는지 보고 싶어서 견딜 수가 없었다. 단풍잎부용의 꽃잎은 불타오르며 이튿날 져버리고 말았다.

가쓰라가와(桂川)의 물가를 따라가면 얼마든 피어 있다는 코스모스도 때때로 병실을 밝혔다. 코스모스는 모든 것 가운데 가장 단순하고 가장 오래 갔다. 나는 그 옅고 규칙적인 꽃잎과 하늘에 떠 있는 듯 초연하게 서로 경쟁하지 않는 모습을 보고 코스모스는 건과자를 닮았다고 평했다. 어째서냐고 물은 사람이 있었다. 노리요리[118]의 묘지기가 가꿨다는 국화를 얻어온 것은 그로부터 한참 뒤의 일이었다. 묘지기가 화분에 심은 국화를 빌려드릴까요, 라고 말했다고 한다. 이 묘지기의 얼굴도 보고 싶었다. 심지어는 하타케야마의 성터[119]에서 으름덩굴이라는 것을 가져와 병에 꽂았다. 그것은 빛이 바랜 가지 같은 색이었다. 그리고 그 가운데 하나를 새가 쪼아 텅 비어 있었다. —병에 꽂는 풀과 꽃이 점차 변해가는 동안 계절은 마침내 깊은 가을로 들어섰다.

> 날은 춘삼월처럼 길고
> 마음은 시냇물 따라 공허하네
> 누운 머리맡 꽃잎 한 조각
> 한가로이 떨어지는 옅은 잠 속

三十一

젊은 시절 형님을 둘 잃었다. 둘 모두 오랜 시간 병상에 누워 있었기에 세상을 떠날 때는 하나같이 괴로움에 몹시 시달린 병의 모습을 몸 위에 새기고 있었다. 그래도 그 오랜 동안 자란 머리와 수염은 죽은 후까지도 칠흑처럼 검고 또 짙었다. 머리는

---

118) 미나모토 노리요리(源範賴, ?~1193). 미나모토 요시토모의 6남. 형 요리토모에 대한 모반을 의심받아 슈젠지에서 목숨을 잃었다. 그 무덤이 슈젠지 근교에서 발견되었다.
119) 하타케야마 도세이(畠山道誓, ?~1362?)와 그 일문이 쌓은 슈젠지 성의 옛터.

그렇게 심하지 않았으나 깎을 수 없어서 본의 아니게 추레하게 자란 수염은 보기에도 안쓰러웠다. 나는 한 형님의 굵고 억센 수염의 색을 아직도 기억하고 있다. 세상을 떠날 무렵 그의 얼굴이 더없이 가엾을 정도로 야위어 작게 보인 데 반해서 수염만은 건강한 장년을 뛰어넘을 기세로 자란 일종의 대조를 섬뜩하게, 그리고 매정하다고 느꼈기 때문이리라.

커다란 병에 걸려 죽느냐 사느냐 법석을 떨게 했던 내게 며칠인가의 위태로운 시간은 삶인지 죽음인지도 모를 공허함 속에서 지났다. 존망의 영역이 얼마간 명확해졌을 무렵, 우선 나의 존재를 확인하고 싶다는 소망에서 가장 먼저 거울을 가져다 내 얼굴을 비춰보았다. 그러자 몇 년인가 전에 세상을 떠난 형님의 그림자가 갑자기 차가운 거울 속을 스치고 지나갔다. 뼈만 심술궂게 높이 남아 있는 뺨, 인간다운 따스함을 잃은 창백하고 누른 피부, 움푹 꺼져서 움직일 여유가 없는 눈, 그리고 제멋대로 자란 머리와 수염, ―아무리 봐도 형님의 기념이었다.

단지 형님의 머리와 수염은 죽을 때까지 칠흑처럼 검었으나 나의 그것들에는 어느 틈엔가 은빛 줄기가 드문드문 섞여 있었다. 생각해보니 형님은 백발이 생기기 전에 돌아가신 것이다. 죽을 바에는 그 편이 깔끔한 것일지도 모르겠다. 백발에 머리카락과 뺨을 군데군데 침범당했으면서도 여전히 살아남을 궁리에 여념이 없는 나는, 한창 전성기인 나이에 가차 없이 세상을 버리고 떠난 장년에 비하면 왠지 머쓱해질 정도로 미련스러웠다. 거울에 비친 나의 표정 속에는 물론 덧없다는 기분도 있었으나 끝내 죽지 못했다는 부끄러움도 조금은 섞여 있었다. 또 『버기니버스 푸어리스키[120)]』 속에 사람은 아무리 나이를 먹어도 소년의 때와 같은 성정을 잃지 않는 법이라고 적힌 것을 옳은 말이라고 고개를 끄덕이며 읽었던 당시를 떠올리고, 그저 그 당시로 되돌아갔으면 좋겠다는 마음이 들기도 했다.

『버기니버스 푸어리스키』의 저자는 오랜 병고에 시달리면서도 그 쾌활한 성정을 끝까지 잘 유지했으니 거짓말은 하지 않는 사내다. 그러나 안타깝게도 머리가 검을 때 세상을 떠나고 말았다. 만약 그가 살아서 60, 70의 고령에 달했다면 혹은 이렇게 단언하지 못했으리라는 생각이 들기도 한다. 자신이 스무 살 때 서른 살인 사람을 보면 매우 간격이 있는 듯 여겨지지만, 어느 틈엔가 서른 살이 되면 스무 살 때의 예전과 같은 기분이라는 사실을 알게 되거나, 내가 서른 살일 때 마흔 살인 사람을 접하면 상당한 차이를 느끼면서도 마흔 살에 달해서 서른 살의 과거를 되돌아보면 여전히 같은 성정으로 살아가고 있는 자신을 깨닫곤 하기에 스티븐슨의 말도 그럴 듯하다고 받아들여 지금까지 세상을 지내왔지만, 외부에서 싹트기 시작한 노쇠의 징후를 몇 줄기인가의 백발에서 발견하고, 평소 건강할 때와는 마음의 풍취가 다른 병중에 거울을 대한 찰나의 감정에 젊음의 그림자는 조금도 비치지 않았기 때문이다.

백발에 떠밀려 깨끗이 단념하고 늙음의 문턱을 넘어버릴까, 백발을 감추고 여전히 젊음의 거리를 배회할까, ─거울을 본

---

120) 영국의 소설가 로버트 스티븐슨의 저서인 『소년, 소녀를 위하여』를 말함.

순간에는 생각이 거기까지는 미치지 못했다. 또 생각할 필요도 없을 정도로 병든 나는 젊은이들을 멀리서 보았다. 병에 걸리기 전, 한 친구와 식사를 했는데 그 친구가 짧게 쳐올린 나의 구레나룻을 보고 거기서부터 백발에 침범당할까 염려되어 점점 위로 깎아 올리는 것 아니냐고 물었다. 그때 내게는 이런 질문을 받을 만한 기색이 충분히 있었다. 그러나 병에 걸린 나는 백발을 간판으로 삼아 일을 하고 싶을 정도로까지 깨끗이 체념하고 차분해져 있었다.

병이 나은 지금의 나는 병중의 나를 연장한 마음으로 살아 있는 것일까, 혹은 친구와 식탁에 앉았던 병 전의 젊음으로 되돌아간 것일까? 과연 스티븐슨이 말한 대로 걸어갈 마음인 걸까, 혹은 중간에 세상을 떠난 그의 말을 부정하고 마침내 노년의 경지로 나아갈 생각인 걸까. —백발과 인생 사이에서 방황하는 자는 젊은이들이 보기에 틀림없이 우스우리라. 그러나 그들 젊은이들에게도 곧 무덤과 세상 사이에 서서 거취를 결정하지 못할 시기가 오리라.

도화마[121] 위의 소년 시절
웃으며 은 안장에 걸터앉아 버들가지 헤치네
푸른 물 지금도 굽이치며 멀리 떠나나
밝은 달 내려 비추는 머리털 하얀 실과 같구나

---

121) 桃花馬. 누른색과 흰색 털이 섞인 말.

　처음에는 그저 막연히 하늘을 보고 누워 있었다. 그리고 얼마 지나지 않아서 언제 돌아갈 수 있을까 생각하기 시작했다. 어떨 때는 당장이라도 돌아가고 싶은 마음이 들었다. 그러나 침상에 조차 일어나 앉을 기력이 없는 사람이 어찌 기차에 흔들리며 한나절 거리를 가는 데 견딜 수 있을까를 생각하면 돌아가고 싶다는 생각을 하는 자신이 상당히 바보처럼 보였다. 그렇기에 곁의 사람에게 나는 언제 돌아갈 수 있느냐고 따져물은 적도 있었다. 동시에 가을은 몇 번인가의 주야를 감싸고돌며 내 마음 앞을 지났다. 하늘은 점차 높고 파랗게 내 위를 덮기 시작했다.

　이제는 움직여도 별 탈 없으리라 여겨질 무렵이 되어 도쿄에서 따로 2명의 의사를 맞아들여 그 의견을 확인했더니 아직 2주일 뒤라고 말했다. 그 말을 들은 이튿날부터 나는 내가 누워 있는 땅과 누워 있는 방을 버리기가 갑자기 아까워졌다. 약속의 2주일이 가능한 한 천천히 회전하기를 바랐다. 예전에 영국에 있을 때 있는 힘껏 영국을 미워한 적이 있었다. 그것은 하이네가 영국을 미워한 것처럼 매정하게 영국을 미워한 것이었다. 그런 데 떠나기 직전에 낯선 사람들이 소용돌이치며 흘러가고 있는 런던의 바다를 둘러보았더니, 그들을 감싸고 있는 다갈색 공기 깊은 곳에 나의 호흡에 맞는 일종의 가스가 포함되어 있는 듯 여겨지기 시작했다. 나는 하늘을 바라본 채 거리의 한가운데 멈춰 서 있었다. 2주일 뒤 이 땅을 떠나야 할 지금의 나도 병든 몸을 눕힌 채 병상 위에 홀로 멈춰 서지 않을 수 없었다. 나는 나를 위해서 특별히 짚을 넣어 만들어준 높이 1자 5치 정도의 커다란 요에 멈춰 섰다. 조용한 정원의 적막함을 깨는 잉어의 튀어오르는 소리에 멈춰 섰다. 아침 이슬에 젖은 지붕의 기와 위를 이리저리 꼬리를 흔들며 걷는 할미새에 멈춰 섰다. 머리맡의 꽃병에도 멈춰 섰다. 복도 바로 아래를 졸졸 흐르는 물소리에도 멈춰 섰다. 이렇게 내 몸을 둘러싼 여러 가지 것들을 저회하며 예정대로 2주일이 지나기를 기다렸다.

그 2주일은 기다림에 애타는 마음도 없이, 또 허탈한 부족함도 없이 평범한 2주일처럼 와서 평소의 2주일처럼 떠났다. 그리고 비가 자욱하게 내리는 새벽을 마지막 기념으로 주었다. 어두운 틈새로 하늘을 보고 내가 비냐고 물었더니 사람들이 비라고 대답했다.

사람들은 나를 운반할 목적으로 일종의 묘한 것을 만들어 그것을 방 안으로 짊어지고 왔다. 길이는 6자나 되었을까, 폭은 겨우 2자도 되지 않을 정도로 좁았다. 그 일부는 다다미 바닥에서 높이 1자 정도까지 위로 젖혀지게 장치를 해놓았다. 그리고 전부를 하얀 천으로 감쌌다. 나는 사람에게 안겨 이 높이 젖혀진 앞쪽에 등을 맡기고 평평한 쪽에 다리를 길게 눕혔을 때, 이건 장례식이로구나 생각했다. 살아 있는 자에게 장례식이라는 말은 온당하지 않지만, 이 하얀 천으로 감싼 침대인지 침관(寢棺)인지 모를 것 위에 눕혀진 사람은 살아 있는 채로 장례를 치르는 것이라고밖에 내게는 여겨지지 않았다. 나는 입 안에서 제2의 장례식이라는 말을 자꾸만 되풀이했다. 사람이 한 번은 반드시 치러야 할 장례식을 나만은 아무래도 2번 집행하지 않으면 안 된다고 생각했기 때문이었다.

사람들이 짊어지고 방을 나설 때는 평평했으나 계단을 내려갈 때는 대가 기울어 갑자기 가마에서 떨어질 것 같았디. 현관에 다다르자 여관의 손님들이 여럿 모여 좌우에서 하얀 가마를 바라보고 있었다. 하나같이 장례식 때처럼 삼가 조용했다. 사람들이 짊어진 나의 침대는 그 사이를 지나쳐 비 내리는 차양 밖으로 나왔다. 밖에도 구경꾼들이 많았다. 마침내 가마를 세로로 마차 속에 눕혀 앞뒤 마주보고 있는 자리와 자리에 걸쳤다. 미리 치수를 재서 만들었기에 가마는 마차 안에 맞춤하게 들어앉았다. 말이 비 내리는 속으로 움직이기 시작했다. 나는 누운 채 덮개를 때리는 빗소리를 들었다. 그리고 마부석과 덮개 사이로 보이는 좁은 공간을 통해 커다란 바위와 소나무와 물의 단편을 감사히 바라보았다. 대나무 숲의 색, 물든 감나무 잎, 감자의 잎, 무궁화 울타리, 익은 벼의 향기, 모든 것을 볼 때마다 그래 지금은 이런 것이 있어야 할 계절이야, 하고 되살아난 사람처럼 떠올려보고는 기뻐했다. 그리고 더 나아가 내가 돌아갈 곳에서는 어떤 새로운 천지가 흐릿한 옛 기억을 소생시키기 위해 전개를 기다리고 있을까 상상하며 홀로 즐거워했다. 동시에 어제까지 저회했던 지푸라기 요도 할미새도 가을 풀도 잉어도 시내도 전부 사라져버렸다.

모든 일이 덧없어졌을 때 숨이 돌아왔네

남은 재에 비하면 여생을 어찌 견디겠는가
바람이 오랜 골짜기 지나 가을 소리 일고
해가 깊은 대숲에 떨어져 저녁 빛 났네
대략 산속에 3개월 머무니
어찌 알랴 마음의 문 밖 또 하나의 하늘이 열렸음을
돌아가는 때 누른 국화의 시절에 늦지 않기를
필시 떠도는 혼 옛 이끼를 꿈꾸는 듯하니

三十三

새해를 병원에서 맞은 경험은 평생에 딱 1번밖에 없다.

소나무 장식[122]의 모습이 눈앞에 어른거릴 정도로 연말이 가까웠을 무렵, 나는 비로소 이 진귀한 경험을 눈앞에 둔 나를 이상하다고 생각하기 시작했다. 동시에 그 생각이 단지 머릿속에서만 작용할 뿐, 심장의 고동에는 추호도 영향을 주지 않는다는 사실을 신기하게 여겼다.

나는 하얀 침대 위에 누워서 나와 병원과 다가올 봄을 이처럼 한데 묶은 운명의 취흥을 곰곰이 생각해보았다. 그러나 일어나 앉아 책상을 마주할 때나 밥상을 받을 때는 여기가 우리 집이라는 기분에 마음을 맡기고 더는 조금도 이상히 여기지 않았다. 그랬기에 한해가 저물어도 봄이 다가와도 특별히 감동이라고

---

122) 새해를 맞이해 문 옆을 소나무 가지로 장식하는 풍습이 있다.

할 만한 것은 떠오르지 않았다. 나는 그 정도로 오래 병원에 있었고, 그 정도로 친숙하게 환자 생활에 뿌리를 내렸기 때문이었다.

드디어 섣달그믐이 찾아왔을 때 나는 조그만 소나무를 2그루 사다 그것을 내 병실의 입구에 세워둘까 생각했다. 그러나 소나무를 세우기 위해 못을 박아 아름다운 기둥에 흠집을 내는 것도 안 되겠구나 싶어 그만두었다. 간호부가 밖에 가서 매화라도 사올까요, 라고 하기에 사달라고 했다.

이 간호부는 슈젠지 이후 내가 병원을 나올 때까지 반년 동안 시종 내 옆에 붙어서 보살펴주던 여자였다. 나는 새삼스레 특히 그녀의 본명을 부르며 마치이 이시코(町井石子) 양, 마치이 이시코 양이라고 했다. 때로는 잘못해서 성과 이름을 거꾸로 하여 이시이 마치코 양이라고도 불렀다. 그러면 간호부는 고개를 갸우뚱하며 그렇게 바꾸는 편이 좋을 것 같네요, 라고 말했다. 나중에는 스스럼없는 사이가 되어 마침내 족제비라는 별명을 붙여주었다. 한번은 무슨 말인가 나온 김에, 그런데 자네 얼굴은 무언가를 닮았어, 라고 말했더니, 어차피 변변찮은 걸 닮았겠죠, 라고 대답하기에, 무릇 사람이 무언가를 닮았다면 아마도 동물일 거야. 그 외에는 닮고 싶어도 쉽게 닮을 수 있는 게 아니니, 라고 말했더니, 그야 식물을 닮아서는 큰일이지요, 라고 절규한 이후 마침내 족제비로 결정된 것이었다.

족제비 마치이 씨는 곧 빨강과 하양 매화를 2개 들고 돌아왔다. 하얀 쪽을 조타쿠[123]의 대나무 그림 앞에 꽂고, 빨간 쪽은 굵은 대나무 통속에 던져넣더니 작은 선반 위에 놓았다. 얼마 전에 누군가에게서 받은 중국 수선도 구불구불 굽이치며 자란 잎 사이로 하얀 향을 자꾸만 내뿜었다. 마치 이 씨는, 벌써 병이 많이 좋아지셨으니 내일은 틀림없이 떡국을 드실 수 있을 거예요, 라고 나를 위로했다.

제야의 꿈은 예년과 다름없이 베개 위로 떨어졌다. 이런 커다란 병에 걸려 급기야 병원에 들어와서 몇 달을 보낸 끝에 떡국까지 여기서 먹는 건가 생각하자 머릿속에 아이러니라는 로마자가 선명하게 새겨졌다. 그럼에도 불구하고 감정을 주체하지 못하겠다는 기분은 조금도 가슴을 찌르지 않았으며, 44살의 봄은 자연스럽게 남쪽을 향한 툇마루에서부터 밝았다. 그리고 마치 이 씨의 예언대로 그저 형식뿐이기는 하나 한 조각 조그만 떡이 새해 첫날답게 환자의 눈에 띄었다. 나는 이 한 사발의 떡국에서 내 머리 위를 비추는 어떤 의의를 인식하며, 그러나 아무런 시상도 느끼지 못한 채, 조그만 떡 조각을 평범하게 그것도 한입에 덥석 먹어버렸다.

2월 말이 되어 병실 앞의 매화가 하나둘 피기 시작할 무렵, 나는 의사의 허락을 얻어 다시 널따란 세계의 사람이 되었다. 돌아보면 입원 중에 나와 운명의 일각을 함께 했으나 끝내 넓은 세계를 볼 기회가 오지 않아 떠난 사람이 적지 않았다. 어느 북쪽 지방의 환자는 입원 이후 병세가 점점 깊어져 곁에서 돌보

---

123) 요시다 조타쿠(吉田蔵沢, 1722~1802). 에도 후기의 화공. 특히 대나무 그림 이 유명하다.

던 아들이 걱정이 되어 섣달그믐 밤에 억지로 고향으로 데리고 돌아갔는데 기차가 거기에 채 도착하기도 전에 도중에서 세상을 떠나고 말았다. 방 하나를 사이에 두고 옆에 있던 사람은 스스로 죽음을 자각하여, 체념해버리면 죽음이라는 것은 아무것도 아니라며 가엾을 정도로 조용히 생을 마감했다. 맞은편 별채에 있던 궤양환자의 높은 기침이 날이 갈수록 잦아들기에 아마도 안정을 되찾은 것이라 생각하여 마치이 씨에게 물어보았더니 쇠약해진 끝에 어느 틈엔가 세상을 떠난 뒤였다. 그런가 하면 암으로 가망이 없는 환자인 주제에 애써 건강한 척하며 회진 때 의사의 얼굴을 보기만 하면 바로 일어나 앉아 엉덩이를 걷어붙이는 사람도 있었다. 간병하는 아내를 치고 박고 하기에 아내가 세면소에 와서 울고 있는 것을 간호부가 보다 못해 위로하고 있었어요, 라고 마치이 씨가 이야기했던 일도 기억하고 있다. 한 식도협착 환자는 병원에 입원하기는 했으나 망설이고 망설인 끝에 뜸질 하는 사람을 데리고 와서 뜸을 뜨기도 하고 해초를 따와서 다려 마시기도 하는 등 불치의 암을 고치기에 여념이 없었다. ……

　나는 이런 사람들과 같은 지붕 아래에 누워 같은 사람의 시중을 받으며 똑같이 하나의 봄을 맞이했던 것이다. 퇴원 후 1개월 여가 지난 지금 과거를 한 줌으로 하여 눈앞에 늘어놓아 보니 아이러니라는 한 글자가 더욱 선명하게 머릿속에 떠오른다. 그리고 어느 틈엔가 이 아이러니에 일종의 실감이 수반되어 양쪽 모두가 서로 찰싹 밀착되기 시작했다. 족제비 마치이 씨도, 매화도, 중국 수선도, 떡국도, ―모든 심상한 정경은 전부 사라져버렸으나 오로지 당시의 나와 지금의 나의 대조만은 분명하게 남아 있기 때문일까?

나쓰메자카의 현재 모습

유리문 안

硝子戸の中

서재(유리문 안)에서. 1914년

「유리문 안」은 1915년 1월 13일부터 2월 23일 사이에 39회에 걸쳐 아사히 신문에 게재되었다.

당시 몸이 좋지 않아 유리문으로 세상과 단절되어 있는 서재 안에서 단조로운 생활을 하고 있던 나쓰메 소세키에게도 종종 사람들이 찾아왔다. 이 「유리문 안」에는 그런 사람들과의 일화, 그리고 추억 등이 담겨 있다. 나쓰세 소세키 말년의 사상과 어린 시절의 모습을 엿볼 수 있는 그의 마지막 수필집이다.

—

　유리문 안에서 밖을 둘러보면 서리를 막기 위해 짚으로 감은 파초124)네, 빨간 열매가 맺힌 낙상홍125)의 가지네, 거칠 것 없이 우뚝 솟은 전신주네 하는 것이 바로 눈에 띄지만, 그 외에 이렇다 하게 꼽을 정도의 것은 거의 시야에 들어오지 않는다. 서재에 있는 나의 시계는 극히 단조롭고 또한 극히 좁은 것이다.

　게다가 나는 작년 말부터 감기에 걸려 거의 밖에 나가지 못하고 매일 이 유리문 안에만 앉아 있기에 세상 형편은 조금도 알지 못한다. 마음이 편치 않기에 독서도 그다지 하지 않는다. 나는 그저 앉기도 하고 눕기도 하며 그날그날을 보내고 있을 뿐이다.

　그렇지만 내 머리는 때때로 움직인다. 기분도 조금은 바뀐다. 아무리 좁은 세계 속이라도 좁은 대로 사건이 일어난다. 그리고 작은 나와 넓은 세상을 격리하고 있는 이 유리문 안으로 때때로 사람이 들어온다. 그것이 또 내게는 생각지도 못한 사람이어서 나는 생각지도 못했던 것을 말하기도 하고 행동하기도 한다.

---

124) 중국 원산의 다년초. 잎은 기다란 타원형으로 길이 2m, 폭 50㎝ 정도. 사원이나 정원 등에 관상용으로 심는다.
125) 감탕나뭇과의 낙엽 관목. 초어럽에 엷은 자주색 꽃이 피며 열매는 작고 둥근 붉은색으로 겨울부터 이른 봄까지 가지에 남아 있다.

나는 흥미 가득한 눈으로 그 사람들을 맞기도 하고 보내기도 한 적조차 있다.

나는 그러한 일들을 조금 써내려가 볼까 한다. 나는 그런 종류의 글이 바쁜 사람의 눈에 얼마나 하찮게 보일까 염려하고 있다. 나는 전차 속에서 주머니의 신문을 꺼내 커다란 활자에만 눈길을 주는 구독자 앞에 내가 쓰는 것과 같은 한산한 글을 늘어놓아 지면을 메꾸어보이는 것을 부끄러운 일 가운데 하나라고 생각한다. 이 사람들은 화재나 도둑이나 살인이나, 그날그날 일어난 모든 일 가운데 자신이 중요하다고 생각하는 사건이나, 혹은 자신의 신경을 상당히 자극할 만한 신랄한 기사 외에는 신문을 손에 쥘 필요를 느끼지 못할 정도로 시간에 여유가 없으니. ─그들은 정류소에서 전차를 기다리는 사이에 신문을 사서 전차를 타고 가는 동안 어제 일어났던 사회의 변화를 알고, 그렇게 관공서나 회사에 도착하면 동시에 주머니에 넣은 신문지에 대해서는 까맣게 잊어버리지 않으면 안 될 정도로 바쁘니.

나는 지금 이 정도로 자투리 시간밖에 자유롭게 쓸 수 없는 사람들의 경멸을 무릅쓰고 쓰는 것이다.

작년부터 유럽에서는 커다란 전쟁126)이 시작되었다. 그리고 그 전쟁은 언제 끝날지 짐작조차 할 수 없는 모양이다. 일본에서도 그 전쟁의 작은 한 부분을 떠맡았다127). 그것이 끝나자 이번

---

126) 제1차 세계대전. 1914년에 시작되었다.
127) 1914년 8월에 일본은 영일동맹을 이유로 독일에 선전포고했다. 일본의 군사
　　행동은 동지나해에 국한되었으나 중국의 청도, 남양의 폰페이, 팔라우, 트루크,
　　사이판 등의 독일령을 점령했다.

에는 의회가 해산되었다[128]. 치러야 할 총선거는 정치계 사람들에게 중요한 문제가 되어 있다. 쌀 가격이 지나치게 떨어진 결과[129] 농가에 돈이 들어오지 않기에 어디서나 불경기다, 불경기다 불평을 해대고 있다. 연중행사로 말하자면 봄의 씨름대회[130]가 곧 시작되려 하고 있다. 요컨대 세상에서는 매우 많은 일들이 일어나고 있다. 유리문 안에 가만히 앉아 있는 나 따위는 신문에 얼굴을 내밀 수 없을 것 같다는 생각이 얼핏 든다. 내가 글을 쓰면 정치가나 군인이나 실업가나 씨름광을 밀쳐내고 쓰는 셈이 된다. 나 혼자서는 그 정도의 담력이 도저히 생기지 않는다. 단지 봄에 무엇인가 써보라는 말을 들었기에 나 외에는 그다지 관계도 없는 하찮은 일을 쓰려는 것이다. 그것이 언제까지 계속될지는 내 붓의 사정과 지면 편집의 사정에 따라 달라질 테니, 지금은 분명한 예상을 할 수가 없다.

二

전화가 와서 나를 찾는다기에 수화기를 귀에 대고 용건을 물어보니 한 잡지사[131]의 사내가 내 사진을 얻었으면 하는데

---

128) 1914년 12월, 오쿠마(大隈) 내각과 다수파인 야당 정우회(세이유카이)가 대립하여 의회는 해산되었다. 총선거는 이듬해 3월에 치러졌다.
129) 1914년의 현미 가격(1섬)을 보면 1월에 18엔 70전이었던 것이 12월에는 12엔 50전이 되었다.
130) 봄의 씨름대회 첫날이 1월 9일에서 15일로 연기되어 있었다.
131) '싱글벙글 주의'를 고취하는 싱긍벙글 클럽. 월간 『싱글벙글』 1915년 1월호

언제 찍으러 가면 좋겠는지 일정을 알려달라는 것이었다. 나는 "사진은 좀 곤란합니다."라고 대답했다.

나는 이 잡지와 전혀 관계를 맺고 있지 않았다. 그래도 지난 3, 4년 사이에 그 한두 권을 손에 쥔 기억은 있었다. 사람의 웃고 있는 얼굴만 여럿 싣는 것이 그 특색이라고 여겨진 외에 지금은 아무것도 머릿속에 남아 있지 않았다. 그러나 거기서 억지로 웃고 있는 듯한 얼굴의 대부분이 내게 준 불쾌한 인상은 아직도 지워지지 않았다. 그래서 나는 거절하려 했던 것이다.

잡지의 사내는 토끼해의 신년호이니 토끼띠인 사람의 얼굴을 늘어놓고 싶다는 희망을 밝혔다. 나는 상대편이 말한 것처럼 틀림없이 토끼해에 태어났다. 그래서 나는 이렇게 말했다. ─

"당신의 잡지에 싣기 위해서 찍는 사진은 웃지 않으면 안 되지 않나요?"

"아니, 그렇지 않습니다."라고 상대방은 바로 대답했다. 마치 내가 지금까지 그 잡지의 특색을 오해하고 있었다는 듯이.

"평소 얼굴도 상관없다면 실어도 좋습니다."

"네, 그거면 충분하니, 모쪼록."

나는 상대방과 날짜를 약속한 다음 전화를 끊었다.

하루를 사이에 두고 약속한 시간에 전화를 걸었던 사내가 말쑥한 양복차림에 사진기를 들고 내 서재로 들어왔다. 나는 잠시 그 사람과 그가 종사하고 있는 잡지에 대해서 이야기를 나누었다. 그런 다음 사진을 2장 찍었다. 1장은 책상 앞에 앉아

─────────────────

에 소세키의 사진이 게재되었다.

있는 평소의 모습, 1장은 추운 정원의 서리 위에 서 있는 보통의 태도였다. 서재는 광선이 잘 들어오지 않기에 기계를 설치한 다음 마그네시아[132]를 태웠다. 그 불이 타기 직전에 그는 얼굴을 절반쯤 내 쪽으로 내밀어 "약속이기는 합니다만, 어떻게 조금 웃어주실 수 없으시겠습니까?"라고 말했다. 나는 그때 갑자기 약간의 우스꽝스러움을 느꼈다. 그러나 동시에 한심한 소리를 하는 사내라는 마음도 들었다. 나는 "이거면 됐습니다."라고 말한 채 상대방의 주문에는 반응하지 않았다. 그는 나를 정원의 나무 앞에 세워놓고 렌즈를 내 쪽으로 향했을 때에도 또 앞서와 같은 정중한 어조로, "약속이기는 합니다만, 어떻게 조금……."이라고 같은 말을 되풀이했다. 나는 전보다 더 웃을 마음이 들지 않았다.

그로부터 나흘쯤 지났을 때 그가 우편으로 나의 사진을 보내주었다. 그런데 그 사진은 바로 그의 주문대로 웃고 있었다. 그때 나는 예상이 빗나간 사람처럼 한동안 내 얼굴을 바라보았다. 내게는 그것이 아무래도 조작을 해서 웃고 있는 사람처럼 만든 것이라고밖에 보이지 않았기 때문이었다.

나는 혹시나 해서 집에 찾아온 너덧 명의 사람들에게 그 사진을 꺼내 보여주었다. 그들 모두 나와 마찬가지로 아무래도 억지로 웃게 만든 것 같다는 감정을 내렸다.

나는 태어나서 지금까지 사람 앞에서 웃고 싶지도 않은데

---

132) magnesia. 마그네슘의 산화물. 태우면 하얀 빛을 내기에 사진을 촬영할 때 사용했다.

웃어 보인 경험이 몇 번이고 있었다. 그 위선이 지금 이 사진사 탓에 복수를 당한 것일지도 모른다.

그는 기분이 썩 좋지 않은 쓴웃음을 흘리고 있는 내 사진은 보내주었지만, 그 사진을 싣겠다던 잡지는 끝내 도착하지 않았다.

三

내가 H씨133)에게서 헥토르134)를 얻었을 때를 생각하면, 어느 틈엔가 벌써 3, 4년 전의 옛날이 되어 있다. 어쩐지 꿈과 같은 기분도 든다.

그때 그는 이제 막 젖을 뗀 새끼였다. H씨의 제자가 그를 보자기에 싸서 전차를 타고 집까지 데려다주었다. 나는 그날 밤 그를 뒤란의 헛간 구석에서 재웠다. 춥지 않도록 지푸라기를 깔아 가능한 한 아늑한 침상을 만들어준 뒤 나는 헛간의 문을 닫았다. 그러자 그는 초저녁부터 울기 시작했다. 오밤중에는 헛간의 문을 발톱으로 긁어 깨뜨려 밖으로 나오려 했다. 그는 어두운 곳에서 홀로 자기가 외로웠던 것이리라, 이튿날 아침까지 한잠도 자지 못한 모양이었다.

이 불안은 다음 밤에도 계속되었다. 그 다음 밤에도 계속되었다. 나는 일주일 남짓 지나 그가 주어진 지푸라기 위에서 마침내

---

133) 소세키의 요곡(謠曲)의 스승이었던 호쇼 아라타(宝生新).
134) Hector. 트로이 군의 총대장.

편안하게 잠을 자게 되기까지 밤이 되면 반드시 그가 마음에 걸렸다.

우리 아이들은 그를 신기해하며 틈만 나면 노리갯감으로 삼았다. 그러나 이름이 없었기에 한 번도 그를 부를 수가 없었다. 그러나 살아 있는 것을 상대로 하는 그들에게는 무슨 일이 있어도 상대의 이름을 부르며 놀 필요가 있었다. 그래서 그들은 내게 개의 이름을 지어달라고 조르기 시작했다. 나는 결국 헥토르라는 위대한 이름을 이 아이들의 친구에게 주었다.

그것은 일리아스[135]에 나오는 트로이[136] 제일의 용장의 이름이었다. 트로이와 그리스 사이에서 전쟁이 벌어졌을 때, 헥토르는 결국 아킬레우스[137]에게 목숨을 잃었다. 아킬레우스는 헥토르에게 살해당한 친구의 복수를 한 것이었다. 아킬레우스가 노하여 그리스 쪽이 공격을 해왔을 때 성 안으로 달아나지 않은 자는 헥토르 한 사람뿐이었다. 헥토르는 3번 트로이 성벽을 돌며 아킬레우스의 창끝을 피했다. 아킬레우스도 3번 트로이 성벽을 돌며 그 뒤를 쫓았다. 그리고 마지막에는 결국 헥토르를 창으로 찔러 죽였다. 그런 다음 그의 주검을 자신의 전차에 묶어 다시 트로이 성벽을 3번 끌고 돌아다녔다. ……

나는 이 위대한 이름을 보자기에 싸여 들려온 강아지에게 준 것이었다. 아무것도 알 리 없는 우리 집 아이들도 처음에는

---

135) 호메로스가 지은 고대 그리스의 서사시.
136) 『일리아스』의 무대가 된 소아시아 북서부의 고대 도시.
137) 『일리아스』의 주인공. 그리스 군 최강의 전사.

이상한 이름이라고 했다. 하지만 금방 익숙해졌다. 개도 헥토르라고 불릴 때마다 기쁘다는 듯 꼬리를 흔들었다. 끝내는 그 위대한 이름도 존이나 조지처럼 평범한 예수교 신자의 이름과 마찬가지로 고전적인 울림은 내게 조금도 주지 않게 되었다. 동시에 그는 점차 집안사람들로부터 처음만큼 귀여움을 받지 못하게 되었다.

헥토르는 많은 개들이 대부분 걸리는 디스템퍼[138]라는 병 때문에 한때 입원한 적이 있었다. 그때는 아이들이 곧잘 문병을 갔었다. 나도 문병을 갔다. 내가 갔을 때 그는 자못 기쁘다는 듯 꼬리를 흔들며 반가운 눈을 내게 향했다. 나는 웅크려 앉아 나의 얼굴을 그 곁으로 가져가서 오른손으로 그의 머리를 쓰다듬어주었다. 그는 그에 대한 답례로 내 얼굴을 닥치는 대로 핥으려 들었다. 그때 그는 내가 보는 앞에서 처음으로 의사가 주는 소량의 우유를 먹었다. 그때까지는 확신을 갖지 못했던 의사도 이대로라면 혹은 나을지도 모르겠다고 말했다. 헥토르는 과연 나았다. 그리고 집으로 돌아와서 씩씩하게 뛰어다녔다.

四

며칠 지나지 않아서 그는 친구 두엇을 사귀었다. 그 가운데

---

138) distemper. 갯과 동물에 감염하는 바이러스성 전염병. 비염, 발열 외에 소화기형, 호흡기형 증상을 보이며, 신경형 증상을 보이면 치사율이 높다.

가장 친했던 것은 바로 앞에 있는 의사 집의, 그와 동년배쯤 되는 장난꾸러기였다. 그는 기독교도에게 어울리는 존이라는 이름을 가지고 있었지만, 그 성질은 이단자인 헥토르보다 훨씬 더 뒤떨어졌던 듯하다. 덮어놓고 사람을 무는 버릇이 있었기에 끝내는 결국 맞아죽고 말았다.

그는 이 악우를 우리 정원으로 끌어들여 제멋대로 행패를 부려 나를 난처하게 만들었다. 그들은 자꾸만 나무의 뿌리를 파서 쓸모도 없는 커다란 구멍을 만들어놓고는 기뻐했다. 아름다운 화초 위에 일부러 나뒹굴어 꽂이고 줄기고 가차 없이 떨어뜨리기도 하고 쓰러트리기도 했다.

존이 목숨을 빼앗긴 뒤부터 무료한 그는 밤의 놀이와 낮의 놀이를 익히게 되었다. 산책 등에 나설 때, 나는 파출소 옆에서 볕을 쬐고 있는 그를 곧잘 보곤 했다. 그래도 집에 있을 때면 미심쩍은 사람에게 짖어대며 잘도 덤볐다. 그 가운데 가장 맹렬하게 그의 공격을 받은 것은 혼조(本所) 부근에서 오는 10살 정도 된 가쿠베에지시[139]의 아이였다. 그 아이는 언제나 "안녕하세요. 복 많이 받으세요."라며 들어온다. 그리고 집안사람에게 빵 껍데기와 1전짜리 동전을 받기 전에는 돌아가지 않기로 혼자 결심하고 있었다. 따라서 헥토르가 아무리 짖어도 달아나지 않았다. 오히려 헥토르가 짖어대며 꼬리를 가랑이 사이에 끼고 늘상 헛간 쪽으로 퇴각했다. 요컨대 헥토르는 겁쟁이였다.

---

139) 角兵衛獅子. 에치고지시(越後獅子)라고도 한다. 에치고(지금의 니이가타현) 지방에서 시작된 어린아이의 춤으로 사자 머리를 쓰고 학의 꼬리를 단 옷을 입고 물구나무서기 등을 한다.

그리고 품행으로 따지자면 들개와 거의 다를 바 없을 정도로 타락해 있었다. 그래도 그들에게 공통된, 사람을 잘 따르는 애정은 언제까지고 잃지 않았다. 가끔 얼굴을 마주하면 그는 반드시 꼬리를 흔들며 내게 뛰어들었다. 혹은 그의 등을 사정없이 내 몸에 비벼댔다. 나는 그의 흙 묻은 발 때문에 의복이나 외투를 더럽힌 적이 몇 번이었는지 알 수 없다.

작년 여름부터 가을에 걸쳐서 병을 앓았던 나는 1개월쯤 동안 끝내 헥토르를 볼 기회를 얻지 못하고 지냈다. 병이 간신히 가셔서 침상 밖으로 나갈 수 있게 된 뒤, 나는 비로소 다실의 툇마루에 서서 그의 모습을 저물녘의 어둠 속에서 발견했다. 나는 바로 그의 이름을 불렀다. 그러나 산울타리의 밑동에 웅크리고 있던 그는 아무리 불러도 나의 애정에 응하지 않았다. 그는 머리도 움직이지 않고, 꼬리도 흔들지 않고, 그저 하얀 뭉치인 채로 울타리 밑동에 들러붙어 있을 뿐이었다. 나는 1개월쯤 만나지 못한 동안 그가 벌써 주인의 목소리를 잊은 것이라 생각하여 희미한 애수를 느끼지 않을 수 없었다.

아직 가을의 초입이어서 어느 곳의 덧문도 닫을 수 없었기에 별빛이 문을 열어젖힌 집 안에서 잘 보이는 밤이었다. 내가 서 있던 다실의 툇마루에는 집안사람이 두엇 있었다. 그러나 내가 헥토르의 이름을 불러도 그들은 돌아보지도 않았다. 내가 헥토르에게 잊힌 것처럼 그들 또한 헥토르를 전혀 염두에 두지 않게 된 듯 여겨졌다.

나는 말없이 방으로 돌아와 거기에 깔려 있는 이부자리 위에 누웠다. 병을 앓고 난 후의 나는 계절에 어울리지 않게 검고 두툼한 견직물로 지은, 목깃 달린 도테라[140]를 입고 있었다. 나는 그것을 벗기 귀찮았기에 그대로 누운 채 가슴 위에서 깍지를 끼고 말없이 천장을 응시했다.

五

이튿날 서재의 툇마루에 서서 초가을 정원의 모습을 둘러보다 나는 우연히도 다시 그의 하얀 모습을 이끼 위에서 발견했다. 나는 전날 밤의 실망을 되풀이하기 싫었기에 애써 그의 이름을 부르지 않았다. 그래도 선 채 그의 모습을 가만히 지켜보지 않을 수 없었다. 그는 나무둥치 쪽에 박아놓은 세면용 돌 푼주 속에 머리를 박고 거기에 고여 있는 빗물을 홀짝홀짝 먹고 있었다.

이 세면용 푼주는 언제, 누가 가져온 것인지도 모른 채 뒤뜰의 구석에 나뒹굴고 있던 것을 이사한 당시 정원사에게 말해서 지금의 위치로 옮기게 한 육각형 물건으로, 그 무렵에는 이끼가 전면에 자라서 옆면에 세겨진 글자도 전혀 읽을 수 없게 되어 있었다. 그러나 내게는 옮기기 전에 한 번, 분명하게 그것을 읽은 기억이 있었다. 그런데 그 기억이 문자로 머리에 남아 있는 것이 아니라, 이상한 감정이 되어 지금도 가슴 속을 오가고 있다. 거기에는 절과 부처님과 무상의 냄새가 떠돌고 있었다.

---

140) どてら. 두툼하게 솜을 넣은 잠옷.

헥토르는 힘없이 꼬리를 늘어뜨린 채 내 쪽으로 등을 향하고 있었다. 세면용 푼주에서 떨어졌을 때 나는 그의 입에서 흐르는 침을 보았다.

　"어떻게 해주지 않으면 안 되겠어. 병에 걸렸으니."라고 말하며 나는 간호부를 돌아보았다. 나는 그때 아직 간호부를 쓰고 있었다.

　나는 이튿날에도 속새 속에 누워 있는 그를 한번 보았다. 그리고 같은 말을 간호부에게 되풀이했다. 그러나 헥토르는 그 이후 모습을 감춘 채 다시 집으로 돌아오지 않았다.

　"의사에게 데려가려고 찾아봤는데 어디에도 없어요."

　집안사람이 이렇게 말하며 내 얼굴을 봤다. 나는 아무 말도 하지 않았다. 그러나 마음속에서는 그를 얻었을 당시의 일까지 떠올랐다. 신고서를 낼 때 종류라는 칸 아래에 혼혈아라고 쓰고, 색이라는 글자 아래에 붉은 반점이라고 썼던 우스운 일도 희미하게 가슴속에 떠올랐다.

　그가 모습을 감춘 지 약 일주일쯤 지났다 싶었을 무렵 1, 2정 떨어진 곳에 있는 한 사람의 집에서 하녀가 심부름을 왔다. 그 사람의 정원에 있는 연못 속에 개의 시체가 떠 있기에 끌어내서 목줄을 살펴보니, 우리 집의 이름이 새겨져 있었기에 알려주러 왔다는 것이었다. 하녀는 "저희 집에서 묻어줄까요?"라고 물었다. 나는 당장 차부를 보내 그를 데려오게 했다.

　나는 하녀를 일부러 보내준 집이 어디에 있는지 몰랐다. 그저 내가 어렸을 때부터 기억하고 있는 오래 된 절의 옆일 것이라고만 생각하고 있었다. 그곳은 야마가 소코[141]의 무덤이 있는 절로, 산문 앞에 옛 막부시대의 기념처럼 오래 된 팽나무가 한 그루 서 있는 것이 내 서재의 북쪽 툇마루에서 수많은 집들의 지붕 너머로 잘 보였다.

차부는 멍석 안에 헥토르의 시체를 싸서 돌아왔다. 나는 애써 거기에 다가가지 않았다. 생나무로 만든 작은 묘표를 사오게 해서 거기에 '가을바람 들리지 않는 땅에 묻어주네'라는 한 구절을 썼다. 나는 그것을 집안사람에게 건네주어 헥토르가 잠들어 있는 흙 위에 세우게 했다. 그의 무덤은 고양이의 무덤에서 북동쪽으로 약 1간 정도 떨어져 있는데, 내 서재의 볕이 들지 않아 차가운 북쪽 툇마루로 나가 유리문 안에서 서리에 쓸쓸해진 뒤뜰을 바라보면 2개 모두 잘 보인다. 벌써 거뭇하게 썩기 시작한 고양이의 것에 비하자면 헥토르의 것은 아직 싱싱하게 빛나고 있다. 하지만 곧 2개 모두 같은 색으로 낡아, 똑같이 사람들의 눈에 띄지 않게 되리라.

六

나는 그 여자[142]를 전부해서 네다섯 번 만났다.

---

141) 山鹿素行(1622~1685). 에도 전기의 유학자, 병법가. 무덤은 신주쿠(新宿) 구의 소잔지(宗参寺)에 있다.

142) 하야사카 씨에 의하면 이 여자는 고등여학교의 교사로, 그 '슬픈 역사'란 불행한 결혼생활과 그 와중에 있었던 비극적인 연애였다고 한다.

처음 찾아왔을 때 나는 부재 중이었다. 문을 열어주었던 사람이 소개장을 가져오라고 주의를 주었더니 그녀는 특별히 그런 것을 얻을 곳이 없다고 말하고 돌아갔다고 한다.

그로부터 하루 지나서 여자는 편지로 내게 직접 형편을 물어왔다. 그 편지의 봉투로 나는 그녀가 아주 가까운 근처에 살고 있다는 사실143)을 알았다. 나는 바로 답장을 보내서 만날 날을 지정해주었다.

여자는 약속 시간을 어기지 않고 왔다. 화려한 색의 오글한 비단에 떡갈나무 잎 3장이 새겨진 하오리를 입고 있던 것이 내 눈에 가장 먼저 띄었다. 여자는 내가 쓴 것을 대부분 읽은 모양이었다. 그랬기에 이야기의 대부분은 그쪽 방면으로만 이어져나갔다. 그러나 내 저작에 대해서 처음 보는 사람에게 칭찬만 받는 것은 고마운 듯하면서도 매우 낯간지러운 일이다. 사실을 말하자면 나는 난감했었다.

일주일 있다가 여자는 다시 왔다. 그리고 나의 작품을 다시 칭찬해주었다. 그러나 나의 마음은 오히려 그런 화제를 피하고 싶었다. 세 번째 왔을 때, 여자는 무엇인가에 감격한 듯, 품속에서 손수건을 꺼내 눈을 자꾸만 훔쳤다. 그리고 내게 자신이 지금까지 살아온 슬픈 역사를 써줄 수 없겠느냐고 청했다. 하지만 그 이야기를 듣지 못한 나로서는 뭐라고 답을 줄 수가 없었다. 나는 여자에게 혹시 쓰게 되면 피해라고 생각하는 사람이 나오는 것 아니냐고 물어보았다. 여자는 뜻밖에도 분명한 어조로,

---

143) 여자는 소세키가 살던 지역의 남쪽과 인접한 지역에 살고 있었다고 한다.

실명만 밝히지 않는다면 상관없다고 대답했다. 그랬기에 나는 어쨌든 여자의 경력을 듣기 위해 특별히 시간을 마련했다.

그런데 그날이 되었을 때 여자는 나를 만나고 싶어 한다는 다른 여자를 데리고 와서는, 예의 이야기는 다음으로 미루어주셨으면 한다고 말했다. 나는 애초부터 그녀의 위약을 탓할 마음은 없었다. 2사람을 상대로 잡담을 나누다 헤어졌다.

그녀가 마지막으로 내 서재에 앉은 것은 그 이튿날 밤이었다. 그녀는 자기 앞에 놓인 작은 오동나무 화로 속 재를 놋쇠 부젓가락으로 쑤셔가며 자신의 슬픈 사연에 관한 이야기를 시작하기에 앞서, 말없이 있던 내게 이렇게 말했다.

"일전에는 흥분해서 저의 사연을 써주셨으면 한다고 말씀드렸습니다만, 그건 그만두겠습니다. 그저 선생님께서 들어주시기만 하면 되니 모쪼록 그리 아시고……."

나는 그에 대해서 이렇게 대답했다.

"당신이 허락하지 않는 이상, 설령 아무리 쓰고 싶은 일이 나온다 할지라도 결코 쓸 마음은 없으니 안심하세요."

내가 충분한 보증을 여자에게 주었기에 여자는 그럼, 하고 자신의 7, 8년 전부터의 경력을 이야기하기 시작했다. 나는 말없이 여자의 얼굴을 지켜보고 있었다. 그러나 그녀는 대부분 눈을 내리깔고 화로 속만을 바라보았다. 그리고 아름다운 손가락으로 놋쇠 부젓가락을 쥐어서는 재 속으로 찔러넣었다.

때때로 이해할 수 없는 부분이 나오면 나는 여자에게 짧은 질문을 던졌다. 여자는 간단히, 그리고 내가 이해할 수 있도록

답했다. 그러나 대부분은 그녀 혼자서만 이야기를 했기에 나는 오히려 목상처럼 가만히 있을 뿐이었다.

　마침내 여자의 뺨이 달아올라 벌겋게 되었다. 분을 바르지 않은 탓인지 그 달아오른 뺨의 색이 유난히 내 눈에 띄었다. 고개를 숙이고 있었기에 숱이 많은 검은 머리카락도 자연스럽게 나의 주의를 끄는 재료가 되었다.

七

　여자의 고백은 듣는 나를 숨 막히게 할 정도로 비통하기 짝이 없는 것이었다. 그녀는 내게 이런 질문을 던졌다. ―

　"만약 선생님께서 소설을 쓰시게 된다면, 그 여자의 결말을 어떻게 하시겠습니까?"

　나는 어떻게 답해야 좋을지 몰랐다.

　"여자가 죽는 편이 낫다고 생각하십니까, 아니면 살아가도록 쓰시겠습니까?"

　나는 어느 쪽으로도 쓸 수 있다고 대답하고 넌지시 여자의 기색을 살폈다. 여자는 좀 더 분명한 대답을 내게 요구하고 있는 것처럼 보였다. 나는 어쩔 수 없이 이렇게 대답했다. ―

　"삶이라는 것을 인간의 중심점으로 생각한다면 그대로 두어도 상관없겠지요. 그러나 아름다움이나 고상함을 첫 번째 의의로 두고 인간을 평가한다면 문제가 달라질지도 모르겠습니다."

"선생님은 어느 쪽을 택하시겠습니까?"

나는 다시 망설였다. 말없이 여자의 말을 듣는 수밖에 달리 방법이 없었다.

"저는 지금 품고 있는 이 아름다운 마음이 시간 때문에 점점 옅어질까 두려워 견딜 수가 없습니다. 이 기억이 사라져버려 그저 멍하니 빈껍데기처럼 살아 있는 미래를 상상하면 그것이 너무나도 고통스럽고 두려워서 견딜 수가 없습니다."

나는 여자가 지금 널따란 세상 가운데 오로지 홀로 서서 몸을 조금도 움직일 수 없는 위치에 있다는 사실을 알고 있었다. 그리고 그것이 나의 힘으로는 어떻게 해볼 수도 없을 만큼 절박한 처지라는 사실도 알고 있었다. 나는 손을 써볼 수도 없는 타인의 고통을 방관하는 위치에 놓인 채 가만히 있었다.

나는 약 먹을 시간을 재기 위해서 손님이 앞에 있을 때도 늘 회중시계를 방석 옆에 놓는 버릇이 있었다.

"벌써 11시이니 돌아가세요."라고 나는 결국 여자에게 말했다. 여자는 싫은 표정도 없이 자리에서 일어났다. 나는 다시 "밤이 깊었으니 데려다드리겠습니다."라고 말하고 여자와 함께 섬돌로 내려섰다.

그때 아름다운 달이 조용한 밤을 남김없이 비추고 있었다. 길로 나서자 고요한 흙 위로 울리는 나막신 소리는 전혀 들리지 않았다. 나는 옷 앞섶에 손을 찔러넣고 모자도 쓰지 않은 채 여자의 뒤를 따라갔다. 모퉁이 부근에서 여자는 머리를 가볍게 숙여 인사하고 "선생님께서 데려다주셔서는 죄송스러우니."라고 말했다. "죄송스러울 것 없습니다. 같은 인간이니."라고 나는 대답했다.

다음 모퉁이에 왔을 때 여자는 "선생님께서 데려다주시다니 영광입니다."라고 다시 말했다. 나는 "정말 영광이라고 생각하나요?"라고 신지하게 물었다. 여자는 간단하게 "그렇게 생각합니다."라고 분명하게 대답했다. 나는 "그럼 죽지 말고 살아가세요."라고 말했다. 나는 여자가 이 말을 어떻게 해석했는지 알지 못한다. 나는 거기서부터 1정쯤 갔다가 다시 집으로 되돌아왔다.

숨이 막힐 듯 괴로운 이야기를 들은 나는 그날 밤 오히려 인간미 넘치는 좋은 기분을 오랜만에 경험했다. 그리고 그것이 존귀한 문예상의 작품을 읽은 뒤의 기분과 같은 것이라는 사실을 깨달았다. 유라쿠자나 제국극장144)에 가서 우쭐하던 나의 옛 그림자가 왠지 한심스럽게 여겨졌다.

八

불유쾌함으로 가득한 인생을 타박타박 더듬어가고 있는 나는, 내가 언젠가 한 번은 도착해야 할 죽음이라는 경지에 대해서 늘 생각하고 있다. 그리고 그 죽음이라는 것을 삶보다는 편안한

---

144) 유라쿠자와 제국극장 모두 서양식 극장으로 당시에는 화려한 사교의 장이기도 했다.

것이라고만 믿고 있다. 때로는 그것을 인간이 도달할 수 있는 가장 높은 상태라고 생각하는 적도 있다.

'죽음은 삶보다 존귀하다.'

요즘에는 이런 말이 끊임없이 내 가슴속을 오가게 되었다.

그러나 현재의 나는 지금 실제로 살아 있다. 나의 부모님, 나의 조부모님, 나의 증조부모님, 그리고 순서대로 거슬러 올라가 백 년, 이백 년 내지 천 년, 만 년 동안에 길들여진 습관을 나 한 세대에서 해탈할 수가 없기에 나는 여전히 이 생에 집착하고 있는 것이다.

따라서 내가 다른 사람에게 하는 조언은 아무래도 이 생이 허락하는 범위 안에서 하지 않으면 안 된다고 생각한다. 어떤 식으로 살아가야 하는가, 라는 좁은 구역 안에서만 나는 인류의 한 사람으로서 다른 인류의 한 사람을 대하지 않으면 안 된다고 생각한다. 이미 생 속에서 활동하는 자신을 인정하고 또 그 생속에서 호흡하는 타인을 인정한 이상, 서로의 근본의는 아무리 괴로워도, 아무리 추해도 이 생 위에 놓인 것이라고 해석하는 것이 당연하기 때문이다.

'만약 살아 있는 것이 고통이라면 죽는 편이 좋을 겁니다.'

이런 말은 제아무리 매정하게 세상을 바라보는 사람의 입에서도 들을 수 없을 것이다. 의사는 편안한 잠으로 향하려는 환자에게 일부러 주사바늘을 꽂아 환자의 고통을 한시라도 더 연장할 방법에 골몰한다. 이처럼 고문에 가까운 행위가 인간의 덕의(德義)로 허용되고 있다는 사실을 보아도, 우리가 얼마나 억척스럽게 생이라는 한 글자에 집착하고 있는지를 알 수 있다. 나는 끝끝내 그 사람에게 죽음을 권할 수 없었다.

그 사람은 자신의 가슴에 도저히 회복될 가망이 보이지 않을 정도로 깊은 상처를 입었다. 동시에 그 상처가 평범한 사람의 경험에는 없을 아름다운 추억의 씨앗이 되어 그 사람의 얼굴을 반짝이게 하고 있었다.

그녀는 그 아름다운 것을 보석처럼 소중하게 그녀의 가슴 속에 영원히 품고 싶어 했다. 불행하게도 그 아름다운 것은 곧, 그녀를 죽음 이상으로 괴롭히는 상처 그 자체였다. 2가지 사실은 종이의 앞뒤처럼 도저히 떼어낼 수 없는 것이었다.

나는 그녀에게 모든 것을 치유해주는 '시간'의 흐름에 따라 흘러가라고 말했다. 그녀는 만약 그렇게 하면 이 소중한 기억의 빛이 점차 바랠 것이라며 한탄했다.

공평한 '시간'은 소중한 보물을 그녀의 손에서 빼앗는 대신에 그 상처도 점차 치유해주는 것이다. 격렬한 생의 환희를 꿈처럼 흐릿하게 만들어버리는 동시에, 지금의 환희에 수반된 생생한 고통도 제거하는 수단을 게을리 하지 않는 것이다.

나는 깊은 연애에 뿌리 내린 열렬한 기억을 거둬들여서라도 그녀의 상처에서 떨어지는 핏물을 '시간'으로 씻어내려 했다. 내가 보기에, 아무리 평범하다 할지라도 살아가는 편이 죽는 것보다 그녀에게는 적당했기 때문이다.

이렇게 해서 늘 삶보다 죽음을 존귀하다고 믿고 있는 나의 희망과 조언은 끝끝내 이 불유쾌함으로 가득한 삶이라는 것을 초월하지 못했다. 게다가 내게는 그것이, 실행상에 있어서 자신이 범용한 자연주의자임을 증명한 것처럼 보여서 견딜 수가 없었다. 나는 지금도 반신반의의 눈으로 가만히 나의 마음을 바라보고 있다.

九

내가 고등학교145)에 다니던 무렵, 비교적 친하게 교제하던 친구 가운데 O라는 사람146)이 있었다. 그때부터 그다지 많은 친구를 사귀지 않았던 내게는 자연스럽게 O와 자주 만나는 듯한 경향이 있었다. 나는 대체로 일주일에 1번 정도의 비율로 그를 찾아갔다. 어떤 해의 여름방학에는 매일 거르지 않고 마사고초147)에서 하숙하고 있던 그를 불러내 강가의 수영장148)까지 갔다.

O는 도호쿠149) 사람이기에 말투에 나 같은 사람과는 달리 투박하고 누긋한 면이 있었다. 그리고 그 말투가 그의 성질을 아주 잘 대표하고 있는 듯 여겨졌다. 몇 번이고 그와 논의를

---

145) 제일고등중학교를 말한다. 주117 참조.
146) 오타 다쓰토(太田達人, 1866~1945). 이와테 현 모리오카 출생. 제국대학 이과대학 물리학과 졸업. 소세키와는 대학 예비문부터의 친구.
147) 真砂町. 도쿄 대학 근처.
148) 스미다가와(隅田川) 료고쿠 강변에 설치되었던 도쿄 대학 및 예비문의 수영장.
149) 東北. 일본 혼슈의 북동쪽에 위치한 지방으로 아오모리 · 아키타 · 이와테 · 미야기 · 야마가타 · 후쿠시마 현을 일컫는다.

한 기억이 있는 나는 끝내 그가 화를 내거나 흥분하는 얼굴을 보지 못하고 말았다. 나는 그것만으로도 그를 충분히 경애할 만한 가치가 있는 장자(長者)로 인정하고 있었다.

그의 성질이 너그러운 것처럼 그의 두뇌도 나보다는 훨씬 더 컸다. 그는 언제나 당시의 나로서는 생각지도 못할 문제를 혼자서 생각하고 있었다. 그는 처음부터 이과에 들어갈 목적을 가지고 있었으면서도 철학책 등을 즐겨 읽었다. 한번은 그에게서 스펜서의 제1원리[150]라는 책을 빌린 것을 나는 아직도 잊지 않고 있다.

하늘이 맑은 가을날에는 둘이서 곧잘 발걸음이 향하는 대로 아무 이야기나 나누며 걷곤 했다. 그럴 때면 담장을 넘어 거리로 뻗은 나뭇가지에서 노란색으로 물든 조그만 잎이 바람도 없는데 팔랑팔랑 떨어지는 광경을 자주 보곤 했다. 그것이 우연히 그의 눈에 띠었을 때 그가 "앗, 깨달았다."라고 낮은 목소리로 외친 적이 있었다. 그저 가을빛으로 물든 하늘에 움직이는 것이 아름답다고밖에 볼 줄 모르는 내게는 그의 말이, 감추어진 어떤 비밀스러운 암호처럼 이상한 울림을 귀에 전해줄 뿐이었다. "깨달음이란 건 묘한 것이로군."이라고 그가 그 후에 평소의 누긋한 말투로 혼잣말처럼 설명했을 때도 나는 한 마디 말도 못했다.

그는 가난한 학생이었다. 대관음[151] 옆에 방을 빌려 자취를 하던 무렵에는 마른 연어를 구워 초라한 식탁에 나를 곧잘 앉히

---

150) 소세키의 학생 시절에 스펜서의 사상은 커다란 영향력을 가지고 있었다.
151) 혼고 구에 있는 절 고겐지(光源寺)를 말한다.

곤 했다. 한번은 찹쌀과자 대신 콩자반을 사가지고 와서 대나무 껍질째 양쪽에서부터 젓가락질을 해댔다.

대학을 졸업하자 그는 곧 지방의 중학으로 부임했다. 나는 그런 그를 안타깝게 생각했다. 그러나 그를 모르는 대학의 선생에게는 그것이 오히려 당연하게 보였을지도 모른다. 그 자신은 물론 태연했다. 그로부터 몇 년쯤 뒤에, 아마도 3년인가 계약으로 중국의 한 학교 교사로 채용되어 갔다가 임기를 채우고 돌아와서 바로 다시 일본의 중학교장이 되었다. 그러다 아키타(秋田)에서 옆으로 밀려나 지금은 가바후토152)의 교장을 하고 있다.

작년에 상경해서 오랜만에 나를 찾아와주었을 때 그가 왔다고 말을 전하러 온 사람으로부터 명함을 받아든 나는 그 걸음으로 당장 방으로 가서 평소와 다를 바 없이 손님보다 먼저 자리에 앉아 있었다. 그러자 복도를 따라 방 문까지 온 그가 방석 위에 단정히 앉아 있는 내 모습을 보자마자 "너무 점잔빼는 거 아니야."라고 말했다.

그때 상대방의 말이 채 끝나기도 전에 "응."이라는 대답이 어느 틈엔가 내 입에서 흘러나와버리고 말았다. 어째서 나의 험담에 스스로 긍정하는 듯한 이 말이 그렇게도 자연스럽게, 그렇게도 간단히, 그렇게도 스스럼없이 술술 나의 복구멍을 타고 넘어온 것일까. 나는 그때 투명하고 좋은 기분이 들었다.

---

152) 樺太. 지금의 사할린. 러일전쟁 결과 일본이 사할린의 남쪽을 영유했다.

十

　마주보고 자리를 잡은 O와 나는 무엇보다 먼저 서로의 얼굴을 바라보며 거기에 아직 예전 그대로의 모습이 그리운 꿈의 기념처럼 남아 있다는 사실을 확인했다. 그러나 그것은 마치 옛 마음이 새로운 기분 속에 희미하게 새겨져 있는 것과 같아서 전면이 어스레하게 흐려져 있었다. 무시무시한 '시간'의 위력에 저항하여 다시 원래의 모습으로 돌아가기란, 두 사람에게 있어서 더는 불가능한 일이었다. 두 사람은 헤어진 뒤부터 지금 만나기까지의 사이에 껴 있는 과거라는 신비한 것을 돌아보지 않을 수 없었다.

　O는 예전에 사과처럼 붉은 뺨과, 남들보다 한층 크고 둥근 눈과, 거기에 여자에게 어울릴 정도로 통통한 윤곽에 감싸인 얼굴을 가지고 있었다. 지금 보아도 역시 붉은 뺨과 둥근 눈과, 마찬가지로 동글동글한 윤곽의 소유자이기는 했으나 그것이 옛날과는 어딘가 달랐다.

　나는 그에게 나의 콧수염과 구레나룻을 보여주었다. 그는 또 나를 위해서 자신의 머리를 문질러 보였다. 나의 것은 희끗해졌으며, 그의 것은 옅게 벗겨지려 하고 있었다.

　"사람도 가바후토까지 가면 더는 갈 데가 없겠지."라고 내가 놀리자 그는 "대충 그런 셈이지."라고 대답한 뒤, 나는 아직 본 적이 없는 가바후토에 대한 이야기를 여러 가지로 들려주었다. 그러나 나는 지금 그것을 전부 잊어버렸다. 여름에는 굉장히 좋은 곳이라는 사실만을 기억하고 있을 뿐이다.

나는 몇 년인가 만에 그와 함께 밖으로 나갔다. 그는 플록코트 위에 망토와 같은 외투를 풍성하게 입고 있었다. 그리고 전차 안에서 손잡이를 잡은 채 주머니에서 손수건에 싼 것을 꺼내 내게 보여주었다. 나는 "뭐야?"라고 물었다. 그는 "밤 만주[153] 야."라고 대답했다. 밤 만주는 조금 전, 그가 우리 집에 있을 때 내준 과자였다. 그가 어느 틈에 그것을 손수건에 쌌을까 생각한 순간 나는 조금 놀랐다.

"그 밤 만주를 가져온 건가?"

"그랬을지도 모르지."

그는 나의 놀란 모습을 놀리는 듯한 투로 이렇게 말하고, 그 손수건 꾸러미를 다시 주머니 안에 넣어버렸다[154].

우리는 그날 밤 제국극장으로 갔다. 내가 손에 넣은 2장의 표에 북측으로 들어가라는 주의가 적혀 있는 것을 그만 착각해서 남측으로 돌아가려 했을 때 그가 "그쪽이 아닐세."라고 내게 주의를 주었다. 나는 잠시 멈춰서 생각한 다음, "맞아, 방향은 가바후토 쪽이 틀림없는 듯해."라고 말하며 다시 지정된 입구 쪽으로 돌아섰다.

그는 처음부터 제국극장을 알고 있다고 말했다. 그러나 만찬

---

153) 饅頭. 밀가루, 쌀 등의 반죽에 고구마, 밤 등의 앙금을 넣어 찌거나 구운 과자.

154) 사실은 다른 집에서 얻어온 것인데 그 사실을 나쓰메 소세키에게는 말하지 않았기에 나쓰메 소세키는 끝내 그 사실을 알지 못했다고 한다.

이 끝난 뒤 자신의 자리로 돌아갈 때, 누구나 그렇듯 2층과 1층의 문을 착각해서 나의 웃음을 샀다.

때때로 주머니에서 금테안경을 꺼내 손에 든 인쇄물을 읽던 그는 그 안경을 벗지 않고 멀리 있는 무대를 아무렇지도 않게 바라보았다.

"그건 노안경 아닌가? 그걸 끼고 먼 곳을 잘도 보는군."

"뭐, 챠부도일세."

나는 그 챠부도라는 말의 의미를 조금도 알 수 없었다. 그는 그 말을 커다란 차이가 없다는 뜻의 중국어라고 설명해주었다.

그날 밤 돌아오는 전차 안에서 나와 헤어진 채, 그는 다시 멀고 추운 일본 영지의 북쪽 끝으로 가버렸다.

나는 그가 떠오를 때마다 다쓰토[155]라는 그의 이름을 생각한다. 그러면 그 이름이 특히 그를 위해서 하늘이 내려준 것 같다는 기분이 든다. 그리고 그 달인이 눈과 얼음에 갇힌 북쪽의 끝에서 아직도 중학교 교장을 하고 있구나, 하고 생각한다.

十一

어떤 부인이 어떤 여자를 내게 소개했다.

"뭔가 쓴 것을 봐주셨으면 한답니다."

나는 부인의 이 말에 머릿속에서 여러 가지 일들을 생각했다.

---

155) 達人. 우리말로 읽으면 달인. 일본에서도 역시 같은 뜻으로 쓰인다.

지금까지 내게 자신이 쓴 것을 읽어달라며 온 사람은 몇인지도
모르게 있었다. 그 가운데에는 원고지의 두께가 1치, 혹은 2치
정도나 되는 두툼한 것도 섞여 있었다. 나는 그것을 시간의 형편
이 허락하는 한 될 수 있는 대로 읽었다. 그리고 단순한 나는
그저 읽기만 하면 부탁받은 의무는 다한 것이라 알고 만족했다.
그런데 상대방은 그 뒤에 신문에 실어달라고 말하기도 하고,
잡지에 실어주었으면 한다고 부탁하는 것이 일반적이었다. 개
중에는 사람들에게 읽히고 싶다는 것은 수단이고 원고를 돈으
로 바꾸는 것이 본래의 목적인 듯 여겨지는 사람도 적지는 않았
다. 나는 모르는 사람이 쓴 읽기 어려운 원고를 호의적으로 읽기
가 점점 싫어지기 시작했다.

　물론 교사를 하던 무렵[156]에 비하자면 나의 시간에 약간의
탄력성이 생긴 것은 틀림없는 사실이었다. 그래도 나의 일을
시작하면 마음속은 꽤나 분주했다. 친절한 마음에서 봐주겠다
고 약속한 원고조차 좀처럼 진도가 나가지 않는 경우도 없다고
는 장담할 수 없었다.

　나는 내 머릿속에서 생각한 것들을 그대로 부인에게 이야기
했다. 부인은 내 말의 뜻을 잘 이해한 뒤 돌아갔다. 약속한 여자
가 나의 방으로 와서 방석 위에 앉은 것은 그로부터 얼마 지나지
않아서였다. 쓸쓸한 비가 당장이라도 쏟아질 것처럼 어두운 하
늘을 유리문 너머로 바라보며 나는 여자에게 이런 이야기를
했다. ―

---

156) 도쿄 대학, 제일고등학교의 강사로 있던 때를 말한다.

"이건 사교가 아닙니다. 서로 듣기 좋은 말만 해서는 아무리 시간이 지나도 계발될 리도, 이익을 얻을 수 있을 리도 없습니다. 당신은 과감하게 솔직해지지 않으면 안 됩니다. 당신만 충분히 개방해준다면 지금 당신이 어디에 서서 어느 쪽으로 향하고 있는지 그 실제가 제게 잘 보일 겁니다. 저는 그제야 비로소 당신을 지도할 자격을 당신으로부터 받은 것이라고 자각해도 좋을 겁니다. 그러니 제가 무슨 말인가 했을 때, 마음속에 대답하고 싶은 어떤 것을 가지고 있다면 결코 입을 다물고 있어서는 안 됩니다. 이런 말을 하면 비웃지나 않을까, 창피를 당하지나 않을까, 또는 무례한 말이라고 야단맞지는 않을까 조심스러워서, 상대방에게 자신의 정체를 온통 검게 칠해버린 부분만 보일 궁리를 한다면 제가 아무리 당신에게 이익을 주려 애를 써도 제가 쏜 화살은 전부 허공을 가르고 말 뿐입니다.

이는 제가 당신에게 하는 주문입니다만, 그 대신 저도 제 자신을 숨기지는 않을 겁니다. 있는 그대로를 드러내는 것 외에 당신을 가르칠 길은 없습니다. 따라서 제 생각의 어딘가에 빈틈이 있어서 그 빈틈을 혹시 당신이 꿰뚫어보신다면 당신이 저의 약점을 쥐게 되었다는 의미에서 결과적으로 저는 패배에 빠지는 셈이 됩니다. 가르침을 받는 사람에게만 자신을 개방할 의무가 있다고 생각하는 것은 잘못입니다. 가르치는 사람도 자신을 당신 앞에 털어놓아야 합니다. 서로가 사교를 떠나서 서로를 감파157)하는 겁니다.

---

157) 勘破. 보아서 속내를 알아차린다는 뜻. 『벽암록』에 나오는 말이다.

이런 연유로 저는 지금부터 당신이 쓴 글을 볼 때 매우 호된 말을 거침없이 할지도 모르겠습니다만, 그래도 화를 내서는 안 됩니다. 당신의 감정을 해치기 위해서 하는 말이 아니니. 그 대신 당신도 이해할 수 없는 부분이 있다면 어디까지고 파고드시기 바랍니다. 당신이 저의 주의를 이해하고 있는 이상 저는 결코 화낼 리 없을 테니.

요컨대 이는 단지 현상 유지를 목적으로 하여 표면적인 원활함에 중점을 두는 사교와는 전혀 별개의 것입니다. 아셨습니까?"

여자는 알았다고 말하고 돌아갔다.

十二

내게 단자쿠158)를 써달라거나 시를 써달라고 부탁하는 사람이 있다. 그리고 그 단자쿠네 서화용 비단이네를 아직 허락도 하지 않았는데 보내온다. 처음에는 어렵게 밝힌 희망을 저버리는 것도 안쓰럽다는 생각에서 서툰 글씨라 생각하면서도 상대방의 말대로 써주었다. 그러나 이와 같은 호의는 영속하기 어려운 것인 듯, 점점 많은 사람들의 의뢰를 저버리는 경향이 강해지기 시작했다.

---

158) 短冊. 단가나 하이쿠를 쓰는 두껍고 갸름한 종이. 일반적으로 세로 1자 2치, 가로 2치.

나는 모든 사람을, 매일매일 수치를 당하기 위해서 태어난 것이라고까지 생각하는 적도 있기에 이상한 글자를 남에게 보내주는 정도의 소행은, 굳이 하겠다고 마음먹으면 못 할 것도 없다. 그러나 내가 병에 걸렸을 때, 일이 바쁠 때, 또는 그런 행동을 하기 싫을 때 그런 주문이 연달아 찾아오면 참으로 난처해진다. 그들의 대부분은 내가 전혀 모르는 사람이고, 또 자신들이 보낸 단자쿠를 다시 되돌려보내야 하는 나의 수고조차 전혀 안중에 두고 있지 않는 듯 보이기에.

그 가운데 나를 가장 불쾌하게 한 것은 반슈의 사고시159)에 사는 이와사키(岩崎)라는 사람이었다. 이 사람은 몇 년 전에 엽서로 자주 내게 하이쿠를 써달라고 청해왔는데, 그때마다 그쪽의 말대로 써준 기억이 있는 사내였다. 그 후의 일이었는데, 그가 다시 사각형의 얇은 소포를 내게 보냈다. 나는 그것을 열기조차 귀찮았기에 그냥 그대로 서재에 던져두었고, 하녀가 청소를 할 때 무심코 책과 책 사이에 끼워놓아 일단은 잘 치워놓았다가 잊은 형국이 되어버렸다.

그 소포와 전후해서 나고야에서 차가 든 깡통이 내 앞으로 도착했다. 하지만 누가 무엇 때문에 보낸 것인지 그 의미는 전혀 알 수 없었다. 나는 사양하지 않고 그 차를 마셔버렸다. 그리고 얼마 지나지 않아서 사고시의 사내가 후지(富士) 등산의 그림을 돌려달라고 말해왔다. 그에게서 그런 것을 받은 기억이 없던 나는 그냥 내버려두었다. 그러자 그는 후지 등산의 그림을 돌려

---

159) 播州の坂越. 지금의 효고 현 아코우 시 사코시 만에 면한 항구도시.

달라, 돌려달라고 세 번이고 네 번이고 재촉을 멈추지 않았다. 나는 마침내 이 사내의 정신상태를 의심하기 시작했다. '아마도 제정신이 아닌 거겠지.' 나는 마음속에서 이렇게 결정한 채 상대방의 재촉에는 일절 상관하지 않기로 했다.

그로부터 2, 3개월이 지났다. 틀림없이 초여름 무렵으로 기억하고 있는데, 나는 너무나도 난잡하게 어질러진 서재 안에 앉아 있기가 갑갑했기에 혼자서 찔끔찔끔 주위를 치우기 시작했다. 그때 책을 정리하기 위해 적당히 쌓아두었던 사전과 참고서를 1권씩 살펴나가자니, 뜻밖에도 사고시의 사내가 보낸 예의 소포가 나왔다. 나는 지금까지 잊고 있던 물건을 내 눈으로 확인하고 깜짝 놀랐다. 얼른 봉투를 뜯어 안을 확인해보니 조그맣게 접은 그림이 1장 들어 있었다. 그것이 후지 등산의 그림이었기에 나는 다시 깜짝 놀랐다.

소포 안에는 이 그림 외에 편지가 1통 덧붙여져 있어서, 거기에 그림의 찬[160]을 해달라는 의뢰와 답례로 차를 보낸다는 글이 적혀 있었다. 나는 더욱 놀랐다.

그러나 그때 나는 후지등산의 그림에 찬을 할 용기를 도저히 갖고 있지 못했다. 나의 마음이 그런 것과는 한참 멀리 떨어진 곳에 있었기에 그 그림에 어울릴 만한 하이쿠를 생각할 여유가 없었던 것이다. 그래도 나는 미안했다. 나는 정중하게 편지를 써서 자신의 태만을 사과했다. 그런 다음 차에 대한 감사의 말을 했다. 마지막으로 후지 등산의 그림을 소포로 돌려보냈다.

---

160) 贊. 화폭 속에 그림에 대해서 쓰는 글.

十三

　나는 이것으로 일단락 지어졌다 생각하고 예의 사고시의 사
내에 대해서는 그것으로 염두에 두지 않았다. 그런데 그 사내가
다시 단자쿠를 봉투에 넣어 보내왔다. 그리고 이번에는 의사[161]
와 관계가 있는 글을 써달라는 것이었다. 나는 조만간 쓰겠다고
말해주었다. 그러나 좀처럼 쓸 기회가 오지 않았기에 마침내
거기서 멈춰버리고 말았다. 그러나 집요한 이 사내는 결코 그대
로 내버려둘 마음이 없었던 듯, 무턱대고 재촉하기 시작했다.
그 재촉은 일주일에 1번이나 2주일에 1번꼴로 어김없이 왔다.
그것은 반드시 엽서에 한정되어 있었으며, 그 시작에는 반드시
〈배계, 실례의 말씀입니다만〉이라고 적혀 있었다. 나는 그 사람
의 엽서를 보는 것이 점점 불쾌해지기 시작했다.

　동시에 상대방의 재촉도 지금까지 내가 예기하지 못했던 이
상한 특색을 띠게 되었다. 처음에는 차를 보내지 않았느냐는
말이 보였다. 내가 거기에 상대하지 않고 있자니 이번에는 그
차를 돌려달라는 말로 바뀌었다. 나는 돌려주기는 어렵지 않으
나 그 과정이 귀찮으니 도쿄까지 받으러 오면 주겠다고 말하고
싶어졌다. 그러나 사고시의 사내에게 그런 편지를 보내는 것은

---

161) 아코우 의사(赤穂義士)를 말한다. 1702년에 주군의 치욕을 씻기 위해 기라
　　요시나카를 살해한 아코우의 47인. 이를 소재로 『충신장』이 탄생했다.

나의 품격과 관계된 일이라는 듯한 마음이 들었기에 끝내 그렇게 하지 못했다. 답장을 받지 못한 상대는 더더욱 재촉했다. 차를 돌려주지 않겠다면 그대로 상관없으니 돈 1엔을 그 대가로 보내라는 것이었다. 나의 감정은 이 사내에 대해서 점점 거칠어지기 시작했다. 심지어는 결국 나 자신을 잃게까지 되었다. 차는 마셔버렸다, 단자쿠는 잃어버렸다, 이후 엽서를 보내도 아무 소용없다고 써서 보냈다. 그렇게 해서 마음속으로 매우 씁쓸한 기분을 경험했다. 이런 비신사적인 말을 하지 않으면 안 되는 구멍 속으로 나를 내몬 것은 이 사고시의 사내라고 생각했기 때문이었다. 이런 사내 때문에 품격이 됐든 인격이 됐든 얼마간의 타락을 참지 않으면 안 되는 걸까 생각하자 한심해졌기 때문이었다.

그러나 사고시의 사내는 태연했다. 차는 마셔버렸고, 단자쿠는 잃어버렸다니 너무 하신……이라고 엽서에 적어 보냈다. 그리고 그 서두에는 여전히 배계 실례의 말씀입니다만, 이라는 글이 규칙대로 되풀이되어 있었다.

그때 나는, 이 사내는 더 이상 상대하지 않겠다고 결심했다. 그러나 나의 결심이 그의 태도에 대해서 어떤 효과도 있을 리 없었다. 그는 변함없이 재촉을 멈추지 않았다. 그리고 이번에는 다시 한 번 써주면 차를 또 보낼 테니, 어떻게 생각하느냐고 말해왔다. 그런 다음, 적어도 의사에 관한 내용이니 구를 지어도 좋지 않겠냐고 말해왔다.

한동안 엽서가 끊겼다 싶었는데 이번에는 그것이 봉서(封

書)로 바뀌었다. 게다가 그 봉투는 구청 등에서 쓰는 극히 싸구려 쥐색 물건이었는데, 그는 거기에 일부러 우표를 붙이지 않았다. 그 대신 뒷면에 자신의 이름도 쓰지 않고 투함했다. 그 때문에 나는 2배의 우편세를 2번 정도 지불했다. 마지막으로 나는 배달부에게 그의 이름과 주소를 가르쳐주고 뜯지 않은 채 상대방에게 되돌려 보내버렸다. 그는 그 때문에 6센을 낸 탓일까, 마침내 재촉을 단념한 듯한 태도가 되었다.

그런데 2개월쯤 지나서 해가 바뀜과 동시에 그가 내게 보통의 연하장을 보내왔다. 그것이 나를 조금 감탄케 했기에 나는 결국 단자쿠에 구를 써서 보낼 마음이 들었다. 그러나 그 선물은 그를 만족시키기에는 부족했다. 그는 단자쿠가 꺾였다는 둥, 지저분해졌다는 둥, 자꾸만 다시 써줄 것을 끈질기게 청구했다. 실제로 올 정월에도 〈실례의 말씀입니다만……〉하는 의뢰장이 7, 8일쯤에 도착했다.

내가 이런 사람을 만난 것은 태어나서 처음이었다.

十四

요 얼마 전에, 옛날 우리집에 도둑이 들었던 때의 이야기를 비교적 자세히 들었다.

누님이 두 분 모두 아직 시집가기 전의 일이었다고 하니 연도로 따지자면 아마도 내가 태어나기 전후의 일이었으리라, 어쨌든 근왕이네 좌막162)이네 하는 거친 말이 유행하던 시끄러운 시절이었다.

어느 날 밤 큰누님이 한밤중에 소변을 본 뒤 손을 씻기 위해 쪽문을 열었더니 좁은 안뜰 구석에 벽을 밀어붙일 듯한 기세로 서 있는 매화나무 고목의 밑둥치가 활활 밝게 보였다. 누님은 생각을 해볼 틈도 없이 바로 쪽문을 닫아버렸는데, 닫은 뒤에 지금 눈앞에서 본 이상한 밝음을 거기에 서서 생각했다.

나의 어린 마음에 비친 이 누님의 얼굴은 지금도 떠올리려고만 하면 언제든 눈앞에 떠오를 정도로 선명하다. 그러나 그 환상은 이미 시집을 가서 이를 물들인 뒤의 모습이기에 그때 뒷마루에 서서 생각하던 꽃다운 나이의 그녀를 지금 가슴속에 그려보기는 조금 어렵다.

넓은 이마, 거뭇한 피부, 작지만 또렷한 윤곽을 가지고 있는 코, 남보다 크고 쌍꺼풀진 눈, 그리고 오사와(御沢)라는 우아한 이름, ―나는 그저 이들을 종합해서 그 경우에 처한 누님의 모습을 상상할 뿐이다.

잠시 선 채 생각하던 그녀의 머리에, 이때 어쩌면 불이 난 걸지도 모르겠다는 염려가 떠올랐다. 그랬기에 그녀가 과감하게 다시 쪽문을 열고 밖을 내다보려던 순간 한 자루 빛나는 칼이 어둠 속에서 네모나게 잘린 쪽문 속으로 불쑥 들어왔다. 누님은 놀라 몸을 뒤로 물렸다. 그 틈에 복면을 하고 강도등

---

162) 근왕(勤王)은 왕을 위해 진력하고 충성을 다함. 좌막(佐幕)은 막부를 편들어 도움. 막부 말기 시절에 두 세력이 대립했다.

롱163)을 든 사내들이 칼을 빼든 채 작은 쪽문을 통해 집 안으로 여럿 들어왔다고 한다. 도둑의 숫자는 틀림없이 8명이라고 들었다.

그들은 사람을 죽이러 온 것이 아니니 조용히 있기만 한다면 집안사람에게 해를 가하지는 않겠다, 그 대신 군자금을 빌려달라고 아버지를 위협했다. 아버지는 없다고 거절했다. 그러나 도둑은 좀처럼 그 말을 믿지 않았다. 지금 모퉁이의 고쿠라야(小倉屋)라는 주류상에 들어가 거기서 가르쳐주어 온 것이니 숨겨도 소용없다며 꿈쩍도 하지 않았다. 아버지는 마지못해 결국은 몇 개인가의 금화를 그들 앞에 늘어놓았다. 그들은 금액이 너무 적다고 생각했는지 그래도 좀처럼 돌아가려 하지 않았기에 그때까지 이불 속에 누워 있던 어머니께서 "당신 지갑에 들어 있는 것도 줘버리세요."라고 충고했다. 그 지갑 속에는 50냥쯤 있었다고 한다. 도둑이 나가고 난 뒤, "쓸데없는 소리를 하는 여자다."라며 아버지가 어머니를 야단치셨다고 한다.

그 일이 있고 나서 우리 집에서는 기둥을 잘라 맞추어 그 안에 돈을 숨기는 방법을 강구했으나 감출 정도의 재산도 생기지 않았으며, 또 검은 장속의 도둑들도 그 이후 오지 않았기에 내가 자라는 동안에는 어느 것이 잘라 맞춘 기둥인지 전혀 알지 못했다.

도둑은 나가면서 "이 집은 단속이 잘 되어 있는 집이다."라고

---

163) 양철 등으로 종 모양을 만들고 그 안의 촛대가 자유롭게 회전하여 언제나 수평을 유지하도록 해서 빛이 한쪽 방향으로 집중하도록 만든 등롱.

칭찬했다고 하는데, 그 단속이 잘 되어 있는 집을 도둑에게 가르쳐준 고쿠라야의 한베에 씨의 머리에는 이튿날부터 찰과상이 몇 개인지도 모르게 보였다. 그것은 돈이 없습니다, 라고 거절할 때마다 도둑이 그럴 리가 없다며 칼날 끝으로 툭툭 한베에 씨의 머리를 찔렀기 때문이라고 한다. 그래도 한베에 씨는 "누가 뭐래도 집에는 없습니다. 뒷집인 나쓰메 씨 댁에는 많이 있으니 그리로 가보십시오."라고 고집을 부려서 끝끝내 돈은 한 푼도 빼앗기지 않았다고 한다.

나는 이 이야기를 아내에게서 들었다. 아내는 그것을 다시 우리 형님에게서 다담을 나누던 중에 들었다.

十五

작년 11월에 가쿠슈인 대학에서 강연164)을 했더니 박사(薄謝)라고 적힌 금일봉을 나중에 보내주었다. 멋진 종이끈으로 장식을 해놓았는데 그것을 풀어 안을 살펴보니 5엔 지폐가 2장 들어 있었다. 나는 그 돈을 평소부터 딱하게 여기고 있던 각별한 사이의 어떤 예술가에게 줘야겠다고 생각하여 넌지시 그가 오기를 기다리고 있었다. 그러나 그 예술가가 채 찾아오기도 전에 어딘가에 기부할 필요가 생기기도 해서 결국은 2장 모두 소비해버렸다.

---

164) 1914년 11월 25일에 '나의 개인주의'라는 제목으로 가쿠슈인에서 강연했다.

한마디로 말하자면 이 돈은 내게 결코 쓸모없는 것은 아니었던 것이다. 세상의 일반적인 가치로 보자면 훌륭하게 나를 위해서 소비되었다고 말할 수밖에 없다. 그러나 그것을 남에게 주려고까지 생각했던 나의 주관에서 보자면 그렇게 고마움이 느껴지지 않는 돈임에는 틀림없었다. 솔직한 나의 미음을 털어놓자면, 이러한 사례를 받기보다 받지 않을 때가 훨씬 더 상쾌했다.

구로야나기 가이슈165) 군이 조규카이166)의 강연회에 관한 일로 찾아왔을 때 나는 이야기를 나누던 중 그 이유를 대충 설명했다.

"이 경우 저는 노력을 팔러 간 게 아닙니다. 그저 호의로 의뢰에 응한 것이니 상대편에서도 호의만으로 제게 보답하면 된다고 생각합니다. 만약 보수를 문제 삼을 생각이라면 처음부터 사례는 얼마인데 와주실 수 있겠느냐고 상의하면 될 겁니다."

그때 K군은 이해할 수 없다는 듯한 얼굴을 했다. 그리고 이렇게 대답했다.

"이건 어떨까요. 그 10엔은 당신의 노력을 산 것이라는 의미가 아니라, 당신에 대한 감사의 뜻을 표현한 하나의 수단이라고 보는 것은. 그렇게 볼 수는 없을까요?"

"물품이라면 분명하게 그런 해석도 가능할 테지만 불행하게도 사례가 보통 영업적인 매매에 사용되는 돈이니 어느 쪽으로도 볼 수 있는 것입니다."

---

165) 주117 참조.
166) 樗牛会. 다카야마 조규(高山樗牛, 1871~1902. 평론가. 도쿄 제국대학 철학과를 졸업했다.) 사후 그를 기리기 위해 강연회 등을 개최한 단체.

"어느 쪽으로도 볼 수 있다면 이럴 때는 선의 쪽으로 해석하는 편이 좋지 않겠습니까."

나는 옳은 말이라고 생각했다. 그러나 다시 이렇게 대답했다.

"저는 아시는 것처럼 원고료로 의식을 해결하고 있을 정도이니 물론 부유하다고는 말할 수 없습니다. 그러나 그것만으로도 오늘을 그럭저럭 살아갈 수는 있습니다. 그러니 제 직업 이외의 일에 있어서는 가능한 한 호의적으로 타인을 위해서 일하고 싶다는 생각을 가지고 있습니다. 그리고 그 호의가 상대방에게도 통하는 것이, 제게 있어서는 무엇보다 귀중한 보수입니다. 따라서 돈을 받으면 제가 남을 위해서 일해준다는 여지, ─지금의 제게는 이 여지가 극히 좁습니다.─ 그 귀중한 여지를 부식당한 것 같다는 마음이 듭니다."

K군은 여전히 나의 말에 수긍할 수 없는 모양이었다. 나도 고집스러웠다.

"만약 이와사키나 미쓰이와 같은 대부호167)에게 강연을 부탁한 경우, 나중에 10엔의 사례금을 들고 갈까요, 아니면 실례인 줄은 압니다만 하며 그저 인사만 해두고 말까요? 제 생각에는 틀림없이 금전은 가져가지 않으리라 여겨집니다만."

"글쎄요."라고만 말했을 뿐, K군은 분명한 대답을 주지 않았다. 내게는 아직 할 말이 조금 남아 있었다.

"자랑처럼 들릴지 모르겠습니다만, 제 머리는 미쓰이나 이와

---

167) 이와사키(岩崎)는 미쓰비시(三菱) 재벌, 미쓰이(三井)는 미쓰이 재벌의 창설자.

사키에 비할 정도로 풍요롭지는 못하나, 틀림없이 일반 학생보다는 훨씬 더 부자라고 믿고 있습니다."

"물론 그렇지요."라며 K군은 고개를 끄덕였다.

"만약 이와사키나 미쓰이에게 사례로 10엔을 가져가는 것이 실례라면, 제게 사례로 10엔을 가져오는 것도 실례겠지요. 그것도 그 10엔이 물질상 제 생활에 커다란 윤택함을 준다면 또 다른 의미에서 이 문제를 바라볼 수도 있을 테지만, 실제로 저는 그것을 다른 사람에게 주겠다고까지 생각했으니. ─지금의 제 경제적 생활은 이 10엔 때문에 눈에 띌 만큼의 영향은 거의 받지 않으니."

"잘 생각해보겠습니다."라고 말한 K군은 생글생글 웃으며 돌아갔다.

十六

집 앞의 완만한 언덕을 내려가면 1간쯤 되는 시내에 걸린 다리가 있고, 그 다리 맞은편 바로 왼쪽으로 조그만 이발소가 보인다. 나는 딱 1번 그곳에서 머리를 깎은 적이 있다.

평소에는 희고 고운 면포로 막을 쳐서 유리문 안이 거리에서는 보이지 않도록 해놓기에 나는 그 이발소의 토방으로 들어가 거울 앞에 앉기까지 주인의 얼굴을 전혀 알지 못했다.

주인은 내가 들어서는 것을 보자마자 손에 들고 있던 신문지를 내던지고 바로 인사를 했다. 그때 나는 아무래도 어딘가에서 만난 적이 있는 사내임에 틀림없다는 생각이 드는 것을 막을 길이 없었다. 그래서 그가 내 뒤로 돌아가 가위를 짤깍짤깍 울리기 시작한 무렵을 가늠해서 내가 먼저 말을 걸어보았다. 그렇게 해서 내 추측대로 그는 예전에 데라마치168)의 우편국 옆에 가게를 가지고 있었으며, 지금과 마찬가지로 이발을 생업으로 삼고 있었다는 사실을 알게 되었다.

"다카다 나리169) 같은 분께는 꽤나 신세를 졌습니다."

그 다카다라는 사람은 나의 사촌형이었기에 나는 깜짝 놀랐다.

"오오, 다카다를 알고 있는가?"

"알고 있는 정도가 아닙니다. 늘 도쿠, 도쿠하며 특별히 보살펴주셨습니다."

그의 말투는 이런 직업을 가진 사람치고는 오히려 정중한 편이었다.

"다카다도 죽었어."라고 내가 말하자 그는 깜짝 놀란 듯 "네?"하고 소리를 높였다.

"좋은 분이셨는데, 안타깝게도. 언제쯤 돌아가셨습니까?"

"바로 요 얼마 전이야. 오늘로 2주일이 될까 말까 할 정도일걸."

그리고 그는 이 세상을 떠난 사촌형에 대해서 여러 가지로

---

168) 현 신주쿠 구 도오리테라마치(通寺町)와 요코테라마치(橫寺町) 등의 총칭.
169) 나쓰메 소세키의 작은아버지의 장남. 소세키의 둘째 누나의 남편이기도 하다.

기억하고 있는 일들을 내게 이야기한 끝에, "생각해보면 참 빠르기도 합니다, 나리. 바로 어제 있었던 일이라고밖에 여겨지지 않는데 벌써 30년 가까이나 지났으니."라고 말했다.

"그 왜, 규유테이[170]가 있는 골목으로 이사하셨는데 말입니다……."하고 주인이 다시 밀을 이었다.

"맞아, 그 2층이 있는 집 말이지?"

"네, 2층이 있었죠. 그곳으로 이사하셨을 때는 여러 분들이 축하 물품을 보내주셔서 매우 떠들썩했었습니다만. 그 이후였던가요, 교간지[171]의 지나이[172]로 옮기신 게?"

이 질문에는 나도 대답을 할 수가 없었다. 사실은 너무 오래전 일이라 나도 그만 잊어버리고 말았기 때문이었다.

"그 지나이도 지금은 많이 변한 듯해. 볼일이 없어서 그 이후에는 끝내 들어가본 적도 없지만."

"변했네, 안 변했네 할 것도 없습니다, 나리. 지금은 완전히 마치아이[173]뿐입니다."

나는 사카나마치[174]를 지날 때마다, 그 지나이로 들어가는 버선가게 모퉁이의 좁은 골목 입구에 다닥다닥 걸려 있는 네모난 헌등(軒燈)이 많다는 사실은 알고 있었다. 그러나 그 숫자를

---

170) 求友亭. 도오리테라마치에 있던 요리점.
171) 行願寺. 사카나마치에 있던 절. 예전에는 경내가 넓었으며 가구라자카의 좌우에 중문이 있었다고 한다.
172) 寺内. 예전에는 절(교간지)이 있던 곳이었으나 1907년에 절을 다른 곳으로 옮겼기에 지나이(절 안이라는 뜻)라 불리기 시작했다.
173) 待合. 게이샤를 불러 유흥을 즐기거나 남녀의 밀회 장소로 이용됐던 다실.
174) 肴町. 데라마치 동쪽에 있던 지명. 지금의 가구라자카 5번가.

헤아려볼 정도의 호기심도 일지 않았기에 주인이 말한 사실은 지금껏 알지 못했었다.

"그렇군. 그러고 보니 다가소데(誰が袖) 같은 간판이 큰길에서도 보이는 것 같았어."

"네, 아주 많이 생겼습니다. 그야 변할 만도 합니다, 생각해보면. 조금 있으면 벌써 30년이 되려고 하니. 나리도 아시겠지만 그 당시에 게이샤집이라고는 지나이에 딱 1채밖에 없지 않았습니까. 아즈마야(東屋)라고요. 다카다 나리 댁의 바로 맞은편이었지요, 아즈마야의 등불이 걸려 있던 게."

十七

나는 그 아즈마야를 분명히 기억하고 있었다. 사촌형네 집 바로 맞은편이었기에 양쪽의 사람들이 드나들 때마다 얼굴을 마주치기만 하면 인사를 나눌 정도의 사이였으니.

그 무렵 사촌형네 집에서는 우리 둘째형이 뒹굴뒹굴하고 있었다. 이 형은 방탕하기 짝이 없어서 집의 족자나 도검류(刀劍類)를 곧잘 훔쳐내서는 그것을 헐값에 팔아치우는 나쁜 버릇이 있었다. 그가 어째서 사촌형네 집에 있었던 건지 당시의 나로서는 이해할 수 없는 일이었으나, 지금 되돌아보니 어쩌면 그런 몹쓸 짓을 한 결과 잠시 집에서 쫓겨났던 것일지도 모르겠다는 생각이 들기도 한다. 그 형님 외에 또 쇼 씨175)라고, 역시 나의 이종사촌형이 부근을 어슬렁거리고 있었다.

그 패들이 언제나 한곳에 모여서 눕기도 하고 툇마루에 앉기도 한 채 제멋대로 지껄이고 있으면 때때로 맞은편 게이샤집의 대나무격자 창문에서 "안녕하세요."하며 말을 걸어오기도 했다. 그것을 또 마치 기다리고 있기라도 했다는 듯 그 패들은 "얘, 잠깐 와봐, 좋은 게 있으니."라는 둥의 말을 해서 여자를 끌어들이려 했다. 게이샤 쪽에서도 낮에는 한가하기에 3번에 1번은 붙임성 있게 놀러왔다. 이런 식이었다.

나는 그 무렵 아직 17, 8세였으리라, 게다가 수줍음이 아주 많았기에 그런 때에 함께 있어도 아무 말도 하지 못하고 말없이 한쪽으로 물러나 있을 뿐이었다. 그래도 나는 어찌어찌해서 이 사람들과 함께 그 게이샤집으로 놀러 가 트럼프를 한 적이 있었다. 진 사람이 뭔가를 사주어야만 했기에 나는 남들이 사온 스시와 과자를 꽤 먹었다.

일주일쯤 지나서 나는 다시 이 빈둥쟁이 형을 따라 같은 집에 놀러 갔는데, 예의 쇼 씨도 같은 자리에 있어서 이야기가 한창 무르익었다. 그때 사키마쓰(咲松)라는 어린 게이샤가 내 얼굴을 보더니 "또 트럼프를 해요."라고 말했다. 나는 두툼한 무명천으로 지은 하카마를 입고 긴장한 채 앉아 있었는데, 품속에는 한 푼의 돈조차 없었다.

"나는 돈이 없어서 안 돼."

---

175) 소세키의 누나인 사와의 남편이 된 후쿠다 쇼베에(福田庄兵衛). 소세키의 이모의 차남으로 사와가 세상을 떠난 뒤 아즈마야의 주인이 되었다.

"괜찮아요, 내게 있으니."

이 여자는 당시 눈병이라도 앓고 있었는지 거듭 이렇게 말하며 아름다운 속옷의 소매로 자꾸만 벌게진 쌍꺼풀눈을 비볐다.

그 뒤 나는 "오사쿠(御作)를 좋은 손님이 데려갔다."는 말을 사촌형네 집에서 들었다. 사촌형네 집에서는 이 여자를 사키마쓰라고 부르지 않고 늘 오사쿠, 오사쿠라고 불렀다. 나는 그 이야기를 들었을 때 마음속으로 더는 오사쿠를 만날 기회가 없을 것이라고 생각했다.

그런데 그로부터 한참 지나서, 내가 예의 다쓰토와 함께 시바(芝) 산나이(山内)의 간코조[176]에 갔을 때, 거기서 다시 오사쿠를 우연히 만났다. 서생 모습을 한 나와는 달리 그녀는 이미 품위 있는 사모님으로 바뀌어 있었다. 남편이라는 자도 그녀 옆에 함께 있었다. ……

나는 이발소 주인의 입에서 나온 아즈마야라는 게이샤집의 이름 안에 잠겨 있는 이런 옛일들을 갑자기 떠올렸다.

"거기에 있던 오사쿠라는 여자를 알고 있는가?"라고 내가 주인에게 물었다.

"알고 있다 뿐이겠습니까, 그 아이는 제 조카입니다."

"그런가."

나는 깜짝 놀랐다.

"그런데 지금은 어디에 있는가?"

---

176) 勸工場. 하나의 건물 속에 복수의 상점이 들어서 온갖 상품을 진열해놓고 팔던 장소.

"오사쿠는 저승으로 갔습니다, 나리."

나는 다시 놀랐다.

"언제?"

"언제랄 것도 없이 벌써 오래 전의 일입니다. 아마 그 아이가 23살 때였을 겁니다."

"흠."

"그것도 우라지오[177]에서 눈을 감았습니다. 남편이 영사관과 관계있는 사람이었기에 그곳으로 함께 갔었습니다. 그로부터 얼마 지나지 않아서였습니다, 눈을 감은 건."

집으로 돌아온 나는 유리문 안에 앉아 아직 죽지 않고 살아 있는 것은 나와 그 이발소의 주인뿐인 듯한 마음이 들었다.

十八

나의 방으로 안내받아 들어온 한 젊은 여자가 "아무래도 제 주변이 깔끔하게 정리가 되지 않아 난처한데 어떻게 하면 좋을까요?"라고 물었다.

이 여자는 한 친척의 집에서 기거하고 있는데, 그곳이 좁은데다 아이들이 시끄러워서일 것이라고 생각한 나의 대답은 매우 간단한 것이었다.

"어딘가 깨끗한 집을 찾아 하숙이라도 하면 좋겠지요."

---

177) 블라디보스토크.

"아니요, 집이 아니라 머릿속이 깔끔하게 정리되지 않아 난처한 거예요."

나는 나의 오해를 의식함과 동시에 여자가 하는 말의 의미가 더욱 알 수 없게 되었다. 그랬기에 조금 더 자세한 설명을 여자에게 요구했다.

"외부로부터는 무엇이든 머릿속으로 들어옵니다만, 그것이 마음의 중심과 사이가 좋지 않습니다."

"당신이 말하는 마음의 중심이란 대체 어떤 것입니까?"

"어떤 것이냐 하면, 똑바로 뻗은 직선입니다."

나는 이 여자가 수학에 열중하고 있다는 사실을 알고 있었다. 그래도 마음의 중심이 직선이라는 의미는 물론 나에게 통하지 않았다. 게다가 중심은 또 무엇을 의미하는 건지, 그것도 거의 이해할 수 없었다. 여자는 이렇게 말했다.

"사물에는 무엇이든 중심이 있지 않습니까."

"그건 눈으로 볼 수 있고 척도로 잴 수 있는 물체에 대해서 하는 말이겠지요. 마음에도 형체가 있습니까? 그렇다면 그 중심이라는 것을 여기에 내놔보십시오."

여자는 내놓을 수 있다고도 내놓을 수 없다고도 말하지 않고 정원 쪽을 보기도 하고 무릎 위에서 두 손을 문지르기도 했다.

"당신의 직선이라는 것은 비유 아닙니까? 만약 비유라면 원이라고 해도, 사각형이라고 해도 결국 같은 것 아닙니까?"

"그럴지도 모르겠습니다만, 형태나 색깔이 늘 변하는 가운데 조금도 변하지 않는 것이 아무래도 있는 법입니다."

"그 변하는 것과 변하지 않는 것이 따로라면, 요컨대 마음이 2개 있는 셈이 됩니다만, 그렇게 알면 되겠습니까? 변하는 것은 즉, 변하지 않는 것이 아니면 안 될 터 아닙니까?"

이렇게 말한 나는 다시 문제를 원점으로 되돌려 여자에 대해서 말했다.

"모든 외계의 것이 머릿속으로 들어와서 질서가 됐든, 단락이 됐든 바로 정연하게 분명히 자리 잡는 사람은 아마 없을 겁니다. 실례의 말씀입니다만 당신의 나이나 교육이나 학문으로 그렇게 깔끔하게 정리할 수 있을 리가 없습니다. 또 만약 그런 의미가 아니라 학문의 힘을 빌리지 않고 철저하게 전부 정리하고 싶은 거라면 저 같은 사람을 찾아와봐야 소용없습니다. 스님이라도 찾아가세요."

그러자 여자가 내 얼굴을 보았다.

"저는 선생님을 처음 뵈었을 때, 선생님의 마음은 그런 점에서 일반 사람 이상으로 정리되어 있다고 생각했습니다."

"그럴 리가 없습니다."

"하지만 제게는 그렇게 보였습니다. 내장의 위치까지가 정돈되어 있다고밖에 여겨지지 않았습니다."

"만약 내장이 그 정도로 잘 조절되고 있다면 이렇게 늘 병에 시달리지는 않을 겁니다."

"저는 병에는 걸리지 않습니다."라고 그때 여자가 갑자기 자신에 대해서 말했다.

"그건 당신이 나보다 훌륭하다는 증거입니다."라고 나도 대답했다.

여자는 방석에서 미끄러지듯 내려섰다. 그리고 "모쪼록 건강하시기 바랍니다."라고 말하고 돌아갔다.

十九

우리가 예전에 살던 집[178]은 지금 우리가 살고 있는 곳에서 4, 5정 안쪽에 있는 바바시타(馬場下)라는 번화가에 있었다. 번화가라는 것은 말뿐이고 사실은 작은 역참마을이라고밖에 여겨지지 않았을 정도로, 어렸을 적의 내게는 쓸쓸하기 짝이 없고 또 적적하게 보였다. 애초부터 바바시타란 다카다노바바(高田の馬場)의 아래에 있다는 의미이니, 에도[179]의 그림을 보아도 틀림없이 붉은 선 안쪽인지 붉은 선 바깥쪽인지 알 수 없는 외진 구석에 있다[180].

그래도 회반죽을 바른 집[181]이 좁은 번화가 안에 서너 채는 있었으리라. 언덕을 올라가면 오른쪽으로 보이는 오우미야 덴베에(近江屋伝兵衛)라는 약종상(藥種商)도 그 가운데 하나였다. 그리고 언덕을 내려선 곳에 내림이 넓은 고쿠라야라는 주류상도 있었다. 물론 이곳은 회반죽을 바른 집은 아니었으나

---

178) 소세키의 생가. 지금의 신주쿠 구 바바시타초.
179) 江戸. 도쿄의 옛 이름.
180) 붉은 선 안쪽이 도쿄 시내다.
181) 부유한 집을 말한다.

호리베 야스베에[182]가 다카다노바바에서 원수를 칠 적에 여기에 들러서 됫술을 마시고 갔다는 이력이 있는 집이었다. 나는 그 이야기를 어렸을 때부터 기억하고 있었으나, 끝내 그곳에서 간직하고 있다고 알려진, 야스베에가 입을 댔다던 됫박은 보지 못했다. 그 대신 딸인 오키타(御北) 씨의 속요는 헤아릴 수도 없이 들었다. 나는 어렸기에 잘하는 건지 못하는 건지 전혀 알 수 없었지만, 우리 집 현관에서 밖으로 나가는 포석 위에 서서 거리에라도 나가려고 하면 오키타 씨의 목소리가 거기에서 자주 들려오곤 했다. 봄날의 오후 같은 때 나는 곧잘 황홀해진 영혼으로 화창한 빛에 감싸인 채 오키타 씨의 연습하는 소리를 듣는 것도 아니고 안 듣는 것도 아니면서 멍하니 우리 집 곳간의 하얀 벽에 몸을 기대고 서 있곤 했다. 그 덕분에 나는 마침내 '여행의 차림새는 가사의'라는 등의 가사를 어느 틈엔가 외워버렸다.

이 외에는 보야[183]가 한 채 있었다. 그리고 대장간도 한 채 있었다. 하치만자카(八幡坂) 쪽으로 조금 간 곳에는 널따란 토방을 지붕 아래로 둘러싼 청과물시장도 있었다. 우리 집 사람들은 그곳의 주인을 도매상 센타로(仙太郎) 씨라고 불렀다. 센타로 씨는 우리 아버지와 먼 친척관계에 있다고 들었으나, 교제라는 면에서 말하자면 완전히 소원했다. 길을 가다 만났을 때만 "날씨 좋네요."라는 등의 말을 걸 정도의 사이에 지나지

---

182) 堀部安兵衛(1670~1703). 본명은 호리베 다케쓰네. 아코의 의사 가운데 가장 뛰어난 검객이었다. 다카다노바바 결투로 이름을 날렸다.
183) 棒屋. 주로 참나무 목공품을 제조하는 목공업자.

않았던 것으로 기억한다. 이 센타로 씨의 외동딸이 야담가인 데이스이184)와 친밀한 사이가 되어 죽네 마네 하는 소동이 있었다는 이야기도 사람들에게서 들어 기억하고 있지만, 제대로 된 기억은 지금 머릿속 어디에도 남아 있지 않다. 어린 내게는 그것보다 센타로 씨가 높다란 대 위에 앉아 휴대용 필기구와 장부를 든 채, "좋은 놈이다, 얼마."라며 기세 좋은 목소리로 아래에 있는 수많은 사람들의 얼굴을 둘러보는 광경이 훨씬 더 재미있었다. 아래에서는 또 스무 개고 서른 개고 되는 손을 일제히 들어 모두 센타로 씨 쪽을 향해서 살이네, 아랑이네185) 하는 은어를 호통 치듯 외치는 가운데 생강과 가지와 호박의 바구니가 그들의 마디 굵은 손에 의해 척척 어딘가로 옮겨지는 모습을 보는 것도 시원시원했다.

어느 시골에 가도 있을 법한 두부가게도 물론 있었다. 그 두부가게에는 기름냄새가 밴 새끼줄 포렴이 걸려 있고 정면을 흐르는 하수도의 물이 교토에라도 온 것처럼 아름다웠다. 그 두부가게를 따라 돌면 반 정쯤 앞으로 세이칸지186)라는 절의 문이 약간 높게 보였다. 빨갛게 칠한 문 뒤는 깊은 대나무 숲으로 전체가 덮여 있었기에 안에 어떤 것이 있는지 길에서는 전혀 보이지 않았으나 그 안에서 조석으로 행하는 독경의 징소리는 지금도 내 귀에 남아 있다. 특히 안개 짙은 가을에서부터 삭풍이

---

184) 貞水(1839~1874). 야담가는 야담을 업으로 삼는 사람.
185) 살은 5, 아랑은 6을 나타내는 은어.
186) 西閑寺. 당시의 우시고메 구에 있던 절인 세이칸지(誓閑寺)를 말한다.

부는 겨울에 걸쳐서 징징 울리는 세이칸지의 징소리는 언제나 내 마음에 슬프고 차가운 어떤 것을 박아 넣듯 어린 내 기분을 싸늘하게 했다.

二十

이 두부가게 옆에 요세[187]가 한 채 있었던 것을 나는 꿈결에서처럼 아직 기억하고 있다. 이런 외진 곳에 사람들을 불러모으는 곳이 있을 리 없다는 생각이 나의 기억에 안개를 끼게 하기 때문이리라, 나는 그것을 떠올릴 때마다 기이한 느낌에 휩싸여 이상하다는 듯한 눈을 크게 뜨고 먼 나의 과거를 되돌아보곤 한다.

그 흥행장의 주인이라는 사람은 도비가시라[188]로, 때때로 감색 면직물로 지은 하라카케[189]에 빨간 줄이 들어간 시루시반텐을 입고, 짚신을 아무렇게나 걸쳐신고 밖을 돌아다니곤 했다. 거기에 또 오후지(御藤) 씨라는 딸이 있어서 그 사람의 용색이 곧잘 집안사람들의 입에 올랐던 일도 아직 내 기억을 떠나지 않고 있다. 나중에는 데릴사위를 들였는데 그가 콧수염을 기른

---

187) 寄席. 돈을 받고 사람들에게 재담·만담·야담 등을 들려주는 대중적인 연예장.
188) 鳶頭. 토목·건축공사에 인부로 나가는 일꾼들의 우두머리. 혹은 에도 시대 소방대의 우두머리.
189) 腹掛. 가슴에서 배에 걸쳐서 몸 전체를 감싸는 속옷으로 배 부분에 연장을 넣는 커다란 주머니가 있다.

훌륭한 사내190)였기에 나는 조금 놀랐다. 오후지 씨 쪽에서도 자랑스러운 데릴사위라는 평판이 높았으나 나중에 들어보니 이 사람은 어딘가 구청의 서기라는 이야기였다.

　이 데릴사위가 왔을 때는 이미 요세도 그만두고 여염집으로 바뀌어 있었던 듯한데, 나는 그 집의 처마 끝에 아직 거뭇한 간판이 쓸쓸하게 달려 있을 무렵 어머니에게서 용돈을 받아 곧잘 그곳으로 야담을 들으러 가곤 했었다. 야담가의 이름은 아마도 난린(南麟)인가 하는 것이었다. 이상하게도 이 요세에는 난린 외에 아무도 나오지 않았다. 이 사내의 집이 어디에 있었는지는 모르겠으나, 어느 쪽에서 걸어오든 길이 정비되고 집들이 늘어선 지금 와서 보자면 틀림없이 큰일이었으리라. 게다가 손님의 머릿수는 언제나 열다섯에서 스물 정도였기에 아무리 거창하게 상상한다 할지라도 꿈이라고밖에 여겨지지 않는 것이다. '이보게 오이란(花魁)이여, 라는 말에 야쓰하시(八ッ橋) 웬 놈이냐 하며 돌아보았다. 순간 번뜩이는 칼날의 빛' 이라는 이상한 구절을 내가 그 당시 난린에게서 배웠는지, 아니면 훗날 만담가가 하는 야담의 흉내를 듣고 기억한 것인지 지금은 혼돈스러워서 잘 모르겠다.

　당시 우리 집에서 도회지다운 도회지로 나가려면 아무래도 인가가 없는 차밭과 대숲과 또 기다란 논두렁길을 지나지 않으면 안 되었다. 제대로 장을 보려면 대부분 가구라자카191)까지

---

190) 당시에는 관리들 대부분이 수염을 길렀다.
191) 神楽坂. 지금의 신주쿠 구에 있다. 소세키의 생가에서 약 2㎞ 떨어진 곳.

가는 것이 일반적이었기에 그러한 필요에 익숙해져 있던 내게 이렇다 할 고통이 있을 리는 없었으나, 그래도 야라이(矢來)의 언덕을 올라 사카이 님 댁192)의 망루를 지나 데라마치로 나가는 그 5, 6정의 한 줄기 길은 낮에도 음삼(陰森)해서 하늘이 흐린 날처럼 늘 어두컴컴했다.

그 둑 위에 두 아름, 세 아름이나 될 법한 거목들이 헤아릴 수 없이 늘어서 있고 그 사이사이를 다시 커다란 대숲이 가로막고 있었으니 해를 볼 수 있는 시간이라고는 하루에 기껏해야 겨우 1각도 되지 않았을 것이다. 번화가로 가려고 굽 낮은 나막신 따위를 신고 나서면 틀림없이 험한 꼴을 당하고 말았다. 서리가 녹아 땅이 질척해지면 그곳은 비보다 눈보다 더 끔찍했던 것으로 내 머릿속에 스며들어 있다.

그 정도로 불편한 곳이어도 화재에 대한 염려는 있었던 듯, 역시 거리의 모퉁이에 높다란 망루가 서 있었다. 그리고 그 위에 낡은 경종도 여느 곳처럼 달려 있었다. 나는 이처럼 있는 그대로의 옛날을 곧잘 떠올린다. 그 경종 바로 아래에 있던 조그만 간이식당도 저절로 눈앞에 떠오른다. 새끼줄 포렴 사이로 따뜻하게 느껴지는 조림의 향이 연기와 함께 거리로 흘러나와 그것이 저물녘의 안개로 녹아들어가는 정취 등도 잊을 수가 없다. 시키193)가 아직 살아 있었을 때 내가 '경종과 나란히 높다란

---

192) 사카이(酒井) 씨의 저택.
193) 마사오카 시키(正岡子規, 1867~1902)를 말한다. 시키는 가인, 국어학자. 메이지 시대를 대표하는 문학자 가운데 한 명으로 나쓰메 소세키와 친분이 두터웠다.

겨울나무로구나'라는 구를 지은 것은, 사실 이 경종을 기념하기
위해서였다.

二十一

우리 집과 관련된 나의 기억은 대략 이런 식으로 촌티가 나는
것이다. 그리고 어딘가 으스스 춥고 처량한 그림자가 깃들어
있다. 그렇기에 지금 살아 있는 형님에게서 요 얼마 전에 우리
누님들이 연극을 보러 갔을 때의 모습을 들었을 때에는 깜짝
놀랐다. 그런 화려한 생활을 했던 옛날도 있었는가 싶으면 나는
더욱 꿈결과도 같은 기분이 들지 않을 수 없다.

그 무렵 흥행장은 전부 사루와카초194)에 있었다. 전차도 인
력거도 없던 시절에 다카다노바바 아래에서 아사쿠사 절 너머
까지 아침 일찍 도착해야 했기에 보통 일이 아니었던 듯하다.
누님들은 모두 한밤중에 일어나서 채비를 했다. 가는 길이 험하
다고 해서 만약을 위해 남자 하인들이 반드시 따라갔다고 한다.

그들은 쓰쿠도195)를 내려가 가키노키(柿の木) 골목에서 나
루터로 나가 미리 그곳의 선박업자에게 주문해둔 지붕 딸린
배에 올랐다. 나는 그들이 얼마나 예감으로 충만한 마음을 가지
고 천천히 포병 공창196) 앞으로 해서 오차노미즈(御茶の水)를

---

194) 猿若町. 지금의 아사쿠사 6번가.
195) 筑土. 아게바초(揚場町)의 서쪽 지역.

지나 야나기바시197)까지 노를 저어 갔을까 상상한다. 게다가 그들이 가야 할 길은 결코 거기서 작별을 고하는 것이 아니니 시간에 제한을 두지 않았던 그 옛날이 더욱 회고의 대상이 된다.

널따란 강으로 나서서는 강의 흐름을 거슬러 올라 아즈마바시198)를 지나 이마도(今戸)의 유메이로199) 옆에 배를 댔다고 한다. 누님들은 거기서 내려 연극 다실200)까지 걸어갔고, 거기서 마침내 미리 준비해둔 자리로 가기 위해 흥행장으로 보내졌다. 준비한 자리는 반드시 다카도마201)였다. 그곳은 그들의 차림새와 얼굴과 머리모양이 일반 사람들의 눈에 잘 띄고 관람에 편리한 곳이었기에 화려한 것을 좋아하는 사람들이 앞 다투어 차지하려 했기 때문이었다.

막간에는 배우의 시중을 드는 사내가, 대기실로 놀러 오십시오, 라며 안내를 하러 왔다. 그러면 누님들은 이 오글오글한 비단에 무늬가 있는 옷 위에 하카마를 입은 사내의 뒤를 따라서 다노스케202)나 돗쇼203) 등 좋아하는 배우의 방으로 가서 부채

---

196) 지금의 고라쿠엔(後楽園) 부지에 있던 육군의 병기, 탄약을 제조하던 공장.
197) 柳橋. 간다가와가 스미다가와와 합류하기 직전에 있는 다리. 혹은 그 일대에 있던 화류가.
198) 吾妻橋. 지금의 다이토(台東) 구 아사쿠사 가미나리몬(雷門) 2번가에서 스미다(墨田) 구 아즈마바시 1번가에 걸쳐 있던 다리.
199) 有明楼. 아사쿠사 이마도바시(今戸橋) 부근에 있던 요리점. 배우인 사와무라 돗쇼(沢村訥升)가 운영했다고 한다. 지금의 다이토 구.
200) 흥행물 구경의 안내, 막간의 휴게, 식사 및 그 외의 용무에 편의를 제공하기 위해 흥행장에 부속된 다실.
201) 高土間. 구식 가부키(歌舞伎) 극장의 관람석으로 계단식 관람석과 정면의 토방 사이에 있던 한 단 높은 관람석.
202) 田之助. 제3대 사와무라 다노스케(1845~1878).
203) 제3대 사와무라 돗쇼(1838~1886).

에 그림 등을 그려준 것을 받아가지고 왔다. 그것이 그들의 자기과시였으리라. 그리고 그 자기과시는 돈의 힘이 아니면 살 수 없었던 것이다.

돌아오는 길은 원래 갔던 길을 같은 배로 나루터까지 저어 왔다. 길이 위험하다며 하인들이 다시 등롱에 불을 켜고 맞으러 갔다. 집에 도착하면 지금의 시계로 12시 정도가 되었으리라. 따라서 한밤중부터 한밤중에 걸쳐서 움직여야 그들은 간신히 연극을 볼 수 있었던 것이다. ……

이런 화려한 이야기를 들으면 나는 그게 과연 우리 집에서 있었던 일일까 의심을 하고 싶어진다. 어딘가 번화가 부유한 상인의 집에서 있었던 옛일을 들은 듯한 느낌도 들었다.

물론 우리 집도 무사 계급은 아니었다. 화려한 교제를 하지 않으면 안 되는 나누시204)라는 서민이었다. 내가 알고 있는 아버지는 머리가 벗겨진 할아버지였는데, 젊은 시절에는 잇추부시205)을 배우기도 하고, 친밀한 사이의 여자에게 비단 침구를 마련해 보내주기도 했다고 한다206). 아오야마207)에 진답이 있어서, 거기서 올라오는 쌀만으로도 집안사람들이 먹기에 부족함이 없었다고 들었다. 실제로 지금도 살아계시는 셋째 형님

---

204) 名主. 에도 시대 마치도시요리(町年寄, 주요 도시에서 시중의 공무를 처리하던 벼슬아치) 밑에서 민정을 행하던 자. 신분은 서민이었으나 일반 서민과는 달리 격식과 권력을 가지고 있었다. 소세키의 할아버지는 11군데의 지배지를 가지고 있었으며 아버지가 그것을 물려받았다.

205) 一中節. 음곡에 맞추어 낭창하는 옛이야기의 일종.

206) 유곽에서 손님이 유녀에게 보낸 새 침구를 가게 앞에 쌓아놓던 풍속. 그 유녀의 인기를 나타냈다. 이를 쓰미야구(積夜具)라고 한다.

207) 青山. 지금의 미나토(港) 구에 있는 지명.

등은 그 쌀을 찧는 소리를 늘 들었다고 한다. 내 기억에 의하면 마을 안의 사람들 모두가 우리 집을 현관, 현관이라고 부르고 있었다208). 그때의 나는 어떤 의미인지 알지 못했지만, 지금 와서 생각해보니 시키다이209)가 있는 위엄을 갖춘 현관이 딸린 집은 마을 안에 딱 1채밖에 없었기 때문이라 여겨진다. 그 시키다이를 올라선 곳에 쓰쿠보와 소데가라미와 사쓰마타210), 그리고 말을 탈 때 쓰는 낡은 등롱 등이 나란히 걸려 있던 옛날이라면 나도 아직 기억하고 있다.

二十二

지난 2, 3년 동안 나는 대략 1년에 1번 정도의 비율로 병을 앓았다. 그리고 병상에 들었다가 병상에서 일어나기까지 얼추 1개월의 날수를 보냈다.

나의 병은 언제나 똑같이 위의 고장이기에 병을 앓기 시작하면 절식요법 외에 달리 손을 쓸 방법이 없어진다. 의사의 명령뿐만 아니라 병의 성질 자체가 내게 이 절식을 강요하는 것이다. 따라서 병을 앓기 시작할 때보다 회복기로 들어섰을 때가 더

---

208) 당시 서민 중에서 현관이 딸린 집을 가질 수 있었던 것은 나누시뿐이었다. 나누시는 그 현관을 집무소로 썼다.

209) 式台. 현관 앞에 한 단 낮게 만든 마루. 원래는 손님을 맞거나 보낼 때 예를 갖추는 곳.

210) 쓰쿠보(突棒)와 소데가라미(袖搦)와 사쓰마타(刺股)는 에도 시대에 범죄자를 잡을 때 쓰던 도구.

야위어 기운이 없다. 1개월 이상 걸리는 것도 주로 이렇게 쇠약해지기 때문이라 여겨진다.

나의 거동이 자유로워지면 검은 테가 둘린 인쇄물이 종종 내 책상 위에 놓여진다. 나는 운명에 쓴웃음을 짓는 사람처럼 실크해트를 쓰고 장례식에 참석하기 위해 인력거에 올라 장례식장으로 달려간다. 죽은 사람 가운데는 할아버지도 할머니도 있지만 때로는 나보다 나이가 어리고 평소 그 건강을 자랑하던 사람도 섞여 있다.

나는 집으로 돌아와 책상 앞에 앉아 인간의 수명이란 참으로 신기한 것이라고 생각한다. 병치레가 잦은 나는 어째서 살아남아 있는 것일까 의구심이 든다. 그 사람은 어떤 이유로 나보다 먼저 세상을 떠난 것일까 생각한다.

내가 이런 묵상에 잠기는 것은 오히려 당연한 일이라고 하지 않을 수 없다. 그러나 지위나 몸이나 재능이나— 무릇 자기 자신이 있는 곳을 잊기 쉬운 인간 가운데 한 사람으로서 나는 죽지 않는 것이 당연하다고 생각하며 살아 있는 경우가 많다. 독경을 하는 동안에조차, 향을 피울 때조차 죽은 사람 뒤에 살아남은, 이 나라는 형해를 조금도 신기하다고는 여기지 않고 늘 그냥 지나친다.

어떤 사람이 내게 "다른 사람의 죽음은 당연한 것처럼 보이는데 나의 죽음만은 도무지 생각할 수 없습니다."라고 말한 적이 있었다. 전쟁에 나간 경험이 있는 사내에게 "대원이 그렇게 차례로 쓰러져가는 것을 보면서도 자신만은 죽지 않을 것이라고 생각할 수 있습니까?"라고 물었더니 그 사람은 "그럴 수 있습니다. 대부분은 죽기 전까지 죽지 않을 것이라고 생각하고 있을 겁니다."라고 대답했다. 그리고 대학의 이과와 관계있는 사람에게 비행기에 대한 이야기를 들었을 때 이런 문답을 주고받은 기억도 있다.

"그렇게 언제나 떨어지기도 하고 죽기도 한다면 그 뒤에 타는 사람들은 무섭겠지. 이번에는 내 차례라는 생각이 들 것 같은데, 그렇지 않을까?"

"그게 그렇지 않은 듯합니다."

"어째서?"

"어째서인가 하면 전혀 반대가 되는 심리상태에 지배를 받는 것 같습니다. 역시 녀석들은 추락해서 죽었지만 나는 괜찮아 하는 마음이 드는 모양입니다."

아마 나도 이런 사람의 마음 때문에 비교적 아무렇지도 않게 있을 수 있는 것이리라. 그도 그렇다. 죽기 전까지는 누구나 살아 있는 법이니.

신기하게도 내가 누워 있는 동안에는 검은 테를 두른 통지가 거의 오지 않는다. 작년 가을에도 병이 나은 뒤에 서너 명의 장례식에 참석했었다. 그 서너 명 가운데 회사의 사토(佐藤)[211] 군도 포함되어 있었다. 나는 사토 군이 한 연회석상에 회사에서 받은 은잔을 가지고 와서 내게 술을 따라줬던 일을 떠올렸다. 그때 그가 췄던 이상한 춤도 아직 기억하고 있다.

---

211) 아사히 신문사의 사원.

이 건강하고 힘에 넘치던 사람의 장례식에 갔던 나는 그가 죽고 내가 살아남았다는 사실을 특별히 이상하다고도 생각지 않는 때가 더 많다. 그러나 가끔 생각해보면 내가 살아 있는 쪽이 더 부자연스러운 것 같다는 마음이 들기도 한다. 그러면 운명이 일부러 나를 우롱하고 있는 것 아닐까 의심이 들기도 한다.

二十三

지금 내가 살고 있는 곳 근처에 기쿠이초(喜久井町)라는 동네가 있다. 여기는 내가 태어난 곳이기에 다른 사람보다 잘 알고 있다. 그런데 내가 집을 나와 곳곳을 방랑하다 돌아왔을 때는 그 기쿠이초가 매우 넓어져서 어느 틈엔가 네고로(根来)까지 확장되어 있었다.

나와 연고가 깊은 이 거리의 이름은 너무 익숙하게 들으며 자란 탓인지 나의 과거를 불러일으키는 그리운 울림을 내게 주지 못한다. 그러나 서재에 혼자 앉아 턱을 괸 채 물의 흐름에 따라 내려가는 배처럼 마음을 자유로이 노닐게 내버려두면 때때로 나의 연상이 기쿠이초라는 네 글자와 홀연 마주치거나, 거기서 잠시 저회하기 시작하는 경우가 있다.

이 거리는 옛 에도 시대에는 아마도 존재하지 않았던 듯하다. 에도가 도쿄로 바뀌었을 때나, 아니면 훨씬 후에, 연대는 분명하지 않지만 아무래도 우리 아버지가 만든 것이 틀림없는 듯하다.

우리 집의 문장(紋章)이 우물 정 자 모양에 국화212)이기에 그와 관련해서 국화와 우물을 사용해 기쿠이초라고 했다는 이야기는 아버지 당신의 입에서 들었는지, 혹은 다른 사람이 가르쳐주었는지, 어쨌든 지금도 내 귀에 아직 남아 있다. 아버지는 나누시가 폐지된 이후 한때 구장(區長)이라는 직에 계셨으니 어쩌면 그런 일도 가능했을지 모르겠는데, 그것을 자랑으로 여기시던 당신의 허영심을 지금 와서 생각해보면, 싫은 감정은 먼 옛날에 사라지고 단지 미소 짓고 싶어질 뿐이다.

거기다 아버지는 또 자택 앞에서 남쪽으로 갈 때면 반드시 올라야 하는 기다란 언덕에 당신의 성인 나쓰메라는 이름을 붙이셨다. 불행하게도 이는 기쿠이초만큼 유명해지지 못한 채 지금의 언덕으로 남아 있다. 그런데 얼마 전에 어떤 사람이 와서, 지도에서 이 주변의 이름을 살펴보니 나쓰메자카(夏目坂)라는 것이 있었다고 말했으니, 어쩌면 아버지가 붙인 이름이 지금도 도움이 되고 있는 걸지도 모르겠다.

내가 와세다(早稻田)로 돌아온 것은 도쿄를 떠난 지 몇 년 만이었을까? 나는 지금의 집으로 옮기기 전에 집을 구할 목적이 었는지, 혹은 소풍을 갔다 돌아오는 길이었는지, 오랜만에 우연히도 옛날 우리 집 옆에 간 적이 있었다. 그때 길에서 2층의 낡은 기와가 조금 보였기에 아직 살아남은 것일까 생각한 채 나는 그대로 지나쳐버렸다.

---

212) 국화를 뜻하는 한자인 '菊'을 일본어로는 '기쿠', 우물 정(井) 자는 '이'라고 읽는다.

와세다로 옮긴 뒤, 나는 또 그 문 앞을 지나보았다. 밖에서 들여다보니 왠지 예전과 바뀐 곳이 없는 듯도 여겨졌으나 문에는 뜻밖에도 하숙집 간판이 걸려 있었다. 나는 예전의 와세다 전답지213)를 보고 싶었다. 그러나 그곳은 이미 도회가 되어 있었다. 나는 네고로의 차밭과 대숲을 한번 보고 싶었다. 그러나 그 흔적은 어디서도 발견할 수 없었다. 아마도 이 부근일 것이라 추측한 나의 짐작이 맞는 것인지 틀린 것인지조차 분명하지 않았다.

나는 망연히 서 있었다. 어째서 우리 집만이 과거의 잔해처럼 존재하고 있는 것일까? 나는 마음속으로 그것이 얼른 무너져버렸으면 좋겠다고 생각했다.

'시간'이란 힘이었다. 작년에 나는 다카다 쪽으로 산책을 나간 김에 별 생각 없이 그곳을 지났는데, 우리 집은 깨끗하게 헐렸고 그 자리에 새로이 하숙집이 새워지고 있었다. 그 옆에는 전당포도 있었다. 전당포 앞에 성긴 울타리를 두르고 그 안에 정원수가 조금 심겨 있었다. 세 그루 소나무가 볼품없이 가지를 잘려 거의 기형아처럼 되어 있었으나, 어딘가 본 적이 있는 나무 같다는 기분을 불러일으켰다. 예전에 '그림자 얽힌 소나무 세 그루의 달밤이로구나'라고 노래한 것은 어쩌면 이 소나무 아니었을까 생각하며 나는 다시 집으로 돌아왔다.

---

213) 저지대인 와세다 부근은 전면이 논이었기에 이렇게 불렸다.

"그런 곳에서 자랐으면서 지금까지 무사히 잘도 지내오셨네요."

"그냥 그럭저럭 무사히 살아왔습니다."

우리가 사용한 무사라는 말은 남녀 간에 일어나는 사랑의 파란이 없다는 의미로, 말하자면 정사의 반대를 가리키는 말인데, 추급하고 싶어 하는 나의 마음은 이 한마디 답으로 간단히 만족하지 않았다.

"사람들이 곧잘 말하곤 하죠, 과자가게에서 일을 하면 제아무리 단 것을 좋아하는 사내라도 과자에 물려버린다고. 추석에 송편 등을 만드는 모습을 집에서 봐도 알 수 있지 않습니까? 만드는 사람은 그저 송편을 그릇에 담는 것만으로도 이미 싫증이 난 얼굴을 할 정도이니. 당신의 경우도 그런 건가요?"

"그런 것도 아닌 듯합니다. 어쨌든 스무 살 조금 넘어서까지는 아무렇지도 않게 있었으니."

그 사람은 어떤 의미에서 호남아였다.

"설령 당신은 아무렇지도 않게 있었다 할지라도, 상대 쪽에서 태연하게 있지 못하는 경우가 없었다고도 할 수 없지 않을까요? 그럴 때는 아무래도 꾐에 넘어가기 쉬운 법 아닐까요?"

"지금 와서 생각해보면, 아아 이런 의미에서 그런 짓을 한 거로구나, 그런 말을 한 거로구나, 여러 가지로 짐작 가는 일들이 없지도 않았습니다."

"그럼 전혀 눈치 채지 못하고 있었던 거로군요."

"네, 그렇습니다. 하지만 제가 눈치를 챈 적도 한 번은 있었습니다. 그러나 제 마음은 아무래도 그 상대에게 끌리지 않았습니다."

나는 그것이 이야기의 끝인가 싶었다. 두 사람 앞에는 설의 잔칫상이 놓여 있었다. 손님은 술을 조금도 마시지 않았고 나도 술잔에 거의 손을 대지 않았기에 술잔을 주고받는 일은 전혀 없었다.

"그렇게 지금까지 지내오신 겁니까?"라고 내가 국을 먹으며 혹시나 싶어 물어보았다. 그랬더니 손님은 갑자기 이런 이야기를 내게 들려주었다.

"아직 다른 사람 밑에서 일을 배울 때 한 여자와 2년쯤 만난 적이 있었습니다. 상대방은 물론 여염집의 여자가 아니었습니다. 그러나 그 여자는 이미 세상에 없습니다. 목을 매달아 세상을 떠났습니다. 나이는 열아홉이었습니다. 열흘쯤 만나지 않고 있던 사이에 세상을 등지고 말았습니다. 그 여자에게는 뒤를 봐주는 손님이 둘 있었는데 둘 모두 고집스러워서, 그녀를 기방에서 빼주기 위한 돈을 서로 경쟁하고 있었습니다. 게다가 둘 모두 나이 든 기생을 자기편으로 만들어 이쪽으로 와라, 저쪽으로 가서는 안 된다며 도의를 문제 삼아 괴롭히기도 한 모양이었습니다. ……."

"당신이 그녀를 구해줄 수는 없었나요?"

"당시 저는 겨우 일이 손에 익은 견습생이었기에 도무지 손을 쓸 수가 없었습니다."

"하지만 그 게이샤는 당신 때문에 세상을 등진 것 아닐까요?"

"글쎄요······. 양쪽 손님에게 동시에 의리를 지킬 수 없었기 때문일지도 모르겠습니다만. ······하지만 저희 둘 사이에, 어느 쪽으로도 가지 않겠다는 약속이 있었던 것만은 틀림없는 사실이었습니다."

"그렇다면 당신이 간접적으로 그녀를 살해한 셈이 될지도 모르겠군요."

"어쩌면 그럴지도 모릅니다."

"당신은 양심의 가책이 느껴지지 않습니까?"

"느끼지 않을 수 없습니다."

설에 복작거렸던 나의 방은 이튿날이 되자 쓸쓸할 정도로 조용했다. 나는 그 쓸쓸한 날에 이런 가엾은 이야기를, 새해 인사를 온 그 손님에게서 들었다. 손님은 성실하고 정직한 사람이었기에 그런 이야기를 하면서도 색정적인 말은 거의 사용하지 않았다.

二十五

내가 아직 센다기214)에 있던 무렵의 이야기이니 햇수로 따지

---

214) 千駄木. 지금의 분쿄(文京) 구. 센다기의 집에서 소세키가 산 것은 영국에서 돌아온 1903년~1906년. 이 집은 아이치(愛知) 현의 박물관 메이지 마을에 보존되어 있다.

면 벌써 꽤 오래 전의 일이다. 어느 날 나는 기리도오시[215] 쪽으로 산책을 나갔다가 돌아오는 길에 혼고 4번가[216]의 모퉁이로 나가는 대신 그보다 하나 앞에 있는 좁은 길에서 북쪽으로 꺾어졌다. 그 모퉁이에는 그 무렵 있었던 소고기 전골가게 옆에 요세[217]의 간판이 언제나 걸려 있었다.

비 오는 날이었기에 나는 물론 우산을 쓰고 있었다. 그것은 8개의 살을 크게 구부려 군청색 천을 바른 우산이었는데, 위에서부터 새어 떨어지는 빗방울이 자연목 자루를 타고 내 손을 적시기 시작했다. 사람의 통행이 적은 이 골목은 모든 진흙을 비로 씻어낸 것처럼 나막신 굽에 걸리는 더러운 것이 거의 없었다. 그래도 위를 보면 어둡고 아래를 보면 쓸쓸했다. 늘 지나던 탓도 있을 테지만 내 주위에는 무엇 하나 나의 시선을 끄는 것이 보이지 않았다. 그리고 나의 마음은 이 날씨와 이 주변과 매우 닮아 있었다. 내게는 나의 마음을 부식시키는 것 같은 불쾌함의 덩어리가 늘 있었다. 나는 음울한 얼굴로 멍하니 비가 내리는 속을 걸었다.

히카게초[218]의 요세 앞까지 온 나는 돌연 지붕 딸린 인력거 한 대와 마주쳤다. 나와 인력거 사이에 아무런 방해물도 없었기에 나는 멀리서부터 그 안에 타고 있는 사람이 여자라는 사실을

---

215) 切通し. 우에노(上野) 시노바즈이케(不忍池)의 이케노하타(池之端)에서 유시마(湯島) 기리도오시 언덕을 거쳐 혼고 4번가의 네거리에 이르는 일대.
216) 지금의 분쿄 구. 도쿄 대학과도 가까우며 소세키의 소설에도 종종 등장한다.
217) 주187 참조.
218) 日蔭町. 지금의 혼고 구 혼고 4번가.

알 수 있었다. 셀룰로이드 창 따위는 아직 없던 시절로, 인력거 위의 사람은 멀리서부터 그 하얀 얼굴을 내게 보이고 있었다.

나의 눈에는 그 하얀 얼굴이 매우 아름답게 보였다. 나는 빗속을 걸으며 그 사람의 모습에 가만히 사로잡혀 있었다. 동시에 그녀는 게이샤일 것이라는 추측이 거의 사실처럼 내 마음에서 작용하기 시작했다. 그런데 인력거가 내 1간쯤 앞까지 왔을 때, 내가 보고 있던 아름다운 사람이 갑자기 정중한 인사를 내게 하며 지나갔다. 나는 미소에 동반된 그 인사와 함께 상대가 오쓰카 구스오[219] 씨였다는 사실을 처음으로 깨달았다.

다음에 만난 것은 그로부터 며칠 째였을까, 구스오 씨가 내게 "요전에는 실례했습니다."라고 말했기에 나는 내 생각 그대로를 이야기할 기분이 들었다.

"사실은 어딘가의 아름다운 분일까 하며 보고 있었습니다. 게이샤 아닐까 하고도 생각했습니다."

그때 구스오 씨가 뭐라고 답했는지 나는 분명히 기억하고 있지 못하지만 구스오 씨는 얼굴을 조금도 붉히지 않았다. 그리고 불쾌한 표정도 보이지 않았다. 나의 말을 그냥 그대로 받아들인 듯 여겨졌다.

그로부터 한참 지난 어느 날, 구스오 씨가 일부러 와세다로 찾아와주었던 일이 있었다. 그런데 마침 나는 아내와 싸움을 했다. 나는 얼굴을 찌푸린 채 서재에 가만히 앉아 있었다. 구스

---

219) 미모의 재원으로 알려졌으며 소세키의 의뢰로 아사히 신문에 소설 『소라다키(空薫)』 등이 게재되었다. 주82 참조.

오 씨는 아내와 10분쯤 이야기를 나눈 뒤 돌아갔다.

그날은 그렇게 지났으나 얼마 지나지 않아서 나는 니시카타 마치(西片町)로 사과를 하러 갔다.

"사실은 싸움을 했었습니다. 아마 아내도 무뚝뚝했었겠지요. 저는 또 찌푸린 얼굴을 보이는 것도 실례라고 생각했기에 일부러 물러나 있었습니다."

여기에 대한 구스오 씨의 대답도 지금은 먼 과거가 되어버려 이제는 불러낼 수도 없을 만큼 기억의 밑바닥으로 가라앉아버렸다.

구스오 씨가 세상을 떠났다는 부고가 온 것은 틀림없이 내가 위장병원에 있을 무렵[220]이었다. 사망 광고 속에 내 이름을 써도 상관없겠냐고 전화로 문의해왔던 일 등도 아직 기억하고 있다. 나는 병원에서 '있는 대로 국화 던져넣어라 관 속'이라고 영전에 바치는 구를 구스오 씨를 위해서 읊었다. 그것을 하이쿠를 좋아하는 한 사내가 기뻐하며 일부러 내게 부탁하여 단자쿠에 쓰게 해서 가져간 일도 벌써 옛날이 되어버리고 말았다.

二十六

마스 씨[221]가 어쩌다 그렇게 영락한 것인지 나로서는 이해할

---

220) 나가요 위장병원을 말한다. 구스오가 요양지인 오이소에서 세상을 떠난 것은 1910년 11월이었다. 당시 소세키의 상황은 이 책에도 수록한 『생각나는 것들』 제7장에 잘 묘사되어 있다.

수가 없다. 여하튼 내가 알고 있는 마쓰 씨는 우편집배원이었다. 마스 씨의 동생인 쇼 씨도 가산을 탕진하고 우리 집으로 굴러들어와 더부살이를 하고 있었지만 그는 그나마 마스 씨보다는 사회적 지위가 높았다. 어렸을 적 혼초(本町)에 있는 이와시야222)에 점원으로 있었을 때, 요코하마의 서양인이 귀여워하여 외국으로 데려가겠다는 것을 거절했는데 지금 생각해보면 안타까운 일이라고 늘 이야기했다.

두 사람 모두 이종사촌형이었기에 그런 연고로 마스 씨는 동생을 만나기 위해서, 그리고 우리 아버지에게 경의를 표하기 위해서 한 달에 1번 정도는 우시고메 안쪽까지 생과자 봉투 등을 선물로 가지고 곧잘 찾아왔다.

마스 씨는 그때 아마도 시바의 변두리나 혹은 시나가와(品川) 부근에 살림을 차려놓고 혼자서 한가로운 생활을 영위하고 있었던 듯했기에 집에 오면 곧잘 자고 가곤 했다. 가끔 돌아가려고 하면 형님들이 달려들어 "돌아가면 용서하지 않겠다."고 위협하곤 했다.

당시 둘째 형님과 세째 형님은 아직 난코223)에 다니고 있었다. 난코는 지금의 고등상업학교 자리에 있었는데, 그곳을 졸업하면 가이세이 학교224), 즉 오늘날의 대학에 들어가는 체제였

---

221) 후쿠다 마스지로(福田益次郎). 소세키의 이모의 장남으로 후쿠다 쇼베에(본편 제17장 참조)의 형.
222) 鰯屋. 지금의 주오(中央) 구에 있던 약품점.
223) 南校. 에도 막부에서 창립했던 양학소(洋學所)를 메이지 시대에 재흥한 것. 훗날 도쿄 대학의 일부가 되었다.
224) 開成学校. 가이세이 학교가 도쿄 의학교와 합병하여 도쿄 대학이 되었다.

던 듯하다. 그들은 밤이 되면 현관에 오동나무 책상을 늘어놓고 내일을 위한 예습을 했다. 예습이라고는 하지만 지금의 서생이 하는 것과는 커다란 차이가 있었다. 굿리치[225]의 영국사 등과 같은 책을 한 구절쯤씩 읽고 나서 그것을 책상 위에 엎어놓은 다음, 입 안에서 조금 전에 읽은 대로 암송하는 것이었다.

그 예습을 마치고 나면 슬슬 마스 씨가 필요해지게 된다. 쇼 씨도 어느 틈엔가 그곳에 얼굴을 내민다. 큰형님도 마음이 내킬 때면 안쪽에서 현관까지 일부러 나왔다. 그리고 모두 하나가 되어 마스 씨를 놀려대기 시작했다.

"마스 씨, 서양인의 집에 편지를 배달하는 적도 있지요?"

"그야 직업이니 싫어도 어쩔 수 없죠, 들고 갑니다."

"마스 씨는 영어를 할 줄 아나요?"

"영어를 할 줄 알 정도라면 이런 짓을 하고 있지는 않을 겁니다."

"하지만 우편이라거나 무슨 말이든 커다란 소리를 내지 않으면 안 되잖아요."

"그건 일본어면 충분해요. 이방인도 요즘에는 일본어를 알고 있으니."

"우와, 상대방도 무슨 말인가 하나요?"

"하죠. 페러리 부인 같은 사람은, 당신 좋아 고마워, 라고 일본어로 분명히 인사를 할 정도예요."

모두는 마스 씨를 여기까지 꾀어낸 다음 한꺼번에 웃었다.

225) Goodrichi(1793~1860). 미국의 저술가.

그리고 다시 "마스 씨, 뭐라고 한다고요, 그 부인이."라고 몇 번이고 한 가지 일을 물어 언제까지고 웃음거리로 삼으려 했다. 마스 씨도 결국에는 쓴웃음을 지으며 마침내 '당신 좋아.'를 그만두어버린다. 그러면 이번에는 "그럼 마스 씨, 노나카의 삼나무 한 그루(野中の一本杉)를 해봐요."라고 누군가가 말한다.

"하라고 해서, 그럼 어디, 하고 할 수 있는 게 아닙니다."

"그러지 말고 해보세요. 마침내 노나카의 삼나무 한 그루가 있는 곳까지 왔더니……."

마스 씨는 그래도 싱글싱글 웃으며 응하지 않았다. 나는 끝내 마스 씨의 노나카의 삼나무 한 그루라는 것을 들어보지 못했다. 지금 생각해보면 그것은 아무래도 야담이나 애정을 소재로 한 만담의 한 구절 아니었나 싶다.

내가 성인이 되었을 무렵 마스 씨는 더 이상 집에 오지 않게 되었다. 아마도 세상을 떠난 것이리라. 살아 있다면 어떤 소식이 있을 터였다. 그러나 세상을 떠난 것이라 할지라도 나는 언제 세상을 떠났는지 알지 못한다.

二十七

나는 연극이라는 것에 그다지 애정을 느끼지 못한다. 특히 구극226)은 이해할 수가 없다. 이는 예로부터 그 방면에서 발달

해온 연예상의 약속을 알지 못하기에 무대 위에서 전개되는 특별한 세계에 동화할 능력이 내게 결여되어 있기 때문이라 여겨진다. 그러나 그것만이 아니다. 내가 구극을 보고 가장 이상하다고 느낀 점은 배우가 자연스러움과 부자연스러움 사이를 어느 쪽도 아니게 비틀비틀 걷는다는 점이다. 그것이 내게 어정쩡한 자세 같은 차분하지 못한 기분을 불러일으키는 것도 아마 당연한 이치이리라.

그러나 무대 위에 어린아이가 나와 가늘고 높은 목소리로 애달픈 이야기를 할 때면, 아무리 나라도 어느 틈엔가 눈에서 눈물이 배어난다. 그리고 곧, 아아 속았구나, 라고 후회한다. 어째서 그렇게 싸구려 눈물을 흘렸을까 생각한다.

"아무리 생각해봐도 속아서 눈물을 흘리는 건 싫어."라고 나는 어떤 사람에게 말했다. 연극을 좋아하는 그 상대는, "그것이 선생님의 정상적인 모습이겠지요. 평소 눈물을 참는 것은 오히려 선생님의 겉치레 아닙니까?"라고 주의를 주었다.

나는 그 설을 받아들일 수 없었기에 여러 가지 방면에서 상대방을 납득시키려 하던 중, 화제가 어느 틈엔가 회화 쪽으로 접어들었다. 그 사내는 얼마 전에 참고품으로 미술협회[227]에 나온 자쿠추[228]의 황실 소장품을 매우 기뻐해서 그 평론을 어딘가의 잡지에 싣는다는 소문이었다. 나는 또한 그 닭 그림이 굉장히

---

226) 舊劇. 가부키를 말한다. 일본어로는 규게키(旧劇).
227) 일본 미술협회에서 매해 봄·가을로 개최하던 전람회를 말한다.
228) 若冲(1716~1800). 에도 시대 중기의 화가.

마음에 들지 않았기에 이때도 연극 때와 같은 언쟁이 둘 사이에서 벌어졌다.

"무릇 자네에게 그림을 논할 자격은 없을 텐데."라고 나는 마침내 그를 매도했다. 그러자 이 한마디가 원인이 되어 그는 예술일원론을 주장하기 시작했다. 그의 주의를 요약해서 말하자면, 무릇 예술은 같은 근원에서 솟아나는 것이기 때문에 그 가운데 하나만 똑바로 뱃속에 넣어두면 다른 분야는 저절로 이해할 수 있는 법이라는 것이었다. 자리에 있던 사람들 가운데 그에게 동의하는 자도 적지 않았다.

"그럼 소설을 쓸 줄 알면 자연스럽게 유도도 잘하게 되는 건가?"라고 내가 절반은 농담 삼아 말했다.

"유도는 예술이 아닙니다."라고 상대도 웃으며 대답했다.

예술은 평등관에서 출발하는 것이 아니다. 혹시 그곳에서 출발했다 할지라도 차별관에 들어가서야 비로소 꽃이 피는 것이니 그것을 본래의 옛날로 되돌리면 그림도, 조각도, 문장도 완전히 무(無)로 돌아가버린다. 거기에 어찌 공통적인 것이 있겠는가. 설령 있다 할지라도 실제에 도움이 되지는 않는다. 피아에 공통되는 구체적인 것 따위의 발견도 가능할 리 없다.

이것이 당시 나의 지론이었다. 그리고 그 지론은 결코 충분한 것이 아니었다. 상대방의 주장을 조금 더 받아들여 면밀한 해석을 내려줄 여지는 얼마든지 있었던 것이다.

그런데 그때 자리에 있던 한 사람이 갑자기 나의 논의를 이어받아 상대방에게 향하기 시작했기에 나도 귀찮아져서 그대로 내버려두었다. 하지만 나를 대신한 그 사내는 상당히 취해 있었다. 따라서 예술이 어떻다는 둥, 문예가 어떻다는 둥, 열심히 얘기했지만 그다지 들어줄 만한 것은 말하지 못했다. 말투조차 조금 곤죽이 되어 있었다. 처음에는 재미있어하며 웃던 사람들도 결국에는 입을 다물어버리고 말았다.

"그럼 절교하세."라는 둥, 취한 사내가 끝내는 말했다. 나는 "절교할 거면 밖에서 하게. 여기서는 곤란하니."라고 주의를 주었다.

"그럼 밖으로 나가서 절교하세."라고 취한 사내가 상대방에게 상의를 했으나 상대방이 움직이지 않았기에 결국은 그대로 끝나버리고 말았다.

이는 올해 설에 있었던 일이다. 취한 사내는 그 뒤로도 이따금 오지만 그때의 다툼에 대해서는 한마디도 하지 않는다.

二十八

어떤 사람이 우리 집 고양이를 보고 "이건 몇 대째 고양이입니까?"라고 물었을 때 나는 별 생각 없이 "2대째입니다."라고 대답했는데, 나중에 생각해보니 2대째는 벌써 지나서 사실은 3대째였다.

초대는 집이 없었음에도 불구하고 어떤 의미에서 꽤 유명229)

_____

229) 소세키의 처녀작인 『나는 고양이로소이다』의 모델이 되었다.

해졌으나 그에 비해서 2대째의 생애는 주인에게조차 잊힐 정도로 단명이었다. 나는 누가 그것을 어디에서 받아왔는지 잘 모른다. 그러나 손바닥 위에 올리면 올릴 수 있을 것 같은 조그만 모습으로 그가 여기저기 기어다녔던 당시를 나는 아직 기억하고 있다. 그 가련한 동물은 어느 날 아침 집안사람이 이불을 갤 때 잘못해서 밟아 죽여버리고 말았다. 꺅 하는 소리가 들리기에 이불 아래에 들어가 있던 그를 얼른 꺼내서 상당한 치료를 했으나 이미 늦어버리고 말았다. 그는 그로부터 하루이틀 뒤에 결국 숨이 끊어지고 말았다. 그 후에 온 것이 바로 새카만 지금의 고양이다.

　나는 이 검은고양이를 귀여워하지도 싫어하지도 않는다. 고양이도 집 안을 어슬렁어슬렁 돌아다닐 뿐, 특별히 내 곁에 다가오려는 호의를 보이는 적은 없다.

　어느 날 그는 부엌의 선반에 들어갔다가 냄비 속으로 떨어졌다. 그 냄비 속에는 참기름이 가득 담겨 있었기에 그의 온몸이 코스메틱이라도 바른 것처럼 빛나기 시작했다. 그가 그 빛나는 몸으로 내 원고지 위에 앉았기에 기름이 한참 아래까지 스며들어 나를 참으로 난처하게 만들었다.

　작년, 내가 병을 앓기 조금 전에 그는 갑자기 피부병에 걸렸다. 얼굴에서 이마에 걸쳐서 털이 점점 빠지기 시작했다. 그것을 발톱으로 자꾸만 긁어서 딱지가 부스스 떨어지고 그곳은 붉은 피부가 드러났다. 나는 어느 날 식사 중에 그 흉한 모습을 바라보고 싶은 얼굴을 했다.

"저렇게 딱지를 흘리고 다니다 혹시 아이에게라도 전염되면 안 되니 병원으로 데려가 얼른 치료해주는 게 좋겠어."

　나는 집안사람에게 이렇게 말했으나, 마음속으로는 병이 병이니만큼 어쩌면 완전히 낫지 않을지도 모른다고 생각했다. 예전에 내가 알고 있던 서양인이 한 백작에게서 좋은 개를 받아 아껴주었는데, 어느 틈엔가 이런 피부병에 시달리기 시작했기에 가엾다며 의사에게 부탁해 목숨을 거두게 한 일을 나는 잘 기억하고 있었던 것이다.

　"클로로포름 같은 걸로 저승에 보내주는 편이 오히려 고통이 없어서 행복할 거야."

　나는 서너 번 같은 말을 되풀이해보았으나 고양이가 내 생각대로 되기 전에 내가 병으로 털썩 누워버리고 말았다. 그 사이 나는 끝내 그를 볼 기회를 얻지 못했다. 나의 고통이 나를 직접 지배한 탓인지 그의 병을 생각할 여유조차 생기지 않았다.

　10월에 들어서 나는 간신히 일어났다. 그리고 언제나처럼 검은 그를 보았다. 그런데 신기하게도 그의 흉하게 빨갛던 피부에 예전 같은 검은 털이 돋기 시작하고 있었다.

　"어라, 낫는 건가?"

　나는 무료한 병후의 눈을 끊임없이 그에게로 향했다. 그러자 나의 허약함이 점점 회복됨에 따라서 그의 털도 점점 짙어지기 시작했다. 그것이 예전처럼 되더니 이번에는 전보다 더 윤택해지기 시작했다.

　나는 내 병의 경과와 그의 병의 경과를 비교해보고 종종 거기에 어떤 인연이 있는 것 같다는 암시를 받는다. 그리고 그 바로 뒤에 한심하다는 생각에 미소 짓는다. 고양이는 그저 야옹, 야옹 울 뿐이니 어떤 마음으로 사는 건지 내게는 전혀 알 길이 없다.

二十九

나는 부모님의 만년에 생긴 이른바 막둥이다. 나를 낳았을 때 어머니가, 이런 나이에 회임하다니 면목 없다고 말했다는 이야기가 지금도 종종 되풀이되고 있다.

단지 그 때문만은 아닐 테지만 우리 부모님은 내가 태어나자 얼마 지나지 않아서 나를 다른 집으로 보내버렸다. 그 다른 집이라는 것이 나의 기억에 물론 남아 있을 리 없지만, 나중에 자라서 들어보니 고물의 매매를 직업으로 삼고 있던 가난한 부부였던 모양이다.

나는 그 고물상의 잡동사니와 함께 조그만 소쿠리 속에 담겨 매일 밤 요쓰야(四谷)의 큰길가에 서는 야시장의 노점에 나가 있었던 것이다. 어느 날 밤, 무슨 일인가 있어서 그곳을 지나다 그 모습을 발견한 우리 누님이 가엾다고 생각한 것이리라, 품에 안고 집까지 데려왔으나 나는 그날 밤 아무래도 잠들지 못하고 끝내는 밤새도록 울고 또 울었고 누님은 아버지께 크게 야단을 맞았다고 한다.

나는 언제쯤 그 집에서 돌아왔는지 알지 못한다. 그러나 바로 다시 어떤 집에 양자로 보내졌다[230]. 그것은 틀림없이 내가 네 살 때였던 것으로 기억한다. 나는 철이 들 무렵인 8, 9세까지 거기서 자랐는데 양자로 들어갔던 집에 묘한 문제[231]가 생겨서 마침내 다시 본가로 돌아오는 꼴이 되어버리고 말았다.

아사쿠사[232]에서 우시고메로 옮겨진 나는 태어난 집에 돌아온 것이라는 사실도 알지 못한 채, 우리 부모님을 예전처럼 할아버지, 할머니라고만 생각하고 있었다. 그리고 그들을 변함없이 할아버지, 할머니라고 부르는 것을 조금도 이상히 여기지 않았다. 당신들도 지금까지의 습관을 갑자기 바꾸는 것은 이상하다고 생각했는지 내게 그렇게 불려도 별다른 표정은 짓지 않았다.

나는 보통의 막내와는 달리 부모님으로부터 결코 사랑을 받지 못했다. 이는 나의 성격이 고분고분하지 않았던 탓도 있고, 오래도록 부모님과 떨어져 지냈던 탓도 있고, 여러 가지 원인에서 온 것이다. 특히 아버지에게서는 오히려 가혹하게 다루어졌다는 기억이 아직 내 머릿속에 남아 있다. 그럼에도 아사쿠사에서 우시고메로 옮겨진 당시의 나는 어째서인지 매우 기뻤다. 그리고 그 기쁨이 누구의 눈에도 띨 만큼 현저하게 밖으로 드러났다.

멍청한 나는 진짜 부모님을 할아버지, 할머니라고만 생각한

---

230) 요쓰야 다이소지(太宗寺) 문전 등의 나누시였던 시오바라 쇼노스케, 야스 부부의 양자가 되었다. 야스는 쇼노스케와 결혼하기 전에 나쓰메 가에서 일을 했다. 이 집에서의 경험이 훗날 『한눈팔기(道草)』의 소재가 되었다.
231) 시오바라 쇼노스케와 한 미망인의 불륜이 원인이 되어 부부 사이가 나빠졌다고 한다.
232) 이때는 시오바라의 집이 아사쿠사로 이사한 뒤였다.

채 어느 정도의 나날을 헛되이 살았던 것일까? 그에 대한 질문을 받으면 전혀 답을 할 수 없지만, 어쨌든 어느 날 밤에 이런 일이 있었다.

나 혼자 방에서 자고 있는데 머리맡에서 조그만 목소리로 자꾸만 내 이름을 부르는 사람이 있었다. 나는 놀라 눈을 떴으나 주위가 어두웠기에 누가 거기에 웅크려 앉아 있는 건지 얼핏 판단이 서지 않았다. 그래도 나는 어린아이였기에 그냥 상대방이 하는 말만 가만히 듣고 있었다. 그렇게 듣고 있자니 그것이 우리 집 하녀의 목소리라는 사실을 알 수 있었다. 하녀는 어둠 속에서 내게 귓속말을 하듯 이렇게 말했다. ─

"도련님이 할아버지, 할머니라고 생각하고 계신 분들은 사실은 도련님의 아버님과 어머님이십니다. 조금 전에 말입죠, 아마 그런 이유로 그렇게 우리 집을 좋아하는 거겠지, 신기한 일이야, 라며 두 분께서 말씀 나누시는 것을 제가 들었기에 도련님께 살짝 알려드리는 거예요. 아무한테도 얘기해서는 안 돼요. 아셨죠?"

나는 그때 단지 "아무한테도 안 할게."라고만 말했으나 마음속으로는 매우 기뻤다. 하지만 그 기쁨은 사실을 가르쳐주었다는 데서 온 기쁨이 아니라, 단지 하녀가 내게 친절했다는 데서 온 기쁨이었다. 신기하게도 나는 그 정도로 기쁘게 여겼던 하녀의 이름도 얼굴도 까맣게 잊어버리고 말았다. 기억하고 있는 것은 단지 그 사람의 친절뿐이다.

三十

　내가 이렇게 서재에 앉아 있으면 찾아오는 사람들 대부분이 "병은 이제 다 나으셨습니까?"라고 물어준다. 나는 몇 번이고 같은 질문을 받았으면서도 몇 번이고 대답을 주저했다. 그리고 그러다 몇 번이고 같은 말을 되풀이하게 되었다. 그것은 "네, 그냥 그럭저럭 살아 있습니다."라는 이상한 대답에 다름 아니었다.

　그럭저럭 살아 있다. —나는 이 한마디를 오랜 기간 사용했다. 그러나 사용할 때마다 왠지 온당하지 않다는 마음이 들었기에 사실은 스스로도 그만둘 수만 있다면 하고 생각해보았으나, 나의 건강상태를 표현할 만한 적당한 말은 이 외에 아무래도 찾아낼 수가 없었다.

　어느 날 T군233)이 왔기에 이 이야기를 하고, 나았다고도 말할 수 없고, 낫지 않았다고도 말할 수 없는데 뭐라고 대답해야 좋을지 모르겠다고 했더니 T군이 내게 바로 이렇게 대답했다.

　"그야 나았다고는 하실 수 없으시겠죠. 그렇게 가끔 재발을 해서는. 해묵은 병이 아직 계속되는 거겠죠."

　이 계속이라는 말을 들은 순간 나는 좋은 것을 배운 듯한 기분이 들었다. 그리고 이후부터는 "그럭저럭 살아 있습니다."

---

233) 물리학자이자 수필가인 데라다 도라히코(寺田寅彦, 1878~1935)라는 설이 있다.

라는 말은 그만두고, "병은 아직 계속되고 있습니다."로 바꾸었다. 그리고 그 계속이라는 말의 의미를 설명할 때는 반드시 유럽의 대란을 예로 들었다.

"저는 마치 독일이 연합군과 전쟁을 하고 있는 것처럼 병과 전쟁을 하고 있습니다. 지금 이렇게 당신과 마주 앉아 있을 수 있는 것은 천하가 태평해졌기 때문이 아니라 참호 속에 들어가서 병과 서로를 노려보고 있기 때문입니다. 저의 몸은 난세입니다. 언제, 어떤 이변이 일어날지 모릅니다."

어떤 사람은 나의 설명을 듣고 재미있다는 듯 하하 웃었다. 어떤 사람은 말이 없었다. 또 어떤 사람은 가엾다는 듯한 얼굴을 했다.

손님이 돌아간 뒤에 나는 다시 생각했다. ─계속되고 있는 것은 필시 나의 병만이 아니리라. 나의 설명을 듣고 우스갯소리라고 생각해서 웃은 사람, 이해를 하지 못해서 입을 다문 사람, 동정심에 사로잡혀서 가엾다는 듯한 얼굴을 한 사람, ─이 모든 사람들의 마음속에는 내가 알지 못하는, 또 자신들조차 깨닫지 못한, 계속되는 것이 여럿 숨어 있는 것 아닐까. 만약 그들의 가슴에 울릴 만큼 커다란 소리로 그것이 단번에 파열한다면 그들은 과연 어떻게 생각할까. 그들의 기억은 그때, 그들에게 더는 아무것도 이야기하지 못하리라. 과거에 대한 기억은 이미 사라져버리고 없으리라. 지금과 옛날, 그리고 그 옛날 사이에서 어떤 인과도 찾아내지 못할 그들은 그러한 결과를 맞이하게 되었을 때, 자신을 어떻게 해석해볼 마음인 걸까? 어차피 우리는 꿈결 속에서 스스로 제조한 폭탄을 각자 품은 채, 한 사람도 남김없이 죽음이라는 먼 곳으로 담소를 나누며 걸어가고 있는 것 아닐까? 단, 어떤 것을 품고 있는지 남들도 모르고 자신도 모르기 때문에 행복한 것이리라.

나는 나의 병이 계속이라는 사실을 깨달았을 때, 유럽의 전쟁도 필시 어느 시대부터의 계속일 것이라고 생각했다. 그러나 그것이 언제부터 어떻게 시작해서 어떤 곡절을 겪게 될까 하는 문제에 이르러서는 전혀 지식이 없기에, 나는 오히려 계속이라는 말을 이해하지 못하는 일반인을 부럽게 여기고 있다.

三十一

내가 아직 소학교에 다니고 있을 때, 기이(喜い) 짱이라는 사이좋은 친구가 있었다. 기이 짱은 당시 나카초(中町)의 아저씨 댁에 있었기에 거리가 그리 가깝지 않은 우리 집에서는 매일 만나러 가기가 어려웠다. 나는 주로 내 쪽에서 나서지 않고, 기이 짱이 오기를 집에서 기다렸다. 기이 짱은 내가 아무리 가지 않아도 그가 반드시 오게 되어 있었다. 그리고 그 오는 곳은 우리 집 소유의 공동주택을 빌려서 종이와 붓을 팔고 있던 마쓰(松) 씨의 집이었다.

기이 짱에게는 부모님이 안 계신 듯했으나 어린 내게는 그것이 조금도 이상하게 여겨지지 않았다. 아마 물어본 적도 없었으리라. 따라서 기이 짱이 어째서 마쓰 씨의 집에 오는 건지, 그 이유조차 알지 못했다. 이건 훨씬 뒤에 들은 이야기인데, 이 기이 짱의 아버지는 예전에 긴자의 공무원이었던가 무엇인가로 있을 때 위조화폐를 만들었다나 하는 혐의를 받아 감옥에 들어간 채 세상을 떠나버리고 말았다고 한다. 그런데 뒤에 남겨진 아내가 기이 짱을 전 남편의 집에 놓아둔 채 마쓰 씨라는 사람과 재혼했기에, 기이 짱이 종종 생모를 만나기 위해서 오는 것은 당연한 일이었다.

아무것도 몰랐던 나는 이러한 사정을 들었을 때조차 특별히 이상한 느낌은 들지 않았을 정도였으니, 기이 짱과 장난을 치며 놀던 무렵에 그의 처지 따위를 생각한 적은 단 한 번도 없었다.

기이 짱도 나도 한자를 좋아했다. 알지도 못하면서 곧잘 문장에 대한 토론을 하며 재미있어했다. 그는 어디에서 듣는 것인지, 공부를 하는 것인지, 한문으로 된 어려운 책의 제목을 곧잘 들어 나를 놀라게 하는 경우가 많았다.

어느 날 그가 나의 방처럼 쓰고 있던 현관으로 들어와 품속에서 2권짜리 책을 꺼내 보였다. 그건 틀림없이 사본이었다. 그리고 한문으로 쓰여 있었던 것으로 기억한다. 나는 기이 짱에게서 그 책을 받아 별 생각 없이 여기저기를 뒤적여보았다. 사실 나는 뭐가 뭔지 전혀 알지 못했던 것이다. 그러나 기이 짱은, 그걸 알고 있어? 라는 등의 노골적인 질문은 하지 않는 성격이었다.

"이건 오타 난포234)의 자필이야. 어떤 친구가 그것을 팔고

---

234) 太田南畝(1749~1823). 에도 후기의 작가. 성의 한자는 大田가 올바른 것이

싣다고 해서 네게 보여주러 온 건데 사주지 않을래?"

나는 오타 난포라는 사람을 몰랐다.

"오타 난포가 대체 누군데?"

"쇼쿠산진 말이야. 유명한 쇼쿠산진."

무식한 나는 쇼쿠산진이라는 이름조차 아직 몰랐다. 하지만 기이 짱이 그렇게 말하는 것을 보니 왠지 귀중한 책 같다는 마음이 들었다.

"얼마면 팔 건데?"라고 물어보았다.

"50센에 팔겠다던데, 어때?"

나는 생각했다. 그리고 어쨌든 값을 깎아보는 것이 상책이라고 생각했다.

"25센이면 살 수도 있어."

"그럼 25센이라도 상관없으니 사줘."

기이 짱은 이렇게 말하고 내게 25센을 받은 뒤, 다시 그 책의 효능에 대해서 부지런히 늘어놓았다. 나는 물론 그 책을 몰랐기에 그 정도로 기쁘지는 않았지만, 어쨌든 손해는 안 봤겠지 하는 만족감만은 있었다. 나는 그날 밤에 난포유겐235) —틀림없이 그런 이름이었던 것으로 기억하는데, 그것을 책상 위에 올려놓고 잤다.

라고 알려져 있다. 호는 쇼쿠산진(蜀山人).
235) 南畝莠言. 1817년에 지은 고증 수필집.

三十二

　이튿날이 되자 기이 짱이 다시 훌쩍 찾아왔다.

　"얘, 어제 사줬던 책 말인데."

　기이 짱은 여기까지만 말하고 나의 얼굴을 보며 우물쭈물했다. 나는 책상 위에 놓았던 책에 시선을 주었다.

　"저 책 말이야? 저 책이 어떻게 됐어?"

　"사실은 그 집의 아저씨한테 들켰는데 아저씨가 굉장히 화를 내서 말이지. 어떻게 돌려받을 수 없겠냐고 내게 부탁을 했어. 나도 일단 너에게 건네줬으니 그러기는 싫었지만 뾰족한 수가 없어서 다시 온 거야."

　"책을 가지러?"

　"가지러 온 건 아니지만, 혹시 네가 상관없다면 돌려주지 않을래? 워낙 25센은 너무 싸다고 하니."

　이 마지막 한마디 때문에 나는 지금까지 싸게 샀다는 만족감 뒤에 희미하게 숨어 있던 불쾌함, -선하지 못한 행위에서 일어나는 불쾌함-을 뚜렷하게 자각하기 시작했다. 그리고 한편으로는 교활한 내게 화가 났고 동시에 한편으로는 25센에 판 상대방에게 화가 났다. 이 2개의 화를 어찌 동시에 누그러뜨릴 수 있었겠는가. 나는 씁쓸한 얼굴로 잠시 입을 다물고 있었다.

　나의 이러한 심리상태는 지금의 내가 어렸을 때의 나를 돌아보고 해부한 것이기에 비교적 명료하게 묘사할 수 있지만, 그 입장에 있던 때의 나는 거의 알 수 없었다. 나조차 그저 씁쓸한

308 _ 나쓰메 소세키 수상집

얼굴을 했다는 결과밖에 자각하지 못했으니, 상대인 기이 짱은 물론 그 이상을 알 수 있을 리 없었다. 괄호 안에서 해야 할 말일지도 모르겠지만 나이를 먹은 지금도 내게는 이런 현상이 곧잘 일어난다. 그렇기에 곧잘 남들의 오해를 산다.

기이 짱이 내 얼굴을 보고 "25센은 정말 너무 싼 거래."라고 말했다.

나는 책상 위에 올려놓았던 책을 덥석 집어 기이 짱 앞으로 내밀었다.

"자, 줄게."

"정말 미안하게 됐어. 처음부터 야스(安)의 물건이 아니었으니 어쩔 수가 없어. 아버지 집에 옛날부터 있던 걸, 몰래 팔아다 용돈으로 쓰려 했던 거라니."

나는 잔뜩 골이 나서 아무런 대답도 하지 않았다. 기이 짱이 품속에서 25센을 꺼내 내 앞에 놓으려 했으나 나는 거기에 손을 내밀려 하지도 않았다.

"그 돈은 안 받아."

"왜?"

"그냥 받지 않을 거야."

"그래? 하지만 손해잖아, 그냥 책만 돌려주는 건. 책을 돌려줄 거면 25센도 받아."

나는 참을 수가 없었다.

"책은 내 거잖아. 일단 산 이상은 틀림없이 내 물건이잖아."

"그야 물론 그렇지. 물론 그렇지만 저쪽 집에서도 난처해하고 있으니."

"그래서 돌려주겠다고 했잖아. 그래도 나는 돈을 받을 이유가 없어."

"왜 그런 소리를 하는 건지는 모르겠지만, 어쨌든 받아둬."

"나는 그냥 주는 거야. 내 책이지만 갖고 싶다니 주는 거야. 줄 테니 책만 가지고 가면 되잖아."

"그래? 그럼 그렇게 할게."

기이 짱은 마침내 책만 가지고 갔다. 그리고 나는 아무런 의미도 없이 용돈 25센을 잃고 말았다.

三十三

세상에 사는 한 인간으로서 나는 완전히 고립해서 생존할 수는 없다. 타인과 교섭할 필요가 어딘가에서부터 자연스럽게 생겨난다. 계절에 따른 인사, 용무에 관한 이야기, 그리고 훨씬 더 복잡한 거래— 이러한 것들에서 벗어나기란, 아무리 고답한 생활을 하고 있는 내게도 어려운 법이다.

나는 무엇이든 타인의 말을 진실로 받아들이고 그들의 모든 언동을 있는 그대로 해석해야 하는 걸까? 만약 내가 타고난 이 단순한 성격에 자신을 맡겨 돌아보지 않는다면 수시로 말도 안 되는 사람에게 속는 경우가 생기리라. 그 결과 뒤에서 바보 취급을 당하거나 놀림거리가 되리라. 극단적인 경우에는 내 면

전에서조차 견딜 수 없는 모욕을 받게 될지도 모른다.

그렇다면 타인은 모두 닳고 닳은 거짓말쟁이뿐이라고 생각하여 애초부터 상대방의 말에 귀를 열지도 않고 마음도 기울이지 않고, 때로는 그 이면에 숨어 있는 반대 의미만을 가슴에 받아들여, 그것으로 현명한 사람이라고 스스로를 비평하며, 또 거기서 안주할 땅을 찾을 수 있을까? 그렇게 하면 나는 타인을 오해하게 될지도 모른다. 게다가 무시무시한 과오를 범할 각오를 처음부터 가정하고 시작하지 않으면 안 된다. 때로는 필연적인 결과로 죄 없는 타인을 모욕할 정도의 두꺼운 얼굴을 준비해두지 않으면 일이 곤란해진다.

만약 나의 태도를 이 두 가지 측면 가운데 어느 쪽으로 정하려 한다면 나의 마음에 다시 일종의 고민이 일어날 것이다. 나는 나쁜 사람을 믿고 싶지 않다. 그리고 또 좋은 사람에게 조금이라도 상처를 주고 싶지 않다. 그리고 내 앞에 나타나는 사람들은 전부가 악인도 아니고, 또 모두가 선인이라고도 여겨지지 않는다. 따라서 나의 태도도 상대방에 따라서 여러 가지로 변하지 않으면 안 되는 것이다.

그 변화는 누구에게나 필요한 것이고, 또 누구나 실행하고 있는 것이라 여겨지지만, 그것이 과연 상대방에 따라 정확히 들어맞아 한 치의 잘못도 없이 미묘하고 특수한 선 위를 별 위태로움 없이 걷고 있는 것일까? 나의 커다란 의구심은 늘 거기에 자리하고 있다.

나의 사물을 삐딱하게 보는 마음은 별개로 하더라도, 나는 예전에 많은 사람들로부터 무시를 당했던 괴로운 기억을 가지고 있다. 동시에 상대방의 말과 행동을 일부러 둥글둥글 받아들이지 않고 암암리에 그 사람의 품성에 치욕을 주는 것 같은 해석을 한 경험도 여러 번 있지 않았을까 싶다.

타인에 대한 나의 태도는 가장 먼저 내가 지금까지 겪은 경험에서 나온다. 그리고 전후의 관계와 사방의 상황에서 온다. 마지막으로 애매한 말이기는 하지만, 내가 하늘로부터 받은 직관이 얼마간 작용한다. 그리고 상대방에게 무시당하기도 하고, 또 상대방을 무시하기도 하고 가끔은 상대방에게 합당한 대우를 해주기도 하고 있다.

그런데 지금까지의 경험이라는 것은 넓은 듯하지만 사실은 매우 협소하다. 어떤 사회의 일부분에서 몇 번이고 되풀이한 경험을 다른 일부분으로 가져가면 전혀 통하지 않는 경우가 많다. 전후 관계나 사방의 상황도 천차만별이기에 응용할 수 있는 구역이 한정되어 있을 뿐만 아니라, 실제 천차만별로 고려를 하지 않으면 도움이 되지 않는다. 게다가 고려를 할 시간도, 재료도 충분히 주어져 있지 않은 경우가 많다.

따라서 나는 걸핏하면 실제로 있는지, 또는 없는지도 모르는 매우 불확실한 나의 직관이라는 것을 주된 자리에 두고 타인을 판단하고 싶어진다. 그러나 나의 직관이 과연 맞았는지 맞지 않았는지, 요컨대 객관적 사실로 그것을 확인해볼 기회를 얻지 못하는 경우가 많다. 바로 거기에 나의 의심이 안개처럼 늘 깔려 있어서 나의 마음을 괴롭힌다.

만약 이 세상에 전지전능한 신이 있다면, 나는 그 신 앞에 무릎을 꿇고 내게 추호의 의심도 끼어들 여지가 없을 만큼 밝은 직관을 주어 나를 이 고민에서 해탈케 해달라고 빌 것이다. 아니면 이 밝지 못한 내 앞에 등장하는 모든 사람을 옥처럼 맑고 아름답게 정직한 사람으로 바꾸어, 나와 그 사람의 혼이 꼭 들어맞는 행복을 달라고 기도하리라. 지금의 나는 바보 같아서 타인에게 속거나, 혹은 의심이 많아서 사람을 받아들이지 못하거나, 이 두 가지밖에 없는 것 같다는 기분이 든다. 불안과 불투명함과 불유쾌함으로 가득하다. 만약 그것이 평생 계속된다면 인간이란 얼마나 불행한 것일까.

三十四

　내가 대학에 있을 때 가르쳤던 한 문학사가 와서 "선생님, 얼마 전에 고등공업에서 강연[236]하셨다고요."라고 하기에 "응, 했어."라고 대답했더니 그 사내가 "아마도 이해하기 어려웠던 듯합니다."라고 가르쳐주었다.

　그때까지 내가 말한 것에 대해서 그런 쪽의 걱정은 전혀 하지 않았던 나는 그의 말을 듣자마자 뜻밖이라는 생각이 들었다.

　"자네는 그 사실을 어떻게 알았는가?"

---

236) 도쿄 고등공업학교(도쿄 공업대학의 전신)에서 1914년 1월에 행한 강연을 말한다.

이 의문에 대한 그의 설명은 간단했다. 친척인지 지인인지 모르겠으나, 어쨌든 그와 관계가 있는 어떤 집의 청년이 그 학교에 다니고 있어서 당일 나의 강연을 들은 결과를 뭐가 뭔지 모르겠다는 말로 그에게 고한 것이었다.

"대체 어떤 내용의 강연을 하셨습니까?"

나는 그 자리에서 그를 위해 다시 그 강연의 대강을 되풀이했다.

"특별히 어려울 것도 없지 않은가? 어째서 그걸 이해하지 못하는 걸까?"

"이해 못하겠지요. 어차피 모를 겁니다."

단호한 이 대답이 내게는 참으로 신기하게 들렸다. 그러나 그보다 더 강하게 내 가슴을 친 것은 그만두었으면 좋았을 것을 하는 후회의 감정이었다. 고백하자면 나는 이 학교로부터 몇 번이고 강연을 의뢰받았으나, 몇 번이고 거절을 했었다. 따라서 마지막에 그것을 수락했을 때 나는 마음속으로 어떻게든 거기에 모인 청중에게 그에 상당하는 이익을 주고 싶다는 희망이 있었다. 그 희망이 '어차피 모를 겁니다.'라는 간단한 그의 한마디로 멋지게 깨져버리고 나니 나는 일부러 아사쿠사까지 갈 필요도 없었다고 스스로를 생각하지 않을 수 없었다.

이는 벌써 1, 2년 전의 해묵은 이야기인데, 작년 가을에 다시 한 학교에서 반드시 강연237)을 하지 않으면 의리상 체면이 서지 않게 되어 마침내 그곳에 갔을 때, 나는 문득 나를 후회하게

---

237) 「유리문 안」 제15장에서 언급한 가쿠슈인에서의 강연인 듯.

만들었던 예전의 일이 떠올랐다. 게다가 내가 논한 그때의 제목이 젊은 청중의 오해를 사기 쉬운 내용을 포함하고 있었기에 나는 연단에서 내려오기 직전에 이렇게 말했다. ─

  "아마도 오해는 없을 테지만, 만약 제가 지금 드린 말씀 가운데 분명하지 않은 부분이 있다면 저희 집으로 찾아와주시기 바랍니다. 여러분이 가능한 한 이해하실 수 있도록 설명해드릴 생각이니."

  나의 이 말이 어떤 식으로 반향을 일으킬지에 관한 예감은, 당시의 내게는 거의 없었던 듯 여겨진다. 그러나 그로부터 사오 일 지나서 세 청년이 나의 서재로 들어온 것은 사실이다. 그 가운데 2명은 전화로 나의 시간을 물어왔다. 1명은 정중한 편지로 면회 시간을 마련해달라고 주문해왔다.

  나는 그들 청년을 흔쾌히 만났다. 그리고 그들이 온 뜻을 확인했다. 1명은 내 예상대로 내 강연의 내용에 대한 질문이었으나, 나머지 2명은 뜻밖에도 그들의 친구가 그 가정에 대해서 어떤 방침을 취해야 할지 그 의문을 내게 물으러 온 것이었다. 따라서 이는 나의 강연을 실제 사회에서 어떻게 응용하면 좋을까 하는, 그들 눈앞에 닥친 문제를 가져온 것이었다.

  나는 이들 세 사람을 위해서 내가 해야 할 말을 하고 설명해야 할 것을 설명했다고 생각한다. 그것이 그들에게 어느 징도의 이익을 줄지, 결론부터 말하자면 나도 잘 모르겠다. 하지만 그 사실만으로도 나는 만족스럽다. "선생님의 강연은 이해하기 어려웠던 듯합니다."라는 말을 들었을 때보다도 훨씬 더 만족스러웠다.

(이 원고가 신문에 실린 이삼일 뒤에 나는 고등공업의 학생으로부터 네다섯 통의 편지를 받았다. 그 사람들은 모두 나의 강연을 들은 사람들로 하나같이 내가 여기서 이야기한 실망을 지워버리는 것 같은 사실을, 반증으로 써서 보내주었다. 따라서 그 편지는 전부 호의에 넘쳐 있었다. 한 학생의 말을 어째서 청중 전체의 의견인 양 속단한 것이냐고 따져묻는 듯한 말은 한마디도 없었다. 그랬기에 나는 여기에 한마디 덧붙여 나의 어리석음을 사과하고 동시에 나의 오해를 바로잡아준 사람들의 친절을 감사히 생각한다는 뜻을 일반에게 밝히려는 것이다.)

三十五

나는 어렸을 때 니혼바시(日本橋)의 세토모노초(瀬戸物町)에 있는 이세모토(伊勢本)라는 요세에 야담을 들으러 곧잘 갔었다. 지금의 미쓰코시(三越) 맞은편에 언제나 낮 공연의 간판이 걸려 있었고, 그 모퉁이를 돌아 약 반 정쯤도 못 간 곳의 오른쪽에 요세가 있었다.

그곳은 밤이 되면 떠들썩한 공연밖에 하지 않았기에 나는 낮에만 발걸음을 옮겼으나, 횟수로 따지자면 가장 많이 간 곳인 듯 여겨진다. 당시 내가 있던 집은 물론 다카다노바바의 아래가 아니었다[238]. 하지만 지리적 위치가 아무리 좋았다 할지라도

---

238) 아사쿠사.

야담을 들으러 갈 시간이 내게 어찌 그리 많았던 것인지 지금 생각해보면 오히려 신기할 정도다.

이것도 먼 과거를 지금 되돌아 바라보는 탓일 테지만, 그곳은 요세치고는 오히려 손님에게 품위 있는 기분을 일으키게 하도록 만들어져 있었다. 무대 오른쪽에는 격자로 된 칸막이를 두 방향으로 두르고 그 안에 단골의 자리를 마련해두었다. 그리고 무대의 뒤편이 툇마루였고 그 너머가 다시 정원이었다. 정원에는 늙은 매화나무가 우물 정 자 모양의 난간 위로 솟아 있기도 하고, 갑갑한 느낌이 들지 않을 정도의 하늘을 툇마루에서 올려다볼 수 있을 정도로 넉넉한 지면을 감싸고 있었다. 그 정원을 동쪽으로 바라보고 있는 별채와 같은 건물도 보였다.

격자 칸막이 안에 있는 사람들은 시간이 남아돌아 주체하지 못하는 유복한 사람들이기에 모두 그에 상응하는 차림을 하고 때때로 한가로이 품속에서 족집게 등을 꺼내 끈질기게 코털을 뽑았다. 그런 한가로운 날에는 정원의 매화나무에 휘파람새가 와서 울 것 같은 기분도 들었다.

휴식시간이 되면 과자를 상자에 넣은 채, 차를 파는 사내가 관객 사이에 골고루 놓고 돌아다니는 것이 이 요세의 관습이 되어 있었다. 상자는 야트막한 사각형 모양인데, 먹고 싶은 생각이 들면 누구의 손에나 닿을 수 있도록 절묘하게 놓여 있었다. 과자의 숫자는 한 상자에 10개 정도쯤 되었던 것으로 여겨지는데 그것을 먹고 싶은 만큼 먹고 나중에 그 값을 상자 안에 넣는 것이 무언의 규약이 되어 있었다. 그 무렵 나는 이 습관을 신기한 듯 재미있게 바라보았는데, 이제 와서 돌아보면 이런 누긋하고 한가로운 기분은 사람이 모이는 곳 어디를 가봐도 더는 맛볼 없게 되었으리라 생각하니 그것이 또 어딘가 그리워진다.

나는 그런 누긋하고 그윽한 분위기 속에서 예스러운 야담을 여러 사람들에게서 들었다. 그 가운데는 스토토코(すととこ), 논논(のんのん), 즈이즈이(ずぃずぃ) 등처럼 묘한 말을 쓰는 사내도 있었다. 이는 다나베 난류239)라는 사람인데 원래는 어딘가에서 신발을 지키던 사람이었다는 소문이었다. 그의 스토토코, 논논, 즈이즈이는 매우 유명했으나 그 의미를 이해하는 사람은 하나도 없었다. 그는 단지 그것을 군대가 밀려들 때의 형용사로 쓰고 있었던 듯하다.

이 난류는 먼 옛날에 세상을 떠났다. 그 외의 사람들도 대부분은 세상을 떠나버리고 말았다. 그 후의 사정을 조금도 알지 못하는 나는, 그때 나를 즐겁게 해주었던 사람들 가운데 살아 있는 사람이 과연 몇 명이나 되는지 전혀 몰랐다.

그런데 언젠가 비온카이240)의 망년회가 있었을 때, 그 차례표를 보고 요시와라 다이코모치의 차반241)이네 뭐네 하는 것들이 나란히 적혀 있는 가운데서 나는 딱 한 사람, 당시의 옛 친구를 발견했다. 나는 신토미자(新富座)라는 흥행장으로 가서 그

---

239) 田辺南竜(? ~1884). 2대째 다나베 난류로 그의 입버릇 때문에 논논 난류라고 불렸다.
240) 美音会. 일본 전통곡에 양악도 가미한 연주회.
241) 요시와라(吉原)는 에도 시대부터 유명했던 유곽. 다이코모치(幇間)는 술자리에 나가 손님의 흥을 돋우는 사내. 차반(茶番)은 손짓 · 몸짓으로 사람들을 웃기는 익살극.

사람을 보았다. 또 그 목소리를 들었다. 그리고 그의 얼굴도 목소리도 예전과 조금도 변하지 않았다는 사실에 깜짝 놀랐다. 그의 야담도 온전히 옛날 그대로였다. 진보도 없었던 대신 퇴보도 없었다. 20세기의 이 급격한 변화를, 나와 나의 주변에서 끔찍하게 의식하고 있던 나는 그의 앞에 앉아 끊임없이 그와 나를 마음속에서 비교하며 일종의 묵상에 빠져들었다.

그 사람은 바킨242)으로, 예전에 이세모토에서 난류 다음으로 실력과 인기가 좋았을 때는 긴류(琴竜)라 불리던 소장파였다.

三十六

우리 큰형님은 아직 대학이 되기 전의 가이세이 학교에 다녔는데 폐병으로 중퇴해버리고 말았다. 나와는 나이 차이가 많았기에 형제로서의 친밀감보다는 어른과 어린이로서의 관계가 내 머릿속에 더 깊이 박혀 있다. 특히 야단을 맞을 때 그런 느낌이 강하게 나를 자극한 듯 여겨진다.

형님은 피부가 희고 콧날이 오뚝한 미남이었다. 그러나 생김새도 그렇고 표정을 봐도, 어딘가 사나운 상을 가지고 있었기에 함부로 다가갈 수 없을 것 같은 위압감을 사람들에게 주었다.

형님이 재학 중에는 아직 지방에서 올라온 고신세이243) 등도

---

242) 다카라이 바킨(宝井馬琴, 1852~1928).
243) 貢進生. 각 지방에서 선발되어 가이세이 학교에서 배우고, 그 가운데 우수한 인재로 뽑혀 외국으로 유학을 갔던 학생.

있던 무렵이니, 지금의 청년에게는 상상조차 할 수 없는 기풍이 교내 곳곳에 남아 있었던 듯하다. 형님은 한 상급생에게 염서(艶書)를 받은 적이 있다며 그 이야기를 내게 들려준 적이 있었다. 그 상급생은 형님보다 나이가 훨씬 많은 사내였던 듯하다. 이런 습관이 행해지지 않는 도쿄에서 자란 그는 과연 그 편지를 어떻게 처리했을까? 형님은 그 이후 학교의 목욕탕에서 그 사람과 얼굴을 마주칠 때마다 멋쩍어서 어찌해야 좋을지 몰랐다고 한다.

학교를 그만두었을 무렵의 그는 매우 반듯반듯하고 언제나 고지식했기에 아버지와 어머니도 조금은 마음을 놓는 듯 보였다. 게다가 병 때문이기도 했겠지만, 언제나 음울한 얼굴로 집에만 들어앉아 있었다.

그것이 언제부턴가 풀리기 시작해서 인품이 저절로 부드러워졌다 싶더니, 그는 화려한 비단옷에 가는 허리띠를 두르고 저녁에 집을 나서기 시작했다. 때로는 자줏빛에 거북 등껍질 무늬를 전면에 박은 가메세이[244]의 부채 등이 다실에 던져져 있곤 했다. 그것뿐이었다면 그나마 나았을 테지만, 그는 기다란 화로 앞에 앉은 채 자꾸만 배우들의 목소리를 흉내 내기 시작했다. 그러나 집안사람들은 특별히 거기에 신경을 쓰는 모습도 보이지 않았다. 나는 물론 아무렇지도 않았다. 배우들 흉내와 동시에 도하치켄[245]도 시작했다. 그러나 이것은 상대가 필요하기에 그

---

244) 에도 시대부터 유명했던 요정.
245) 藤八拳. 가위바위보와 같은 놀이이나 가위바위보보다는 동작이 훨씬 크다.

렇게 매일 밤은 되풀이하지 못했지만 참으로 이상하게 서툰 손을 올리기도 하고 내리기도 하며 열심히 했다. 상대는 주로 셋째형님이 한 듯했다. 나는 진지한 얼굴로 그저 방관만 하고 있었다.

이 형님은 끝내 폐병으로 목숨을 잃고 말았다. 숨진 것은 틀림없이 1887년이었던 것으로 기억한다. 그리고 장례식도 끝나고 사십구재도 끝나 어쨌든 한숨을 돌리게 되었을 무렵 한 여자가 찾아왔다. 셋째형님이 나가서 응접을 했는데 그녀는 그에게 이런 질문을 했다.

"형님께서는 돌아가실 때까지 부인을 두지 않으셨겠지요?"

형님은 병 때문에 평생 아내를 두지 않았다.

"네, 끝까지 독신으로 사셨습니다."

"그 말을 들으니 이제 안심이 됩니다. 저 같은 것은 어차피 남편이 없으면 살아갈 수 없으니 어쩔 수 없습니다만, ······."

형님의 유골이 묻힌 절의 이름을 알아내어 돌아간 이 여자는 고슈246)에서 일부러 찾아온 것인데, 전에 야나기바시에서 게이샤로 있을 때 형님과 관계를 맺었다는 이야기를 나는 그때 처음으로 들었다.

나는 가끔 이 여자를 만나서 형님에 관한 이야기를 나눠보고 싶다는 생각이 들기도 한다. 하지만 만나보면 틀림없이 할머니가 되어 옛날과는 완전히 다른 얼굴을 하고 있지 않을까 여겨진다. 그리고 그 마음에도 얼굴과 마찬가지로 주름이 생겨 바싹

---

246) 甲州. 지금의 야마나시(山梨) 현.

말라 있지나 않을까 여겨진다. 만약 그렇다면 그녀가 이제 와서 형님의 동생인 나를 만나는 것은, 그녀에게 오히려 괴로운 슬픔이 될지도 모른다.

三十七

나는 어머니에 대한 기념으로 여기에 무엇인가를 써두고 싶지만, 공교롭게도 내가 알고 있는 어머니는 내 머릿속에 이렇다할 재료를 남겨두고 가지 못하셨다.

어머니의 이름은 지에(千枝)였다. 나는 지금도 이 지에라는 말을 그리운 것 가운데 하나로 꼽는다. 따라서 나는 그것이 오로지 우리 어머니만의 이름이어야지, 결코 다른 여자의 이름이어서는 안 될 것 같다는 기분이 든다. 다행스럽게도 나는 아직 어머니 이외에 지에라는 여자를 만난 적이 없다.

어머니는 내가 열서너 살 때 돌아가셨는데 내가 지금 멀리서 불러일으키는 그녀의 환상은 기억의 실을 아무리 더듬어 올라가도 할머니로 보인다. 만년에 태어난 내게는 어머니의 젊고 아름다운 모습을 기억할 특권이 끝내 주어지지 않았다.

내가 알고 있는 어머니는 언제나 커다란 안경을 끼고 재봉질을 하고 계셨다. 그 안경은 금속 테로 된 고풍스러운 것이었는데 알의 크기가 지름 2치 이상이나 되었던 것으로 여겨진다. 어머니는 그것을 쓴 채 턱을 약간 옷깃 쪽으로 당겨붙여 나를 가만히 보는 경우가 종종 있었는데, 노안의 성질을 몰랐던 그 당시의 나는 그것이 그냥 그녀의 버릇이라고만 생각했다. 나는 이 안경과 함께, 언제나 어머니의 배경이 되었던 한 방의 장지문을 떠올린다. 낡은 장지문의 서화 가운데 생사사대무상신속247) 운운이라고 적힌 석판인쇄 등도 선명하게 눈에 떠오른다.

여름이면 어머니는 늘 무늬 없는 감색 성긴 비단으로 지은 홑옷을 입고 폭이 좁은 검은색 비단 허리띠를 매고 있었다. 신기하게도 내 기억 속에 남아 있는 어머니의 모습은 언제나 이 한여름의 차림으로 머릿속에 나타날 뿐이어서, 거기서 무늬 없는 감색 성긴 비단으로 지은 홑옷과 폭이 좁은 검은색 비단 허리띠를 제하고 나면 남는 것은 그저 그녀의 얼굴뿐이다. 어머니가 예전에 툇마루 끝에 앉아 형님과 바둑을 두던 모습은 그들 두 사람을 쌍으로 한 그림으로 내 가슴에 담겨 있는 유일한 기념인데, 거기서도 그녀는 역시 같은 옷을 입고 같은 허리띠를 매고 앉아 있다.

나는 끝내 어머니의 고향에 가본 기억이 없기에 오래도록 어머니가 어디서 시집을 오신 것인지 모르는 채 살았다. 내게 궁금해서 물어보고 싶다는 호기심은 아예 없었다. 그랬기에 그 점도 역시 흐릿하게 안개가 낀 것처럼 보일 수밖에 없는데, 어머니가 요쓰야 오반마치(大番町)에서 태어났다는 이야기만은 분명히 들었다. 집은 전당포였던 듯하다. 창고가 몇 개나 있었다고 예전에 누군가에게서 들은 듯했으나 워낙 그 오반마치라는 곳

---

247) 生死事大無常迅速. 인간에게 생사는 중대하며, 세월의 흐름은 빠르다는 뜻.

을 이 나이가 되도록 아직 가본 적이 없는 나이기에, 그런 세세한 부분은 까맣게 잊어버리고 말았다. 설령 그것이 사실이었다 할지라도 내가 지금 가지고 있는 어머니의 기념 속에 창고 딸린 저택 같은 건 결코 나타나지 않는다. 대충 그 무렵에는 이미 몰락해버린 것이리라.

어머니가 아버지에게 시집오기 전까지 신분이 높은 사람의 집에서 일을 했었다는 이야기도 희미하게 기억하고 있으나, 어느 다이묘248)의 저택으로 들어가 어느 정도 오래 일을 했는지, 그 일의 성질조차 잘 알지 못하는 지금의 내게는 그저 옅은 향기를 남기고 사라진 향과 같은 것으로 거의 확인할 길이 없는 사실이다.

그러고 보니 나는 목판으로 찍은 채색 풍속화에 묘사된 대갓집 하녀가 걸치고 있는 것처럼 화려한 무늬가 전체에 새겨진 옷을 집의 창고 속에서 본 적이 있었다. 안감으로 붉은 비단을 댄 그 옷의 겉에는 벚꽃인지 매화인지가 전체에 염색되어 있었고 곳곳에 금실과 은실로 놓은 자수도 섞여 있었다. 이는 틀림없이 당시 가이도리249)라고 불렸던 것이리라. 그러나 어머니가 그것을 걸친 모습은 지금 상상해보아도 눈앞에 전혀 떠오르지 않는다. 내가 알고 있는 어머니는 늘 커다란 노안경을 낀 할머니였기에. 그뿐만 아니라 나는 이 아름다운 가이도리가 그 후 솜을 넣은 잠옷으로 바뀌어 그 무렵 집에 있던 환자 위에 덮여 있던

---

248) 大名. 넓은 영지를 가진 세력이 큰 무사.
249) 裲襠. 허리띠를 맨 위에 입는 옷. 우치카케(うちかけ)라고도 한다. 근세 상류 계급 부인의 예복 가운데 하나.

것을 보았을 정도였으니.

三十八

내가 대학에서 배웠던 한 서양인이 일본을 떠날 때, 무엇인가 작별의 선물을 해야겠다고 생각했기에 집의 창고에서, 옻칠 바탕에 금박·은박으로 그림을 새긴 데다 비단 술이 달린 아름다운 문서궤를 꺼내온 것도 벌써 먼 옛날이다. 그것을 아버지 앞으로 가져가 허락을 받았을 때의 나는 아무런 것도 전혀 깨닫지 못했으나, 지금 이렇게 붓을 쥐고보니 그 문서궤에도 솜을 넣은 잠옷으로 다시 만든, 안감으로 붉은 비단을 댄 가이도리처럼 어머니의 젊은 시절 모습이 잔잔하게 깃들어 있는 듯 여겨진다. 아버지는 평생 어머니의 옷을 마련해주지 않으셨다고 했는데, 과연 마련해주지 않아도 될 정도로 준비를 해서 시집오셨던 것일까? 내 마음에 떠오르는 그 무늬 없는 감색 성긴 비단으로 지은 홑옷과 폭이 좁은 검은색 비단 허리띠도 역시 시집오셨을 때부터 이미 옷장 속에 있던 것이었을까? 나는 어머니를 다시 만나서 모든 사실을 직접 물어보고 싶다.

장난꾸러기에 고집스러웠던 나는 세상의 다른 막내들과는 달리 어머니로부터 결코 너그럽게 다루어지지 않았다. 그래도 집 안에서 나를 가장 귀여워해주었던 것은 어머니였다는 강한 친밀감이 어머니에 대한 나의 기억 속에 언제나 깃들어 있다. 애증은 별개로 하여 생각해보아도, 어머니는 틀림없이 품위 있고 우아한 부인이었다. 그리고 누구의 눈에나 아버지보다도 현명하게 보였다. 성격이 까다로운 형님도 어머니에게만은 경외심을 품고 있었다.

"어머니는 아무 말씀도 하지 않으시지만, 어딘가 무서운 구석이 있어."

나는 지금도 어머니를 평한 형님의 이 말을 어둡고 먼 저편에서 선명하게 꺼내올 수 있다. 그러나 그것은 물에 번져 흘러내리기 시작한 글자체를 깜짝 놀라 간신히 원래 모습대로 되돌려놓은 듯한 나의 아슬아슬한 기억의 단편에 지나지 않는다. 그 외의 일에 있어서 내게 우리 어머니는 모든 것이 꿈이다. 드문드문 남아 있는 그녀의 모습을 아무리 정성스럽게 끌어모아도, 어머니의 전체는 도저히 선명하게 그려볼 수가 없다. 그 드문드문 남아 있던 옛날조차 절반 이상은 이미 흐릿해져서 분명하게는 붙들 수가 없다.

어느 날 나는 2층으로 올라가 혼자서 낮잠을 잔 적이 있었다. 그 무렵 나는 낮잠을 자면 곧잘 이상한 것에 시달리곤 했었다. 내 엄지손가락이 점점 커지는데 아무리 시간이 흘러도 그것이 멈추지 않기도 하고, 혹은 누워서 바라보고 있는 천장이 위에서부터 점점 내려와 내 가슴을 짓누르기도 하고, 또 눈을 뜨고 평소와 다를 바 없는 주위를 실제로 보고 있는데 몸만은 수마에 사로잡혀 아무리 몸부림을 쳐도 손발을 움직일 수 없기도 하고, 나중에 생각해봐도 꿈인지 생시인지 영문을 알 수 없는 경우가 많았다. 그리고 그때도 나는 이 이상한 것에 시달렸다.

나는 언제, 어디서 저지른 죄인지 모르겠으나 애초부터 내 소유가 아닌 돈을 많이 써버렸다. 그것을 어떤 목적으로 무엇에 썼는지 그 점도 명료하지 않았으나 어린 나로서는 도저히 갚을 수 없었기에 조마조마해진 나는 자면서 매우 괴로워했다. 그리고 결국에는 커다란 목소리로 아래층에 있는 어머니를 불렀다.

2층으로 오르는 계단은 어머니의 커다란 안경과 뗄 수 없는, 생사사대무상신속 운운이라고 적힌 석판인쇄가 다른 서화와 함께 발라져 있는 장지문 바로 뒤편에 있었기에 어머니는 나의 목소리를 듣자마자 바로 2층으로 올라와주셨다. 나는 거기에 서서 나를 바라보고 있는 어머니에게 나의 괴로움을 이야기하고 어떻게 좀 해달라고 부탁했다. 어머니는 그때 미소 지으시며, "걱정하지 않아도 된다. 어머니가 얼마든지 돈을 내줄 테니."라고 말씀해주셨다. 나는 아주 기뻤다. 그렇게 해서 안심하고 다시 새근새근 잠들어버렸다.

나는 이 일이 전부 꿈인시, 아니면 절반은 생시인지 지금도 궁금하다. 그러나 아무래도 나는 실제 커다란 목소리로 어머니에게 도움을 청했으며, 어머니는 또 실제로 모습을 드러내 내게 위로의 말을 해준 것이라고밖에는 여겨지지 않는다. 그리고 그때 어머니의 차림새는 언제나 나의 눈에 떠오르는 대로 역시 무늬 없는 감색 성긴 비단으로 지은 홑옷과 폭이 좁은 검은색 비단 허리띠였다.

三十九

　오늘은 일요일이어서 아이들이 학교에 가지 않기에 하녀도 마음이 풀어졌는지 평소보다 늦게 일어난 듯하다. 그래도 내가 잠자리에서 일어난 것은 7시 15분 지나서였다. 세수를 한 뒤 언제나처럼 토스트와 우유와 계란 반숙을 먹고 화장실에 가려 했더니 마침 화장실 치우는 사람이 와 있었기에 나는 한동안 나선 적이 없었던 뒤뜰 쪽으로 발걸음을 옮겼다. 그랬더니 정원사가 헛간에서 무엇인가 정리를 하고 있었다. 필요 없어진 석탄 가마니를 쌓아놓은 아래서 기세 좋게 불이 타오르고 있는 주위에 모여 여자아이가 셋, 기분 좋다는 듯 불을 쬐고 있는 모습이 내 주의를 끌었다.

　"그렇게 모닥불을 쬐고 있으면 얼굴이 새카매져."라고 말했더니 막내가 "괜찮아."라고 대답했다. 나는 돌담 너머 멀리로 보이는 지붕의 기와가 완전히 녹아버린 서리에 젖은 채 아침 햇살에 반짝이는 빛깔을 바라본 뒤 다시 집 안으로 돌아왔다.

　친척 아이가 와서 청소를 하고 있는 서재의 정돈이 끝나기를 기다렸다가 나는 책상을 툇마루로 들고 나갔다. 거기서 볕이 잘 드는 난간에 몸을 기대기도 하고, 턱을 괴고 생각에 잠기기도 하고, 또 한동안은 가만히 움직이지 않은 채 영혼을 자유로이 노닐게 내버려두기도 했다.

　가벼운 바람이 가끔 화분 속 일경구화란의 기다란 잎을 흔들러 왔다. 정원수 속에서 휘파람새가 이따금 서툰 지저귐을 들려주었다. 매일 유리문 안에 앉아 있던 내가 아직 겨울이다, 겨울이다, 라고 생각하는 새에 봄은 어느 틈엔가 내 마음을 흔들기 시작한 것이었다.

　나의 명상은 언제까지 앉아 있어도 결정을 맺지 못했다. 붓을 들어 쓰려고 하면 쓸 내용은 무진장으로 있는 듯한 마음이 들기도 하고, 이걸로 할까 저걸로 할까 망설이기 시작하면 무엇을 써봐야 전부 하찮을 뿐이라는 한가로운 생각이 들기도 했다. 한동안 거기에 머물러 있자니 이번에는 지금까지 쓴 글이 전부 무의미한 듯 여겨지기 시작했다. 어째서 그런 것을 쓴 것일까 하는 모순이 나를 조롱하기 시작했다. 다행스럽게도 나의 신경은 차분해지기 시작했다. 이 조롱 위에 올라앉아 둥실둥실 높은 명상의 영역으로 올라가는 것이 내게는 매우 유쾌했다. 나의 한심한 성격을 구름 위에서 내려다보며 웃고 싶어진 나는, 스스로 자신을 경멸하는 기분에 흔들리며 요람 속에서 잠든 어린아이에 지나지 않았다.

　나는 지금까지 타인의 이야기와 나의 이야기를 뒤죽박죽으로 썼다. 타인의 이야기를 쓸 때는 가능한 한 상대방에게 폐가 되지 않도록 써야 한다는 걱정이 있었다. 나에 관한 이야기를 할 때는 오히려 비교적 자유로운 분위기 속에서 호흡할 수 있었다. 그래도 나는 아직 나에 대해서 색채를 제거할 수 있을 정도까지는 도달하지 못했다. 거짓말을 해서 세상을 속일 정도의 현학적 마음은 없었다 할지라도 보다 비천한 점, 보다 좋지 않은 점,

보다 체면을 잃을 만한 나의 결점은 끝내 발표하지 못하고 말았다. 성 아우구스티누스의 참회, 루소의 참회, 드 퀸시의 참회, ─그것을 아무리 더듬어보아도 참된 사실을 인간의 힘으로 쓸 수 있을 리 없다고 누군가가 말한 적이 있다. 하물며 내가 쓴 글은 참회가 아니다. 나의 죄는─만약 그것을 죄라고 할 수 있다면─ 굉장히 밝은 곳만 묘사되어 있으리라. 그 점에서 어떤 사람은 일종의 불쾌감을 느낄지도 모르겠다. 그러나 나 자신은 지금 그 불쾌함 위에 걸터앉아 인류 일반을 널리 둘러보며 미소 짓고 있는 것이다. 지금까지 하찮은 글을 써온 자신까지도 같은 눈으로 둘러보며, 그것이 마치 타인인 것 같다는 느낌을 안은 채 역시 미소 짓고 있는 것이다.

아직 휘파람새가 정원에서 이따금 운다. 봄바람이 가끔 생각난 것처럼 일경구화란의 잎을 흔들러 온다. 고양이가 어딘가에서 아프게 깨물린 관자놀이를 해 아래 드러낸 채 따사롭다는 듯 잠들어 있다. 조금 전까지 정원에서 고무풍선을 들고 떠들어대던 아이들은 모두 함께 활동사진을 보러 가버렸다. 집도 마음도 차분히 가라앉은 속에서 나는 유리문을 열어젖히고 조용한 봄 햇살에 감싸여 황홀하게 이 원고를 마무리 지을 것이다. 그런 다음 나는 잠시 팔을 구부려 이 툇마루에서 한잠 잘 생각이다.

나쓰메 소세키 연보

1867년 1월 5일 출생.

1868년 시오바라 쇼노스케의 양자로 들어감.

1874년 공립 소학교의 하등소학교 제8급에 입학.

1878년 상등소학교 제8급 졸업. 중학 입학.

1881년 중학을 중퇴하고 한자를 배우기 위해 니쇼 학사로 전학.

1884년 대학 예비문 준비과정에 입학. 영어를 공부.

1888년 제일고등중학교 영문과 입학.

1890년 제국대학 영문과 입학.

1892년 도쿄 전문학교 강사.

1893년 고등사범학교 근무.

1895년 에히메 현 마쓰야마 중학의 교사가 됨.

1900년 런던으로 2년간 국비유학.

1903년 제일고등학교, 도쿄대 강사.

1905년 『나는 고양이로소이다』 연재 시작.

1906년 『도련님』, 『풀베개』, 『취미의 유전』 집필.

1907년 아사히신문사 입사, 전업 작가가 됨.『태풍』,『우미인초』
　　　집필.

1908년 『갱부』,『몽십야』,『산시로』 집필.

1909년 조선과 만주를 기행.『영일소품』,『만한 곳곳』,『그 후』
　　　집필.

1910년 위궤양으로 각혈, '슈젠지의 대환'을 겪는다.『문』집필.
　　　『생각나는 것들』 집필 시작.

1911년 위궤양이 재발하여 입원.『피안 지날 때까지』,『행인』
　　　집필

1913년 심각한 신경쇠약으로 고통받음.

1914년 『마음』 집필.『나의 개인주의』 강연.

1915년 『유리문 안』,『한눈팔기』 집필.

1916년 위궤양이 재발하여 용태가 악화됨.『명암』 집필 중인
　　　12월 9일 사망.

나쓰메 소세키의
중단편 소설을 제대로 읽는 유일한 방법!

* 수록작 *

1. 편지
2. 문조
3. 환청에 들리는 거문고 소리
4. 취미의 유전
5. 이백십일
6. 하룻밤
7. 몽십야
8. 런던탑
9. 환영의 방패
10. 해로행

나쓰메 소세키 단편소설 전집

나쓰메 소세키의 중단편 소설을 새로운 번역으로 읽는다

옮긴이의 말

우리에게도 유명한 일본의 문호인 나쓰메 소세키의 소품집(영일소품)과 수필집 2권(생각나는 것들, 유리문 안)을 하나로 묶은 이 책에는 작가 나쓰메 소세키의 모습과 더불어 인간 나쓰메 소세키의 진솔한 모습이 담겨 있다.

가끔 나쓰메 소세키를 어떻게 읽어야 하는지, 또 어떤 순서대로 읽어야 하는지를 묻는 사람들이 있다. 평소 작가와 작품은 따로 떼어서 보아야 한다는 생각을 가지고 있는 내게는 조금 곤혹스러운 질문이 아닐 수 없지만, 그 질문 속에 담긴 진의만은 어느 정도 이해할 수 있다. 즉, 그런 질문을 던지는 사람들은 나쓰메 소세키를 조금 더 깊이 읽고 싶은 것이다. 나쓰메 소세키가 어떤 생각에서 이런 작품을 쓴 것인지, 무슨 말을 하기 위해서 이런 작품을 쓴 것인지, 그것이 알고 싶은 것이리라.

질문 속에 담긴 뜻이 그렇다면 나쓰메 소세키의 평소 모습과 생각이 담겨 있는 작품부터 찾아서 읽는 것도 하나의 방법이 될 수 있을 듯하다. 그의 삶과 사상을 먼저 살피고 나면 그의 소설을 이해하는 데 커다란 도움이 될 터이니.

위의 질문에 답하기 위해서 이 책을 기획한 것은 아니지만, 번역을 마치고 보니 위의 질문에 어느 정도 답하는 형태가 되어버린 듯하다. 이 책에 실은 3편의 작품 속에는 평소 어깨에서 힘을 빼고 살아가는 나쓰메 소세키의 생각과 모습이 고스란히 담겨 있다. 평소의 그런 모습뿐만 아니라 생사를 넘나들어 오로지 자신의 존재만을 부둥켜안고 있던 인간 나쓰메 소세키의 모습까지 담겨 있다. 그러나 그러한 경험조차도 나쓰메 소세키는 인간 본래의 모습을 탐구하는 재료로 삼았다. 즉, 극히 개인적인 일에까지도 인간 보편의 의미를 부여한 것이다.

따라서 이 책에 실은 3편의 작품은 나쓰메 소세키 자신에 의한 나쓰메 소세키 입문편이라고도 할 수 있다. 나쓰메 소세키의 작가생활은 10여년이라는 비교적 짧은 기간에 한정되어 있었기에 이 책에 실은 3편의 작품을 읽는다면 그의 초기 · 중기 · 말기의 생활상과 사상을 전부 이해할 수 있으리라 여겨진다.

이처럼 어깨에서 힘을 뺀 나쓰메 소세키의 모습을 지켜본 뒤, 어깨에 살짝 힘을 주고 집필에 임했을 그의 단편소설들을 읽어나간다면 나쓰메 소세키를 이해하는 데 커다란 도움이 되리라 여겨진다.

한 작가를 읽는 데 순서가 있을 리 없겠지만, 그래도 가끔 그런 질문을 들을 때가 있으니 굳이 답을 하자면 가장 먼저 이 책을 권하고 싶다. 그리고 다음으로는, 선전을 하는 듯하여 부끄러운 얘기지만 『나쓰메 소세키 단편소설 전집』을 권하고 싶다. 이 2권의 책을 읽은 뒤 본격적으로 장편소설에 뛰어들면 나쓰메 소세키를 한층 더 쉽게 이해할 수 있으리라.

나도 언젠가는 나쓰메 소세키의 장편 모두를, 그리고 문학론과 강연록을 번역해보고 싶다. 하지만 내게도 그런 행운이 찾아올까?

옮긴이

옮긴이 **박현석**

대학 졸업 후 일본으로 건너가 유학 및 직장 생활을 하다 지금은 전문번역가로 활동 중이며 우리나라에 아직 소개되지 않은 유명 작가들의 작품을 소개하기 위해서 출판을 시작했다. 번역서로는 『나쓰메 소세키 단편소설 전집』, 『도련님』, 『인간실격』, 『사양』, 『붉은 수염 진료담』, 『계절이 없는 거리』, 『추리소설 속 트릭의 비밀』, 『붉은 흙에 싹트는 것』, 『그럼, 이만…… 다자이 오사무였습니다.』, 『그럼, 안녕히…… 야마자키 도미에였습니다.』 외 다수가 있다.

나쓰메 소세키 수상집(소품집+수필집)

1판 1쇄 인쇄 2020년 7월 10일
1판 1쇄 발행 2020년 7월 20일

지은이 나쓰메 소세키
옮긴이 박현석
펴낸이 박현석
펴낸곳 玄 人

등 록 제 2010-12호
주 소 서울시 도봉구 덕릉로 62길 13, 103-608호
전 화 010-2012-3751
팩 스 0505-977-3750
이메일 gensang@naver.com

ISBN 979-11-88152-14-1